Ödland

Zweites Buch
Das Versteck im Moor

Christoph Zachariae

Christoph Zachariae

Ödland

Zweites Buch

Das Versteck im Moor

1. Auflage 2015
Herausgeber: Lucid Dreams eBook Verlag
Christoph Zachariae, Krossener Str. 34, 10245 Berlin
www.luciddreams.de

Illustrationen: Colin M. Winkler
Dramaturgie und Lektorat: Karin Ostertag
Typografie Cover: Robert Hoffmann
Satz und Layout Printfassung: Terry Winkler

1. NACHRICHTEN AUS DER VERGANGENHEIT

Gebeugt von Alter und Konzentration ging Prof. Walden im Überwachungsraum routiniert die Frequenzen des robusten Funkempfängers durch. Ein schwarzer Kasten mit gewaltigen Ausmaßen. Das Gerät wirkte wie ein seltsamer Anachronismus neben den Flachbildmonitoren, ein Monolith aus grauer Vorzeit. Die Funktechnik hatte seit ihrer Erfindung keine nennenswerten Entwicklungen durchgemacht. Doch der alte Kasten tat zuverlässig seinen Dienst, was man von den meisten neueren Geräten nicht behaupten konnte.

Walden prüfte einmal am Tag sämtliche Frequenzen. Immer zur selben Zeit. Ein altes Ritual, das er nicht aufgeben wollte. Mit stoischer Systematik änderte er die Einstellung und lauschte in den Äther. Er tat es mit der gleichen Genauigkeit, mit der er früher die Tageszeitung durchgeblättert hatte. Es hatte nie etwas wirklich Neues oder Wichtiges in diesen Käseblättern gestanden, doch er genoss die Zeit, die er mit dem dünnen Papier verbrachte, das Rascheln, den Geruch der Druckerschwärze. Er genoss es, den Moment, an dem er mit der Arbeit beginnen musste, noch ein wenig hinauszuzögern. Nach frischer Druckerschwärze roch das alte Funkgerät freilich nicht. Es stank nach alten Kondensatoren und öligem Staub. Doch der Wunsch, Neuigkeiten zu hören, erinnerte ihn an seine Zeitungspausen. Lang war das her. Sehr lang. Ein anderes Leben.

Walden hatte sich den Sennheiser halb über die Ohren geschoben, um noch etwas von der Umgebung mitzubekommen. In letzter Zeit versank er so in seine Arbeit, dass er Besucher selbst dann nicht bemerkte, wenn sie direkt neben ihm standen. Wieder drehte er am Regler, lauschte. Jeden verdammten Tag, seit vielen Jahren, obwohl er nie etwas hörte. Auf keiner Frequenz, auf keinem Kanal. Nichts. Nur Stille war dort draußen. Das Rauschen der Statik. Das Schweigen des Ödlands.

Und trotzdem stand für ihn fest, dass er es immer wieder versuchen würde. Bis die alten Hände den Regler nicht mehr drehen konnten. Er durfte nicht aufgeben. Sie hatten Kinder. Für sie tat er es. Nur für sich allein würde er es wahrscheinlich nicht mehr tun.

Je länger Mega da draußen war, umso wichtiger wurde seine Arbeit, umso akribischer ging er die Frequenzen durch und machte sich Notizen. Er schrieb zu jedem Frequenzband ein paar Worte. Notierte unterschiedliche Ausprägungen der Statik. Lautstärke, Färbung, rhythmisches An- und Abschwellen, Störungen, falls es welche gab. Es war sinnlos. Es blieb Statik. Gleichmäßiges, atmosphärisches Rauschen, doch es beschäftigte ihn und diese Worte anzusehen war nicht ganz so deprimierend wie ein mit diagonalen Strichen gefüllter Zettel. Er erwartete keine Nachrichten. Sie hatten sich darauf verständigt, dass Mega nur im äußersten Notfall, wenn sie lebensgefährlich verletzt war, einen Funkspruch absetzen würde. Denn eine Nachricht zu senden, konnte sie in Gefahr bringen. Ein Sender mit der notwendigen Leistung konnte angepeilt und geortet werden.

Die Leistung des im INDU eingebauten Senders hatten sie aus diesem Grund begrenzt. Er war zu schwach, um geortet zu werden. Zwei Wochen waren vergangen, seit der Kontakt zu Mega abgebrochen war. Zwei Wochen voll nervöser Ungewissheit. Eine Tortur. Sie hatten schon viele Piloten verloren, doch bei Mega war es am schlimmsten. Sie war Walden ans Herz gewachsen wie die eigene Tochter und stellte den alten Professor auf eine harte Probe. Er hoffte inständig, dass es das letzte Mal sein würde, dass er diese Qualen durchstehen musste. Allen anderen ging es nicht besser. Die Nerven derjenigen, die sich nicht so gut ablenken oder in ihre Forschungen vergraben konnten, lagen blank. Allen war klar, was auf dem Spiel stand. Mega war ihre letzte Hoffnung. Wenn sie die Ionentauscher für die Wasseraufbereitung nicht beschaffen konnte, sah es schlecht für sie alle aus.

Dr. Hammer betrat den abgedunkelten Überwachungsraum im abgewetzten Kittel. Er hatte das Labor aufgeräumt und noch keine Gelegenheit gehabt, ihn abzulegen. Vorsorglich machte er einen Halbkreis, um sich Walden von vorn zu nähern und ihn nicht zu erschrecken. Tatsächlich dauerte es einen Moment, bis der Professor ihn bemerkte. Dr. Hammer fragte erst gar nicht, ob Walden etwas gehört hatte. Er konnte es den Mundwinkeln und der Liste ansehen. Walden unterbrach nicht. Er sah nur hoch, während er lauschte. Beide verharrten eine Weile schweigend und sahen sich aufmerksam an.

Schließlich zog Walden den Stecker des Kopfhörers ab, ohne die Lautstärke zu verringern, und erhob sich müde. Die Statik des Ödlands füllte den Überwachungsraum wie das stete Rauschen eines fernen Meeres, mit Wellen, die sich ewig brachen.

Völlig unvermittelt brach das Rauschen ab und etwas wie ein Wort wurde hörbar. Eigenartig verzerrt, dann wieder Rauschen. Walden verharrte an Ort und Stelle. Die geöffnete Hand drei Zentimeter vom Hauptschalter entfernt. Dr. Hammer stand ebenfalls mit offenem Mund da, ohne sich zu rühren. Als spielten sie „Reise nach Jerusalem", die Musik hätte aufgehört zu spielen und sie hätten gleichzeitig festgestellt, dass es keinen Stuhl mehr gab, auf den man sich setzen konnte. Dr. Hammer flüsterte:

»Statik.«

»Sicher.«

»Die Schuhe, vielleicht sind sie ... Vielleicht war es eine Rückkopplung.«

Elektrotechnik war nicht Dr. Hammers Fachgebiet, doch Walden verstand sofort, was er meinte. Er trug an diesem Tag Schuhe mit Gummisohlen. Er mochte sie eigentlich nicht, aber um ein wenig Abwechslung zu bekommen, hatte er sie an diesem Morgen angezogen. Zum Test bewegte er seine Hand zum Hauptschalter und wieder zurück. Keine Veränderung. Das Rauschen blieb gleichmäßig. Genau wie die Kurven auf den Oszilloskopen. Keine Veränderung. Walden nahm die Hand zurück. Lange Sekunden starrten sie gebannt auf den Empfänger, wagten nicht, sich zu bewegen, bis das Rauschen erneut unterbrochen wurde. Diesmal bestand kein Zweifel. Sie hörten Worte. Mehr noch. Man verstand sie. Erinnerungen wurden wach. Sie kannten diese Nachricht. Sie war der Auslöser von allem gewesen. Der Grund, warum sie die Piloten ins Ödland geschickt hatten. Geistesgegenwärtig aktivierte Walden die Aufnahmetaste am Computer, während Dr. Hammer die Lautstärke anhob und sich an der Feineinstellung des Kanals zu schaffen machte. Walden setzte sich wieder und näherte sich den Lautsprechern, um kein Detail zu verpassen. Flüsternd wandte er sich an Dr. Hammer:

»Holen Sie Kobe und Kamura! Schnell!«

Hammer verschwand und kehrte wenige Minuten später mit den Kollegen zurück. Sie waren gerannt und entsprechend außer Atem, versuchten ihr Schnaufen jedoch zu unterdrücken, um nichts zu verpassen. Von lautem Rauschen und Knacken unterbrochen waren die Satzfetzen einer alten Übertragung zu hören. Die Art und Weise, wie die Person, eine ältere Frau, sprach, war, wie sie erneut verblüfft feststellten, eigenartig altmodisch und wirkte irgendwie freudlos, der Text aufgesagt. Alles war exakt so, wie sie es in Erinnerung hatten:

»Wer diese Übertragung hört, trage die Botschaft weiter! Ins gesamte Ödland und darüber hinaus. Macht euch auf den Weg! Kommt zu uns! Wir beherrschen Wasseraufbereitung und Nahrungsherstellung. Wir haben genug Platz. Bei uns seid ihr willkommen und in Sicherheit. Wir bauen die neue Gesellschaft, die neue Zukunft. Für euch. Für uns alle. Dafür brauchen wir euch. Kommt zu uns! Macht euch auf den Weg!«

Danach folgten die Koordinaten. Keine Ortsnamen, nur Längen- und Breitengrade. Es bestand kein Zweifel. Das war die alte Nachricht. Die Nachricht, die jahrelang ununterbrochen gesendet worden war, bis sie vor dreizehn Jahren plötzlich verschwand. Satzteile waren verrauscht, doch die Wissenschaftler erkannten sie zweifelsfrei wieder. Es fehlte nichts. Nichts war hinzugefügt oder verändert worden. Der gleiche eigenartige Tonfall. Schleppend, überbetont, als hätte die Frau Schwierigkeiten, vom Blatt zu lesen. Die Übertragung wirkte fremdartig, frostig, nicht besonders einladend. Nach einer kurzen Pause begann die Frau von vorn. Eine Endlosschleife. Die Wissenschaftler konnten noch nicht genau sagen, woran es lag, doch irgendetwas hatte sich verändert. Plötzlich wurde es ihnen klar. Der Unterschied lag nicht in den Worten oder im Inhalt, sondern in der Qualität der Aufnahme. Vor Aufregung flüsterte Fr. Dr. Kobe:

»Wie viele Antennen haben wir?«

Walden verstand die Frage. Um eine Funkpeilung durchzuführen, brauchte man drei Antennen. Anhand der Phasenverschiebung maß man die Unterschiede in den Laufzeiten der Funkwellen zur jeweiligen Antenne und konnte so mit hoher Präzision Entfernung und Richtung des Senders feststellen. Genau aus diesem Grund hatten sich Mega und die Wissenschaftler darauf geeinigt, dass sie nur im äußersten Notfall senden durfte. Wie der Zufall es wollte, war jedoch vor zwei Wochen die dritte Antenne der Kellerbewohner ausgefallen. Fr. Dr. Kobe hatte versucht den Schaden über die Programmierung zu beheben, doch das hatte nicht funktioniert. Fr. Kem und Hr. Bernhard hatten sich bereits auf einen Außeneinsatz vorbereitet und Fr. Dr. Kobe hatte ihnen schon Anweisungen gegeben, was sie tun müssen, wenn sie die Antenne erreichen. Den beiden hatte schon eine unangenehme Kletterpartie auf das Dach des alten Universitätshochhauses bevorgestanden. Elf Stockwerke über Mauerschutt und Betonbrocken. Es gab drei dieser Hochhäuser, die an einem Berghang nebeneinanderstanden. Davor nur freies Gelände. Die Dächer waren ideale Standorte für die Antennen. Doch es war nicht ganz ungefährlich, dort hinaufzuklettern. Dort oben hatten sich schon Stumme und Plünderer eingenistet.

Die Reparatur war geplant. Doch das nutzte ihnen im Moment wenig. Sie mussten die Funkpeilung sofort durchführen. Bevor das Signal wieder verschwand. Eine Peilung war auch mit zwei Antennen möglich, doch bei Weitem nicht so präzise. Walden aktivierte am Laptop das Programm zur Messung der Phasenverschiebung. Wie erwartet schwankten die Werte erheblich. Der Sender schien einmal im Westen, einmal im Norden zu liegen. Einmal war er 1600 Kilometer entfernt, dann wieder nur 400. Doch schon bald pendelten die Angaben sich auf einen überschaubaren Korridor ein. Der Sender lag im Osten. Genau in der Entfernung, in der sie Mega im Moment vermuteten. Aufgeregt starrten die vier auf den Flachbildschirm, beobachteten die wechselnden Zahlenkolonnen. Schließlich flackerten nur noch die letzten beiden Stellen hinter dem Komma, was einer Abweichung von weniger als 500 Metern entsprach. Dr. Hammer holte den Autoatlas. Das einzige Kartenmaterial, das sie besaßen. Walden bedauerte immer, dass er damals nicht vorausschauend genug gehandelt hatte. Er hatte an Bücher, Vitamintabletten und Wachstumsdioden gedacht, doch nicht an detaillierte topografische Karten. Er war immer von einem vorübergehenden Rückzug ausgegangen. Bis sich die Lage wieder beruhigt hatte. Er hatte es damals einfach nicht für möglich gehalten, dass sie sich eines Tages in einem Land orientieren mussten, in dem es keine Verkehrsschilder mehr gab. Dr. Hammer schlug die Seite auf. Fr. Dr. Kobe folgte der Autobahn mit dem Finger und tippte schließlich auf eine Stelle.

»Hier. In diesem Gebiet.«

»Das ist Mega. Mega sendet das Signal.«

Dr. Kamura platzte aufgeregt damit heraus. Es war das, was alle kaum zu hoffen wagten. Nur Walden schüttelte skeptisch den Kopf.

»Woher hat sie die Aufzeichnung? Außerdem haben wir vereinbart, dass sie nur im Notfall sendet ...«

Dr. Kamura hielt dagegen:

»Im Notfall würde sie sich doch persönlich melden, sagen, wo sie ist, wie es ihr geht ...«

Dr. Hammer mischte sich ein:

»Ich halte es zumindest für sehr gut möglich, dass die Übertragung etwas mit ihr zu tun hat. Es ist die Position, an der wir sie vermuten. Sie hängt etwas zurück, aber da draußen kann immer was dazwischen kommen. Das ist Mega. Das muss sie sein.«

Walden hob die Hände, um die Einwürfe und sich selbst zu sortieren. Im Hintergrund lief leise rauschend die Funknachricht in der Endlosschleife.

»Die alte Nachricht wurde aufgezeichnet. Also ist Mega auf die Person oder Gruppe gestoßen, die die Sendung aufgezeichnet hat oder möglicherweise etwas über den Ort weiß, von dem die Sendung stammt. Was sie uns sagen will, ist, dass sie jemanden gefunden hat, der ihr helfen kann. Dass sie auf dem richtigen Weg ist. Das tut sie nicht direkt, sondern verschlüsselt, indem sie die alte Nachricht schickt.«

Fr. Dr. Kobe nickte, merkte jedoch trocken an:

»Eine wünschenswerte Theorie. Aber Mega begibt sich mit der Aktion unnötig in Gefahr. Das hatten wir ihr ausdrücklich verboten. Es könnte genauso gut eine Falle sein. Jemand hat den INDU in die Finger bekommen, die voreingestellte Frequenz gefunden und will uns nun dazu bringen, unseren Standort zu verraten. Wir dürfen auf keinen Fall antworten.«

Fr. Dr. Kobe sagte das alles nüchtern, fast emotionslos. Sie verschwieg, was ihre Hypothese für Mega bedeuten würde. Sie musste gefangen genommen und gefoltert worden sein, bis sie ihren Auftrag preisgegeben hatte. Die Wissenschaftler hielten Kobes Theorie für unwahrscheinlich, doch niemand widersprach. Sie war möglich und das war schlimm genug. Nachdenklich schwiegen sie.

Genau in diesem Moment brach die Sendung unvermittelt ab. Mitten im Satz. Obwohl offensichtlich war, dass Walden nicht schuld sein konnte, hob er die Hände und rollte auf dem Hocker ein Stück nach hinten. Schockiert starrten die Wissenschaftler Lautsprecher und Wellenformationen an. Die Frequenz blieb tot. Genauso tot, wie sie es all die Jahre über gewesen war. Dr. Kamura fand als Erster zur Sprache zurück:

»Wenn das 'ne Falle wär, müssten sie die Nachricht doch weiterlaufen lassen, bis wir uns melden, oder nicht?«

Fr. Dr. Kobe schüttelte den Kopf.

»Der Strom könnte ausgefallen sein. Der Generator hat keinen Treibstoff mehr, die Akkus sind leer. Warum auch immer.«

Dr. Hammer überlegte:

»Sie könnte unerlaubt gesendet haben. Jemand hat den Sender

ausgeschaltet, um eine Ortung zu verhindern.«

Walden erhob sich.

»Ich glaube, dass sie uns eine Nachricht schicken wollte. Eine verschlüsselte, um sich und uns nicht zu sehr zu verraten, uns aber doch etwas mitzuteilen. Sie weiß genau, dass ich jeden Tag die Frequenzen durchgehe, und das mit den Vorschriften hat sie schon früher nicht so ernst genommen. Dass die Sendung abbricht, schreibe ich ihrem Instinkt zu. Sie weiß, wann ich hier sitze. Jetzt. Sie hat aufgehört zu senden, weil sie weiß, dass ich ohnehin nicht länger zuhöre ... Sie hat jemanden gefunden. Eine Person oder eine Gruppe. Und diese Person oder diese Gruppe hilft ihr. Mega teilt uns mit: „Es geht mir gut. Ich bin auf dem Weg."«

Walden las in den Gesichtern der Kollegen, was sie noch alles an Hypothesen und Theorien vorbringen wollten. Sie waren Wissenschaftler. Ihr Leben bestand aus Kritik. Doch die Kellerbewohner verstanden, dass Walden versuchte, ihnen Mut zu machen. Sie würden nie endgültig ergründen können, was die rätselhafte Nachricht aus der Vergangenheit wirklich bedeutete. Also konnten sie sie auch einfach als gute Nachricht werten. Das war nicht besonders weise und schon gar nicht wissenschaftlich, doch es zauberte Zuversicht auf die faltigen Gesichter.

Die jahrelangen Vorbereitungen hatten sich gelohnt. Mega hatte die Sache im Griff. Sie konnte es schaffen. Und wenn sie es schaffen konnte, konnten die Kellerbewohner es auch schaffen. Es gab Hoffnung. Sie war winzig, doch es gab sie.

2. NATHAN

Mega feierte ihren siebten Geburtstag. Ein Möhrenkuchen mit Wunderkerzen aus geraspeltem Aluminium. Niemand lachte, niemand sang ein Lied. Alle warteten mit ernsten Gesichtern auf ihre Entscheidung. Welche Entscheidung? Mega wusste es nicht und niemand sagte es ihr. Sie würden erst wieder mit ihr sprechen, wenn sie sich entschieden hatte. Die kleine Mega bekam Angst. Diese Leute trauten ihr nicht. Warum trauten sie ihr nicht? Wer waren sie eigentlich und wie war sie an diesen dunklen, unfreundlichen Ort gekommen?

Sie floh durch finstere Gänge, über lange schmale Treppen hinauf zum Stahltor, schlug mit dem Hammer dagegen und schrie, so laut sie konnte:

»Ich will raus! Ich will hier raus!«

Hinter ihrem Rücken veränderte sich der Keller, wurde riesig, viel größer als zuvor. Die Gänge erstreckten sich dunkel und lang vor ihr. Entsetzt stellte sie fest, dass sie sich nicht mehr auskannte. Am Ende eines Stollens stand sie vor einer unbekannten Tür. Kammer folgte auf Kammer. Flur auf Flur. Ein Labyrinth ohne Ausweg. Je länger sie rannte, desto klarer wurde ihr, dass sie für immer unter der Erde bleiben würde.

Schweißgebadet erwachte Mega in der Dunkelheit. Zitternd vor Erregung versuchte sie sich zu beruhigen. Nur ein Albtraum, sagte sie sich, nicht die Realität. Sie war wach und in Sicherheit. Alles war gut. War es das? Die Schwärze, die sie umgab, fühlte sich fremd an. So etwas wie Orientierung wollte sich nicht einstellen. Verwirrt ging sie die Möglichkeiten durch. Lag sie im Keller unter der Universität? Hatte sie von diesem Ort geträumt, weil sie ihn nie verlassen hatte? Hatte sie sich ihre Reise nur eingebildet? Ein tröstlicher Gedanke. Sie freute sich schon auf Sophia, auf die Kinder. Mia, Emily und Jonas. Sie würde sie sehen können. Sie musste nur das Zimmer verlassen. Mega versuchte sich zu erheben. Augenblicklich durchzuckten sie heftige Schmerzen. Stöhnend sank sie zurück. Warum konnte sie sich nicht bewegen? Was zum Teufel war passiert? Nervös tastete sie in die Dunkelheit. Dieser Geruch ... Es roch wie in Fr. Dr. Kobes Werkstatt. Nach Öl, Metall, Lötdraht und Platinen. Das hatte ihren Traum beeinflusst.

Fr. Dr. Kobe hatte den INDU konstruiert. Der INDU ... Sie erinnerte sich. Puzzleteil für Puzzleteil vervollständigte sich ihre Vergangenheit. Der Aufbruch. Die Straßensperre. Der Wachposten. Der Militärtransporter. Der Autofriedhof. Man hatte sie angegriffen. Plötzlich und heftig kehrten die Schmerzen zurück. Ein Stechen im Rücken, das ihr die Sprache verschlug. Sie drückte die Hände ins Kreuz, was die Sache verschlimmerte. Sie schrie vor Schmerz:

»Verdammt!«

Tapfer biss sie die Zähne zusammen und rollte zurück auf die Unterlage.

Durch die geschlossenen Lider nahm sie vor sich einen schwachen Lichtschimmer wahr. Eine Wolldecke, die vor einem Fenster hing, hatte sich minimal gelöst. Mega zog an ihr. Sie fiel nach unten und wirbelte eine Staubwolke auf. Kaltes Tageslicht reflektierte vom nassen Beton eines engen Lichtschachts und füllte einen Kellerraum mit hohen Metallregalen. Ein Lager für alte Motorenteile und elektronische Bauteile, die sie noch nie zuvor gesehen hatte. Der Hort eines Ödland-Sammlers. Manche antiquiert, gewaltige Glaskatoden, Röhrentransistoren, andere so modern und klein, dass sie aus der Zukunft zu stammen schienen. Alles folgte einer akribischen Ordnung, die sich ihr jedoch beim besten Willen nicht erschließen wollte. Die Dinge waren weder nach Material noch nach Verwendungszweck oder Größe sortiert. Mega schrieb es ihrem Zustand zu, dass sie das System nicht durchblickte. Unerträgliche Schmerzen pochten in ihrem Kopf. Vorsichtig befühlte sie ihn. Jemand hatte ihn mit einem Verband umwickelt. Er war hart vom geronnenen Blut. Wie lang war sie bewusstlos gewesen? Nervös sah sie sich um und zuckte vor Schreck zusammen.

Ein Mann saß am anderen Ende des Kellerraums regungslos im Schatten, lehnte mit dem Rücken an der Wand und beobachtete sie. Sein Gesicht war wie das eines Wüstennomaden vollständig mit Tüchern umwickelt. Nur die blauen Augen glitzerten wachsam in der Dunkelheit. Was machte er da? Meditierte er? Wie hatte sie den Kerl übersehen können? Mega versuchte erneut, sich aufzurichten, doch die Schmerzen verhinderten es. Stöhnend sank sie zurück. Der Mann hob die Hand und winkte. Möglicherweise versuchte er anzudeuten, dass sie liegen bleiben sollte. Dabei fielen ihr seine weißen Fingerkuppen auf. Sie ragten bleich aus abgewetzten fingerlosen Handschuhen. Nur diese Finger und diese Augen waren nicht mit Stoff bedeckt. Sonderbarer Kerl. Er schien kaum anwesend zu sein und doch war er es ganz und gar. Nachdem Mega ihn endlich wahrgenommen hatte, füllte er den Raum vollständig. Es schien keine Bedrohung von ihm auszugehen, unwohl fühlte sie sich trotzdem.

Instinktiv sah sie sich nach ihren Waffen um, konnte sie jedoch nirgendwo entdecken. Ihre Kleidung lag mit Brandlöchern übersäht in der Nähe auf dem Boden. Der Gürtel steckte unversehrt in der Hose. Die versteckten Prozessoren schien der Schrottsammler nicht entdeckt zu haben. Mega holte Luft und versuchte sich blinzelnd vom Schreck zu erholen. Sie spürte deutlich, wie elend und schwach sie war. Schlechte Absichten konnte der Sammler nicht haben. Wenn er sie hätte töten wollen, hätte er das längst tun können. Dieser Kerl hatte offensichtlich etwas anderes mit ihr vor. Mega beschloss das Beste aus ihrer Lage zu machen und zunächst Informationen zu sammeln. Ihre Zunge klebte ausgetrocknet am Gaumen. Mit rauer Stimme flüsterte sie:

»Danke.«

Der Mann antwortete nicht, sondern verneigte sich. Steif, förmlich, irgendwie fremdartig. Hatte er nicht verstanden oder bedeutete die Geste, dass er Megas Dank akzeptierte? Mega versuchte es weiter:

»Warum hilfst du mir?«

Lichtpunkte fixierten sie, doch es kam keine Antwort. Mega blinzelte. Wollte er nicht sprechen oder durfte er nicht? War er nur der Aufpasser? In diesem Moment erhob sich der Mann so schwungvoll und überraschend, dass Mega zusammenzuckte. Doch der Unbekannte hob sofort entschuldigend die Hände, als ihm klar wurde, dass die Dynamik Mega Angst machte. Deutlich langsamer griff er zu einem Metallbecher, der neben ihr auf dem Boden stand, füllte ihn mit Wasser und stellte den Becher wieder vor ihr ab. Mega nahm ihn zitternd und führte ihn an die spröden Lippen.

»Langsam.«

Seine Stimme war voll und tief, doch am Ende des Wortes vernahm Mega eine Art Schnarren oder Schlürfen, als wäre der Mund des Kerls deformiert. War seine Fähigkeit zu sprechen eingeschränkt? Sehen konnte sie davon freilich nichts. Die untere Gesichtshälfte bedeckten Tücher. Mega starrte eine Sekunde zu lang, verschluckte sich und musste husten. Der Mann wiederholte:

»Langsam.«

Wieder dieses eigenartige Schnarren. Exakt so wie beim ersten Mal. Mega war sich jetzt sicher, dass sie es sich nicht eingebildet hatte. Sie trank langsam, seufzte und schloss die Augen. Das Wasser war köstlich. Voller Mineralien, kein destilliertes Wasser wie das aus dem Aufbereiter. Echtes Grundwasser. Mega hatte zu großen Durst, um sich Gedanken zu machen, ob es verseucht war. Warum sollte der Mann ihre Wunden versorgen und ihr dann verseuchtes Wasser geben? Das machte keinen Sinn. Also war das Wasser in Ordnung.

»Du hast das Labyrinth bezwungen. Den Autofriedhof. Ich bin schon lang hier. In der ganzen Zeit hat das niemand geschafft. Niemand, außer dir.«

Die Metalltasse noch vor dem Gesicht erstarrte Mega, sah dem Mann in die Augen. Sie waren stechend blau und sie zwinkerten nicht. Nicht ein einziges Mal. In diesem Gesicht gab es nur diese Augen, aus denen Mega nicht schlau wurde. Sie entdeckte weder Vorsicht noch Angst. Kein Verlangen, keine Aversion. Sie hatten etwas Durchdringendes, Hypnotisches. Sternenstaub, der von einem schwarzen Loch aufgesaugt wurde. Stumm ließ sie die Tasse sinken.

»Warum verhüllst du dein Gesicht?«

Er tat es aus gutem Grund, davon war sie überzeugt. Nicht, weil es praktisch war. Die Nebengeräusche, die sein Mund verursachte, regten ihre Fantasie an. Ihr war bewusst, dass sie in einer offenen Wunde bohrte. Doch sie wählte die Schockmethode aus einem bestimmten Grund, denn erneut konnte sie keine Gefühlsregung erkennen. Der Kerl starrte nur. Kein Zwinkern. Keine Reaktion. Ein Schauder lief ihren Rücken hinunter. Mit dem Kerl stimmte etwas nicht. Ganz und gar nicht. Sie musste vorsichtig sein.

»Ich bin kein besonders schöner Anblick. Die Leute laufen weg, wenn sie mich sehen. Es ist verbrannt.«

»Das tut mir leid.«

Der Mann senkte den Kopf und nickte. Dann fuhr er fort:

»Das muss es nicht. Ich habe keine Schmerzen mehr.«

Er streckte die Hand aus. Bleiche, blutleere Finger. Die Nagelbetten genauso weiß wie die Haut darunter. Mega reichte ihm den Becher. Er stand auf, füllte ihn wieder aus einem großen blauen Plastikfass und gab ihn Mega zurück. Das alles passierte in großer Stille.

Wie ein Ritual. Mega fiel ein Wort ein, das sie von den Erwachsenen aufgeschnappt hatte. Teezeremonie. Sie konnte damit nicht viel anfangen, doch das war es: Seine Bewegungen hatten etwas Zeremonielles. Warum wirkte der Kerl so eigenartig? Mega machte die Abgeschiedenheit, in der sie aufgewachsen war, für ihr Befremden verantwortlich. Sie kannte zu wenig Menschen. Unbekannte mussten ihr zwangsläufig seltsam vorkommen. Sie hatte einfach zu wenig Erfahrung, wusste zu wenig von der Welt. Kein Grund, beunruhigt zu sein.

»Wie geht es meinem Fahrrad?«

»Du hast das Minenfeld erwischt.«

Mega nickte zerknirscht. Die Schmerzen im Rücken erinnerten sie nur zu gut daran.

»Ich muss nachsehen, ob noch was zu retten ist. Vielleicht kann ich es reparieren.«

Der Mann sah sie an.

»Du brauchst Ruhe. Erst musst du den Körper reparieren.«

Alles, was der Mann sagte, war richtig. Er schien weise und erfahren. Doch die Art des Vortrags war ihr aus irgendeinem Grund zu vernünftig. Ein besseres Wort fiel Mega auf die Schnelle nicht ein.

»Ich muss so schnell wie möglich zur Autobahn zurück. Wie weit ist es von hier aus?«

»Nicht weit.«

Mega besaß noch immer keine Orientierung. Sie wusste nicht, ob Morgen oder Abend war. Sie war sich nicht mal sicher, ob sie überhaupt wach war, so unwirklich kam ihr alles vor.

»Weswegen willst du zur Autobahn?«

»Um meine Sachen zu holen.«

»Ist alles hier. Dein Fahrzeug, deine Ausrüstung.«

Mega war perplex. Der Mann fuhr unbeirrt fort, als würde er ihr eine uninteressante Nebensächlichkeit mitteilen:

»Die Soldaten hätten es sonst weggeschafft.«

Langsam gewann Mega ihre Fassung zurück.

»Wie hast du das geschafft? Ganz allein?«

»Ich hab' einen Handkarren.«

Soweit sie sich erinnern konnte, hatten sie zwanzig bis an die Zähne bewaffnete Männer angegriffen. Trotzdem hatte er die Beute bekommen. Wie war das möglich? Wie hatte er sich durchgesetzt? Seine Fähigkeiten mussten außergewöhnlich sein. Neugierig bohrte sie weiter:

»Wie heißt du?«

Mega entdeckte ein Aufflackern in den Augen. Alte Erinnerungen vielleicht. Irritation möglicherweise.

»Ich bin Mega.«

»Du kannst mich Nathan nennen.«

»Nathan? Nathan der Weise?«

Nathan sah sie an.

»Nathan der Weise. Die Geschichte. Ein Buch.«

»Ich lese nicht viel.«

»Ich kann sie dir erzählen, wenn du willst, soweit ich sie zusammenkriege.«

Nathan erhob sich.

»Ruh dich aus, Mega. Ich mach dir was zu essen.«

Erschöpft sank sie auf die Matratze zurück und schloss die Augen. Wenige Sekunden später war sie eingeschlafen. Nathan deckte sie zu und sah ihr ins Gesicht. Es bestand kein Zweifel. Sie war es. Der tätowierte blaue Stern unter dem rechten Auge. Die wilden, rotblonden Haare, diese Sommersprossen. Sie war erwachsen geworden, doch dort lag sie. Direkt vor ihm. Mega.

Erneut erwachte sie in schmierölgeschwängerter Stille. Es schienen nur Sekunden vergangen zu sein, doch die Helligkeit im Lichtschacht hatte deutlich abgenommen. Nathan hielt ein Tablett in den Händen. Etwas darauf duftete köstlich nach Tomaten. Mega lief das Wasser im Mund zusammen. Neben einem Porzellanteller stand der mit neuem Wasser gefüllte Metallbecher. Außerdem lagen dort eine Gabel und ein Löffel aus Aluminium. Nathan stellte das Tablett vorsichtig neben die Matratze.

»Ich hoffe, du magst Ravioli.«

Mega grinste schief, als erwartete sie eine böse Pointe. Etwas überrascht nahm sie zur Kenntnis, dass keine kam. Der Kerl schien es ernst zu meinen. Freundlichkeit? Mitten im Ödland? Irgendetwas stimmte hier nicht. Mega fiel das Märchen „Hänsel und Gretel“ ein, das Sophia den Kindern vorgelesen hatte. Wollte er sie mästen? Nervös fummelte sie an ihren Rastas, versuchte, sie hinter dem Kopf zu bändigen und sich ein wenig aufzurichten, soweit das schmerzfrei möglich war, dann stürzte sie sich auf das Essen. Nathan lehnte sich wieder an die Wand und beobachtete sie, fast ein wenig amüsiert, so schien es ihr, als wäre sie ein dressierter Affe, der ein neues Kunststück gelernt hatte. Mega wollte sprechen, merkte, dass ihr Mund voll war, und kaute erst zu Ende:

»Wie schlimm ist es?«

»Ich hab einiges hier, kann fast alles reparieren, aber eins der Hinterräder ist hinüber. Dafür hab ich keinen Ersatz. Alles für Autos, nichts für Fahrräder.«

»Keine Chance?«

»Du brauchst ein neues, wenn du weiterfahren willst.«

Mega nickte.

»Du weißt nicht zufällig, wo ich eins finde?«

Nathan schüttelte den Kopf.

»Mist.«

»Wohin willst du eigentlich?«

Mega konnte nicht verhindern, dass die Frage sie aus dem Konzept brachte. Sie hatte zu lange ausgeblendet, dass ihr Retter eigene Interessen haben könnte. Es gab immer einen Haken. Hier war er.

»Kein Mensch ist freiwillig hier draußen. Du hast ein Ziel. Wohin willst du?«

Mega konnte nicht antworten. Sie hatte sich noch keine Strategie zurechtgelegt.

»Ich hab' dir das Leben gerettet, Mega. Ich denke, du schuldest mir eine Antwort. Meinst du nicht?«

Nathans Tonfall blieb unverändert. Dieselbe Lautstärke, keine Spur von Druck, nicht ein Hauch von Aggression. Mega beschloss bei der Wahrheit zu bleiben, soweit sie ungefährlich war.

»Wir brauchen Ersatzteile ... für die Wasseraufbereitung. Im Osten soll es eine Siedlung geben.«

»Der alte Funkspruch. Ihr habt den Funkspruch gehört!«

Es war keine Frage. Nathan stellte es fest. Bei all den elektronischen Bauteilen, die er hortete, war es gut möglich, dass er ein Funkgerät besaß und die Endlosschleife ebenfalls kannte.

»Gibt es die Siedlung noch?«

»Menschen kommen aus dem Westen, so wie du ... Aus dem Osten kommt nichts. Weder Menschen noch Nachrichten.«

Der Einsiedler schien viel zu wissen und zu sehen.

»Außerdem ... Wenn ich du wäre, würde ich nicht dorthin gehen.«

Nathan fixierte sie. Er schien ihr etwas mitteilen zu wollen und sich gleichzeitig mit aller Kraft dagegen zu wehren. Faszinierendes Chaos herrschte im Sternenstaub.

»Ich hab die Siedlung nie gesehen, bin nie nah genug rangekommen. Der Funkspruch verschwand vor dreizehn Jahren. Vielleicht war die Siedlung überfüllt, vielleicht hat sich die Einwanderungspolitik geändert. Es geht das Gerücht um, dass sie gefährlich sein soll. Jedes Gerücht besitzt einen wahren Kern. Es war früher gefährlich, dorthin zu gehen, und die Wahrscheinlichkeit ist hoch, dass es schlimmer geworden ist.«

Mega nahm Nathans Warnung ernst. Ein Mann, der sich allein im Ödland halten konnte, sollte wissen, wann es gefährlich wurde und wann man besser auf Abstand blieb.

»Ich schätze, ich kann dich trotzdem nicht von deinem Vorhaben abbringen, oder?«

Mega schüttelte den Kopf.

»Ich muss es versuchen. Wenn ich es nicht schaffe, sterben meine Leute.«

Nathan nickte.

»Ich kann dich begleiten, wenn du willst. Ich kann dir helfen.«

Mega überraschte das Angebot. Im ersten Augenblick erschien es ihr sinnvoll, dann fiel ihr etwas ein:

»Ich weiß das Angebot zu schätzen, Nathan, aber ich muss mich beeilen. Mit dem INDU bin ich schneller.«

»Ich verstehe.«

»Wir könnten einen zweiten bauen, aber dann brauchen wir vier Felgen und ich bin mir fast sicher, dass du kein Kunststoffgleitlager hast.«

Nathan schüttelte den Kopf. Mega fiel etwas ein.

»Wo wir gerade von Bauteilen sprechen: Du hast nicht zufällig Ionentauscher?«

»Behälter und Steuerung kann ich dir bauen, aber regenerierbare Kunstharze ... Das übersteigt meine Fähigkeiten.«

»Schade. Hätte mir Arbeit erspart ... Wie bereitest du dein Wasser auf?«

»Das hier war ein Kurhotel. Es hat eine eigene Quelle. Die Qualität ist akzeptabel. Kaum belastet.«

Mega nickte. Eine Sekunde lang zog sie in Erwägung die Wissenschaftler in Nathans Kurhotel umzusiedeln, dann fielen ihr die Strapazen der Reise und die Nähe der Verrückten und ihrer Minenfelder ein.

»Du kannst mir am besten helfen, wenn du mir sagst, wie ich eine neue Felge bekomme.«

»In Ordnung.«

Mega ahnte, dass jetzt der entscheidende Teil kam. Nathan würde seine Hilfe nicht ohne Gegenleistung anbieten. Anders war das Überleben nicht möglich.

»Was bekommst du dafür?«

Eine Stille entstand. Nathan schob eins der Tücher an die richtige Stelle. Eine bedächtige Bewegung. Dann fuhr er mit der flachen Hand über das kunstvolle Gebilde, als wollte er sich einen imaginären Bart glatt streichen. Eine unbewusste Geste, die ihm vielleicht von früher geblieben war.

»Das Leben als Einsiedler ist hart. Ich werde alt. Ich will mich einer zivilisierten Gruppe anschließen, die mich als vollwertiges Mitglied akzeptiert. Ihr entwickelt neue Technologien. Ihr habt eine Zukunft. Ich möchte wieder eine Zukunft haben.«

Mega versuchte, nicht zögerlich zu klingen.

»Ich kann das nicht allein entscheiden.«

»Du kannst ein gutes Wort für mich einlegen.«

Sie nickte. Die Bitte konnte sie ihm nicht ausschlagen und es zu versuchen, hieß nicht, dass sie es schaffen musste.

»In Ordnung. Du hilfst mir und ich rede mit meinen Leuten. Mehr kann ich dir nicht versprechen.«

»Mehr verlange ich nicht.«

Mega war seltsam gerührt von Nathans Anliegen und seiner Hoffnung auf eine Zukunft im Keller unter der Universität. Sie und der INDU mussten Eindruck auf den Mann gemacht haben. Als wäre es das Nebensächlichste der Welt, schloss Nathan an:

»Wo habt ihr euch eigentlich versteckt?«

In ihrer beseelten Stimmung lag es Mega schon auf der Zunge. Sie hatte den Mund bereits geöffnet, als ihr gerade noch einfiel, dass sie genau diese Information niemals preisgeben durfte. Niemandem. Dass Nathan jetzt diese Information von ihr verlangte, erdete sie schlagartig. Der Mann war mit allen Wassern gewaschen. Er war nicht nur ein erfolgreicher Einzelkämpfer, er war offensichtlich auch ein Meister der Manipulation. Mega biss sich kräftig auf die Zunge:

»Du verstehst sicher, dass ich dir das nicht sagen kann.«

»Natürlich.«

»Wenn ich die Ionentauscher habe, melden wir uns bei dir. Ist das akzeptabel?«

»Ich verstehe deine Vorsicht. Um so mehr bin ich davon überzeugt, dass ihr eine Zukunft habt.«

»Gut. Als Erstes brauche ich ein neues Hinterrad. Wenn du suchen müsstest, wo würdest du anfangen?«

»Die Männer, die dich angegriffen haben, sind die Nachkommen von Soldaten. Eine Einheit, die in der Nähe stationiert war. Ihr Lager befindet sich im Industriegebiet an der Unfallstelle. Sie haben Jeeps, Transporter, sogar einen Panzer, aber keinen Treibstoff mehr. Vielleicht haben sie ein paar Fahrräder ... Nicht sehr wahrscheinlich, aber da würde ich anfangen.«

Mega nickte. Ihr war klar, was das bedeuten musste. Die verlausten Soldatennachkommen hatten sie in einen Hinterhalt gelockt und ohne Vorwarnung angegriffen. Sie hatten sicher kein Interesse, ihr zu helfen.

»Ich mach' mich morgen auf den Weg.«

»Ruh dich noch aus, Mega. Ich helf' dir, aber du brauchst noch Ruhe.«

Mega widersprach nicht. Sie stellte Teller und Tablett zur Seite, streckte sich und versuchte sich, trotz Schmerzen, bequem hinzulegen. Nathan verhängte das Fenster mit der Wolldecke, griff zum Tablett und wandte sich der Tür zu. Im Halbschlaf flüsterte Mega:

»Danke, Nathan. Du bist nett. Der netteste Mann des Ödlands.«

Mit dem Tablett in der Hand blieb Nathan in der Tür stehen, als hätte er etwas vergessen. Bewegungslos horchte er in die Dunkelheit. Der Augenblick wurde lang, sehr lang. Dann schloss er schweigend die Tür und ließ die junge Frau allein.

3. DAS PUZZLE

Die Schrottberge dämmerten unverändert im Zwielicht. Staubteilchen schwebten in schmalen Lichtstreifen. Noch immer versuchte Mega schnelle Bewegungen nach Möglichkeit zu vermeiden. Vor einer Woche war sie zum ersten Mal auf der muffigen Matratze erwacht. Doch das konnte sie sich einbilden. Hier unten zogen sich die Stunden zäh und quälend. Wie es wohl vor dem Kurhotel aussah? Nathan hatte ihr aus Sicherheitsgründen verboten, sein Versteck zu verlassen, und in ihrer Erinnerung fehlte dieser Teil. Auch das erinnerte sie an den Keller. Einmal mehr besaß sie keinen Überblick. Hatte sie Tage verloren? War ein ganzes Jahr vergangen? Vorsichtig sah sie sich um. Nathan schien nicht da zu sein. Sie hörte und sah ihn nicht. Was nicht hieß, dass er nicht da war. Vorsichtig versuchte sie sich aufzurichten. Ihr Steißbein sandte Schmerzen in jede Körperregion. Wenn sie versuchte auszugleichen oder gegenzusteuern, wurde es schlimmer. Immerhin verschwand allmählich die Taubheit aus den Beinen.

Eisern nahm sie sich vor, es heute zu schaffen. Sie biss die Zähne zusammen, atmete durch und streckte sich. Der Schmerz war massiv, doch als sie endlich gerade stand, ließ er nach. Stöhnend hielt sie sich am Regal fest. Die Verbände klebten und zogen an den Wunden. Ihr graute davor, sie irgendwann abnehmen zu müssen. Schritt für Schritt wankte sie zur Tür. Hinter ihr lag Nathans Werkstatt. Ein Raum ohne Fenster, der nach Schmieröl und altem Getriebefett roch. Er hatte Ähnlichkeit mit Fr. Dr. Kobes Arbeitsräumen, war nur etwas niedriger. Auch hier standen Werkbänke und Metallschränke vor den Wänden. Die Mitte hatte er freigelassen. Mega konnte nirgendwo einen Lichtschalter entdecken, deshalb blieb sie in der Öffnung stehen, bis sich die Augen an die Lichtverhältnisse gewöhnt hatten. Etwas lag auf dem Fußboden. Blasse Reflexionen schimmerten dort auf Konturen. Mega stutzte.

Wie das Puzzle einer komplizierten Beweisaufnahme, fein säuberlich auf eine Stoffunterlage ausgebreitet, fand sie die Überreste des INDU. Als hätte jemand versucht, anhand des angerichteten Schadens die Unfallursache zu rekonstruieren. Die Person, die das Rätsel zu lösen versuchte, hatte die Einzelteile identifizieren können, doch nicht herausgefunden, wie sie zu verbinden waren. Wenig überraschend. Mega hätte sich gewundert, wenn es anders gewesen wäre. Wie die Regale des Lagers folgte auch diese Aufreihung einer seltsamen Ordnung, die Mega nicht durchschaute. Obwohl sie die Fragmente bestens kannte und genau wusste, an welche Stelle sie gehörten und wie sie zusammengesetzt werden mussten, fühlte sie sich wie ein Steinzeitmensch, der auf den Bauplan eines Flugzeugs starrte. Sie verstand nichts. Diese Ordnung machte keinen Sinn und fühlte sich trotzdem seltsam passend an. Sie war fremdartig. Wieder dieses Wort. Warum hatte Nathan die Aluminiumprofile neben die Kabel gelegt? Das eine gehörte zum Chassis, das andere zur Elektrik. Die Dinge passten nicht in dieselbe Kategorie. Nathan schien die Realität verschoben wahrzunehmen. Mega wollte in diesem Moment nicht entscheiden, ob sie das nun hilfreich oder eher bedrohlich fand.

Der klägliche Zustand des INDU trieb ihr Tränen in die Augen. Von der aerodynamischen Hülle hatte das Feuer nur verschmorte Fetzen übrig gelassen. Eins der Hinterräder hatte die Explosion vollständig zerrissen, genau wie den Großteil der Kabel. Zahlreiche Steckverbindungen hatten sich durch die Wucht der Detonation und den anschließenden Aufprall gelöst. Welche Schäden die Aluminiumprofile davongetragen hatten, wie viele von ihnen gebrochen waren, konnte sie im Moment nur ahnen. Die Anordnung der Bauteile machte einen ordentlichen, aber ernüchternden Eindruck. Es würde eine Weile dauern, den INDU wieder auf Vordermann zu bringen.

Verzweiflung wollte sie gerade übermannen, als sie entdeckte, dass Nathan bereits passende Aluminiumstreben aus dem Lager gesucht und neben zerstörte Teile gelegt hatte. Ebenfalls fein säuberlich, als wäre die Arbeit damit schon getan. Auf einem Holzstuhl lag ein kompaktes, olivfarbenes Stoffbündel, mit Paketband umwickelt. Sie nahm es in die Hand und ihr wurde sofort klar, wofür Nathan die Reste des Militärfallschirms vorgesehen hatte. Ein Lächeln huschte über ihr Gesicht. Er schien ihr wirklich helfen zu wollen. Der wunderbar leichte, Wasser abweisende Stoff war nicht halb so elastisch wie die teflonbeschichtete Originalhaut des INDU, doch es sollte ohne Weiteres möglich sein, eine neue aus ihm herzustellen. Megas Laune besserte sich. Vielleicht konnte sie ihre Aufgabe doch noch erfüllen. Es war genau, wie Nathan gesagt hatte. Das Einzige, was er nicht ersetzen konnte, schien die zerstörte Orbitalfelge zu sein.

Mega war so in die Begutachtung vertieft, dass sie nicht mitbekam, dass Nathan sich neben sie stellte. Als sie ihn schließlich bemerkte, zuckte sie heftig zusammen, weil etwas so Großes und Breitschultriges wie Nathan ihrem Verständnis nach eigentlich Geräusche machen müsste.

»Hab ich dich erschreckt?«

»Nein. Ich zuck öfter mal. Einfach so.«

»Bist du krank?«

»Das war 'n Scherz.«

»Ah. Mit Humor kenn' ich mich nicht so aus. Hab' ich nie kapiert.«

»Du bist echt schräg, weißt du das?«

»Wenn du das sagst, muss es stimmen.«

Mega war sich nicht sicher, ob Nathan jetzt seinerseits einen Scherz machte. Es war unmöglich, das zu erkennen. Sie sah nur seine Augen. Da er weder blinzelte, noch irgendwie die Betonung änderte, sodass sie den Kommentar als Scherz hätte identifizieren können, blieb ihr nichts anderes übrig, als ihn ernst zu nehmen. Mega wurde nicht schlau aus Nathan. Irgendwie fand sie das interessant, irgendwie aber auch beunruhigend. Da ihr kein intelligenter Kommentar einfiel, wandte sie sich übergangslos einem anderen Thema zu:

»Wir brauchen tatsächlich nur die Felge und einen Reifen. Einen Ersatzschlauch hab' ich noch ... hatte ich noch.«

»Ist noch da.«

»Dann Felge und Reifen.«

Nathan versuchte sie aufzubauen:

»Sieht gar nicht so schlecht aus, oder?«

»Stimmt.«

»Und wie geht's dir?«

»Es geht. Wenn ich nicht dran denke.«

»Ich würd' mir die Wunden gern ansehen. Wir müssen die Verbände wechseln.«

Mega nickte minimal.

»Okay.«

Entgegen ihren Befürchtungen verlief die Behandlung erstaunlich diskret. Der Einsiedler ging nicht einen Schritt zu weit. Er berührte sie nur so oft wie unbedingt notwendig. Selbst als sie auf dem Bauch lag und er sich ihrem entblößten Hinterteil näherte, um den Verband über ihrem Steißbein zu erneuern. Sie war ganz froh darüber, denn seine kalten Finger fühlten sich nicht besonders angenehm an. Auf der anderen Seite reinigte er ihre Schürf- und Platzwunden mit einer Sorgfalt, die Mega selbst von Sophia nicht kannte. Entsprechend war sie nach der Behandlung verwirrter als vorher und bedankte sich nur knapp.

Nathan entgegnete nichts, obwohl er Megas Verlegenheit bemerkt haben musste. Ihr Gesicht glühte und sie konnte ihm nicht in die Augen sehen. Er hatte die Sache durchgeführt, als gäbe es eine Reparatur zu erledigen. Mega überlegte, ob sie deswegen beleidigt sein musste, doch Nathan verhielt sich nur taktvoll und sie war froh die bretharten, stinkenden Lappen los zu sein.

Sie erholte sich erstaunlich schnell. Jeden Tag konnte sie sich etwas schmerzfreier bewegen. Stück für Stück erkundete sie Nathans Versteck. Er residierte in den ehemaligen Tresorräumen des Kurhotels, gebaut für den Schmuck der wohlhabenden Gäste. Wände und Schleusen des Bunkers hatten die Erbauer glücklicherweise so stabil konstruiert, dass sie den Sprengversuchen der Soldatenkinder widerstehen konnten. Die bewohnbare Fläche gestaltete sich übersichtlich. Es gab das Lager, das jetzt Megas Zimmer war, Nathans Wohn- und Schlafraum, die Werkstatt und den Eingangsbereich. Hinter ihm lagen noch ein Flur und eine Treppe, die nach oben in die Hotellobby führte. An das Lager, den größten Raum, in dem früher die Schließfächer gewesen sein mussten, grenzte noch ein kleiner Raum an, den sie als Waschraum und Toilette benutzten. Ein Loch, das bereits vor Nathans Zeit jemand in den Betonboden gebohrt hatte, diente als Abort. Waschen musste Mega sich in einer alten Metallschüssel, dafür konnte sie es mit sauberem Quellwasser tun.

Insgesamt hatte sie es also gar nicht schlecht getroffen, obwohl sie nur ein halber Tagesmarsch vom Lager der Soldatenkinder trennte. Die Autobahn lag in Sichtweite in südlicher Richtung, am Fuß des Hügels, auf dem das Hotel errichtet worden war. Unter dem Dach hatte Nathan einen Ausguck eingerichtet. Von dort oben überblickte er die gesamte Ebene und erkannte an guten Tagen die ersten Wracks der Karambolage. Bei Nebel nutzte er ein Infrarotfernglas. Ihm entging nichts. Wenn sich an der Barrikade etwas bewegte, sah er es. Wenn jemand die Barrikade zu überqueren versuchte, musste er sich zwar beeilen, um vor den Soldaten an der Beute zu sein, doch dann nutzte er das Gefälle und rollte mit dem alten Bollerwagen den

Hang hinunter. Meistens einigte er sich mit der Konkurrenz, doch in letzter Zeit hatte es Streit gegeben. So wie beim letzten Mal, als Mega in die Falle gegangen war. Doch diese Beute, gab Nathan zu, hätte er sich auf keinen Fall entgehen lassen.

Nathan ging fest davon aus, dass die Soldatenkinder die Niederlage nicht tatenlos hinnehmen und auf Rache sinnen würden. Er vermutete, dass sie beobachtet wurden, und rechnete fest mit einem Angriff, sobald sie das Versteck verließen. Aus diesem Grund bat er Mega, den Tresor nicht ohne sein Wissen zu verlassen und nicht, bevor sie nicht vollständig genesen war, und Mega versprach es.

Im gepanzerten Untergeschoss konnte sie sich jedoch frei bewegen und alles nach Belieben ansehen. Anders als im Universitätskeller gab es hier keinen Bereich, der tabu war. Das rechnete sie ihrem Gastgeber hoch an. Mit der Zeit lernte sie sogar aus den mikroskopischen Veränderungen in Nathans Krähenfüßen Vermutungen über sein Innenleben anzustellen.

Sie verbrachte ihre Zeit damit, die Bauteile des INDU zu prüfen, beschädigte Komponenten zu reparieren und gebrochene Aluminiumstreben nachzubauen, und war froh sich sinnvoll beschäftigen zu können, während sie darauf wartete, dass die Schmerzen verschwanden.

In der Werkstatt stand Nathans Funkgerät. Er hatte es mit einer Antenne verbunden, die aus dem durchlöcherten Dach des Landhotels ragte. Mega erkannte das Gerät. Ein ähnliches stand im Überwachungsraum des Kellers. Alt und unverwüstlich. Nathan erkannte Megas Interesse und bot ihr an, mit ihren Leuten Kontakt aufzunehmen. Mega musste nicht nachdenken:

»Wir haben ausgemacht, dass ich mich nur im Notfall melde. Und im Moment geht's mir prima.«

Nathan überlegte.

»Weil man den Sender anpeilen kann?«

Mega nickte. Nathan fügte an:

»Als es noch Sender gab, bin ich regelmäßig die Frequenzen durchgegangen.«

»Gibt es keine mehr?«

Nathan schüttelte den Kopf. Damit war das Thema erledigt. Vergessen konnte Mega das Funkgerät jedoch nicht. Zu gern hätte sie mit Prof. Walden, Dr. Hammer und den anderen gesprochen, einfach nur, um zu plaudern und die vertrauten Stimmen zu hören. Sie gelangte jedoch zu der Überzeugung, dass eine Kontaktaufnahme keine gute Idee war. Sie brachte sie in Gefahr und auch gefühlsmäßig würden die Gespräche sie am Ende nur belasten.

Am achten Tag in Nathans Tresorraum fragte sie ihr Gastgeber zum ersten Mal nicht mehr, wie es ihr ging. Sie erledigte die Morgentoilette in der Metallschüssel neben dem stinkenden Loch und zog die alten Klamotten über.

Als sie ins Lager zurückkam, roch es dort bereits nach Essen. Mega lief das Wasser im Mund zusammen. Nathan hatte auf dem Fußboden Frühstück aufgebaut. Dosen und Einmachgläser ohne Etiketten aus geheimen Produktionsstätten. Mega starrte die Behältnisse an. Bis auf die Ravioli, die sie für eine festliche Willkommensmahlzeit gehalten hatte, hatte Nathan sie die letzten Tage mit Grießbrei durchgefüttert. Durch Dr. Hammers Vorliebe für Grießbrei wusste sie, wie nahrhaft die Speise war. Doch was sie jetzt sah und roch, schien einem wunderbaren Traum zu entstammen, obwohl Nathan die Köstlichkeiten erklärte, als seien es Schrauben und Unterlegscheiben:

»Corned Beef. Eine Art Fleisch. Wahrscheinlich Schwein oder Wild. Marmelade.«

Eine schwarze, glibberige Masse. Mega wiederholte ehrfürchtig:

»Marmelade.«

»Das ist Thunfisch.«

»Thunfisch.«

Nathan hob die geöffnete flache Fischdose an. Mega nahm sie fasziniert in die Hand und hielt sie sich vorsichtig unter die Nase. Ein eigenartiger Geruch, herb und ölig, mit nichts zu vergleichen, was sie kannte.

»Der sieht nicht immer so aus.«

Nahm der Kerl sie auf den Arm?

»Das weiß ich.«

»Außerdem hält er sich nicht lang. Musst du leider aufessen.«

Mega fragte nicht, woher Nathan diese Schätze hatte. Sie ahnte, dass ihr das Essen nach einer Erklärung nicht mehr so gut schmecken könnte. Klar war, dass Nathan nichts anbaute und keine Tiere züchtete. Er musste alles auf seinen Beutezügen an der Autobahn erobert haben. Einmal mehr war sie glücklich, dass er sie und ihre Ausrüstung verschont hatte. Weshalb diese Sonderbehandlung? Nathan hatte zwar erwähnt, dass er von ihrer Leistung und dem INDU beeindruckt war, aber es musste noch einen anderen Grund geben.

Mega ließ sich nichts anmerken und stopfte so viel in sich hinein, wie sie konnte. Sie wollte lieber auf Nummer sicher gehen und sich ein kleines Polster zulegen. Ihr fiel auf, dass Nathan selbst kaum etwas aß. Nur selten beobachtete sie, wie er sich etwas in den Mund schob oder sich ein Glas an die Lippen führte. Möglicherweise, weil er jedes Mal die Tücher auseinanderwühlen musste. Er achtete peinlich genau darauf, dass die Vermummung nicht verrutschte, und wandte sich ab, bevor er den Mund öffnete. Dass er in ihrer Anwesenheit überhaupt aß, brachte sie mit einer gewissen Höflichkeit in Verbindung. Er leistete ihr Gesellschaft. Normalerweise beschränkte er sich darauf, sie zu beobachten, wie sie mit ungebremstem Heißhunger Köstlichkeiten verschlang. Das letzte Exemplar einer vom Aussterben bedrohten Spezies. Sie hockten im Schneidersitz auf Teppichen und Kissen, die Nathan im Hotel zusammengesucht und in den Keller hinuntergetragen hatte. Er besaß alles, nur keine Stühle. Er schien einfach gern im Schneidersitz auf dem Boden zu hocken. Aber auch sonst passte in seinem Mobiliar nichts zusammen. Weder Farben noch Formen. Neben klobigen Biedermeierkommoden aus dunklem Eichenholz standen schlanke Jugendstillampen mit Blütenverzierungen und geschwungenen Papierschirmen. Mega fand das kuriose Sammelsurium gemütlich. Viel bequemer als die triste Funktionalität des Universitätskellers. Wissenschaftler mochten nette Wesen sein, stellte Mega fest, romantisch veranlagt waren sie nicht. Nathans Kabinett erinnerte sie an die Bilder von Teehäusern oder orientalischen Palästen, die sie in Waldens Kunstbänden gesehen hatte.

Nach dem Frühstück seufzte sie zufrieden, schob den Teller zur Seite und sank vorsichtig mit dem Rücken an die Wand. Nathan betrachtete sie unverändert. Mega drehte sich normalerweise weg, wenn sie der intensive Blick des Eremiten traf. In diesem Augenblick nervte sie sein Starren jedoch und wie ein trotziges Kind starrte sie zurück, mit der festen Absicht, diesmal das dumme Spiel zu gewinnen.

Eigentlich fühlte Mega sich gut. Sie hatte ein Dach über dem Kopf und genug zu essen. Doch der Mann, der ihr gegenübersaß, blieb ein Buch mit sieben Siegeln für sie. Hypnotisch bewegte sich der Sternenstaub. Angriffslustig beschloss sie die Gelegenheit zu nutzen:

»Was machst du eigentlich außer Schrott sammeln? Du bist nicht ohne Grund hier, hab ich recht? Wieso bist du hier, Nathan?«

»Eine philosophische Frage. Ich glaub nicht, dass wir so viel Zeit haben.«

Mega konnte nicht entschlüsseln, ob er sich über sie lustig machte oder tatsächlich nichts kapierte.

»Du weißt, was ich meine. Wieso direkt neben einem Militärlager?«

Nathan schnaubte.

»Ich hab mir das nicht ausgesucht. Ich hätte weggehen müssen. Doch das konnte ich nicht ... Zu viel Zeug.«

Er schob das Ende auffällig nach. Das Zeug war nicht das Problem. Nathan hatte den Ort aus einem anderen Grund nicht verlassen. Warum war er hier geblieben?

»Gegen Ende des Krieges gab es die Massenkarambolage. Die Einheit lag damals woanders. Weiter östlich. Doch die Soldaten kamen hierher, weil es sich anbot. Eine prima Stelle für einen Hinterhalt, jede Menge Laufkundschaft. Anfangs. Seit die Zahl der Flüchtlinge abnimmt, hab ich Ärger mit ihnen. Ich hab hier lang allein gelebt. Irgendwann war's vorbei mit der Gemütlichkeit.«

Nathan zögerte. Mega beschloss, ihn nicht zu drängen. Vielleicht würde er ihr den wahren Grund irgendwann freiwillig nennen.

»Außerdem musste ich nachdenken.«

»Worüber?«

»Eine wichtige Sache.«

»Ist was bei rausgekommen?«

»Mehr oder weniger. Wenn man lang genug nachdenkt, kommt man auf seltsame Ideen.«

In der Dämmerung zwischen Eichenholzkommoden und roten Samtkissen saugten schwarze Löcher Sternenstaub auf.

»Zu welchem Schluss bist du gekommen?«

»Dass nicht jeder Befehl befolgt werden muss.«

»Und welchen Befehl wirst du nicht befolgen?«

Nathan schlug die Augen nieder. Zum ersten Mal wich er aus.

»Das ist mein Problem, Mega. Eines Tages erzähl' ich's dir vielleicht. Erinner mich daran, wenn wir bei einem Glas aufbereitetem Wasser in eurem Versteck sitzen.«

»Warum nicht jetzt?«

»Darum.«

Mega war sich plötzlich nicht mehr sicher, ob sie sich von einem Mann, der Geheimnisse vor ihr hatte, überhaupt helfen lassen wollte. Nathan versuchte vom Thema abzulenken:

»Du hast dich offensichtlich erholt. Was denkst du? Gehen wir die

Sache an?«

Wie kam sie dazu, ihm zu misstrauen? Er half ihr, ohne eine konkrete Gegenleistung zu verlangen. Er war es, der misstrauisch werden müsste, doch er vertraute auf das Wort, das sie ihm gegeben hatte. Sie hatte nicht das Recht, sich in sein Privatleben einzumischen. Mega war dankbar, dass Nathan das Thema gewechselt und sie rechtzeitig auf andere Gedanken gebracht hatte. Entschlossen nickte sie:

»Ich bin so weit. Gehen wir die Sache an.«

4. DER PLAN

Am nächsten Morgen gingen sie den Plan noch einmal durch. Nathan vermutete einen Beobachtungsposten der Soldatenkinder knapp außerhalb der Sichtweite. Ihn galt es zu beschäftigen, damit Mega sich unbemerkt aus dem Vordereingang schleichen und in Sicherheit bringen konnte. Sobald sie verschwunden war, würde Nathan mit „lautem Getöse" in der Gegenrichtung davonlaufen und die „Rotzlöffel", wie er die Nachfahren der Einheit nannte, würden sich an seine Fersen heften. Er würde sie an der Nase herumführen und Mega Luft verschaffen, damit sie sich in ihr Lager schleichen und es durchsuchen konnte. Der Vorschlag klang verhältnismäßig plausibel, fast ein wenig spannend, ein lustiges Abenteuer, doch Mega ahnte, dass es Unbekannte in der Gleichung gab, die Nathan verschwieg, weil sie die Sache unnötig verkompliziert hätten. Nathan bemerkte ihre Skepsis. Um sie zu beruhigen, versicherte er ihr, dass er ein geübter Scharfschütze sei.

»Jeder Schuss ein Treffer. Die überlegen es sich zweimal, ob sie aus der Deckung kommen.«

Eine Prahlerei, die Mega ihm fraglos abnahm. Er musste es sein, sonst wäre er nicht mehr am Leben.

»Ich will nicht, dass du den Köder für mich spielst, Nathan. Das ist es nicht wert. Wir finden eine andere Lösung.«

»Es gibt keine, Mega. Die warten auf uns. Früher oder später musst du raus, wenn du weiterreisen willst.«

Damit hatte er natürlich recht und eine schlauere Taktik wollte ihr auf die Schnelle auch nicht einfallen.

»Die bekommen mich nicht zu Gesicht. Ich laufe zwei Tage im Kreis und zieh' mich wieder zurück. Mach dir um mich keine Sorgen.«

Schließlich war Mega bereit das Risiko einzugehen. Gegen Mittag füllte sie einen Kinderrucksack aus Nathans Beutelager mit dem Nötigsten. Einem olivfarbenen Regencape, das sie zur Tarnung verwenden konnte, einer mit Wasser gefüllten Trinkflasche, dem Kompass und dem Fernglas. Dann hängte sie sich die Kalaschnikow über die

Schulter und steckte sich den Grabendolch in den Gürtel. Schließlich seufzte sie. Sie war bereit. War sie das wirklich?

Nathan hielt ihr eine flache Plastikdose unter die Nase, gefüllt mit grüngrauer Paste, die streng nach Lösungsmittel roch:

»Du musst die Konturen zerstören.«

Er machte mit dem Finger eine Kreisbewegung vor seinem Gesicht.

»Das menschliche Unterbewusstsein ist auf Gesichtserkennung programmiert. Ohne Gesicht erkennt dich niemand.«

Mega neigte dazu, ihm zu glauben. Nathan war Experte, was das anging. Er hatte nämlich keins. Sie band sich die Rastas zurück, griff zur Dose und malte sich vorsichtig ein paar dünne Linien auf die schneeweißen Wangen. Nathan beobachtete sie einen Moment skeptisch, dann griff er ihr Kinn.

»Augen zu!«

Schwungvoll fügte er ein paar kräftige Striche hinzu. Schließlich nickte er zufrieden. Mega fragte sich, wie sie wohl aussah, doch Nathan besaß zum Glück keinen Spiegel.

Sein Scharfschützengewehr verfügte über ein großes Nachtsichtteleskop. Eine Spezialanfertigung ohne Seriennummern und Herstellernamen. Das Metall matt und grau, in der Farbe von Asche und Sand, ohne jede Verzierung, ein ausklappbares Zweibein unter dem Lauf. Der Sammler erklärte, dass er drei Patronen in die Kammer schieben musste. Waren sie verschossen, dauerte das Nachladen zehn Sekunden. Mega war erstaunt, dass Nathan weder eine zusätzliche Pistole noch ein Messer mitnahm. Doch sie verkniff sich einen Kommentar und vertraute darauf, dass ihre Rückendeckung wusste, was sie tat.

»Noch was ...«

Nathan hielt inne und schien zu überlegen, ob er Mega überhaupt davon erzählen sollte. Unbekannte Nummer eins, dachte Mega.

»Der Typ mit den Narben. Erinnerst du dich an ihn?«

Mega schüttelte den Kopf. Sie konnte sich an die Barrikade erinnern. Einzelne Gesichter hatte sie nicht mehr vor Augen.

»Er sieht fast so schlimm aus wie ich, hat nur nicht den Anstand, es zu verbergen.«

Mega musste grinsen.

»Sie nennen ihn Narb. Narbengesicht ... Halt dich von ihm fern. Der Typ ist gefährlich. Verrückt wär zu viel gesagt, wer ist schon normal im Ödland, aber eigentlich trifft es das ganz gut.«

Megas Grinsen verschwand. Sie beschloss Narb aus dem Weg zu gehen.

»Wo wir gerade dabei sind.«

Unbekannte Nummer zwei, dachte Mega.

»Wenn was schief geht ... Soll ich deinen Leuten was durchgeben?«

Megas Misstrauen blitzte auf. Warum kam er jetzt damit? Das grenzte an Erpressung. Sie musste sich zusammenreißen, um sich nicht im Ton zu vergreifen.

»Sie würden nicht antworten.«

»Habt ihr keinen Code ausgemacht?«

»Wie sollte der aussehen?«

»Keine Ahnung. Das müsstest du wissen.«

Mega überlegte.

»Sorg besser dafür, dass es nicht dazu kommt. Das wär mir ehrlich gesagt lieber.«

»Einverstanden.«

Mega zögerte.

»Falls doch was schief geht, lässt du dir eben was einfallen.«

Schweigend betraten sie den Eingangsbereich und näherten sich der kreisrunden Panzertür. Ein komplizierter Verschlussmechanismus. Daneben schimmerte ein Touchscreen in der Dunkelheit. Nathan berührte ihn mit der Hand. Es dauerte zwei Sekunden, dann ertönte ein leiser Piepton und ein Rumpeln. Nathan hob die Waffe und zielte auf den Bereich hinter der Tür. Mega tat das Gleiche. Vor ihnen in der Dunkelheit erschien die Sicherheitsschleuse. Ein schlichter Gang aus rohem Beton, knapp vier Meter lang. An seinem Ende eine zweite Panzertür und ein zweiter Touchscreen. Die Schleuse war leer. Nathan ließ die Waffe sinken. Mega folgte seinem Beispiel. Während sie sich der Außentür näherten, schloss sich die erste. Mega war beeindruckt. Derart ausgefeilte Technik besaß der Universitätskeller nicht. Was diese Tür öffnete und schloss, war moderner, als alles, was sie bisher gesehen hatte. Nathan schien ihre Gedanken zu erraten:

»Ich hab drei Monate gebraucht, bis alles wieder funktionierte.«

Nathan wandte sich dem zweiten Touchscreen zu. Erneut ertönte das Rumpeln in der Wand, dann schwang die äußere Panzertür auf. Wieder erschien ein Gang in der Dunkelheit. Diesmal ein schmutziger, knietief mit Müll verstopfter, der zu einer Betontreppe führte.

Eine Rostschicht bedeckte den von Kampfspuren vernarbten Beton. Es roch nach verbanntem Öl und Schießpulver. Die Panzertür verriegelte automatisch hinter ihnen. Bevor sie am oberen Treppenende ankamen, flüsterte Nathan:

»Hier trennen sich unsere Wege. Ich geh' hoch. Du wartest am Haupteingang. Bleib in Deckung. Warte auf mein Signal. Viel Glück.«

Geräuschlos huschte er an ihr vorbei und war verschwunden. Unvermittelt stand sie allein in der Dunkelheit. Eigentlich hatte sie noch etwas fragen wollen, doch sie konnte sich nicht mal verabschieden. Und das, obwohl keineswegs klar war, dass sie sich wiedersehen würden. In diesem Punkt machte Mega sich nichts vor.

Die Lobby sah schlimm aus. Prunkvolle Wandbehänge waren zerrissen und verbrannt worden. Marmorsäulen und Büsten hatten Vandalen zu weißem Pulver zermahlen. Neben einer staubigen Feuerstelle lagen ein schwarzer Kessel und ein Dreibein am Boden. Marodeure hatten das Fünf-Sterne-Hotel in eine Feldküche verwandelt.

Mega näherte sich dem Hauptportal, dessen schief in den Angeln hängende Flügel ein Stück offen standen. Mit erhobener Waffe kniete sie sich vor den Spalt. Wie wollte Nathan ihr ein Zeichen geben? Mega hatte keinen Schimmer. Vorsichtig spähte sie nach draußen.

Ein Schauder kroch über ihre Arme. Das Ödland wartete still und geduldig auf ihre Rückkehr. Unter dem tief hängenden Himmel, der grau und feucht den Höhenzug einhüllte, breitete sich eine karge Hügellandschaft aus. Die Sonne hätte im Zenit stehen müssen, doch Mega konnte sie nirgendwo entdecken. Genau, wie Nathan beschrieben hatte, lag das Hotel auf einer Kuppe mit Blick ins Tal. Die Schräge bedeckten regelmäßige Kuhlen. Neben ihnen lagen ausgerissene Baumwurzeln. Ein dichter Teppich aus Moos und Schmarotzergewächsen überwucherte alles.

Früher mussten Alleen, Wälder und Parks das Hotel umgeben haben. Mega erinnerte sich, dass es nach der Katastrophe extreme Dürren gegeben hatte. Gewaltige Brände hatten sich hemmungslos ausgebreitet und die Vegetation ganzer Landstriche vernichtet. Die Flächenbrände hatte Starkregen abgelöst. Eine ungewöhnlich intensive Feuchtperiode. Verbliebener Mutterboden war fortgespült worden. Jetzt wuchs auf dem toten Ödlandboden nur noch blasses Steppengras.

Das Hotel mit seinen Wintergärten und Pergolen musste einst

eine beeindruckende Anlage gewesen sein. Jetzt lagen die Dächer in Trümmern, die Stuckfassaden bröckelten und die Säulen waren schwarz vom Regenwasser. Mit Marmorplatten gepflasterte Wege verschwanden in knietiefem Unkraut. Skelette alter Regenschirme deuteten verrostet über verwilderte Flächen. Hier und dort versteckten sich alte Sonnenstühle. Der geheime Park eines verwunschenen Schlosses. Mega fühlte sich an ein Märchen erinnert, das Sophia den Kindern vorgelesen hatte: Dornröschen. War das alles passiert, während sie geschlafen hatte?

Ein Knacken direkt neben ihrem Kopf ließ sie zusammenzucken. Nathan hatte die Gegensprechanlage zum Glück so leise eingestellt, dass sie wenige Meter weiter nicht mehr zu hören war. Die Stimme des Einsiedlers klang blechern:

»Zwei Wachposten im Westen ... Warte ... fünf im Westen ... Sonst scheint es ruhig zu sein.«

Neben dem Lautsprecher befand sich ein schmutziger Knopf, den Mega vorsichtig drückte.

»Verstanden.«

In diesem Moment krachte es auf dem Dach des Hotels derartig, dass Mega im ersten Moment davon ausging, dort wäre eine Granate eingeschlagen. Sie zuckte heftig zusammen, geriet vor Schreck aus dem Gleichgewicht und landete auf dem Hintern. Eilig rappelte sie sich auf und wollte schon auf die Gegensprechanlage drücken, um zu erfahren, was passiert war, als Nathan sich meldete. In der Entfernung rollte der Hall des Lärms wie der Donner eines Gewitters über das Land.

»Vier im Westen ... Ich habe ihre Aufmerksamkeit ... Sie schicken den Läufer ... Mach dich bereit ... Auf mein Zeichen.«

Nathan hatte einen Schuss abgefeuert. Mega wollte sich lieber nicht vorstellen, was das Projektil mit Nummer Fünf angestellt hatte.

Plötzlich fühlte sie sich unwohl. Nervös spähte sie durch den Spalt. Leblose Hügel, die am Horizont im Dunst verschwanden. Mehr konnte sie nicht erkennen. War wirklich niemand im Norden? Nathan hatte von seinem Standpunkt aus die bessere Sicht. Doch ihr Bauchgefühl hatte sie noch nie im Stich gelassen. Ihr Unbehagen wuchs, schwoll alarmierend an. Eine Windböe trieb Sandkörner den Hügel hinauf. Mega musste sich die Hand vor die Augen halten. Nur der Wind und das entfernte Grollen. In die Stille hinein krachte ein weiterer Schuss. Es klang, als könnte der Rückstoß der Waffe einen

Menschen töten.

»Zwei im Westen ... Renn so schnell du kannst! Nach Norden und nach Westen. Wie besprochen. Folge dem Rauch zum Lager ... LOS!«

Obwohl ihr Magen schmerzte, als wenn jemand hineingeschlagen hätte, rannte Mega durch den Spalt, über eine flache, runde Treppe ins Freie und so schnell sie konnte den Hang hinunter. Das abschüssige Gelände breitete sich leer und windstill vor ihr aus. Feuchtigkeit legte sich wie ein Film auf ihre Haut. Die Wachposten lagen im Südwesten. Mega schützten der Hügel und das Hotel. Und selbst wenn es direkten Sichtkontakt gegeben hätte, würden die Späher im Moment die Köpfe unten halten und sich in ihre Mulden verkriechen. Wenn alles gut ging, konnte sie sich aus dem Staub machen, ohne dass die Posten etwas davon mitbekamen.

Sie hatte noch keine fünfzig Meter zurückgelegt, als unmittelbar vor ihr verwahrloste Männer wie Springteufel aus Mulden und Kratern hervorschossen. Sie trugen Stahlhelme, zerfetzte Parker und Springerstiefel, schwangen selbst gebaute Äxte aus geschliffenem Karosseriestahl und Schusswaffen aus Armeebeständen. Kahl rasierte Schädel, bis zur Unkenntlichkeit tätowiert und gepierct. Wohlsortiert und gleichzeitig hechteten sie von Grube zu Grube, um kein eindeutiges Ziel zu bieten. Endlich, nach einer gefühlten Ewigkeit, schoss Nathan. Zehn Meter von ihrem Kopf entfernt riss das Kaliber einen Körper in Stücke. Er explodierte wie eine Wassermelone. Extremitäten flogen in alle Himmelsrichtungen. Niemand schrie, niemand half dem Verwundeten. Kühl und fokussiert setzten die Gegner den Angriff fort. Während sie näherkamen, erkannte Mega einen von ihnen. Den Kerl mit dem Lächeln eines Totenkopfs. Narbengesicht. Sie erinnerte sich. Im Labyrinth war er auf den INDU gesprungen. Seine Entschlossenheit hatte ihr einen gehörigen Schreck eingejagt. Ihr Plan würde scheitern, schoss es ihr durch den Kopf. Sie hatten den Gegner unterschätzt.

Alle schleppten Waffen, doch niemand warf sein Beil, niemand schoss. In gespenstischer Stille hetzten sie ihr entgegen. Mega wurde heiß und kalt. Sie wollten sie lebend.

Abrupt blieb sie stehen. Lebend würden sie sie nicht kriegen. Nicht, wenn sie es verhindern konnte. Sie hob das Sturmgewehr, zielte auf den ersten, schoss und traf die Schulter. Er kam aus dem Takt, stürzte schreiend, wälzte sich in seinem Blut. Mega visierte den nächsten an, der versuchte in eine Mulde ausweichen, die Salve traf ihn am Bein. Er knickte weg, bevor er die Richtung ändern konnte. Schreiend und sich überschlagend rollte er den Hang hinunter.

Es hatte keinen Sinn. Es waren zu viele und sie hatten ihr bereits den Rückweg abgeschnitten. Mega saß in der Falle. Aus Mangel an Alternativen warf sie sich den Gurt der Kalaschnikow über den Kopf und begann erneut zu rennen. So schnell wie noch nie in ihrem Leben. Auf dem Dach schrie Nathan:

»LAUF! LAUF!«

Sie lief. Doch wohin sollte sie laufen? Er wollte doch wohl nicht ernsthaft vorschlagen, dass sie sich an den Plan halten und ins Lager der Soldatenkinder rennen sollte. Die Idee war gewesen, sich heimlich dorthin zu begeben. Was blieb ihr übrig? Zehn folgten ihr, vor ihr liefen drei. Sie hätte verdammt noch mal auf ihr Bauchgefühl hören sollen. Nathan feuerte. Der Schalldruck der Waffe und die Schreie des Getroffenen brachten sie aus dem Takt. Angst begann sie zu lähmen. Fünf Meter entfernt schlugen Körperteile auf, rutschten über den weichen Boden. Eine Gruppe versperrte ihr den Weg. Nathan schoss in die Mitte, trieb sie auseinander. Er konnte ihr Zeit verschaffen, aufhalten konnte er den Gegner nicht. Es waren zu viele. Machtvoll anschwellende Panik trieb ihr Tränen in die Augen. Verzweifelt schrie sie, um sich Mut zu machen.

Sie rannte weiter, so schnell sie konnte. Den Hügel hinunter, immer nach Norden. Der Boden wurde uneben und der Hang steil. Sie rannte so schnell, dass sie keine Rücksicht mehr darauf nehmen konnte, wo sie hintrat. Im Flug versuchte sie Unebenheiten auszuweichen. Mehrfach sackte ihr Fuß weg, war kurz davor, umzuknicken. Zum Glück hatte sie sich gut erholt und verfügte über Kraftreserven. Höchstwahrscheinlich mehr als die Verfolger.

Nathans Schuss krachte. Zehn Sekunden zum Nachladen. Eine halbe Ewigkeit. Außer rasselnden Lungen und rollendem Donner hörte sie nichts mehr. Langsam kamen sie näher, kreisten sie ein. Sie erreichte die Talsohle. Der Boden wurde ebener und fühlte sich weicher an. Ein Nadelteppich. Früher mussten hier Tannen gestanden haben. Öde Wüstenei breitete sich vor ihr aus. Bedeckt mit Moos und grauen Flechten. Von rechts und links kamen sie. Wenn sie durchhielt, konnte sie zwischen ihnen hindurchschlüpfen. Nur Sekundenbruchteile trennten sie von der erfolgreichen Flucht. Die Verfolger schrien frustriert, erkannten, dass die Beute ihnen entwischen würde. Mega setzte zum Endspurt an.

Keine zwei Meter vor ihr schnellte ein Säbel schwingender Mann aus einer Wurzelmulde. Mega wollte bremsen, rutschte weg und fiel auf den Rücken. Der Angreifer führte den kraftvollen Hieb gegen ihren Kopf, verfehlte um Haaresbreite, holte erneut aus, wollte mit aller Kraft zuschlagen.

Ein Ruck ging durch seinen Körper, er öffnete den Mund, gab keinen Laut von sich. Mega hatte ihm den Dolch in den Unterleib gerammt. Mit einem Schrei verpasste sie ihm einen Tritt und schleuderte ihn nach hinten.

Der Verwundete flog gegen den nächsten Angreifer. Der stieß den Hilflosen mit Schlägen und Tritten zur Seite. Mega nutzte die Gunst des Augenblicks, machte einen Satz und landete wie eine Springspinne auf der gegnerischen Brust. Im Flug trat sie ihm die Axt aus der Hand, rammte ihm mit derselben Bewegung den Stachel in die Schulter und starrte ihm in die schreckgeweiteten Augen. Die Wunde würde ihn nicht töten, nur außer Gefecht setzen. Der Kerl schrie erbärmlich und krallte die dreckige Pranke um ihre. Die andere drückte Mega mit dem Knie auf den Boden, um ihn ruhigzustellen. Als sie den Metalldorn wieder aus dem blutigen Loch nach oben riss, rief die Kreatur etwas. Sie verstand es nicht, kam blitzartig auf die Beine und hetzte weiter.

Sie hatte einen Etappensieg errungen, in Sicherheit befand sie sich noch nicht. In vollem Lauf beugte sie sich tief über den Boden, um möglichst weit hinter überwachsenen Wurzeln zu verschwinden. Schüsse hörte sie nicht mehr. Entweder hatte Nathan sich zurückgezogen oder tatsächlich das Hotel verlassen, um die Aufmerksamkeit der Belagerer auf sich zu ziehen. Mega ahnte, wie sehr die Soldatenkinder ihn hassten, trotzdem hielt sie es für unwahrscheinlich, dass sie plötzlich das Interesse an ihr verlieren könnten.

Unmittelbar vor ihr tauchte erneut ein Gegner aus einer Mulde auf. Die Wange eng an ein Gewehr gepresst grinste er schief über Kimme und Korn. Er hatte auf sie gewartet und sie war ihm direkt vor die Flinte gelaufen. Sein Finger krümmte sich am Abzug. Schwer atmend blieb sie stehen. In der Faust den Grabendolch, von dessen Stoßklinge frisches Blut tropfte. Ihr Gesicht schimmerte bleich. Schweiß hatte den größten Teil der Fingerfarbe gelöst. Im tiefen Stand hielt sie den Kopf gesenkt. Unter wilden Rastalocken leuchtete der Stern wie eine Kriegsbemalung. Sie fixierte den Mann. Blasse Haut in zerschlissener Lederkluft. Die Hälfte der Zähne fehlte. Die andere gammelte schwarz im vorgeschobenen Unterkiefer. Unter anderen Umständen hätte sie vielleicht Mitleid gehabt.

Bisher hatte niemand geschossen. Plötzlich war sie sich sicher, dass auch dieser Mann nicht schießen würde. Wieselflink hechtete sie zur Seite und rannte weiter. Der Mann fluchte und folgte ihr. Die Aktion hatte sie zu lang aufgehalten. Um die Kontrolle zu behalten, blendete sie die restlichen Verfolger aus. Jetzt wurde ihr klar, dass sie schneller näherkamen, als ihr lieb sein konnte. Eine breite Front preschte heran. Das Stampfen schwerer Militärstiefel umgab sie. Links, rechts, überall. Welche Möglichkeiten hatte sie noch? Weiterrennen, bis sie zusammenbrach? Nur einmal stolpern, nur kurz aus dem Takt kommen, dann wären sie bei ihr.

Mega dachte nicht mehr nach. Ihre Instinkte trafen die Entscheidung. In einer Mischung aus Panik und Wut blieb sie stehen, riss sich die Kalaschnikow von der Schulter und feuerte noch in der Drehung auf die Verfolger. Sie hatte die Waffe auf Minisalve eingestellt, ging in die Knie, um besser zielen zu können, und machte reiche Ernte. Narbengesicht schrie, die Gruppe teilte sich auf, rannte seitlich hinter Wurzelberge, hetzte von einem zum anderen. Mega war schneller, feuerte erbarmungslos.

Ein Schuss und es wäre vorbei, dachte sie. Warum erwidern sie das Feuer nicht? Einen Atemzug später wusste sie warum. Ein schnappendes Geräusch erklang, wie ein klatschender Gummizug. Ein dünnes Plastiknetz schwirrte durch die Luft. So filigran, dass sie es kaum kommen sah. Das engmaschige, mit Bleikugeln beschwerte Ding legte sich warm auf die Haut und fühlte sich angenehm an. Zuerst dachte Mega, sie würde es problemlos zerreißen können. Doch die Plastikfäden erwiesen sich als widerspenstig. Sie dehnten sich, zogen sich wie Kaugummi, aber sie rissen nicht. Im Gegenteil. Die Maschen des vorgewärmten Netzes gehorchten einer hinterhältigen thermischen Reaktion und zogen sich zusammen. Mega ließ das Gewehr los, versuchte den Dolch anzusetzen, schwang ihn mit der scharfen Seite nach unten, steckte den Kopf durch die Öffnung und merkte in dieser Sekunde, dass sie sich bereits rettungslos verheddert hatte. Wie die klebrigen Schichten eines Spinnenkokons hatten sich die Fäden um Arme und Beine gewickelt. Je mehr sie sich bewegte, je verbissener sie kämpfte, desto enger zogen sie sich.

Mega wälzte sich in der aschfarbenen Erde, zwischen verfaulten

Vegetationsresten, während bewaffnete Männer sie umstellten und aus gebührendem Abstand schweigend ihren Kampf beobachteten. Tränen nässten ihre Wangen. Sie war übertölpelt worden wie ein Kind. So jämmerlich wollte sie nicht scheitern. Schließlich geriet sie in Panik und begann verzweifelt zu schreien:

»Nein. Nein. NEIIIN! Nathan! NATHAN!«

Die Vergammelten lachten freudlos. Mega hatte zu viele von ihnen erwischt. Es klang eher wie ein Aufatmen. Nur einer verzog keine Miene. Narbengesicht. Mit den geweiteten Augen und dem starren Grinsen eines Totenkopfes betrachtete er sie prüfend. Die Lippen und ein Großteil der Gesichtshaut fehlten. Der Rest war verbrannt und schief zusammengewachsen. Die grauenhafte Karikatur eines Menschen. Ein Wesen aus einem Albtraum. Ein letztes Mal bäumte Mega sich auf, versuchte sich zu befreien, zappelte wie ein Käfer im Glas. Schließlich bekam sie keine Luft mehr und ihr wurde schwarz vor Augen.

Als sie endlich still lag, näherte sich Narb vorsichtig ihrem Gesicht und schnarrte heiser, wie eine defekte Aufziehpuppe:

»Der General erwartet dich.«

5. PICKNICK AM WEGESRAND

Hagens Trupp ließ das Moor hinter sich und wandte sich, eingehüllt in dunkle Schneewolken, nach Norden. Widrige Umstände hatten sie zur Abreise gezwungen. Hagen hätte sich gern noch ein oder zwei Monate länger in der versteckten Festung hinter der Hecke erholt. Doch sie hatten den Ort deutlich früher als geplant verlassen müssen, mitten im Winter. Die Angelegenheit lag dem Anführer schwer im Magen. Hätten sie länger ausgehalten, wenn er andere Entscheidungen getroffen hätte? Er bezweifelte es. Am Ende wäre das Ergebnis das gleiche gewesen. Außerdem lag die Sache hinter ihnen. Er konnte nichts mehr ändern, also brachte es nichts, sich den Kopf zu zerbrechen.

Sie passierten die leeren Straßen einer Kleinstadt. Hallende Fassaden im Zwielicht, menschenleer und schneebedeckt. Vor den Männern rechtfertigte Hagen die Reiseroute mit dem bekannten Gerücht, dass es im Norden noch bewohnte Siedlungen gäbe. Eine Ausrede. Hagen wusste genau, dass Mega nach Osten gehen würde. Das war die Richtung, in die er eigentlich wollte. Doch der Entschluss, der in ihm reifte, musste geheim bleiben.

Fünfunddreißig Mann waren aufgebrochen. Zwei Wochen später bestand der Trupp nur noch aus vierunddreißig. Ein junger Bursche, Hagen hatte seinen Namen vergessen, war in einen zugefrorenen Wassergraben getreten und hatte sich den Knöchel verstaucht. Drei Stunden später schwoll das Gelenk an und wurde dick wie ein Oberschenkel. Jeder Schritt ließ ihn vor Schmerz schreien. Ihm war nichts Lebensgefährliches passiert, nichts, was nicht ein paar Tage Ruhe auskurieren könnten. Doch der Trupp mochte keine Pausen. Er musste die Geschwindigkeit halten, um nicht zu erfrieren. Es war die Schuld dieses unglücklichen, jungen Mannes, dass sie langsamer gehen und am Ende sogar anhalten mussten.

Eine Stunde später lag er mit offenen Augen im Schnee. Die Halsschlagader durchtrennt, umgeben von einer schwarzen Korona aus gefrorenem Blut. Niemand hatte gesehen, was geschehen war. Niemand wollte es wissen. Eine weitere Stunde später briet Ramsan

Fleischstücke auf dem Rost. Die Schlachtabfälle warf Bassajew in den Topf, kochte sie mit geschmolzenem und gefiltertem Schnee und servierte den hungrigen Mäulern eine kräftige Brühe. Reich an Fett und Nährstoffen würde sie ein paar Tage vorhalten. Die blanken Knochen stapelte Ramsan kunstvoll zu einem Haufen. Den Schädel pflanzte er auf die Spitze, umkränzte ihn mit Glasscherben und blanken Steinen und drehte ihn so, dass er zusehen konnte, wie der Trupp im Morgengrauen weiterzog. Das Kunstwerk glitzerte von Raureif überzogen wie eine wertvolle Reliquie.

Die Neuen aus dem Moor standen unter besonderer Beobachtung. Man gewährte ihnen eine Probezeit, an deren Ende Hagen entschied, wie mit ihnen zu verfahren war. Zu ihnen gehörte Marko, der Traurige, der Folterknecht, dessen entstelltes Gesicht niemals zu weinen aufhörte. Die Passion von Duncan, dem zweiten ehemaligen Moorbewohner, erwies sich als praktisch. Er liebte alles Mechanische und besonders Schusswaffen hatte er ins Herz geschlossen. Selbst bei den widrigen Wetterbedingungen des Winters konnte er sie reinigen und reparieren. Zur Not ohne Werkzeug. Ein besonders guter Fang. Neben ihm gab es noch den mürrischen Bodo, der in der Moorfestung kaum Freunde gehabt hatte, weil er als griesgrämig und nachtragend galt. Unter Hagens Männern fiel die Übellaunigkeit kaum auf. Er passte erstaunlich gut zu ihnen und war so stabil gebaut, dass er Ausrüstung für zwei tragen konnte. Er machte sich schnell beliebt. Der jüngste ehemalige Moorbewohner hieß Jan. Die Mundwinkel des blassen Jungen zeigten stets beleidigt nach unten. Er sah niemandem in die Augen und sprach so gut wie nie. Die meisten hielten ihn für nutzlosen Ballast, doch Hagen hatte mit Interesse beobachtet, wie er kurz nach der Aufnahme damit begonnen hatte, den Kampf mit dem Messer zu trainieren. Der sonderbare Bursche schien froh zu sein, das Moor endlich verlassen zu können. Er akzeptierte als Erster den Trupp als neue Heimat und die rauen Sitten der bärtigen Kerle als die Nestwärme seiner neuen Familie.

Die Moorbewohner verhielten sich nicht so, wie Neue das normalerweise taten. Hagen hatte schon einige kommen und gehen sehen. Als Erstes fiel ihm auf, dass sie nicht zusammenhielten. Duncan mied Markos Nähe und Jan hielt sich von Bodo fern. Außerdem spielten sie sich nicht auf. Normalerweise zeigten die Neuen jedem, was sie draufhatten. Sie demonstrierten, dass sie wilde Hunde waren, und versuchten sich Respekt zu verschaffen. Sie tranken und brüllten und trugen Schaukämpfe aus, um ihren Platz in der Hierarchie zu finden. Sie schrien als Erste, wenn Hagen Freiwillige suchte, bedankten sich für Arschtritte und spuckten fröhlich Zähne, wenn sich eine Faust in ihr Gesicht verirrte.

Ganz anders verhielten sich die Moorbewohner. Sie schwiegen, kauten Knochen und starrten in den Nebel. Wie Veteranen, dachte Hagen. Ein guter Tausch. Vier Namenlose hatte er geopfert, vier Spezialisten hatte er bekommen. Und am Ende war die Klasse jedes Mannes entscheidend. Das tröstete ihn ein wenig, denn bis auf die neuen Rekruten hatte sich der Abstecher ins Moor als Fehlschlag erwiesen.

Alle Männer des Trupps kamen aus Siedlungen, die Hagen erobert hatte. Er hatte ihre Frauen geschändet und ihre Kinder getötet und verlangte trotzdem bedingungslose Loyalität. Hagen wunderte sich über das eigenartige Tier, das so flexibel war, dass es sich selbst extremen Veränderungen problemlos anpassen konnte. Und was ihn noch mehr erstaunte: Die Liebe seiner Männer war in Stein gemeißelt. Ein stärkeres Band kannte er nicht. Nicht die Liebe zu einer Frau, nicht die Bande der Familie. Die Gequälten schienen geradezu erleichtert ihrem Peiniger dienen zu dürfen. Sie schöpften Atem wie Schiffbrüchige, die bei schwerer See auf ein scharfkantiges Riff kletterten. Es zerschnitt ihnen Hände und Füße, setzte sie dem Wüten der Elemente aus und trotzdem lächelten sie. In Zeiten wie diesen war Hagen die einzige Alternative, die einzige beruhigende Antwort. Eine andere gab es nicht.

Zweifel nagten trotzdem an ihm. Eines Tages wird einer kommen, sagte er sich. Er wird die anderen anstacheln und sie gegen dich aufhetzen. Und die Meute wird ihm folgen und gemeinsam werden sie Rache nehmen. Hagen war gut in Form, gesund, widerstandsfähig und gestählt. Außergewöhnlich für sein Alter. Mit dreien konnte er es aufnehmen, doch nicht mit allen.

Innerhalb des Trupps bildeten sich Untergruppen, Allianzen und Loyalitäten. Die Männer versicherten sich die Freundschaft der anderen, selbst mit Konkurrenten versuchten sie auszukommen. Es gab sogar so etwas wie Hilfsbereitschaft. Sie wurde pragmatisch betrieben und kam nicht ohne Hintergedanken aus, doch es gab sie.

Doch wenn sie sich schlafen legten, gab es keinen, der sich hundertprozentig sicher war, dass er den nächsten Tag noch erleben würde. Tiefen, erholsamen Schlaf fanden sie deshalb selten. Es wurden

Wachen eingeteilt, doch auch die hatten offene Rechnungen und es gab immer jemanden, der die Wachen bewachte. Selbst Stellgar schlief mit offenen Augen. Und es gab kein Mittel, das Verhalten der Männer zu ändern. Sie hatten Grenzen überschritten und von verbotenen Früchten genascht. Keine Gewalt der Welt konnte sie zurückbringen. Sie waren verloren. Nur der Tod würde ihnen Ruhe schenken.

Nicht alle hielten Stress und Schlafmangel aus. Mancher verzog sich aus dem Lager und verlor damit den Schutz der Gruppe. Den Trupp griff niemand an. Niemand war so wahnsinnig, sich mit Söldnern anzulegen. Selbst einen Überraschungsangriff wagte man nicht. Obwohl die Männer ohne Deckung schliefen, befanden sie sich in Sicherheit. Trotzdem gab es immer Männer, die aus der vergifteten Geborgenheit des Lagers zu fliehen versuchten. Manchmal kehrten sie nicht zurück, denn was außerhalb des Lagers geschah, blieb außerhalb des Lagers.

Die Tage wurden länger und wärmer. Der Winter neigte sich dem Ende entgegen, während sich der Trupp weiter nach Norden schleppte.

Am Abend säuberte Ramsan in einem stillen See seine Töpfe und beobachtete die dünnen Eisschollen auf der Oberfläche. Er kehrte dem Ufer den Rücken zu, summte ein Lied, dessen Text er vergessen hatte, und genoss das Privileg der Abgeschiedenheit. Erst als er hinter sich einen Stiefel im kalten Wasser entdeckte, realisierte er, dass jemand unmittelbar neben ihm stand. Er zuckte nach oben und stieß mit dem Rücken gegen einen weiteren Mann. Der Blick des Kochs fuhr nervös von einem zum anderen. Rico, der Anführer einer Untergruppe, hatte ein besonderes Steckenpferd. Er quälte mit Vorliebe Schwächere. Ramsans Freund Bassajew war sein Lieblingsopfer gewesen. Vor Kurzem hatte sich das jedoch geändert. Jetzt galt Ricos Aufmerksamkeit einem Neuen aus dem Moor, Duncan, dem Mechaniker, weil er Waffen zwar pflegte, sich jedoch weigerte sie zu benutzen, und das war Rico ein Dorn im Auge.

Rico stand so nah vor Ramsan, dass er dem Koch fast auf die Füße trat. Die obere Hälfte des Schutzanzuges hatte er nach unten gekrempelt. Aus dem gelb verfärbten T-Shirt ragten bleiche Arme, bedeckt mit Brandwunden und primitiven Tätowierungen. Rico genoss den Ruf eines hinterhältigen Bastards. Er betonte unablässig seine Loyalität zu Hagen, unter der Hand galt er jedoch bereits als Nachfolger.

Der Mann war hungrig und gefährlich. Sein Lächeln wies blutiges Zahnfleisch und diverse Lücken auf. Er verströmte einen Gestank, der selbst für abgestumpfte Ödlandnasen kaum zu ertragen war. Der Koch begann einfältig zu lächeln. Seine bewährte Methode, um Harmlosigkeit zu demonstrieren. Den Griff zur Nase konnte er in letzter Sekunde als Kratzen tarnen. So dumm wie er tat, war er natürlich nicht. Er ahnte bereits, was ihm blühte. Es hatte Gerüchte gegeben. Er tat jedoch sicherheitshalber weiter so, als könnte er nicht bis drei zählen:

»Nachschlag?«

»Verschon mich mit der Scheiße, Ramsan. Wir wissen, dass du nicht so dumm bist, wie du tust.«

Ramsan ließ das Grinsen verschwinden und setzte eine verletzte Miene auf.

»Hat nicht geschmeckt?«

Rico starrte Ramsan an, bis der Koch auswich.

»Es wird ein Missverständnis geben. Ich will sichergehen, dass wir uns hinterher noch mögen. Wie siehst du das?«

Rico sprach Ramsan sehr direkt an. Für eine Sekunde verschwand Ramsans Maske. Ricos Begleiter beobachteten die Umgebung. Ramsan nickte. Unauffällig, fast unsichtbar. Nur Rico konnte es sehen.

»Du wirst das klären, nehm' ich an?«

»Verlass dich drauf. Schön die Füße stillhalten!«

Rico verpasste Ramsan einen Schlag auf die speckige Wange, der freundschaftlich gemeint war, jedoch schmerzte wie eine Ohrfeige. Ohne ein weiteres Wort drehte er sich um und ging. Die Begleiter folgten ihm wortlos. Ramsan blieb allein am Ufer des Tümpels zurück.

Scheinbar unbeirrt fuhr er mit dem Reinigen der Töpfe fort. Eine Melodie wollte ihm nicht mehr über die Lippen kommen. Nach einer Weile registrierte er, dass die Töpfe überhaupt nicht sauber wurden. Die Sisyphusarbeit fügte mehr Dreck hinzu, als sie entfernte. Missmutig warf er sie in den Schlamm. Er spielte mit dem Gedanken, Hagen zu informieren. Kaum jemand wusste, dass er Hagens Ohr war. Eins von vielen. Schließlich entschied er sich dagegen. Hagen hatte das Vorspiel zu diesem „Missverständnis" zweifellos mitbekommen. Er würde selbst entscheiden, was zu tun war. Mit hoher Wahrscheinlichkeit hatte er bereits Vorkehrungen getroffen.

Die Entscheidung, Hagen nicht zu informieren, hatte damit jedoch nichts zu tun. Er schob die Argumente vor, nutzte sie als Rechtfertigung. Die Wahrheit war: Zum ersten Mal, seit er sich erinnern konnte, hatte er keine Lust, Hagen Bericht zu erstatten.

6. DAS LETZTE AUFGEBOT

Kopfüber hing sie im Netz wie ein verendender Fisch. Der Boden schwankte. Alles bewegte sich, obwohl sie selbst sich nicht bewegte. Ihr wurde schlecht. Orientierungslos rollte sie sich auf den Rücken. Der Himmel über ihr bewegte sich ebenfalls. Ihr Kopf schmerzte, als hätte man ihr mit harten Gegenständen auf den Schädel geschlagen. Sie wollte die Hand heben und prüfen, ob sie verletzt war, doch das konnte sie nicht. Nur rollen war möglich. Wie ein verletzter Wurm krümmte sie sich. Das gefrorene Lächeln des Vernarbten neigte sich zu ihr nach unten. Entsetzt zuckte sie zurück. Schwielige Hände packten ihr Kinn und drehten den Kopf hin und her wie ein Stück Fleisch. Sie blinzelte. So richtig bei Bewusstsein war sie nicht. Dazu bekam sie zu wenig Luft. Alles verschwamm vor ihren Augen. Erneut drohte sie bewusstlos zu werden. Narbengesicht schien zufrieden und ließ sie los. Mega überstreckte den Kopf und drehte sich mühsam auf die Seite, um sich zu orientieren.

Sie lag auf einem Handkarren. Die Hauptattraktion eines vorsintflutlichen Triumphzuges, der vom Applaus und den Jubelschreien einer für Mega beängstigend großen Menschenmenge begrüßt wurde. Der dickste Fang der Menschenfischer seit Beginn der neuen Zeitrechnung wurde ins Lager der Soldatenkinder gezogen. Männer und Frauen in extravaganten Müllkostümen standen Spalier. Fahrendes Volk, das den Absprung verpasst hatte. Die Dächer der windschiefen Baracken und Campinganhänger hatten Moos angesetzt. Räder waren abgeschraubt und anderweitig verwendet worden. Dächer und Außenwände hatte man mit Wellblechen und Styropor verstärkt. Von Einschusslöchern durchsiebte Zugmaschinen standen quer. Müllberge türmten sich in den Seitengassen. Überall Spuren von Bränden und der Gestank von verschmortem Plastik.

Wie Sklaven zogen die Wegelagerer sie mit Seilen und Ketten. Es schien ein weiter Weg durch unwegsames Gelände gewesen zu sein, denn die ausgemergelten Männer schwitzten und schnauften. Um so lauter schallte die Freude des Empfangskomitees. Alte und Frauen sangen schräg und tanzten im Schlamm. Narb reckte die Faust in den düsteren Himmel und schrie wild und laut:

»JA! JA!«

Das Lager wucherte wild wie ein Geschwür in dem Gewerbegebiet, das Mega damals von der Autobahn aus gesehen hatte. Ein U-förmiger Komplex aus Bürogebäuden schirmte es ab.

Hinter dem Treck krachte zwischen Wachtürmen ein stählernes Fallgitter auf den Boden. Ein Mann fluchte lautstark, ein anderer antwortete, zwei Sekunden später flogen die Fäuste. Männer und Frauen schrien und begannen sich zu prügeln. Die ausgelassene Feierstimmung schlug übergangslos in keifendes Gezänk um. Megas Bewacher versuchten dem Streit so weit wie möglich aus dem Weg zu gehen. Wenn jemand gegen den Karren flog, stießen sie ihn in die Menge zurück. In dem Chaos erkannte Mega keinerlei Strukturen, keinen tieferen Sinn, niemand gab Befehle, niemand wartete auf sie.

Aus den Schatten der zweiten Reihe lugten gelbe Augen, deren intensive Färbung Krankheit verriet. Zerlumpte Wachsfiguren mit schweißnassen Gesichtern humpelten auf selbst gebauten Krücken aus alten Autoteilen neugierig neben dem Karren her und starrten Mega wirr und feindselig an. Einige spuckten ihr ins Gesicht, schrien und hätten sie mit bloßen Händen geschlagen, wenn Narb nicht dazwischen gegangen wäre. Allmählich verstand Mega die Hierarchie des Lagers. Ganz unten bewegten sich die Verkrüppelten. Unfähig Beute zu machen waren sie auf Almosen angewiesen. Ihnen ging es am schlechtesten. Sie versuchten sich anzubiedern, indem sie Mega bedrohten. Die Frauen im Lager standen etwas höher. Sie umgarnten die Siegreichen. Mega warfen sie vernichtende Blicke zu, ließen sich jedoch nicht dazu hinreißen, sie anzugreifen, obwohl sie es vermutlich am liebsten getan hätten. Jede neue Frau schien für sie eine Existenzbedrohung zu bedeuten. Erst recht eine junge wie Mega. Sie wirkten sauberer als die Verkrüppelten, doch auch sie stanken. Wasser schien es in dem Dreckloch nicht zu geben. Zumindest keins, das zu Reinigungszwecken verwendet wurde. Mega wunderte sich, dass die Zwangsgemeinschaft so lang durchgehalten hatte. Offensichtlich gab es noch genug Beute.

Ein heftiger Stoß fuhr durch den Handkarren. Mega wurde unsanft hin- und hergeschleudert. Unrat, den niemand beseitigen wollte, behinderte die Durchfahrt. Die Männer mussten Hand anlegen und den Handkarren mit Schwung über die Stelle wuchten. Mega schlug so heftig mit dem Kopf auf, dass ihr erneut schwarz vor Augen wurde.

Ein ebenso harter Aufprall auf dem hallenden Metallboden eines dunklen Campinganhängers weckte sie. Der Raum schwankte und vibrierte unter den Stiefeln der Männer, die sich zurückzogen und eine mit Ketten gesicherte Metalltür hinter sich schlossen. Etwas schnitt ihr schmerzhaft in Fuß- und Handgelenke. Man hatte ihr Arme und Beine mit Handschellen gefesselt. Mega entfernte sich kriechend vom Eingang und fand in der Dunkelheit eine Wand. Sie fühlte sich weich an, roch nach Klebstoff und altem Plastik. Billige Auslegware, die sich aufzulösen begann, getränkt mit Angstschweiß. Sie saß im Gefängnis der Soldatenkinder.

Mühsam sortierte sie ihre Gedanken. Nathans Plan war gescheitert. Offensichtlich kannten sich die Parteien so gut, dass sie jeden Schritt und jeden Gedanken des Gegners vorausahnen konnten. Nathan hatte zwar gewusst, dass die Soldatenkinder Wachposten aufstellen würden, doch Narb hatte genauso gewusst, dass Nathan sie nur im Südwesten vermuten würde, in der Richtung, in der das Camp lag, also hatten sie sich im Nordosten versteckt. Nathan hatte außerdem den Siegeswillen des Haufens unterschätzt und nicht damit gerechnet, dass Narb alles auf eine Karte setzen und so viele Opfer in Kauf nehmen würde.

Allmählich gewöhnten sich Megas Augen an die Lichtverhältnisse. Weiter hinten tauchte das Cockpit eines Lkw auf, mit Lenkrad, losen Kabelenden und staubigen Ablagefächern. Die Scheiben hatte man von außen zugeklebt und von innen mit Gittern verstärkt. Die Trennwand zwischen Cockpit und Container fehlte.

Jemand riss grob die Metalltür auf. Mega zog sich in die hinterste Ecke zurück. Narbengesicht trat in die Öffnung, hinter ihm ein zweiter Mann. Grelles Tageslicht schmerzte in Megas Augen. Erst als Narb die Tür wieder schloss, erkannte sie die wohlfrisierten weißen Haare, die sich vor ihr niederließen. Unter ihnen tauchten Augen auf. Verschlagener Glanz musterte sie. Auf der grünen Uniform prangte eine Reihe von Abzeichen und Orden, die Mega billig und albern vorkamen. Den Kopf bedeckte eine steife Schirmmütze. Die Paradeuniform saß perfekt. Keine Falte, kein Schmutz, kein Staubkorn. Der Mann roch sogar angenehm. Selbst die Lederstiefel schimmerten in der Dunkelheit, gaben ein leises Knarren von sich und verbreiteten angenehmen Duft. Insgesamt eine einnehmende Erscheinung, dachte Mega. Der traurige Rest Zivilisation im Lager der Aussätzigen. Doch, ob jemand zivilisiert war, hing nicht von seiner

Kleidung ab. Der Verstümmelte neben ihm wirkte in seiner abgerissenen Kampfmontur wie der Zerrspiegel, der die Wahrheit unter der polierten Oberfläche zeigte.

Mega musste sich abwenden. Obwohl sie nie mit einem Mann wie diesem in Berührung gekommen war, verstand sie sofort die geballte Schmierigkeit und die grenzenlose Überheblichkeit, die seinen Gesten innewohnten. Um sich zu beruhigen, rief sie sich in Erinnerung, dass das alles Mummenschanz war. Die Macht, die der Kerl zu demonstrieren versuchte, gab es nicht mehr. Sie war längst Geschichte.

Der General nickte dem Vernarbten zu, der griff hinter sich, klappte einen Campingstuhl auf, den er hinter seinem Rücken versteckt hatte, und wischte die Sitzfläche mit dem Ärmel ab. Der General misstraute jedoch Narbs Reinlichkeit und half mit einem blütenweißen Stofftaschentuch nach, das er der Brusttasche entnahm. Dann setzte er sich vorsichtig, faltete die Hände und wandte sich mit weicher Stimme an Mega:

»Mit Bedauern habe ich zur Kenntnis genommen, dass du es vorgezogen hast, unsere Einladung auszuschlagen. Wir lassen uns nicht gern einen Korb geben. Das versuchen wir aus sportlichen Gründen zu vermeiden. Wenn du verstehst, was ich meine?«

Mega verstand kein Wort.

»Deshalb haben wir weder Menschen noch Material geschont, um dich trotzdem von unseren guten Absichten zu überzeugen. Et voilà, da bist du.«

Er räusperte sich, als würde er sich schämen, den unangenehmen Gesichtspunkt des Gesprächs zur Sprache bringen zu müssen.

»Zehn haben es nicht geschafft. Vier werden höchstwahrscheinlich noch hinzukommen. Sie hinterlassen Frauen und Kinder. Mögen ihre Seelen Frieden finden ... War es das wert, Mädchen? Fühlst du dich jetzt besser? Du hättest nur unserer Einladung folgen müssen. Das hätte uns und dir eine Menge Ärger erspart.«

Er wirkte traurig, wie ein enttäuschter Vater, der seine Tochter bei einem unentschuldbaren Vergehen erwischt hatte, das er trotzdem, in seiner unendlichen Großzügigkeit, nie wieder erwähnen würde. Selbstverständlich nur, wenn sie nach seiner Pfeife tanzte. Mega widerte die Art dieses Mannes derartig an, dass sie weiter die Wand anstarren musste, um nichts Unüberlegtes zu tun.

»Bisher haben meine Männer dich nett und zuvorkommend behandelt. Wie einen Kriegsgefangenen. Keiner hat dich angefasst, weil ich es ihnen verboten habe.«

Seine Stimme veränderte sich. Sie wurde scharf und bohrte sich wie eine Stecknadel in Megas Gehörgang:

»Wir stehen noch immer unter Kriegsrecht, wusstest du das? Das bedeutet, dass ich jedes Verbot aufheben kann, wenn mir danach ist. Du hast mich verstanden.«

Sie musste Zeit gewinnen. Widerwillig wandte sie sich dem General zu, der umgehend zu einem milden Lächeln zurückfand:

»Wunderbar. Ich erklär dir, wie's läuft. Wir unterhalten uns. Du gibst uns die Informationen, die wir haben möchten, und du kannst gehen, wohin du willst. Keine Hintergedanken, kein doppelter Boden. Was hältst du davon?«

Mega wollte antworten, doch ihre Stimme versagte. Ein Kloß saß ihr im Hals und ließ sich auch durch Räuspern nicht entfernen. Der General verstand, dass ihr Mund ausgetrocknet sein musste. Schnell gab er Narb ein Zeichen. Der lief nach draußen und kam mit einem Glas Wasser zurück. Es handelte sich nicht um ein gewöhnliches Wasserglas, wie sie es auch im Keller besaßen. Narb hielt ein filigranes Kunstwerk in den grobschlächtigen Pranken, dass Mega Angst bekam, es könnte jeden Moment zerbrechen. Der General nahm es Narb ab und führte es sanft an Megas Lippen. Die Außenwände schimmerten ohne einen Kratzer, als wäre es eben erst produziert worden. Über dem breiten Fuß trug ein dünner Stiel einen elegant gewölbten Kelch. An der industriellen Perfektion erkannte Mega, dass es aus der Zeit vor der Katastrophe stammen musste. Vorsichtig trank sie. Der General lächelte entzückt:

»Gläser haben wir kistenweise. Leider ist uns der Wein vor ein paar Jahren ausgegangen. Ironie des Schicksals. Ob du es glaubst oder nicht, du bist die Erste, die aus diesem Glas trinkt. Es ist vorher noch nie benutzt worden. Es war quasi ... jungfräulich.«

Mega registrierte den Hinweis mit unbewegtem Gesicht. Sie wusste genau, worauf der Drecksack anspielte. Wenn sie auch keine Erfahrung in diesen Dingen hatte, so hatte Sophia ihr doch das eine oder andere erzählt, um sie auf alle Eventualitäten des Ödlands vorzubereiten.

»Ist dir klar, was so ein Glas wert ist?«

Mega konnte sich keinen Reim darauf machen, was der General von ihr wollte. Vorsichtshalber schüttelte sie den Kopf.

»Gibt es Gläser, da wo du herkommst?«

»Wir haben Gläser. Aber nicht solche.«

Der General lehnte sich auf dem bedrohlich knarrenden Campingstuhl zurück.

»Was würdest du davon halten, wenn wir tauschen? Wir geben euch ein paar Kisten und ihr gebt uns das Fahrzeug.«

Mega schüttelte den Kopf und wusste plötzlich, was sie zu tun hatte:

»Ihr könnt euch selbst eins bauen.«

»Um so ein Fahrzeug zu bauen, braucht man nicht nur das Material. Man braucht die Leute, die das können.«

»Ich bau euch eins. Ihr seht zu, dann könnt ihr es auch. Wenn ich richtig gesehen hab, habt ihr alles da. Aluminium, Elektromotoren, Felgen und Reifen. Wir brauchen nur eine Bandsäge. Stichsäge geht auch. Habt ihr so was?«

Megas Arbeitseifer überrumpelte den General. Er kniff die Augen zusammen und unterbrach sie.

»Du kannst so 'n Ding bauen?«

Mega setzte eine gleichgültige Miene auf und tat, als wäre es das Normalste der Welt.

»Wenn die Teile passen, in vierundzwanzig Minuten. Wenn was kaputt geht, muss ich es reparieren können, oder? Geht nicht anders.«

Der General kniff die Augen zusammen:

»Wo willst du mit dem Ding eigentlich hin?«

»Nach Osten.«

Aus irgendeinem Grund hatte der General nicht die Absicht, die Sache zu vertiefen:

»Ich hab' noch nie von einer Siedlung gehört, die solche Fahrzeuge herstellen kann.«

»Ich kann euch ein Fahrrad bauen oder euch die Pläne geben, aber ich sage nichts über die Siedlung, aus der ich komme.«

»Was nutzt uns das Fahrrad, wenn wir die Technologie nicht verstehen? Du kannst so naiv tun, wie du willst. Darauf fall ich nicht rein. Deine Leute schicken kein Dummchen ins Ödland. Du bist ein intelligentes Mädchen. Du wurdest unterrichtet und trainiert. Ich denke, du kannst deine Situation sehr gut einschätzen. Du wirst uns verraten, woher du kommst, die exakten Koordinaten. Ich bekomme eine Wegbeschreibung, die Zahl der Leute, die dort leben, ihre Bewaffnung, eine vollständige Liste der Technologie, die ihr entwickelt habt, und den Grund, warum sie dich nach Osten schicken.«

Mega antwortete nicht. Der General erhob sich schwerfällig, näherte sich der Tür, die Narb für ihn öffnete, und drehte sich in der weiß überstrahlten Umrandung noch einmal um.

»Ich kann dich nicht gehen lassen, Kleine. Tut mir leid. Das letzte Aufgebot hat Hunger. Es lässt sich nicht mit Ausreden füttern. Wir sehen uns morgen.«

Mit scheppernden Schritten verschwand er. Narb klappte den Stuhl ein, folgte ihm und verriegelte die Tür von außen.

Mega hockte wieder allein in der stickigen Dunkelheit des alten Anhängers. Der Muff schnürte ihr die Kehle zu. Sie war ins Lager der Soldaten eingedrungen, doch nicht so, wie Nathan und sie das geplant hatten. Der General hatte ihre Materialfragen nicht beantwortet. Entweder hatte er den Braten gerochen oder es gab im Lager einfach keine Felgen. Sie war genauso schlau wie vorher und zu allem Überfluss auch noch eingesperrt. Und selbst, wenn sie die erhoffte Information bekommen hätte, wie sollte sie mit einer gestohlenen Felge unbehelligt das Lager verlassen?

Mega spürte die Nachwirkungen des verlorenen Kampfes nicht nur körperlich. Verzweifelt versuchte sie sich abzulenken. Doch ihre Gedanken kehrten immer zu denselben unangenehmen Fragen zurück. Weshalb ging sie solche Risiken ein? Lohnte sich der Einsatz überhaupt? Was, wenn am Ende alles umsonst war?

Ihre Stirn schwebte über den gefalteten Händen. Tränen tropften auf die Handschellen. Sie zog die Nase hoch. Die Geräusche eines trotzigen Kindes, das seinen Willen nicht bekommen hatte.

So deplatziert und jämmerlich es auch war, so sehr brachte es Mega doch in die Realität zurück. Das war nicht sie. Das entsprach nicht ihrem Wesen. Schlagartig aufquellende Wut ließ sie aufspringen und die Handschellen mit voller Wucht gegen die Tür schlagen. Es krachte ohrenbetäubend. Im Container lauter als draußen. Mega schrie, weil sich das scharfkantige Metall schmerzhaft in ihre Handgelenke schnitt. Nichts passierte. Niemand kümmerte sich um sie, doch die vermeintliche Dummheit eröffnete ihr eine neue Perspektive.

Der Schlag hatte die Tür ein Stück nach außen bewegt. Kette und Vorhängeschloss besaßen ein gewisses Spiel. Mega schob die Tür vorsichtig nach vorn. Sie konnte einen Spalt öffnen und nach draußen spähen. Und nicht nur das. Sie hörte Stimmen. Eine gehörte dem General. Er stand in der Nähe. Aufmerksam ließ Mega den

Blick wandern. Ihr Container stand im Erdgeschoss eines zerstörten Bürogebäudes, das zu einer Art Garage umfunktioniert worden war. Die Seitenwand lag eingebrochen am Boden. Neben ihrem Gefängnis standen weitere Anhänger, auf den Ladeflächen ebenfalls Frachtcontainer.

Die Unterhaltung drang aus dem ersten Stock des Gebäudes, durch ein Loch in der Betondecke zu ihr nach unten. Sie erkannte Hinterköpfe. Narbs gehäuteten Nacken, daneben weiße Haare unter einer olivfarbenen Schirmmütze. Der General. Die Männer, mit denen die beiden sprachen, waren erschreckend dünn, hatten eingefallene Wangen und stechende Augen. Narb hielt die Verwahrlosten auf Abstand. Offensichtlich traute er den eigenen Leuten nicht. Sein gruseliges Lächeln und die aufgerissenen Augen tauchten im Loch auf. Eine unbekannte Stimme berichtete. Zu leise. Mega näherte sich dem Spalt mit dem Ohr, schloss die Augen und drehte den Kopf, um die beste Position zu erwischen.

»Wir haben ihn mehrfach erwischt. Irgendwie hat er es trotzdem in den Bunker geschafft.«

»Verfluchter Bastard.«

»Wenn er drin ist, ist er zu gefährlich. Wir müssen warten, bis er wieder rauskommt.«

»Wir brauchen das Fahrzeug, also müssen wir in den Bunker, klar? Er ist allein. Ein Mann. Ein einziger Mann.«

»Wir können ihn nicht aushungern. Er hat Wasser. Er hat genug zu essen. Wir müssen warten. Mehr können wir nicht machen.«

»Doch. Ihr könntet mir den gottverdammten Gefallen tun und endlich sterben. Was seid ihr für Soldaten, wenn ihr es nicht schafft, einen einzigen Mann zu töten? Wie lang tanzt der Kerl euch schon auf der Nase rum? Wie lang wollt ihr euch das noch gefallen lassen?«

Mega sah, wie die Hand des Generals ausholte, dann hörte sie einen scharfen Knall und einen Schrei. Ein Hieb mit der Reitpeitsche warf den Sprecher zu Boden. Narb trat dazwischen, bevor der General erneut ausholen konnte, und sagte etwas zu ihm. Es war zu leise. Mega verstand es nicht. Der Anführer der Soldaten war kurz davor, Narbengesicht zu schlagen. Drohend hob er die Peitsche, doch Narb wich nicht zurück.

Ein Schrei am Lagertor. Ein Spähersignal. Der General ließ die Hand sinken. Mega verstand den Inhalt der Nachricht nicht, merkte jedoch, dass die Männer unruhig wurden. Selbst der Geprügelte vergaß schlagartig die Schmerzen, erhob sich und sah ungläubig in die Richtung, aus die Botschaft gerufen worden war. Der General brüllte auf, als hätte ihn jemand persönlich beleidigt:

»Schalt das Gehirn ein, Penner! Was denkst du, womit das Ding angetrieben wird? Mit Pisse?«

Der Späher antwortete, doch Mega verstand nichts. Er blieb anscheinend bei seiner Version und die Beharrlichkeit zeigte Wirkung. Die Männer leckten sich die Lippen und witterten Beute. Nur der General schüttelte den Kopf. Narbengesicht blieb ruhig, wartete auf die Entscheidung des Anführers. Der General sah alles andere als glücklich aus. Er sprach leise, an der Grenze der Verständlichkeit. Mega reimte sich die Einzelheiten zusammen:

»... kein Zufall ... am Wasserloch ... verschwunden ...«

Narb nickte knapp und gab den Befehl an die Männer weiter.

»Zwei Gruppen. Eine zum Hotel. Die andere zum Wasserloch. Ausrüstung greifen und los!«

Narb setzte sich in Bewegung. Die Männer folgten ihm. Sofort begann Mega fieberhaft am Vorhängeschloss zu ziehen. Doch das Ding war stabil und die Kette viel zu dick.

Schlurfende Schritte auf der geländerlosen Treppe ließen sie innehalten. Zwei Typen in zerschlissenen Uniformen drückten sich missmutig die Stufen hinunter. Offensichtlich passte es ihnen nicht, zurückgelassen zu werden. Der Erste hielt locker eine Kalaschnikow, der andere schulterte eine Stachelkeule. Ein fest mit Drahtseil umwickeltes Stück Holz, aus dem fingerdicke Nägel ragten. Das Gemüt des Trägers kombinierte Schlichtheit mit einer unguten Portion Kälte. Der Mann mit dem Sturmgewehr ließ sich zwischen den Anhängern auf ein ausgeleiertes Sofa fallen. Außerhalb von Megas Sichtfeld rollten Konservendosen über den Betonboden. Die Kerle legten die Füße hoch und machten es sich gemütlich. Der Keulenmann beschwerte sich:

»Wir gehen leer aus.«

»Wir können von Glück reden, dass wir nicht dabei sind.«

»Das Ding ist voll bis zum Rand.«

»Es gibt kein Benzin mehr, keinen Diesel, kein Ethanol. Es gibt gar nichts mehr.«

»Woher weißt du das?«

»Die Scheiße ist verdunstet. Selbst wenn wir's nicht verbraucht hätten, wär's verdunstet, dämliches Stück Scheiße. Geh mir nicht auf den Sack! Hol uns was zu trinken.«

»Und wieso fährt das Ding?«

»Das ist der Haken an der Geschichte. Ich sag doch, da is' was faul.«

»Hier rumsitzen ist scheiße.«

»Du bleibst am Leben. Das ist doch was. Weil du auf mich hörst, lebst du, mein Freund. Und jetzt hol mir was zu trinken!«

»Hol dir doch selbst was!«

Mega lockerte den Druck auf die Tür und schloss sie langsam, ohne ein Geräusch zu verursachen. Sie war sich ziemlich sicher, dass sie es Nathan zu verdanken hatte, dass nur zwei Männer zu ihrer Bewachung zurückgelassen worden waren. Den Rest hatte er wie versprochen weggelockt. Wie auch immer er das geschafft hatte. Sie musste die Wachen jetzt nur noch dazu kriegen, die Tür und ihre Hand- und Fußschellen zu öffnen. Wie könnte sie das anstellen? Mega fiel etwas ein. Sie war eine Frau und da draußen saßen Männer. Doch sie verwarf den Gedanken sofort wieder. So abgebrüht war sie nicht. Sie hatte keinerlei Erfahrung in diesen Dingen, außerdem konnte das schnell aus dem Ruder laufen. Sofort schlug ihr das Herz bis zum Hals. Was, wenn es schief ging? Sie gab sich einen Ruck und schlug gegen die Tür. Eine Sekunde später bereute sie es, doch da war es bereits zu spät. Die beiden griffen zu den Waffen und bauten sich vor der Rampe auf. Mega hörte sie atmen. Erneut schlug sie gegen die Tür. Der Krach hallte unter der Betondecke:

»Ich muss auf die Toilette.«

»Na und?«

»Meine Hände sind gefesselt ... Wie soll ich mir die Hose runterziehen?«

»Dein Problem.«

»Ihr verdammten Arschlöcher.«

Die Männer lachten höhnisch, machten jedoch keine Anstalten, sich der Tür zu nähern.

»Macht mir wenigstens die Hände los.«

»Hättest du wohl gern. Mit Handschellen sind mir Frauen deutlich lieber.«

Der dumme Grobian lachte dreckig.

»Ich glaub nicht, dass euer Chef es toll findet, wenn ich nach Pisse stinke.«

Die Männer lachten.

»Hier stinkt alles nach Pisse, Süße.«

Mega biss sich auf die Lippen und schloss die Augen. Einen Moment befürchtete sie, die beiden verloren zu haben, dann meldete sich plötzlich der intelligentere:

»Ich mach dir 'n Vorschlag. Wir nehmen dir die Handschellen ab, wenn wir zugucken dürfen.«

Verfluchte Schweine, dachte Mega und lächelte grimmig. Einen Moment wand sie sich noch, dann war sie bereit:

»OK. In Ordnung.«

Die Männer verstummten. Schwere Schritte krachten auf der Metallrampe. Scheppernd öffnete sich das Vorhängeschloss, dann schwang die Tür auf. Der grobschlächtige Typ füllte den Rahmen. Hinter ihm kniete der andere mit dem Sturmgewehr und zielte auf Mega. In die Unterarme hatte Keulenmann sich Strichlisten geritzt. Mega ahnte wofür. Der Kerl hinter ihm diktierte die Richtlinien:

»Wenn du zu fliehen versuchst, verletzen wir dich. Zur Not brechen wir dir die Knochen. Der General will dich lebend, das heißt nicht, dass wir dir nicht wehtun dürfen. Hast du verstanden? Glaub ja nicht, dass wir dazu nicht in der Lage sind. Bruno bricht kleinen Mädchen gern die Knochen.«

Ein Furcht einflößendes Lächeln breitete sich in Brunos Gesicht aus. Die Hälfte seiner Zähne fehlte. Um seinen Hals wölbten sich in regelmäßigen Abständen Implantate. Die eigenartigen Geschwüre schmückten den Kerl, wie eine rosafarbene Perlenkette.

Mega wagte nicht zu antworten, um den Mann, der die automatische Waffe auf sie richtete, nicht zu provozieren. Sie hob nur vorsichtig die Hände. Der Mann mit dem Sturmgewehr nickte. Bruno näherte sich lächelnd und schwer atmend und türmte sich zwei Köpfe größer und doppelt so breit vor ihr auf. Könnte schwer werden den Brocken zu überraschen, dachte Mega. Sie musste sich etwas einfallen lassen. Bruno stank entsetzlich nach Schweiß und anderen Absonderungen. Mega wurde übel in seiner Gegenwart. Er entfernte die Handschellen und steckte sie ein. Mega rieb sich die Handgelenke und deutete auf ihre Knöchel. Der Typ mit dem Sturmgewehr reagierte kalt:

»Hände reichen. Los, jetzt!«

»Das funktioniert nicht. Ich will mir nicht auf die Hose pissen, klar?«

Bruno drehte sich zu seinem Kollegen um, der seufzte, rieb sich das Kinn, schließlich nickte er. Bruno ließ die Fußfesseln klicken und steckte sie ein. Mega erhob sich schüchtern.

»Wohin?«

Der Typ mit dem Sturmgewehr grinste schamlos.

»Hinterm Wagen. Da haben wir ein stilles Eckchen.«

Mega betrat den Metallsteg. Sie spürte Bruno direkt hinter sich, bereit ihr die Keule in den Rücken zu rammen. Der andere zielte mit der Kalaschnikow auf ihre Beine. Sie durften sie nicht töten. Der General wollte sie lebend. Doch daraus konnte sie im Moment keinen Vorteil ziehen. Die Männer waren nicht so dumm, wie sie aussahen. Sie blieben ruhig und behielten sie im Auge. Sie wussten ziemlich genau, was sie taten. Mega wankte vorsichtig weiter. Ihre Beine schmerzten und kribbelten. Zum ersten Mal, seit man sie aus dem Netz befreit hatte, wurden sie wieder richtig durchblutet. Sie musste sich am Container festhalten. In der Garage herrschte Stille. Sie lag abgeschieden. Sie hörte fernen Wind über die Fassade streichen. Licht sickerte spärlich durch die Betonritzen. Es könnte Mittag sein. Äußerlich unbeirrt schlich sie weiter, innerlich wand sie sich. Sie wollte den Lkw nicht umrunden.

»Vorhin musstest du noch so dringend. Was hast du gemacht? Hochgezogen?«

Der Typ mit der Kalaschnikow hielt Abstand. Bruno lachte dreckig. Er schien hauptsächlich dazu da zu sein, um über die blöden Witze des anderen zu lachen. Mega reagierte nicht, schlurfte weiter und bog um das Heck. Die Betonwand glänzte schwarz vor Feuchtigkeit. Eine schmutzige, dunkle Ecke, weit weg von allem.

»An die Wand!«,

befahl der Witzbold. Mega bewegte sich etwas, drehte sich zu den Männern um, machte jedoch keinerlei Anstalten, sich auszuziehen. Brunos Hand schloss sich fester um die Keule. Er war bereit zuzuschlagen. Der andere lehnte am Heck und zielte mit der Waffe auf ihre Beine.

»Umdrehen!«

Die Männer grinsten. Mit kurzer Verzögerung drehte Mega sich um. Vor ihr, keinen halben Meter von ihr entfernt, der dunkle Beton, der beruhigende feuchte Kühle ausströmte, porös und mürbe wie der Rest des Gebäudes. Hier und da fehlten Brocken, machten die Stahlgitter darunter sichtbar. Mega konnte das Wasser riechen. Es floss langsam, brauchte Jahre, um den Beton zu durchqueren.

»Ausziehen!«

Mit zitternden Fingern öffnete sie ihre Hose und zog sie nach unten. Ihr Herz raste. Blut rauschte in ihren Ohren.

»Weiter!«

Mega zog auch die Unterhose nach unten und beides über die Schuhe, obwohl ihr das nicht befohlen worden war. Doch für das, was sie vorhatte, brauchte sie Bewegungsfreiheit. Mit der Hose in den Kniekehlen konnte sie nicht arbeiten. Die Männer hatten nichts dagegen. Sie fröstelte, als die feuchte Kälte ihren nackten Hintern erreichte. Während der Jahre im Keller hatte sie keine Sonne abbekommen. In den letzten Wochen hatte sie sich zwar unter freiem Himmel aufgehalten, doch diese intimen Stellen waren genauso bleich wie vorher. Ihre Haut schimmerte fast durchscheinend weiß. Um so roter und auffälliger traten ihre Schamlippen hervor. Das Schweigen der Männer signalisierte Mega, dass ihnen dies aufgefallen sein musste. Sie ging in die Hocke, um anzufangen, als der Mann mit dem Sturmgewehr sie anfuhr:

»Stehen bleiben! Hände an die Wand.«

»Wie soll das gehen?«

»Mach die Beine breit, streck den Hintern raus!«

Mega bekam ein flaues Gefühl im Magen, als wenn sie sich übergeben müsste. Ihr wurde gleichzeitig heiß und kalt. Sie biss die Zähne zusammen, schloss die Augen und legte die Hände flach auf den nassen Beton. Sie musste die Gegenwart ignorieren, so tun, als wäre sie bereits vergangen. Sie schwor sich, dafür zu sorgen, dass niemand von ihr berichten konnte. Der Mann mit der Kalaschnikow jauchzte:

»Sieh dir das an. Die Schlampe weiß genau, wie's geht. Das ist angeboren, sag ich dir.«

Ein dünner Strahl schoss zwischen Megas Oberschenkeln nach hinten und plätscherte drei Meter von ihr entfernt zwischen den Männern auf den Betonboden. Der Mann mit dem Sturmgewehr stöhnte. Er griff sich an die Hose, in der bereits eine heftige Schwellung zu erkennen war, und begann sie zu reiben:

»Schön weiter!«

Schließlich hielt er es nicht mehr aus. Er wandte sich an Bruno, ohne ihn anzusehen:

»Behalt sie im Auge!«

Er wollte das Sturmgewehr abstellen, ließ es aber in seiner Geilheit einfach fallen. Dann riss er seine Hose auf und begann ungeniert mit ausgestreckter Zunge seinen Schwanz zu massieren, während neben ihm Megas Pisse auf den Boden plätscherte. Mega bekam sehr genau mit, was hinter ihr geschah. Sie war länger nicht mehr auf der Toilette gewesen und hatte sich antrainiert, so lange wie möglich auszuhalten, um nicht so oft mit dem INDU anhalten zu müssen. Das Urin schoss aus ihr heraus, als hätte man ein Weinfass angestochen. Der Bogen wurde nicht kleiner und es war nicht absehbar, wann ihre Blase leer sein würde. Der masturbierende Mann hinter ihr hatte ebenfalls nicht mit einem solchen Schauspiel gerechnet, rieb seinen Schwanz und begann in voller Inbrunst zu stöhnen.

»Piss, du geiles Stück Scheiße! Ahh.«

Er rieb sich in Rage. Seine Gier steigerte sich in Raserei. Schließlich verlor er die Kontrolle, stolperte nach vorn in den Strahl hinein und wollte über Mega herfallen. Das war der Moment. Sie hatte ihn dort, wo sie ihn haben wollte. Ohne Waffe, die Hose in den Knien und die Aufmerksamkeit an der falschen Stelle. Blitzschnell dreht sie sich um und rammte ihm den Ellenbogen gegen den Kehlkopf. Einer von Fr. Kems Finalschlägen. Während er ins Stolpern geriet, riss der Mann die Hände nach oben, schlug sich verzweifelt seitlich auf den Hals, um den Kehlkopf zu befreien. Es gelang nicht. Er saß fest. Schlagartig schwoll sein Kopf an. Mega packte die Ohren und rammte ihm die Stirn krachend auf die Nasenwurzel. Der Kerl zuckte schwach, während das Nasenbein sein Gehirn durchstieß und ihm das Blut aus der Nase spritzte. Die Aktion überrumpelte Bruno. Zunächst machte er erschrocken einen Satz nach hinten, um sich erstaunlich schnell zu fangen und die Keule mit Wucht nach unten sausen zu lassen. Mega zog den blutüberströmten Mann wie eine Ringerin über die Schulter. Die rostigen Nägel krachten ihm ins Rückgrat. Bruno guckte verdutzt. Die Waffe blieb hängen. Er musste den Fuß gegen den Partner stemmen und sie mit einem Ruck befreien. Mega nutzte die Zeit, hechtete zur Seite, griff zum Sturmgewehr und hielt es Bruno unter die Nase:

»Sachte, Bruno! Keule runter! Du wirst leben, wenn du auf mich hörst. Kapiert?«

Bruno realisierte, dass Mega das Gespräch der beiden belauscht hatte, und begann zu überlegen, was sie noch alles gehört haben könnte. Vorsichtig hob er die freie Hand und streckte die Keule zur Seite.

»Fallen lassen und hier rüber! Langsam!«

Bruno ließ die Keule los und rollte sie mit dem Fuß in Megas Richtung. Mega ging vorsichtig in die Knie, während sie Bruno nicht aus den Augen ließ. Mit der Keule in der einen und dem Sturmgewehr in der anderen Hand machte sie einen Schritt nach vorn und streckte Bruno das entblößte Hinterteil entgegen:

»Nachschlag?«

Bruno konnte nicht anders. Seine Augen wanderten nach unten zu Megas Hintern. Sie nutzte den Moment, schwang die Keule und ließ sie auf seine Brust krachen. Ihre Befürchtung bestätigte sich. Bruno war stabil gebaut. Entsetzt stellte sie fest, dass sie nicht genug Kraft in den Schlag gelegt hatte. Die Nägel drangen nur zur Hälfte ein. Bruno lächelte kalt. Er hatte begriffen, dass Mega nicht schießen würde. Sie versuchte, ihn geräuschlos zu erledigen. In Ermangelung anderer Alternativen rammte Mega kurzerhand den Gewehrkolben hinterher und traf die Gesichtsmitte. Wieder knackte es hörbar. Bruno stolperte, verlor den Halt und fiel auf den Rücken. Hustend spuckte er Blut und vollführte fahrige Wischbewegungen im Gesicht. Mega näherte sich vorsichtig und beobachtete ihn. Er versuchte sich aufzurichten, rutschte aus, fiel erneut auf den Rücken. Bewegungen und Blicke wirkten unkoordiniert. Mega trat über ihn, stellte ihm den Fuß auf die Brust, drückte ihn auf den Boden und riss mit einem Ruck die Keule aus dem muskulösen Oberkörper. Dann holte sie aus und ließ sie erneut nach unten sausen. Diesmal biss sie die Zähne zusammen, mobilisierte alles an Kraft, was ihr zur Verfügung stand, und hackte die Stacheln tief in Brunos Schädel. Erschrocken riss er die Augen auf und schob im Todeskampf langsam den Kopf in den Nacken. Der Schatten der Stachelkeule wanderte wie der Zeiger einer Sonnenuhr über die Wasserflecken auf der Betonwand. Endlich rührte sich der klobige Körper nicht mehr. Mega stellte fest, dass sie am ganzen Körper zitterte.

Mit fahrigen Bewegungen griff sie zu Unterwäsche und Hose und schlüpfte wieder hinein. Genau wie damals, als sie mitten in der Nacht den Wachposten auf der Autobahn angegriffen hatte, hatte sie erneut Entscheidungen getroffen, ohne nachzudenken. Instinktiv. Fr. Kem und Hr. Bernhard, das ehemalige Sicherheitspersonal der Universität, hatten ihr beigebracht zu kämpfen. Wie es sein würde, zu töten, hatten sie Mega nicht zeigen können. Und trotzdem konnte sie es, als hätte sie ihr Leben lang nichts anderes getan. Und genau wie damals sah sie sich nicht dazu in der Lage, sich mit der Materie auseinanderzusetzen. Spontan entschied sie, dass dies weder der Ort noch die Zeit dafür sein konnte, und wusste doch genau, dass der Grund vorgeschoben war. Eine jämmerliche Ausrede. Sie reagierte so, das konnte sie nicht ändern. Würde sie zögern, wäre sie nicht mehr am Leben. Alles andere musste warten.

Geräuschlos ließ sie die Keule unter dem Lkw verschwinden, griff zum Sturmgewehr und schlich zum Ausgang.

7. AM WASSERLOCH

Narbengesicht und die Männer des zweiten Teams entdeckten in der beschriebenen Richtung tatsächlich ein Fahrzeug, dessen Antrieb funktionierte und dessen Tank mit Treibstoff gefüllt sein musste. Ein Anblick, der im Ödland so selten war, dass er ausreichte, um die Männer in Aufruhr zu versetzen. Sie vergaßen sämtliche Vorsichtsmaßnahmen und stürmten vorwärts, von wilder Gier gepackt. Ein Kleintransporter mit Ladefläche, wie er vor der Katastrophe von Handwerksbetrieben benutzt worden war, mit einem nachträglich auf die Ladefläche montierten Vorratstank, provisorisch mit Metallplatten gegen Beschuss gesichert. Es gab Firmen, die sich darauf spezialisiert hatten, Fahrzeuge umzurüsten. Als Reaktion auf Rationierungen und Versorgungsengpässe. Ein einträgliches Geschäft kurz vor dem Zusammenbruch. Mit der unförmigen Eigenkonstruktion konnte man kaum noch etwas transportieren, aber mehrere Monate fahren, ohne nachzutanken, während sich die Benzinpreise verdoppelten. Der General wollte den Treibstoff und die Technik. Sie mussten sich beeilen, bevor andere Gruppen aufmerksam wurden.

Sie rannten von Deckung zu Deckung und näherten sich bis auf 150 Meter. Dann hob Narb die rechte Hand und stoppte den Vorstoß. Das Ganze stank nach einer Falle und er wollte nicht blindlings hineintappen. Er hatte bereits Bekanntschaft mit den Fallen des Einsiedlers gemacht und konnte auf weitere bleibende Erinnerungen verzichten.

Regungslos lag er auf der Hügelkuppe im farblosen Gras und beobachtete durch das Fernglas den Weg des Fahrzeugs. Das Ding kreiste stumpf, mit niedriger Geschwindigkeit. Man könnte hinlaufen und aufspringen, so langsam war es. Die Ruinen der Kleinstadt dahinter wirkten wie ein gewaltiger Friedhof. Ein Witzbold hatte auf den Trümmerbergen Kreuze aus Strommasten und Straßenschildern errichtet. Eine geschlossene Wolkendecke verdunkelte den Himmel und schien sich zusammenzuschieben, wie dreckiger Schaum am Flussufer. Die Augen schmerzten, wenn man zu lang hinsah. Direkt neben Narb lag ein schlaksiger Mann in Ledermontur, deren gefärbte

Oberfläche vor langer Zeit abgeblättert war. Jetzt glänzte sie speckig, als wäre sie mit Butter bestrichen. Gelbliche Haut schimmerte durch die Löcher und spannte über sichtbare Knochen. In tiefen Höhlen lagen hungrige Augen, die aus der Ferne wirkten, als würde er vor etwas erschrecken. Narbengesicht setzte das Fernglas ab und sprach leise, ohne den Nebenmann anzusehen:

»Ich weiß nicht, wie sie funktioniert, aber ich bin mir ziemlich sicher, dass das 'ne Falle ist.«

Der Nebenmann blieb skeptisch.

»Keine Ahnung.«

»Genau. Du hast keine Ahnung. Also, halt die Fresse.«

»Wir haben ihm drei Kugeln verpasst. Wie soll er hierherkommen, mit drei Kugeln?«

»Ich hab kein gutes Gefühl bei der Sache. Wenn ich er wär, hätte ich den Wagen mit Sprengstoff gefüllt. Auslöser in der Fahrertür.«

»Eine Sprengfalle?«

Das Fernglas des Vernarbten folgte dem Transporter. Die Fenster der Fahrerkabine waren von innen mit Plastikfolie und Papier zugeklebt. Doch der Fahrer hatte sicher einen Spalt freigelassen. Es herrschte Windstille. Kein Lüftchen regte sich. Staubwolken wurden von den Reifen aufgewirbelt. Sie erhoben sich wie ein grauer Schleier und zogen langsam seitwärts. Der Motor knarrte gedämpft. Er lief fast rund. Kaum Fehlzündungen. Mindestens die Hälfte des Treibstoffs musste gutes, altes Benzin sein. Das einzig Außergewöhnliche war eine eigenartige schwarze Plastikschürze, die zwischen den Reifen über die Erde schliff, wie der Unterbau eines Hovercrafts.

»Scheiße. Der Motor läuft. Keine Zeit zu verlieren. Auf geht's!«

Der Vernarbte erhob sich und setzte sich geduckt in Richtung Kleintransporter in Bewegung. Der Schlaksige griff ebenfalls zur Waffe und folgte ihm. Zerlumpte Männer erhoben sich wie bleiche Untote aus der kalten Erde und schlichen ihnen hinterher.

Der Transporter ruckelte über unebenen Bauschutt. Hier und da ragten Mauerreste aus der diesigen Luft. Hinter einem Berg aus Betonresten, die jemand hier gestapelt hatte, gingen die Männer in die Knie. Allen war klar, dass der nächste Schritt sie in Lebensgefahr bringen konnte. Niemand wagte es, Narbengesicht anzusehen und das Risiko einzugehen, für die nächste Aufgabe ausgewählt zu werden. Beiläufig wanderten die Blicke umher, schienen die Umgebung im Auge zu behalten. Narb musterte abschätzig das bekannte Übermaß an Mut. Sein Blick wanderte von einem zum anderen, bis er am Schlaksigen hängen blieb:

»Simon.«

Simon schloss die Augen und ließ den Kopf sinken. Dann erhob er sich und trat dem Vernarbten entgegen.

»Was?«

»Du gehst.«

Die beiden sahen sich in die Augen. Hinter dem Schutthaufen herrschte Windstille. Harte Flechten hatten sich wie Geschwüre ausgebreitet. Man hörte kleine Steinchen nach unten rollen. Simon legte den Kopf schief:

»Du machst einen Fehler.«

»Nein. Du machst den Fehler.«

Simon prüfte noch einmal seine Chancen und sah dem Hauptmann direkt in die Augen.

»Eines Tages ...«

»Reden kann jeder, Simon. Du hast deine Befehle, Soldat!«

Schließlich nickte der Angesprochene widerwillig und brach auf. Wachsam umrundete er die sperrigen Betonreste und begann zu laufen. Der Kleintransporter kam ihm knatternd entgegen. Die Ledermontur schlackerte um seinen dünnen Leib wie die verschrumpelte Haut um den Körper eines alten Mannes. Aus sicherer Entfernung beobachteten Narb und die anderen, wie er das schaukelnde Gefährt erreichte, ein Stück parallel lief und schließlich auf den Tritt neben der Kabine sprang. In der Hocke, den Kopf unter der Scheibe des Beifahrerfensters, fuhr er ein Stück mit, ohne sich zu bewegen, und sah sich prüfend um. Er schien davon auszugehen, dass Nathan sich irgendwo in der Nähe, an einem Ort mit freier Sicht auf das Fahrzeug, verschanzt hatte, um einen nach dem anderen mit dem Scharfschützengewehr zu erledigen. Auch das war natürlich möglich. Sie würden des Rätsels Lösung sicher bald erfahren. Das Knattern des Motors wurde lauter. Der Kleintransporter erreichte auf seiner Kreisbahn die größte Nähe zur Position der Gruppe. Narb ging sicherheitshalber in Deckung. Die anderen Männer taten das Gleiche. Keiner schien die Absicht zu haben, Simon im Falle eines Angriffs den Rücken frei zu halten.

Simon riss die Fahrertür auf. Keine Explosion, keine Kabel, kein Mechanismus. Der Auslöser befand sich nicht in der Tür. Simon blickte ins Innere. Jemand hatte es ausgeschlachtet. Armaturen, Steuer und Kupplung fehlten. Wie fuhr das Ding? Ölige Schaumstofffetzen hingen aus zerlegten Sitzen. Der Kleinlaster bewegte sich führerlos. Simon prüfte den Einstieg noch einmal, dann schob er sich in die Kabine. Eine Unebenheit stieß den Wagen zur Seite. Die Tür klappte zu. Simon war verschwunden.

Der Transporter zog weiter stur seine Kreisbahn und entfernte sich wieder. Die Männer starrten dem Vehikel hinterher. Warteten mit zusammengekniffenen Augen darauf, dass es sich samt Eindringling in einen Flammenpilz verwandelte. Kaum trauten sie sich zu blinzeln. Niemand wollte das Schauspiel verpassen. Das Fahrzeug rumpelte unverändert zwischen den Gipfelkreuzen der Bauschutthügel hindurch. Angespannt analysierten sie den Staub, den die Reifen aufwirbelten, suchten nach Veränderungen.

Doch es geschah nichts. Alles blieb, wie es war, bis der Motor urplötzlich und übergangslos verstummte. Er wurde nicht abgewürgt und er lief auch nicht nach, wie Maschinen das normalerweise taten. Zur allgemeinen Verwunderung blieb der Transporter jedoch nicht stehen, sondern rollte mit unverminderter Geschwindigkeit weiter auf demselben Kurs. Nur das Geräusch verschwand, als hätte jemand den Film stumm geschaltet. Einem nervösen Soldatenkind entfuhr ein Fluch:

»Was ist das für eine Scheiße?«

Offensichtlich hatte das Verbrennungsaggregat das Fahrzeug gar nicht angetrieben. Doch wie bewegte es sich dann? Narbs starres Lächeln begann zu zucken.

Es würde noch ein paar Minuten dauern, bis der Kleintransporter wieder an ihnen vorbeischaukelte. Er befand sich in größtmöglicher Entfernung auf der anderen Seite des Voltigierzirkels, als plötzlich Schüsse ertönten. Die Männer gingen in Deckung. Einzelne wichen zurück. Doch es wurde nicht auf sie gefeuert. Simon schoss im Inneren des Fahrzeugs. Kontrollierte, einzelne Schüsse. Was sie hörten, war kein Gefecht, sondern eine Exekution.

Narbengesicht hob das Fernglas an die Augen. Mit jedem Schuss wurde das Gefährt langsamer. Bis es kaum noch vorwärtskam. Nach dem letzten Schuss stand es schließlich still. Die kreisrunde Staubspur sank zu Boden. Nach einem Moment der Stille flog die Fahrertür auf und Simon sprang schweißgebadet nach draußen. Auf den ersten Blick schien er unverletzt. Auf den zweiten wirkte er erschöpft. Er sah kurz zu Narb und den anderen, um sicherzugehen, dass sie noch da waren, machte jedoch keinerlei Anstalten, zu ihnen zurückzukehren, sondern ließ sich auf den Boden sinken, warf die Waffe weg und senkte den Kopf.

Narb bedeutete den Männern zurückzubleiben und setzte sich allein in Bewegung. Nicht zu schnell. Er wollte nicht den Eindruck erwecken, ihn würde der Inhalt des Fahrzeugs oder überhaupt irgendetwas an der Sache interessieren. Fast ärgerte er sich, dass er Simon die Aufgabe übertragen hatte. Der General würde mit ihm sprechen wollen. Ihm zuhören. Narbengesicht würde nur danebenstehen. Worauf hatte Simon geschossen? Narbs Aufmerksamkeit wurde magisch vom Transporter angezogen. Der Soldat zu seinen Füßen reagierte nicht, starrte nur auf den Boden.

»Alles klar?«

Simon nickte abwesend, während er weit draußen etwas zu beobachten schien.

»Worauf hast du geschossen?«

Simon sah in Narbs Richtung, doch sein Blick ging an ihm vorbei.

»Mach's Maul auf!«

»Erinnerst du dich an den Sohn von Monique?«

Narb brauchte einen Moment. Der Rotzlöffel war gerade vierzehn geworden, als er vor zwei Jahren plötzlich verschwunden war. Niemand hatte den verlausten Bastard vermisst. Niemand hatte ihn gesucht.

»Willst du mir erzählen, er war da drin?«

»Er und zwei andere.«

Narb wandte sich angewidert ab und fluchte leise.

»Scheiße.«

»Sie haben das Ding geschoben. Der Motor war ein Tonband. Stromstöße haben sie wach gehalten. Er hat ihnen Drähte implantiert ... Sie waren Bauteile in seiner verdammten Maschine.«

»Deshalb muss man sie nicht gleich erschießen, oder?«

»Sie haben mich angefleht.«

Ein eigenartiger Ausdruck entstand auf Narbs Gesicht. Abstrakt wie eine Plastik. Der Totenkopf hörte auf zu grinsen. Eine Böe trieb eine Sandhose zwischen ihnen hindurch. Quälende Sekunden irrte sie umher, versuchte sich zu retten, brach entkräftet zusammen. Narb flüsterte:

»Der Typ dreht total durch. Wird Zeit, dass wir das beenden.«

8. ROCHADE

Die Söldner quartierten sich in einem alten Gasthof ein. Enteignung oder Konfiszierung erwies sich als unnötig. Niemand stellte sich ihnen in den Weg. Karierte Tapeten lösten sich von feuchten Wänden, doch ein paar Zimmer im ersten Stock und die Gaststube im Erdgeschoss erwiesen sich als erfreulich trocken und vergleichsweise wenig verwüstet. Die Backsteingotik der breiten Fassade dominierte den Marktplatz und bildete einen trotzigen Kontrapunkt zum einst modernen, jetzt verfallenen Rathaus auf der gegenüberliegenden Seite. Dazwischen lagen 100 Meter überwuchertes Kopfsteinpflaster und eine Reihe von Messingskulpturen, die im Unkraut verschwanden. Im Westen versank die Sonne hinter den Gerippen ausgebrannter Dachstühle und ließ die Schatten lang und kalt werden.

Hagen machte seine Runde und war auf dem Weg zu Duncan, dem Neuen aus dem Moor. Es hatte sich rumgesprochen, dass er ein Händchen für Reparaturen besaß. Anfangs wurden seine Dienste zögerlich in Anspruch genommen. Jetzt kam er mit der Arbeit kaum nach. Es gab weder Tische noch Stühle in der Gaststube. Nur Splitter waren übrig geblieben. Deshalb zerlegte Duncan die Kalaschnikow und die Jagdgewehre auf einer Plastikplane, die er auf dem Boden ausgebreitet hatte. Er hockte im Schneidersitz, bürstete versunken und gleichmäßig einen Gewehrlauf mit einem Stahlpinsel, hob ihn vors Auge und sah mit professioneller Abgeklärtheit hindurch. Hinter dem Lauf tauchten Hagen und Stellgar auf. Duncan ließ die Komponente sinken und verzog das Gesicht. Hagen konnte nicht erkennen, welche Emotion er darzustellen versuchte. Eine Mischung aus Lächeln und chronischen Schmerzen vielleicht. Drei weitere Männer saßen auf dem Boden, lehnten mit dem Rücken an der Wand und unterhielten sich leise. Sie bemerkten Hagens Blick, erhoben sich und verließen wortlos die Gaststube. Hagen wartete noch einen Moment, während Stellgar durch die Schlitze der vernagelten Fenster nach draußen spähte, schließlich nickte er.

»Du hast Scheiße gebaut, Duncan.«

»ICH hab Scheiße gebaut?«

»Du kannst nichts dafür. Du kennst die Regeln nicht. Aber du kannst dich auch nicht raushalten.«

»Der Typ geht mir auf den Sack. Was soll ich machen? Soll ich mir das gefallen lassen? Der Typ ist das Problem, nicht ich.«

»Du riskierst 'ne ziemlich dicke Lippe, Duncan. An deiner Stelle wär' ich vorsichtiger. Es gibt angenehmere Feinde als Rico. Er is 'n dummes Schwein, aber das steht nicht zur Debatte. Wir brauchen ihn. Glaub mir, wenn sie auf dich schießen, bist du froh, wenn er an deiner Seite kämpft. Wir müssen ihn bei Laune halten.«

Hagen sah sich noch einmal um, ob sich auch niemand in Hörweite geschlichen hatte.

»Du weißt, was du zu tun hast.«

»Keine Ahnung. Ich kenn die Regeln nicht.«

Hagen wiederholte stumpf:

»Du weißt, was du zu tun hast.«

»Scheiße.«

»Wir stehen hinter dir.«

Duncan fixierte Hagen.

»Ich weiß, was das heißt. Ich hab's gesehen, schon vergessen?«

»Du gehörst jetzt zu uns. Wer zu uns gehört, muss sich an unsere Regeln halten. Der Wurm krümmt sich jetzt anders für dich. Du bist ein guter Mann, mehr wert als Rico. Aber das dürfen wir ihm nicht verraten, das muss unser Geheimnis bleiben, verstehst du? Kann ich mich auf dich verlassen?«

Ein Zucken fuhr durch Duncans Gesicht. Einen Augenblick sah es aus, als würde er eine unüberlegte, aufmüpfige Antwort geben wollen, doch er besann sich eines Besseren, schlug die Augen nieder und nickte gehorsam. Hagen erhob sich und klopfte ihm auf die Schulter:

»Guter Mann. Ich würde dich ungern verlieren.«

Gegen Mittag stand die Aussendung der Kundschafter auf der Tagesordnung. Vier Gruppen, bestehend aus je vier Männern, brachen in sämtliche Himmelsrichtungen auf. Der Rest blieb im Lager und vertrieb sich die Zeit. Hagen hätte alle ausschicken können, doch es hatte sich gezeigt, dass sich zu viele Spähtrupps nur auf die Füße traten und die Chancen, etwas zu entdecken, nicht verbesserten. Außerdem könnte eine Gruppe angegriffen werden. Im Basislager mussten deshalb immer genug Leute zurückbleiben. Die vorgeschriebene Wachsamkeit wurde jedoch nicht besonders ernst genommen. Die meisten verschliefen den Tag oder spielten Karten. Die Eifrigen übten sich im Kampf, die Vorsichtigen reparierten die Ausrüstung oder ließen sie von Duncan reparieren. Die Zeit des Nichtstuns konnte schnell lang werden im Ödland. Die Männer umgab immer die gleiche Stille, immer der gleiche Gestank und es waren immer die gleichen Kerle, die ihnen auf die Nerven gingen, und es gab keine Möglichkeit, dem zu entkommen. Genau diese Siesta hatte sich Rico für sein „Missverständnis" ausgesucht.

Duncan hing konzentriert mit weit vorgebeugtem Oberkörper über der Plastikplane unter ausgestopften Wildschweinköpfen, verstaubten Auerhähnen und den oxidierten Messingtellern ehemaliger Schützenkönige. Waffen waren seine Leidenschaft, seine Meditation, seine Flucht. Sie halfen ihm in eine andere Welt abzutauchen, weit entfernt von den Zumutungen des Ödlands. Ein starkes Glücksgefühl durchströmte ihn, wenn er mit feiner Bürste und weichem Tuch Sand aus Trommeln und Scharnieren entfernen konnte, wenn er mit der Pipette den Kaltreiniger auftragen und ihn mit der schwarzen Zahnbürste gleichmäßig verteilen durfte, wenn er die Waffe hinterher mit der alkalischen Lösung brünieren und sie mit exakter Dosierung zu fetten vermochte, bis sie wieder glänzte, als läge sie noch im Showroom des Herstellers.

Hagen hätte Duncan und Rico unterschiedlichen Spähtrupps zuteilen können. Die Männer hätten es verstanden. Der Konflikt, wenn man Ricos Drangsalierungen so nennen wollte, wäre jedoch nur vertagt worden. Die beiden in eine Gruppe zu stecken wäre auch möglich gewesen, doch Hagen musste vermeiden, dass Ricos „Missverständnis" ihn schwächte. Er wollte stärker aus der Angelegenheit hervorgehen. Diesem erbärmlichen Schauspiel eine positive Seite abgewinnen.

Duncan legte die gefetteten Einzelteile nebeneinander. Fein säuberlich auf die Unterlage. Das Zusammensetzen bildete den Höhepunkt seiner Arbeit. Etwas, auf was er sich schon den ganzen Tag gefreut hatte, dem er heimlich entgegenfieberte, wie ein Junge dem neuen Waggon der Modelleisenbahn. Als er gerade beginnen wollte, trat Rico in den Schankraum. Hinter ihm seine Getreuen. Neue. Nicht aus dem Moor, ein oder zwei Lager früher, aber sie galten trotzdem noch als Neue.

Sie erzählten Geschichten, lachten aufgekratzt, als wären sie betrunken. Die Vergnügtheit tönte falsch und bedrohlich. Duncan ließ sich nicht aus der Ruhe bringen. Seine Hände zitterten nicht, als er die ersten Teile ineinanderschob. Die Dielen knarrten unter Ricos schlammbedeckten Stiefeln. Den Schutzanzug hatte er geschlossen, als wäre er gerade aus dem Ödland zurückgekehrt. Duncan ahnte, in welcher Jauche er gestanden hatte. Die Männer schubsten und tobten wie verhaltensauffällige Kinder. Rico tat, als hätte ihm einer einen Stoß versetzt. Ruckartig wich er nach hinten aus und trat schwungvoll in die von Duncan sorgfältig aufgereihten Teile. Ein paar erwischte er so unglücklich, dass sie quer durch den Raum flogen. Duncan erhob sich, um sich aus der Gefahrenzone zu bringen und studierte die Gesichter, die ihn umgaben. Weiße Zähne, rote Augen, die sein Blut tranken. Duncan räusperte sich:

»Du stehst auf Lothars Gewehr, Rico. Vielleicht willst du dich bei ihm entschuldigen.«

Lothar, der Scharfschütze der Truppe, saß mit seinem Ersatzgewehr auf dem Dach im Krähennest und hielt Ausschau. Keine zehn Meter Luftlinie. Ganz sicher hatte er den Krach im Erdgeschoss gehört. Die Waffen der Söldner besaßen eine Seele. Niemand durfte sie ungestraft mit Füßen treten. An dieser Stelle hörte jeder Spaß auf. Und niemand wollte Lothar, den Scharfschützen, den Eigenbrötler, dessen Obsessionen niemand kannte, zum Feind haben. Dafür konnte er einfach zu gut schießen. Duncan hatte ihm angeboten sein Lieblingsgewehr zu reinigen, wohl wissend, dass Rico ein Problem bekommen würde, wenn er Lothars Baby mit Füßen trat. Eine Sekunde zögerte Rico, dann sprach er mit gesenkter Stimme:

»Was setzt du dich hier in den Durchgang? Willst du mich ärgern? Für deine Fehler entschuldige ich mich nicht.«

»Lothar wird sich freuen, das zu hören.«

»Du bist 'ne arme Sau, wenn du glaubst, dass Lothar dir hilft. Du bist ein Neuer. Du hast keine Freunde.«

Duncan verzog das Gesicht. Lächeln und chronische Schmerzen. Duncan und Lothar verstanden sich gut. Vielleicht hatte Rico mit dem Schachzug gerechnet und vorgesorgt. Er „tippte“ Duncan unsanft auf die Brust. Einem weniger stabil gebauten Mann hätte der Stoß die Rippen gebrochen.

»Meine Stiefel sind schmutzig.«

Die Blicke der beiden bohrten sich ineinander.

»Scheiße und Scheiße gesellt sich eben gern.«

Ricos Gesicht zuckte.

»Mach sie sauber!«

»Fahr zur Hölle!«

»Du hängst alten Ideen nach, Kleiner. Die Hölle ist nicht irgendwo anders. Sie ist hier. Wir sind die Hölle und ich bin der Beelzebub.«

Ricos Messer schnellte blitzartig nach vorn und lag den Bruchteil einer Sekunde später auf Duncans Hals. Dort stoppte es jedoch abrupt, denn es klickte metallisch. Duncan spannte den Hahn seiner Automatikpistole und drückte sie in Ricos Unterleib. Rico lächelte.

»Auf dem Platz. In einer Stunde.«

Er machte einen Schritt nach hinten, entfernte das Messer von Duncans Hals und verschwand. Die Männer folgten ihm wortlos. Duncan entspannte den Hahn seiner Pistole und ließ sich auf die Arbeitsplane sinken. Seufzend klaubte er die verstreuten Teile zusammen, säuberte sie und begann von vorn.

Ricos Männer liefen durchs Lager und verbreiteten die Nachricht, dass es einen Kampf geben würde. Neugierig versammelten sich die Söldner auf dem Marktplatz vor dem Gasthaus. Ein Duell unter Söldnern versprach die beste Unterhaltung, die das Ödland zu bieten hatte. Duncan verließ die Gaststube und schritt langsam die mürbe Betontreppe hinunter. Er wollte es würdevoll tun, doch seine Beine waren müde und der Gang wirkte schwerfällig. Die Kollegen aus dem Moor hatten sich auf seiner Seite eingefunden. Marko, der Traurige, der schmale Jan und der stämmige Bodo. Sie hielten sich im Hintergrund und warfen ihm skeptische Blicke zu. Die Quote stand 5 zu 1 gegen ihn.

Etwa ein Drittel der Männer stand in der Mitte. Während die neutralen Beobachter Abstand wahrten, drängte die gegnerische Partei vorwärts und verformte den Kreis zur Ellipse. Rico machte auf seiner Seite Übungen mit dem Messer. Unterstützer massierten seine Oberarme und klopften ihm aufmunternd auf die käsigen Schultern. Duncan durchschritt die Reihen und näherte sich der Arena. Der eine oder andere klopfte ihm ebenfalls auf die Schulter, doch die Solidaritätsbekundungen wirkten traurig, sahen eher nach Abschied aus. Martin, ein älterer Mann mit schlohweißen, halblangen Haaren und schwarzer Augenklappe, hielt Duncan fest. Der Alte spielte den Ringrichter und winkte abwehrend mit der rechten Hand:

»Schusswaffen sind verboten. Deine Waffe!«

Duncan öffnete die Jacke. Martin griff hinein und hob Duncans Waffe demonstrativ in die Höhe, um sie den anderen zu präsentieren.

Die linkische Theatralik des Alten wirkte überzogen, wie groteskes Kabarett, das niemand lustig fand. Er bewegte Duncans Automatik wie ein Priester das Kreuz für die letzte Ölung. Duncan nickte, um sich zu bedanken und Martin loszuwerden, dann begab er sich in seine Ecke und begann widerwillig die Jacke auszuziehen. Jan hielt es nicht mehr aus. Er schob sich durch die Reihen nach vorn, was nicht so einfach war, denn keiner wollte seinen Platz aufgeben. Schließlich tauchte er neben Duncan auf und zischte ihm ins Ohr. Unter dem Palaver der Gegner verstand Duncan ihn kaum:

»Was glaubst du, was du da machst?«

»Wonach sieht's denn aus?«

»Der Typ wird mit dem Messer kämpfen. Du hast keine Ahnung vom Messerkampf.«

»Was soll ich sagen, so richtig freiwillig steh ich hier auch nicht.«

»Lass mich für dich kämpfen.«

Duncan sah Jan an. Die Idee schien ihm zu gefallen. Es dauerte einen Moment, dann schüttelte er den Kopf und lehnte das Angebot des jungen Burschen schweren Herzens ab. Er wollte sich nicht damit belasten, sein Leben auf dem Gewissen zu haben. Dann schon lieber das eigene. Doch Jan ließ sich nicht abhalten. Kurzerhand betrat er den Ring, hob die Hand und rief:

»Ich werde für ihn kämpfen.«

Nicht alle hörten ihn. Deshalb wiederholte er die Ansage, etwas lauter:

»Ich werde für ihn kämpfen.«

Gespräche und Gelächter erstarben. Offensichtlich wusste niemand so genau, ob das möglich war oder nicht. Schließlich brach Rico die Stille:

»Dein Wunsch wurde wohlwollend vermerkt und wird nicht vergessen. Und jetzt verpiss dich!«

Ricos Männer lachten, doch Martin trat neben Jan in den Ring.

»Nicht so eilig, Rico. Wenn die beiden sich einig sind, kann der Kleine den Kampf übernehmen. Seid ihr euch einig?«

Bevor Duncan etwas sagen konnte, antwortete Jan.

»Wir sind uns einig.«

Duncan zuckte nur mit den Schultern.

»Wenn das möglich ist.«

Martin holte großspurig Luft und lehnte sich nach hinten. Er genoss die Aufmerksamkeit, die ihm als Ringrichter in diesem Moment zuteilwurde.

»Du musst dich schon entscheiden. Seid ihr euch einig oder nicht?«

»Was soll der Mist, Martin?«,

fuhr Rico dazwischen.

»So sind die Regeln, Rico.«

Bevor es weitere Diskussionen gab, entschied sich Duncan:

»Wir sind uns einig. Er kämpft an meiner Stelle.«

Während Ricos Unterstützer jubelten, schwieg die andere Seite. Jan schien körperlich eindeutig der schwächere Gegner zu sein, doch warum bot er sich als Kämpfer an? Duncans Unterstützer, die jetzt zu Jans Unterstützern wurden, aber auf Duncan gesetzt hatten, forderten ihre Wetteinsätze zurück. Streit brach aus und führte umgehend zu Handgreiflichkeiten. Während Duncan seine Jacke wieder an- und Jan seine auszog, flüsterte der ältere dem jüngeren Moorbewohner zu:

»Tu mir den Gefallen und besorg's dem Bastard.«

Jan nickte.

»Ich versuch's.«

Eine plötzliche Bewegung ging durch den Haufen. Der Streit um die Wetteinsätze endete abrupt, selbst gedrehte Zigaretten wurden auf den Boden geworfen und ausgetreten. Hagen, Stellgar, Ruben der Rote und der verrückte Roderick traten aus der Gaststube. Eine Gasse öffnete sich vor ihnen. Schweigend durchquerten sie die Reihen. Hagen stellte sich in die Mitte zwischen die Kontrahenten. Stellgar, Ruben und Roderick verteilten sich um den Ring. Hagen sah sich um und prüfte, ob sie vollzählig waren. Niemand fehlte. Rico spielte nervös mit dem Messer, warf es hoch und fing es auf, ohne hinzusehen, und wippte dabei von einem Fuß auf den anderen. Jan schien unbeteiligt vor sich hinzustarren. In Wirklichkeit studierte er Rico und prägte sich seine Bewegungsabläufe ein. Hagens Organ hallte zwischen Mauerresten:

»Was ist hier los, Rico?«

»Das Schwein hat mich beleidigt.«

Er deutete auf Duncan.

»Und jetzt soll ich gegen den Jungen kämpfen. Das ist lächerlich.«

»Hast du etwa Angst vor ihm?«

»Soll das ein Witz sein? Mir doch egal. Er wird schon sehen, was er davon hat.«

»Jemand hat dich beleidigt? Wie soll das gehen, Rico? Du stinkst halt wie 'ne verschimmelte Leiche. Das ist keine Beleidigung. Das is' 'ne Tatsache.«

Ricos Gegner brachen in Gelächter aus und klatschten vor Freude in die Hände. Ricos Männer mussten sich zusammenreißen. Nicht allen gelang es. Rico drehte sich ruckartig zu ihnen um und funkelte sie an. Hagen fuhr fort:

»Duncan? Was ist hier los?«

»Ich hab ihn beleidigt.«

»So wie ich eben?«

»Schlimmer.«

Hagen nickte ungeduldig und wandte sich wieder Rico zu:

»Und du willst dem Kleinen jetzt die Ohren lang ziehen?«

»Ja, Mann. Ich werd sie dem Rotzlümmel abschneiden. Mal sehen, ob er dann noch so hübsch ist.«

Diesmal lachten Ricos Männer. Die andere Seite schwieg. Hagen fuhr fort:

»Ich muss euch nicht daran erinnern, dass wir jeden Mann brauchen. Jeden, ihr verfluchten Hornochsen. Und ihr habt nichts Besseres zu tun, als hier Duelle zu veranstalten. Wir haben keinen Platz für diese Mickymausscheiße ... Aber wir wissen, wie es ist. Wenn man sich streitet, streitet man sich eben. Dann klären wir das lieber hier. Da draußen müssen wir uns nämlich aufeinander verlassen. Sonst sind wir tot. Habt ihr Arschlöcher das kapiert?«

Rico fuhr ungeduldig dazwischen:

»Ja, Mann. Können wir jetzt anfangen?«

Hagen nickte:

»Sicher. Waffen?«

Rico grinste von einem Ohr zum anderen:

»Rate mal!«

Hagen vervollständigte:

»Rico wählt das Messer. Und du?«

Jan starrte auf den Boden und antwortete leise:

»Messer.«

Ricos Unterstützer brachen in Jubel aus. Jan hatte soeben sein Todesurteil unterschrieben. Es gab keinen, der es mit Rico im Messerkampf aufnehmen konnte. In den Reihen von Jans Unterstützern machte sich Unmut breit. Nicht gegen Rico, sondern gegen den eigenen Mann. Eine Waffe mit größerer Reichweite, die Stachelkeule oder ein Metallrohr, hätten sie verstanden, aber nicht das Messer. Doch egal, wie laut sie ihn anschrien, schlugen und schüttelten, sie stießen auf taube Ohren. Jan ließ sich nicht von seiner Entscheidung abbringen. Unbeirrt griff er zu dem Kampfmesser, das Martin ihm mit dem Griff voran entgegenstreckte. Aus dem Augenwinkel beobachtete Hagen, wie Jan es ausbalancierte und in schnellen Drehungen um die Handballen kreisen ließ. Die Proteste der Unterstützer wurden leiser, schließlich verstummten sie. Duncan, Martin und Hagen verließen den Ring. Hagen gab das Zeichen.

»Los!«

Rico schnellte überraschend nach vorn und erwischte Jan auf dem falschen Fuß. Mit knapper Not gelang es dem Jungen, auszuweichen, ohne das Messer fallen zu lassen. Rico griff jedoch nicht an, er wollte dem Gegner nur einen Schreck einjagen. Grinsend wich er wieder zurück und lauerte mit dem erhobenen Messer und streckte die linke Hand aus, als wollte er den Gegner berühren.

Eine Ablenkung. Rico kämpfte beidhändig. Mit der Linken konnte er genauso schnell zustoßen. Die Söldner wussten das und Jan konnte es sich zusammenreimen. Heimlich hatte er Rico beobachtet und seinen Kampfstil studiert. Er war virtuos, schnell und effektiv. Wenn der Gegner schon nicht mehr damit rechnete, wechselte er blitzartig die Hand. Doch Jan hatte auch festgestellt, dass Rico sich zu sehr auf die abschreckende Wirkung seiner Technik verließ, das begrenzte die Vielfalt seiner Bewegungen, machte ihn berechenbar. Die Finger an Ricos linker Hand zuckten, vollführten winkende, lockende Bewegungen. Sobald Jans Aufmerksamkeit vollständig auf ihnen lag, würde Rico sein Messer nach vorn schnellen lassen, wie ein Skorpion seinen Stachel.

Rico schlich nach rechts, fixierte Jan. Der verharrte bewegungslos an Ort und Stelle, wirkte verunsichert. Rico wippte von einem Fuß auf den anderen. Stille senkte sich auf den Platz. Die Kontrahenten belauerten sich.

Überraschend zuckte Rico nach vorn, stieß brachial zu und schien die Sache schnell beenden zu wollen. Mit knapper Not wich Jan aus und stieß mit dem Rücken gegen einen Zuschauer, der ihn grob zurückschubste. Rico leckte sich die Lippen. Er witterte Schwäche. Elegant drehte er sich, schob den Körper zwischen Messer und Gegner und ließ die Waffe verschwinden, als könnte er Jan dazu bringen, sie zu vergessen. Er zuckte mit der Linken, stieß mit der Rechten unerwartet zu und wiederholte das Manöver. Jedes Mal kam Jan knapper davon und jedes Mal bildeten sich neue Schweißperlen auf seiner Stirn. Dem Jungen schien die Überlegenheit des Gegners klar zu werden und keine passende Antwort einzufallen. Er bewegte sich konzentriert, wartete und wich aus. Doch er griff nicht an. Zwischendurch schrie Rico mit geschwellter Brust, um ihn zu verunsichern:

»Ich lach dir ins Gesicht, wenn du krepierst. Niemand besiegt mich.«

Die Unterstützer feuerten ihn an. In Jans Ecke blieb es still. Niemand verstand seine Taktik. Nur Duncan schien zu wissen, was er tat. Er zeigte deutlich weniger Angst, als er haben müsste. Hagens Beobachtung konzentrierte sich deshalb auf ihn.

Rico machte zwei schnelle Schritte, zuckte mit der Linken, legte seine gesamte Kraft in den nächsten Angriff und schoss mit dem Messer nach vorn. Jan entkam um Haaresbreite, drehte sich um die eigene Achse und verpasste Rico, um sich Luft zu verschaffen, einen Schlag mit der flachen Hand auf den Rücken. Rico strauchelte und stürzte der Länge nach zu Boden. Jans Unterstützer jauchzten vor Freude. Doch ihr Schützling setzte nicht nach. Er nutzte die überraschende Schwäche nicht und ließ Rico auf die Beine kommen. Der rappelte sich hektisch auf und warf wilde Blicke ins Publikum. Jans Unterstützer beschwerten sich:

»Was soll das?«

»Mach den Penner fertig!«

»Spiel nich' rum! Mach Schluss!«

Rico schnaubte verächtlich, während der bleiche Junge wachsam, mit gesenktem Kopf, vor ihm stand. Mit schriller Stimme schrie er:

»Das ist kein Spiel, Hosenscheißer. Ich schlitz dich auf.«

Jan verzog keine Miene. Er war kaum zu verstehen neben dem Geschrei der Unterstützer:

»Versuch's doch!«

Ein Gegner verhöhnte Rico, demütigte ihn. Und das in einem Messerkampf, seiner Paradedisziplin. Das war zu viel. Das konnte er unter keinen Umständen auf sich sitzen lassen. Mit einem Aufschrei stürzte er sich nach vorn. Auf diesen Moment hatte Jan gewartet. Im letzten Augenblick wich er elegant und überraschend zur anderen Seite aus, ließ die Klinge blitzartig nach unten gleiten und traf Rico mit einem kurzen, gradlinig geführten Stich irgendwo unterhalb des Rückens. Alles ging so schnell, dass selbst Hagen sich nicht sicher war, ob er überhaupt getroffen hatte.

Verdutzt blieb Rico stehen. Man konnte ihm ansehen, dass er sich komisch fühlte, aber nicht wusste, was geschehen war. Er sah sich um, sah in die Gesichter seiner Leute und suchte eine Antwort. Sie blickten nach unten. Er folgte ihren Blicken und entdeckte das Blut vor seinen Füßen. Die Lache wurde zum See. Jan hatte so hart zugestoßen, dass der Stich Ricos Schutzanzug durchdrungen, tief in sein Fleisch geschnitten und die Schlagader an seinem Oberschenkel erwischt hatte. Blut quoll aus dem Anzugbein auf seine Stiefel, lief an ihm hinunter und breitete sich aus. Es war viel Blut und der Schwall schien nicht enden zu wollen. Rico stöhnte, griff zur Seite, um sich abzustützen, doch dort war nichts. Die Männer, die an dieser Stelle standen, wichen kaltherzig aus. Keine Hand kam ihm zur Hilfe. Niemand gab ihm Halt. Rico taumelte. Mit flehenden Augen blickte er in die Gesichter, die ihn erbarmungslos musterten. Verständnislosigkeit mischte sich mit Bedauern und Scham. Eigenartige Emotionen, die der groben Visage fremd waren und sie entsprechend verzerrt und maskenhaft erscheinen ließen. Unwirklich und Furcht einflößend. Jan bewegte sich seitwärts und hielt das Messer weiterhin erhoben, obwohl von Rico kein Angriff mehr zu erwarten war.

Die Männer starrten und schwiegen. Ruben neben Martin, Roderick neben Hagen, Stellgar neben Marko, Duncan neben Bodo. Rico hatte das Duell verloren. Die Sache war anders gelaufen, als er sie sich vorgestellt hatte. Das Duell hätte nicht schmachvoller für ihn enden können. Er hatte gegen einen Neuen gekämpft, einen Jungen, halb so breit wie er. Von dieser Niederlage würde er sich nicht so schnell erholen.

Wind strich verschämt um leere Hausecken. Plastikreste rutschten über den Boden, so leise war es auf dem Platz mitten in der Geisterstadt. Mitten in der Stille betrat Hagen den Ring.

»Bist du zufrieden, Rico?«

Als Antwort sackte er im eigenen Blut zusammen.

»Sieht so aus.«

Tonlos krümmte er sich. Hagen wandte sich an seine Unterstützer, die verlegen von einem Fuß auf den anderen traten:

»Ihr lasst ihn am Leben. Wir brauchen ihn. Wer sich an ihm vergreift, ist der Nächste. Kapiert?«

Die Männer nickten, öffneten Ricos Anzug und halfen ihm auf die Beine. Hagen hob den Kopf und sah sich um.

»Bassajew?«

Der junge Mann kam aus dem Hintergrund.

»Kümmer dich um ihn und sorg dafür, dass keiner auf dumme Gedanken kommt.«

Bassajew nickte und half Ricos Männern. Hagen stieß einen tiefen Seufzer aus, der von Herzen kam. Dann atmete er ein paar Mal schnell ein und aus, als wollte er sich auf einen Dauerlauf vorbereiten und klatschte in die Hände.

»So. Mittagspause beendet. Alle wieder an die Arbeit.«

Hagen hatte seine Position gefestigt und die von Rico geschwächt. Er könnte zufrieden sein, doch er machte sich keine Illusionen. Der Machtkampf um die Führung der Gruppe hatte gerade erst begonnen.

Später zog er sich mit Stellgar in die Gaststube zurück. Fertig zusammengesetzte und geölte Waffen lagen ordentlich auf Duncans Arbeitsunterlage. Hagen lehnte sich an die Wand neben zerschlagene Fensterscheiben. Stellgar starrte ausdruckslos die Waffen an, hob eine vom Boden auf und prüfte sie:

»Der erholt sich wieder.«

Hagen starrte über die Schulter durch einen Spalt in den vernagelten Fenstern nach draußen.

»Das muss er. Wir brauchen ihn.«

Nach einer Weile fügte er an.

»Was hältst du von den Neuen?«

»Brauchbar. Jeder auf seine Weise. Duncan ist über jeden Zweifel erhaben.«

Er zeigte Hagen die Waffe.

»Marko versteht sein Handwerk. Davon kannst du ein Lied singen. Der Kerl ist härter als wir alle zusammen.«

Stellgar machte eine Pause. Einen Moment hatte Hagen das Gefühl, der Hauptmann würde das Thema vertiefen wollen. Schließlich fuhr er fort:

»Bodo ist ein Malocher. Er schleppt wie ein Ochse und Jans Talent haben wir gerade kennengelernt. Wie bist du drauf gekommen?«

»Er hat weder nach Wasser noch nach Essen gefragt. Er wollte sein Messer. Als er es in die Hand nahm, wusste ich es.«

Hagen sah sich um, versicherte sich, dass sie niemand hören konnte, dann näherte er sich Stellgars Ohr.

»Dass Rico aktiv wird, kommt nicht von ungefähr. Wir haben eine

Laus im Pelz.«

»Einer von den Neuen?«

Hagen zuckte mit den Schultern.

»Ich hatte den Kleinen im Verdacht. Aber er ist es nicht. Sonst hätte er nicht gegen Rico gekämpft.«

»Rico war außerhalb des Lagers.«

Hagen nickte.

»Wer war noch draußen?«

»Ramsan. Hat Töpfe geschrubbt.«

»Interessant.«

9. DAS VERSTECK IM MOOR

Im Lager der Soldatenkinder herrschte Chaos. Noch schlimmer als Mega es sich vorgestellt hatte. Prügeleien und Vergewaltigungen gehörten in der albtraumhaften Mischung aus Autofriedhof und Campingplatz zum Alltag. Sie erkannte das gesetzlose Durcheinander jedoch als Chance. In ihm konnte sie untertauchen. In jeder anderen Siedlung wäre das unmöglich gewesen.

Sie klaute sich einen Rock und eine Bluse aus einem Wohnwagen, zog beides so an, wie es die Frauen im Lager taten, die Bluse tief über die Schultern nach unten gezogen und den geschlitzten Rock seitlich, sodass ein Bein im Freien stand. Eine reichlich ungewohnte Art, sich zu kleiden, entsprechend unwohl fühlte sie sich. Außerdem begann sie zu frieren. Wie um alles in der Welt brachten es diese Frauen fertig, die ganze Zeit so rumzulaufen? Die auffälligen Rastas versteckte sie unter einem Kopftuch, den Stern beschmierte sie mit Dreck. Es kostete sie zuerst Überwindung, doch nachdem die ersten Bewohner achtlos an ihr vorübergeeilt waren, schöpfte sie Mut und stapfte am Ende dreist durch die Anlage. Sie hatte Glück. Aus einem nichtigen Grund brach Streit in einer Frauengruppe aus. Es schien um Nahrungsmittel oder um einen Mann zu gehen. Genaueres konnte sie den Gesprächen, die ihr im Vorbeigehen zuflogen, nicht entnehmen. Wild prügelnd und keifend jagten sich die Weiber durch die Baracken. Verkrüppelte, zahnlose Männer feuerten sie an. Sie hatten nur noch Augen für das Gezänk und gaben Mega die Gelegenheit sich umzusehen.

Eilig sondierte sie Campingwagen, Baracken, Müllberge und Lagerräume. Es gab jedes erdenkliche Bauteil für Autos. Bleche, Chassis, Lichtmaschinen, Anlasser und Felgen in allen Formen, Farben und Größen. Doch nichts für Fahrräder. Weder einen Ersatzschlauch noch eine Luftpumpe konnte sie entdecken. Auf den von außen mit Säcken und Plastikfolien verhängten Bürogebäuden entdeckte Mega Männer, die aufmerksam nach Osten spähten. Plötzlich verbreitete sich eine Nachricht zischend im Lager:

»Ruhe! Feuer aus!«

Die Späher auf dem Dach hatten Menschen entdeckt, die sich, genau wie Mega damals, von Osten her näherten. Von einer Sekunde auf die andere vergaßen die streitenden Frauen den Grund ihrer Auseinandersetzung und die Männer verloren das Interesse an ihnen. Mit leuchtenden Augen griffen selbst diejenigen, die an Krücken gingen, zu Messern, Keulen und Speeren, schlichen gleichzeitig aus düsteren Behausungen mit andächtigen Schritten in Richtung Autobahn, als hätte die Glocke sie zum Gottesdienst gerufen.

Mega strebte als Einzige nicht zur Autobahn, was plötzlich auffiel. Sie beschloss die Gunst des Augenblicks zu nutzen und brach die fruchtlose Suche ab. Sie holte ihre Waffen, die sie zusammen mit ihrer Kleidung im Gefängnis entdeckt und versteckt hatte, und verschwand auf dem schnellsten Weg aus den stinkenden Gassen des widerlichsten Ortes, den sie bisher im Ödland kennengelernt hatte.

Unmittelbar nachdem sie das Lagertor passiert hatte, krachten Schüsse hinter ihr. Irgendjemand hatte das Fehlen der Gefangenen oder die Leichen hinter dem Lkw entdeckt. Mega wunderte sich nur, warum das alles so lang gedauert hatte. Sie beschleunigte ihre Schritte und rannte nach Nordosten. Unter keinen Umständen wollte sie dem General noch einmal in die Hände fallen.

Doch in dieser Richtung fand sie nichts. Sie erinnerte sich nicht, wie sie vom Kurhotel zum Lager gekommen war. Zu dieser Zeit hatte sie bewusstlos auf dem Handkarren gelegen. Entsprechend kam ihr keine Landmarke vertraut vor. Der umgeknickte Funkmast, der verrostet in den Himmel ragte, blieb ihr fremd. Das Land erstreckte sich verwüstet und unwirtlich wie überall. Eingestürzte Häuser, leere Fensterrahmen, eingeknickte Dächer. Sie hatte sich verirrt. Irgendwo im Nirgendwo zwischen Autobahn, dem Lager der Soldatenkinder und Nathans Versteck. Ein Korridor, nicht breiter als ein halber Tagesmarsch. Schwitzend und schnaufend blieb sie stehen und zerbrach sich den Kopf, in welcher Richtung sie weitermarschieren sollte. Der Nordosten, den sie mit dem Kompass angepeilt hatte, war offensichtlich falsch. Vermutlich war sie zu sehr nach Norden abgewichen. Nur eins war sicher: Im Süden lag die Autobahn. Sie musste also nur nach Süden laufen, bis sie auf die Autobahn stieß, und ihr nach Osten bis zu den Hügeln folgen. Irgendwo dort lag das Hotel. Das sollte eigentlich kein Problem sein. Also zurück nach Süden.

Sie war in ihrer Angst vor den Soldatenkindern und in der Überzeugung, die richtige Richtung angepeilt zu haben, so sehr vorangeprescht, dass es bereits dunkel wurde. Außerdem beschlich sie das ungute Gefühl, dass ihr jemand folgte. In der Stille des Ödlands übertrugen sich Geräusche, selbst leise, extrem weit. Hier draußen gab es nichts als den Wind. Was sie hörte, war jedoch nicht der Wind. Es klang nach Wortfetzen. Sie kamen aus dem Süden, der Richtung, in die sie eigentlich gehen wollte. Waren Narbengesicht und seine Männer ihr auf den Fersen? Sie waren zum Kurhotel und zu einem anderen Ort aufgebrochen, den sie „Wasserloch" genannt hatten. Vielleicht lag der Ort im Süden und sie kamen von dort zurück? Dann würde sie ihnen direkt in die Arme laufen. Mega hatte keine Lust, es herauszufinden. Sie beschloss den Verfolgern so weit wie möglich aus dem Weg zu gehen und folgte kurzerhand der Kompassnadel in Richtung Norden.

Sie litt Hunger und fror jämmerlich in dieser Nacht. Außer ihren Waffen, dem Kompass und ihrem Fernglas hatte sie nichts mitgenommen, weil sie davon ausgegangen war, dass sie am Abend wieder bei Nathan sein würde. Sie besaß weder eine Decke noch irgendwelche Vorräte. Es gab auch keine Tiere, die sie hätte jagen können. Sie fand nur Insekten und Spuren von Nagetieren im Sand.

Mega blieb nichts anderes übrig, als zu hungern. Das kleine Polster, das sie sich in Nathans Versteck zugelegt hatte, erwies sich als Lebensretter. Der erste Tag ohne feste Nahrung bedeutete trotzdem einen schmerzhaften Einschnitt. Ihr Magen knurrte so laut, dass Mega Angst bekam, er könnte sie verraten. Sie gönnte sich kaum vier Stunden Schlaf. Viel länger hielt sie es in der Kälte ohnehin nicht aus, denn die stinkende Plastikfolie, unter der sie sich verkrochen hatte, spendete keine Wärme.

In der zweiten Nacht fand sie ein altes Abwasserrohr, verstopfte es auf beiden Seiten, so gut es ging, mit Steinen und Moder, bis nur ein kleiner Durchschlupf blieb, dann kroch sie hinein. Erneut fror sie schrecklich und erwachte mitten in der Nacht, weil sie husten und niesen musste.

Der stete Dunstschleier verhinderte, dass die Sonne zu den Bewohnern der verwüsteten Oberfläche durchdrang. Die Verdunklung der Atmosphäre hatte zu einer Angleichung der Jahreszeiten geführt. Der Herbstsommer ging in einen Herbstwinter über. Schlecht gelaunt presste Mega die weißen Lippen aufeinander. Sie brauchte dringend eine Decke oder warme Kleidung.

In der dritten Nacht schlich sie auf einem verwilderten Feld in eine Scheune. Unter einem Berg Abfall lagen zwei Rollen Glaswolle. Mega hatte das eigenartige Material noch nie zuvor gesehen. Sie wusste nicht, wozu es diente, entdeckte aber die verblasste Aufschrift auf der Papierhülle: „Wärmedämmung". Die Isolation zerbröselte unter ihren Händen, als sie versuchte sich in die Matten einzurollen.

In dieser Nacht fror Mega nicht, doch vor Sonnenaufgang folgte ein böses Erwachen. Der scharfkantige Glasstaub hatte ihre Haut zerschnitten. Ihr ganzer Körper juckte und brannte wie Feuer, so sehr, dass sie am liebsten laut geschrien hätte. Die feinen Fasern steckten überall und kratzten an den intimsten Stellen. Ihre Haut leuchtete krebsrot. Da an Weiterschlafen nicht zu denken war, brach sie fluchend und jammernd das Lager ab.

Dunkelheit und Stille beherrschten die Welt. Mega lauschte in die vergehende Nacht. Sie fror, war todmüde und hatte extrem schlechte Laune. Als sie sich gerade entschlossen hatte wieder zur Autobahn zurückzukehren, ertönte hinter ihr ein gellender Schrei. Die Verfolger hatten sie entdeckt. Aus dem verwitterten Feld wuchsen die Silhouetten von drei Männern. Schwarze Striche vor grauroter Dämmerung. Bewegungslos, abwartend, genau wie sie. Dann begannen die Striche sich zu bewegen und in ihre Richtung zu rennen. Mega musste nicht überlegen. Sie nahm die Beine in die Hand und rannte weiter nach Norden. Nur ihrem Glück und der hinterhältigen Glaswolle hatte sie es zu verdanken, dass sie zu früh wach geworden war. Was wäre geschehen, wenn sie eine halbe Stunde länger geschlafen hätte? In wachsender Panik kämpfte sie sich durch Gestrüpp und verdorrte Hecken.

Viele Stunden lief sie, sah sich immer wieder gehetzt um und stellte irgendwann fest, dass sie ihre Verfolger abgehängt haben musste. Gegen Mittag konnte sie nicht mehr. Sie stolperte einem Bach entgegen, rutschte aus und glitt über den Uferschlamm hinunter ins stinkende Brackwasser. Die Lunge der jungen Frau pfiff und rasselte, während sie langsam und widerstandslos im Sumpf versank. Mit letzter Kraft rollte sie sich in eine feuchte Mulde und blieb entkräftet auf den Rücken liegen. Von Kopf bis Fuß mit schwarzem Morast bedeckt. Sie blinzelte und versuchte nicht ohnmächtig zu werden. Insekten sirrten durch den trüben Himmel. Ein bleicher, toter Schilfgürtel raschelte im Wind. Eine Weile lag sie da, genoss die Kühle und das stinkende Nass. Ihr vom Staub der Glaswolle wundgescheuerter Körper brannte noch immer wie Feuer. Die stinkende Schlammkur kam da wie gerufen. Am liebsten wäre sie einfach liegen geblieben.

Irgendwann war sie sich nicht mehr sicher, wie lang sie so dagelegen hatte und ob sie nicht vielleicht eingeschlafen oder bewusstlos geworden war. Es wurde bereits dunkel. Sie schlotterte und war blau angelaufen vor Kälte und kroch auf allen Vieren, unsicher wie das erste Reptil aus dem Urschlamm, an Land. Vorsichtig robbte sie im hohen Gras dem oberen Ende der Uferböschung entgegen und sah sich um. Von Kopf bis Fuß schwarz wie die Nacht, war sie für den Moment perfekt getarnt. Vorsichtig erhob sie sich und erkannte, dass sie am Rand einer Sumpflandschaft stand. Schmale Gräben durchzogen das vegetationsarme Gebiet. Vereinzelte Schilfinseln boten Abwechslung. Nirgendwo entdeckte sie Häuser oder Siedlungen. Auch von den Verfolgern fehlte jede Spur. Mega überlegte, ob sie liegen bleiben und die Nacht an Ort und Stelle verbringen sollte. Doch ihr graute vor dem Gedanken, mit nassen Kleidern neben einem Mückenschwarm zu schlafen. Sie musste in Bewegung bleiben, bis die Kleidung trocken war. Mühsam richtete sie sich auf und lief weiter, ohne zu wissen wohin. Sie wollte auch nicht mehr darüber nachdenken. Es gab keine Antwort.

Nach zwei Stunden mäßigem Trab wurde ihr plötzlich schlecht und kurz darauf schwindelig. Im ersten Moment vermutete sie, dass sie sich erkältet haben musste, doch es war schlicht Nahrungsmangel, der sie in die Knie zwang.

Nachdem sie sich etwas ausgeruht hatte, sah sie sich um. Die Gegend wurde immer stiller und leerer. Die Abgeschiedenheit dieser Region kam ihr unwirklich vor. Verkrüppelte, birkenähnliche Gewächse gesellten sich zu kleinen Büschen. Entwässerungsgräben wichen großen verwilderten Flächen.

Im Moment der Verzweiflung, als sie sich gerade hinsetzen und aufgeben wollte, erblickte sie vor sich in der Ebene, kaum vom Dunst zu unterscheiden, eine dünne Rauchsäule. Ein paar Sekunden später war sie verschwunden. Litt sie bereits an Halluzinationen? Mega peilte die Richtung mit dem Kompass an und stellte die Marschzahl ein. Sie orientierte sich an einem ausladenden Dornengestrüpp. Neugier trieb sie weiter. Die Rauchsäule zeigte sich nicht mehr, doch je näher sie kam, desto mehr wuchs das Buschwerk an. Es schien keinen Weg zu geben, es zu durchqueren. Zu kompakt und zu wild wuchs das Geäst. Von neuer Energie erfüllt stapfte sie querfeldein über Gras und Heidekraut hinweg und sprang über Gräben, bis sie überraschend auf einen befestigten Feldweg stieß, der geradewegs Richtung Hecke führte. Erleichtert folgte sie ihm. Links und rechts zeigten sich größere Wasserflächen und aus den schwarzen Tümpeln erhoben sich Morastinseln. Schließlich wechselte der Weg unvermittelt auf quer liegende Holzbohlen, die verstohlen unter ihren Füßen knarrten. Der Boden schwang eigenartig, als wenn er schwimmen würde, und an den Schwellen quoll brauner Schaum, wenn der Steg absank. Menschen schienen die Gegend zu meiden, dachte Mega, sonst wären die Balken längst im Feuer gelandet.

An den Ufersäumen der Tümpel ließen blaue Blumen die Köpfe hängen. Metallisch schimmernde Insekten schwirrten über ihnen und verursachten konzentrische Kreise auf den Oberflächen, die sich ungestört ausbreiteten. Bis auf das Knistern der Flügel und das Rascheln des Schilfs war es still. Eine eigenartige Stille, gedämpft von dunstigen Schwaden. Als wäre die Welt in Watte gepackt. Das wuchernde Dornengestrüpp konnte nur über die Bohlen erreicht werden. Mega näherte sich staunend. Daumendicke Dornen ragten aggressiv in den Himmel. Mit Botanik kannte sie sich nicht besonders gut aus, doch sie entschied instinktiv, dass die Dornen nicht in die Landschaft passten. Sie sahen irgendwie nach Wüste aus, obwohl sie sich mit Wüsten genauso wenig auskannte. Auf dem sandigen Boden vor dem Buschwerk entdeckte sie abgebrochene Stacheln. Sie lagen erstaunlich leicht in ihrer Hand. Das Moor in der Nähe der Hecke schien trockengelegt und befestigt worden zu sein. Entwässerungsgräben umgaben die Barriere. Irgendjemand hatte beides angelegt, dachte Mega.

Sie sah sich an der Stelle um, an der der Bohlenweg endete. Flaches, sonnengebleichtes Gras. Dazwischen freie Stellen, an denen heller Sandboden durchschimmerte. Ungewöhnlich. Seit Tagen bestand der Untergrund aus nichts anderem als aus dunklem Torf. Mega markierte die Sandfläche mit drei Stacheln, indem sie sie aufrecht in den Boden steckte, für den Fall, dass es mehrere Stellen gab, die sich ähnelten. Dann begann sie an dem Bewuchs entlangzulaufen. Sie hatte keine Vorstellung von seiner Ausdehnung und hoffte, dass er irgendwo flacher wurde, damit man einen Blick auf das Hinterland werfen konnte.

Mehrere Stunden lief sie an der Hecke entlang, während die Landschaft gleichförmig vorüberzog. Auf der einen Seite Ried, Schilf und Tümpel, auf der anderen Dornengestrüpp. Hätte der bleiche Fleck am Himmel seine Position nicht stärker verändert, als er das normalerweise tat, sie hätte schwören können, sie hätte sich nicht vom Fleck bewegt. Doch der Kompass bestätigte ihr Gefühl: Sie lief im Kreis.

Schließlich wurden ihre Beine schwer. Sie besaß kaum noch genug Kraft, einen Fuß vor den anderen zu setzen. Erschöpft legte sie eine Pause ein. Sie musste etwas trinken, wenn sie nicht ohnmächtig werden wollte. Ihr blieb nur das schwarze Moorwasser, das bewegungslos in den Mulden stand. Sanft schob sie Insektenlarven und Entengrütze beiseite und schöpfte mit der Trinkflasche etwas heraus. Die gelbliche Flüssigkeit roch abgestanden, schmeckte bitter und erdig. Mega wusste von Giftstoffen, die das Grundwasser belasteten, und ignorierte die wichtigste Vorsichtsmaßnahme, die Dr. Kamura ihr eingebläut hatte:

»Trink nie aus stehenden Gewässern!«

Die Angst zu erkranken verschwand jedoch angesichts des übermächtigen Verlangens nach Flüssigkeit. Sie schluckte die Brühe mit zusammengekniffenen Augen und rechnete fest damit, dass ihr schlecht werden würde. Möglicherweise würde sie sich übergeben müssen, ganz sicher würde sie Durchfall bekommen. Sie hatte sich etwas Zeit gekauft und ihrem Verdauungssystem etwas zu tun gegeben, wenn auch nicht so wie vorgesehen.

Im ersten Augenblick hielt sie es für eine Halluzination. Die hinterhältigen Auswüchse ihrer an Reizarmut erkrankten Fantasie, die sich auf alles stürzte und es sofort ausschmückte. Ohne sichtbare Ursache verirrte sich plötzlich ein lieblicher Duft in ihre Nase. Es roch nach frisch geschnittenem Gemüse. Nach Mohrrüben, Kohlrabi, Kartoffeln und frischem Salat. Nahrungsmittel, deren Geruch Mega bestens kannte, weil Dr. Kamura sie im Keller anbaute. Ihr lief das Wasser im Mund zusammen. Täuschte sie sich? Wo, um alles in der Welt, sollte hier mitten im Moor dieser Geruch herkommen?

Überrascht öffnete sie den Mund, als sie zu verstehen begann. Die Lösung war einfach. Er kam von der anderen Seite. Hinter der Dornenhecke lebten Menschen. Hier in der Einsamkeit hielten sie sich versteckt. Clever, dachte Mega. Und wenn dort jemand lebte, musste es doch möglich sein, hineinzugelangen. Wo war der Eingang? Vielleicht konnten die Leute ihr helfen. Rücksichtslos zwang sie sich auf die Beine und suchte weiter nach einem Durchgang.

Spät in der Nacht des zweiten Tages erreichte sie erschöpft den markierten Ausgangspunkt, die Stelle, an der der Bohlenweg auf die Hecke traf und sie ihren Rundgang begonnen hatte. Die Stacheln waren keinen Millimeter verschoben worden, nirgendwo Fußspuren, außer ihren eigenen. Einen Augenblick spielte sie mit dem Gedanken, um Hilfe zu rufen, doch damit würde sie auch die Verfolger auf sich aufmerksam machen, falls sie in der Nähe waren.

Mega erinnerte sich, dass sie die Stahltüren des Kellers auch nicht geöffnet hatten, egal, wie mitgenommen und hilfsbedürftig die Menschen vor dem Tor ausgesehen hatten. Egal, wie sehr sie um Wasser gebettelt und um Einlass gefleht hatten. Die Menschen hinter der Hecke hatten sie sicher schon gesehen, doch sie konnten nicht wissen, dass sie harmlos war. Man sah ihr nicht an, ob sie mit den bewaffneten Männern, die ihr folgten, gemeinsame Sache machte. Mega hatte sie im Schlepptau, das ließ sich nicht leugnen. Die Menschen hinter der Hecke handelten nach bestem Wissen. Sie minimierten ihr Risiko, hielten sich bedeckt und ließen sie vor der Hecke sterben. Mega konnte es verstehen. Sie konnte es ihnen nicht mal übel nehmen. Traurig ließ sie den Kopf hängen.

Kurz vor Sonnenaufgang rissen Mega Schreie aus dem Delirium. Wertvolle Sekunden vergingen, bis sie begriff, dass sie weder tot noch in Sicherheit war. Sie lag auf hellem Sand zwischen Hecke und Bohlenweg. Fassungslos realisierte sie, dass sie keine Kontrolle mehr über ihren Körper besaß. Ihre Glieder schlotterten, als wollte sie einen albernen Tanz aufführen. Immer wieder sackte sie zusammen, kam einfach nicht auf die Beine. Kopfschmerzen hämmerten in ihrem Schädel.

Bodennebel stieg aus den Tümpeln und schloss sich über dem Schilf zu einem schwebenden Teppich. Feuchtigkeit verklebte Megas Wimpern. Mit eckigen Bewegungen rieb sie die Augen. In den Schwaden zwischen den Büscheln eilten Silhouetten über die Bohlen. Mega erkannte den Anführer. Mit der verwachsenen roten Haut und den hässlichen Brandwunden wirkte die Visage wie eine zerfetzte Ledermaske. Narbengesicht. Der verfluchte Schweinehund hatte sie gefunden. Was war so verdammt wichtig an ihr, dass er sie bis ins Moor verfolgte? Schwindelig, wie ihr war, taumelte sie in die gleiche Richtung, in der sie vor zwei Tagen versucht hatte, die Hecke zu umrunden. Hinter ihr krachten Schüsse. Einer zischte erschreckend nah an ihrem Bein vorbei. Mega zuckte zusammen, duckte sich zeitversetzt und stolperte weiter. Vor ihren Augen drehte sich alles. Selbst der Adrenalinstoß, der dampframmenartig Blut durch ihre Adern peitschte, hielt sie kaum noch aufrecht. Um ein Haar wäre sie, Gesicht voran, in Stacheln gestürzt, als sie plötzlich realisierte, dass sich die Hecke verändert hatte. Oder war es die Beleuchtung? Sie sah zumindest anders aus. Aus der Nähe betrachtet wirkte ein Teil der Ranken trockener und toter als der Rest. Instinktiv streckte sie die Hände aus, fand zwei Äste, die sich anboten und eindeutig Griffspuren aufwiesen, und zog an ihnen. Die effiziente Schlichtheit der Sicherung verblüffte sie. Die Tarnung des Eingangs, ein kompaktes, in sich gefestigtes Stück Hecke ohne Wurzeln, ließ sich problemlos entfernen und schrammte raschelnd an Stacheln und Ästen vorbei. Mega schob die Dornentür zur Seite und hechtete in den Durchgang.

Kühl und schattig erhoben sich die Stachelwände neben ihr. Mega konnte den Boden riechen und spürte die Feuchtigkeit. Dunkle, süße Erde. So etwas hatte sie noch nie gerochen. Frisch und alt zugleich. So musste Waldboden riechen, dachte sie, während sie vorwärts wankte und immer wieder mit den Schultern an Ästen und Dornen hängen blieb. Hinter ihr ertönten die überraschten Rufe der Verfolger, als sie den Durchschlupf entdeckten.

Plötzlich sank die Hecke seitlich ab und öffnete den Blick auf einen Nebelsee, der von der aufgehenden Sonne blutrot gefärbt wurde. In der Mitte des Blutmeeres schwamm, majestätisch vom Nebel umwogt, eine Insel, die einem vergessenen Mythos zu entstammen schien. Menschen konnte sie nirgendwo entdecken. Vor ihr lag ein Bohlenweg, der nach wenigen Metern im Dunst verschwand. Mega schleppte sich vorwärts. Hinter ihr verließen Narbengesicht, Simon und ein weiteres Soldatenkind die Dornengasse. Sie sahen mitgenommen aus, doch es ging ihnen deutlich besser als Mega. Narb hob das Sturmgewehr und zielte mit emotionslosem Grinsen auf die taumelnde Frau und schnarrte mechanisch:

»Es ist vorbei, Mega. Bleib stehen!«

Sich auf einen Kampf einzulassen machte in ihrem Zustand keinen Sinn. Mega schloss die Augen, stolperte weiter und hoffte, nicht getroffen zu werden. Narb schloss das linke Auge und feuerte eine Salve, die brutal die Stille zerriss. Die plötzliche Änderung des Luftdrucks hinterließ scharfkantige Zacken in der feuchten Luft. Ein Projektil zischte dicht an Megas Schulter vorbei, zerfetzte ihre Kleidung und riss eine schmerzhafte Wunde. Mega kam aus dem Takt, stürzte der Länge nach und bewegte sich nicht mehr. Der Nebel schloss sich gnädig über ihr. Narbengesicht ließ das Gewehr sinken und sah sich um. Sie schienen allein zu sein. Nirgendwo ortete er Bewegung. Weder auf dem Bohlenweg noch auf der Insel. Doch er traute dem Frieden nicht. Misstrauisch kniff er die Augen zusammen:

»Holen wir sie uns.«

Er peilte auf dem Bohlenweg die Stelle an, an der er Mega vermutete, und bewegte sich wachsam in ihre Richtung. Die Sicht verschlechterte sich, schrumpfte auf wenige Meter. Vorsichtig, mit erhobenem Gewehr, setzte er einen Fuß vor den anderen. In dem Tempo dauerte es länger als vermutet. Irgendwo dort musste sie sein. Schließlich entdeckte er sie. Sie kauerte am Boden und kroch auf allen Vieren, nah am Rand des Holzstegs.

Sie blutete und zog eine dunkle Spur hinter sich her. Von der Schulterwunde spürte sie nur ein dumpfes Pochen. Die Schritte der Soldatenkinder näherten sich. Narb hatte gewonnen. Er würde sich seine Trophäe unter den Nagel reißen und sie mit nach Hause nehmen. Der grinsende Totenschädel schob sich wie ein abgetakeltes Geisterschiff durch den Nebel. Nach wie vor schien sein Auftrag zu sein, sie lebend in die Finger zu bekommen. Die beiden anderen warteten, ließen die Blicke durch die Anlage schweifen. Simon meldete sich:

»Was ist? Nehmen wir sie jetzt mit oder was?«

Narb wandte sich ihm zu.

»Schnapp sie dir! Du hast es verdient.«

Die Kontrahenten starrten sich an. Ihre Privatfehde war ihnen bis hierher gefolgt. Müde von der Last schien der Hauptmann die Sache beenden zu wollen. Er hob die Waffe und zielte auf Simons Bauch.

»Das war ein Befehl. Geh und hol sie dir!«

Simon zögerte, so lang er konnte. Am Ende blieb ihm keine Wahl. Eine Befehlsverweigerung würde Narb erst recht den Anlass geben, auf den er wartete. Noch war er der Ranghöhere, noch musste Simon tun, was er befahl. Widerwillig schob er sich am Kommandanten vorbei.

Vorsichtig setzte er einen Fuß vor den anderen, vermied ruckartige Bewegungen und starrte nach unten auf die nassen Rundhölzer. Schließlich trennte ihn nur noch eine Handbreit von der Frau, die eingerollt wie ein Neugeborenes auf der Seite lag. Gierig streckte er die schmutzige Pranke aus, machte sich lang und verlagerte sein Gewicht auf die Fußballen.

Ein zartes Knacken ertönte unter ihm. Ruckartig öffnete sich eine Falltür und raubte Simon das Gleichgewicht. Narbengesicht wich erschrocken zurück. Im Fallen griff Simon zur Kante, bekam jedoch keinen Halt, rutschte ab, stürzte in die Grube. Angespitzte Holzpfähle durchschlugen Hinterkopf und Brust.

Narb beobachtete lediglich, wie er im Nebel verschwand. War Simon gestolpert? Gespenstisch erschien ihm die Geräuschlosigkeit des Vorgangs. Wenn ein Mann auf Holzbohlen fiel, sollte das normalerweise Geräusche verursachen. Irgendetwas stimmte da nicht. Wie festgenagelt blieb er an Ort und Stelle stehen, ganz im Gegensatz zu dem Mitstreiter, der aufgeregt an ihm vorbeirannte.

»Simon? SIMON?«

Er verpasste die Stelle, an der er hätte stehen bleiben müssen. Der Boden tat sich erneut auf und verschluckte ihn. Spur- und lautlos verschwand er. Wieder erkannte Narb nur wischende Bewegungen. Eigenartige Wolken bildeten sich über der Stelle, wie die Spur einer Verpuffung. Unheilvolles Jammern erklang, stieg dumpf aus dem Boden wie das Heulen eines Moorgeistes. Ein Brodem aus Verwesung und fauligem Brackwasser schwappte Narb entgegen, während er sein fleischloses Grinsen konzentriert Millimeter für Millimeter nach vorn schob.

Mega war zweifellos eine Überlebende. Zu allem Geschick und aller Intelligenz, die man für das Ödland brauchte, gehörte eben auch eine gehörige Portion Glück. Narbengesicht wusste das. Wie im Traum bewegte das Mädchen die Lippen, schien dem Hauptmann etwas zuzuflüstern. Wollte sie ihn warnen? Was für ein hübsches Kind, dachte Narb. Schade eigentlich.

Plötzlich erklang ein Geräusch im Nebel, weit weg, wie das Rascheln eines fernen Schilfgürtels. Doch es wehte kein Wind. Instinktiv zog er den Kopf ein. Wenige Zentimeter entfernt zerschnitt ein Pfeil den feuchten Himmel. Er spürte den Luftzug und hörte, wie das Geschoss hinter ihm krachend in die Dornen einschlug. Über den Bohlen tauchten Schemen auf. Narbengesicht kauerte sich in den Bodennebel und schätzte seine Chancen ab. Einen Moment schwankte er noch zwischen Mega und den Neuankömmlingen. Wie weit würde er kommen, wenn er sie tragen musste? Ein weiterer Pfeil zischte heran, keine zehn Zentimeter von ihm entfernt. Sie konnten ihn nicht sehen und schienen trotzdem genau zu wissen, wo er stand. Aus den Schemen wurden Umrisse. Mindestens zehn, dahinter tauchten weitere auf. Vielleicht blieb er einfach, wo er war. Er gehörte zum Militär, hatte seine Befehle und gute Gründe. Er verfolgte eine Mörderin und handelte im offiziellen Auftrag der höchsten vorhandenen Autorität. Doch wen interessierte das? Diese Leute würden ihm kaum zuhören und ihn schon gar nicht gehen lassen. Immerhin hatte er ihr Versteck gefunden.

Narbengesicht hatte von diesem Ort gehört. Er war nicht davon ausgegangen, dass er wirklich existierte, hatte die Geschichten für die Ausgeburten überhitzter Fantasien gehalten. Doch offensichtlich gab es die Moorfestung tatsächlich. Hier war sie. Er hatte die Schwelle übertreten. Sein Todesurteil. Jeder, der sie fand, musste sterben, hieß es.

Sein Leben würde er nicht opfern. Das waren die Informationen, die das Mädchen liefern konnte, nicht wert. Er machte auf dem Absatz kehrt und rannte. Weit vorgebeugt, schnell und leise stürzte er zurück in die Hecke. Er wähnte sich bereits in Sicherheit und sah vor sich schon den hellen Fleck am Ende des Durchschlupfs. Den Alten, der mit müdem Gesicht in einer schattigen Bucht stand, entdeckte er zu spät. Er schwang eine Machete auf Halshöhe und trennte Narb den Kopf sauber von den Schultern. Der blinde Torso stolperte noch ein paar Meter, dann fiel er hin. Der entstellte Totenschädel rollte unter die Hecke an einen schwer erreichbaren Ort. Trockene Dornen klebten im Blut und schmückten das Haupt wie eine Krone. Das Lächeln des Hauptmanns blieb im Tode wie im Leben.

Mega krümmte sich benommen auf den Bohlen, unfähig sich aufzurichten. Stille kehrte ins Moor zurück.

Tito, der Anführer der Moorgemeinschaft, nickte dem Mann mit der Machete zu, der barfuß im Durchschlupf erschien. Der Alte grinste zahnlos, wischte die Klinge an der Hose ab und steckte sie hinter eine schmutzige Kordel, die er behelfsmäßig als Gürtelersatz benutzte, und verschwand wortlos in der Hecke.

Tito hob Mega ein Stück nach hinten und legte sie an eine sichere Stelle auf festen Untergrund. Vera, die Älteste, drehte sie auf den Rücken, schob die schlammverklebten Haarbüschel behutsam zur Seite und wischte mit einem Tuch Blut und Dreck aus den unfertigen Zügen. Die Bewegungen der Alten drückten Freude und Trauer aus, als würde sie ihr sterbendes Kind in den Armen halten. Unter der Schmutzkruste tauchte das blaue Tattoo auf und leuchtete den verblüfften Bewohnern wie eine Sternschnuppe entgegen. Die Menschen im Moor sprachen tonlos, in einer Art, die nur sie beherrschten. Neugierige drängten vor.

»Wer ist sie?«

»Sie muss gewusst haben, dass wir hier sind.«

»Was machen wir mit ihr?«

Veras schlohweiße Haare schienen aus dem Nebel zu wachsen.

»Wir müssen uns um sie kümmern.«

Bodo hob sein hartes, breites Gesicht.

»Wer sagt das?«

»Es ist unsere Pflicht. Sie ist hilflos und sie liegt innerhalb der Anlage. Wir können sie nicht mehr sterben lassen.«

Vera antwortete selbstbewusst und bekam nickend Unterstützung von Jolanta und Almuth, die dicht nebeneinanderstanden. Tito überlegte einen Moment, dann nickte er ebenfalls.

»Sie ist stark. Vielleicht kann sie uns helfen. Wir werden sie fragen. Nehmt sie mit, versorgt ihre Wunden und gebt ihr was zu essen! Sie muss die Prüfungen bestehen oder sie geht dorthin zurück, wo sie hergekommen ist.«

Bis auf Bodo nickten die Moorbewohner einhellig, ergriffen Mega und hoben sie sanft auf eine Trage aus geflochtenen Weidenästen. Die Prozession schritt geräuschlos wie eine vorzeitliche Trauergemeinde auf dem Weg zur Verbrennung der Häuptlingstochter über den Bohlenweg zur Insel im Nebel zurück.

10. DIE ERSTE PRÜFUNG

Dem verunreinigten Moorwasser hatte Megas entkräfteter Körper nichts entgegenzusetzen. Magenschmerzen, Durchfall und hohes Fieber waren die Folgen einer bakteriellen Infektion, die ihr zusetzte. Geschlagen mit Schüttelfrostattacken lag sie schwitzend auf einer einfachen Pritsche und ihre glasigen Augen starrten auf die von Wasserflecken verfärbten Gipsplatten einer beängstigend niedrigen Decke, die ihr entgegenzusinken schien. Murmelnd fantasierte sie sich Kellerbewohner in die Moorsiedlung. Mark schien vor der Hütte zu warten. Er wollte zu ihr hinein, doch aus irgendeinem Grund konnte er die Moorkate nicht betreten. Etwas hielt ihn zurück. Mega musste noch etwas erledigen, noch eine Entscheidung treffen, bevor er zu ihr konnte. In ihrer Fieberfantasie besaßen die Moorbewohner keine Gesichter und unheilvolle Schatten hüllten sie ein. Auch sie warteten auf ein Zeichen. Ein Zeichen, das Mega mit ihnen vereinbart hatte. Doch wie sah es aus, dieses Zeichen? Sie musste sich erinnern.

Im Fieber drehte sich alles. Immer schneller, immer wilder. Über absurde Abkürzungen kam sie immer wieder zu denselben Überlegungen, sah dieselben Bilder. Alles wiederholte sich, wieder und wieder. Sie musste sich erinnern. Sie wusste nicht woran. Musste sich erinnern.

In den Nächten wälzte sie sich auf ihrem flachen Lager, redete leise im Schlaf. Almuth hielt Wache an ihrem Bett. Legte ihr feuchte Tücher auf die Stirn und presste ihre Hand auf Megas Mund, wenn sie zu laut wurde. Die Bewohner der Moorfestung hatten sich entschieden, ihr zu helfen, doch sie würden sich nicht von ihr verraten lassen. Almuth hatte den Auftrag, dafür zu sorgen, dass Mega still war.

Allmählich klang das Fieber ab. Mega bekam regelmäßig aufbereitetes Wasser und Essen, das Almuth ihr einflößte, obwohl beides in der Moorfestung streng rationiert war. Um ein Mitglied der Gemeinschaft zu werden, musste sie Prüfungen bestehen. Das verlangten die Gesetze. Doch selbst die Unnachgiebigsten sahen ein, dass Mega durch die besonderen Umstände nicht dazu in der Lage war, sie unmittelbar zu befolgen.

Wie viel Glück sie gehabt hatte, wurde ihr erst klar, als sie zum ersten Mal die Hütte verließ. Die Gemeinschaft lebte einfach und versuchte mit dem auszukommen, was sie auf den Feldern innerhalb der Hecke anbauen konnte. Die geringen Erträge wurden gerecht geteilt. Niemand wurde bevorzugt, niemand benachteiligt. Erwachsene Männer bekamen genauso viel wie junge Frauen. Angesichts der begrenzten Vorräte verblüffte Mega die Hilfsbereitschaft. Sie war so überwältigt von der unerwarteten Freundlichkeit, dass ihr die Tränen kamen, als sie auf wackligen Beinen zwischen den Hütten hindurchschlich, kritisch beäugt von zahllosen Augenpaaren. Tief liegend und traurig zeugten sie von schmerzhafter Enthaltung. Unter dichten, geflochtenen Haaren lugten scheue, schmale Gesichter hervor.

Megas Blick wanderte über eine stattliche Zahl Jurten aus verwittertem Aluminium und Rigips, die Wohnstätten der Moormenschen. Die verschworene Gemeinschaft, die Lachen, Singen und laute Unterhaltung vollständig aus ihrem Alltag verbannt hatte. Mega kannte das Gebot der Stille aus dem Keller. Ihr wurde jedoch sofort klar, dass Verstöße im Moor mit hoher Wahrscheinlichkeit strikter geahndet wurden, denn hier konnte jedes Geräusch den Tod bedeuten.

Mega beschloss allen persönlich zu danken und begann ihre Runde. Anfänglich musste sie eine ungewohnte Scheu überwinden, doch die strengen Regeln des Moors erwiesen sich in diesem Punkt als Vorteil. Wenn man nicht wusste, was man sagen sollte, konnte man einfach schweigen. An diesem Ort galt dies nicht als Unhöflichkeit. Zu Megas Freude wurde ihr Zeichen angenommen. Von den meisten bekam sie ein Lächeln oder ein anerkennendes Nicken. Als Erstes ging sie zu den Frauen, zu Jolanta, der grauhaarigen Ex-Frau des Anführers, deren strengen Augen nichts entging, danach zu Vera, der Ältesten, deren weißen Haarschopf Mega in ihrer verschwommenen Erinnerung mit ihrer Rettung in Verbindung brachte, und zu Almuth, Titos neuer Frau, die viele Nächte an ihrem Bett verbracht hatte. Außerdem gab sie der schwangeren Marthe die Hand. Mega konnte nicht anders, als ihren Bauch anzustarren. Marthe lächelte, nahm Megas Hand und legte sie unter ihre Brust. Mega spürte, wie das Kind trat. Ein eigenartiger Moment, der ihr Angst machte. Sie war eine Frau, aber die Möglichkeit, ein Kind zu bekommen, hatte bisher keine Rolle in ihrem Leben gespielt. Außerdem wurde ihr sofort klar, warum es kaum Schwangere im Ödland gab. Man wurde langsam. Leichte Beute.

Im Anschluss dankte sie den Kindern. Zunächst ging sie zu Isaak, einem schüchternen zwölfjährigen Jungen, dann gab sie Mara und Claudia die Hand, zwei hübschen Mädchen, zwölf und vierzehn Jahre alt, die sich kaum trauten, Mega in die Augen zu schauen. Mega fragte sich, woran es liegen könnte, dann wurde ihr klar, dass sie möglicherweise Angst vor Fremden hatten.

Schließlich gab sie einem jungen Mann in ihrem Alter die Hand. Sein schmales Gesicht war erstaunlich blass für das Moor, doch im Gegensatz zu den Kindern spürte sie seinen Blick schon die ganze Zeit über im Nacken. Auch jetzt bohrte sich sein Blick in den von Mega. Seine direkte Art erinnerte sie ein wenig an Mark. Eigentlich sollte ihr die Assoziation die Laune verderben, doch in diesem Fall tat sie das nicht. Mega beugte sich vor und flüsterte ihm ins Ohr:

»Wie heißt du?«

Er flüsterte zurück und kam so nah, dass sie die Wärme seines Gesichts auf dem ihren spürte.

»Jan.«

»Freut mich dich kennenzulernen, Jan.«

Jan aus dem Moor war natürlich ganz anders als Mark. Weder so dreist noch so vorlaut. Er strahlte eine außergewöhnliche Ruhe und Selbstsicherheit aus.

Zum Schluss begrüßte sie die Männer. Micha, Lischka und Vaith waren Freunde, zwischen 25 und 30 Jahre alt, schätzte Mega. Vaith, der älteste und vernünftigste der drei, war der Mann von Marthe, der Schwangeren. Außerdem gab es noch Alvo, den Mechaniker, mit einem schelmischen Zwinkern in den Augen und Duncan, seinen Assistenten, der mit Alvo eine Hütte teilte. Während Alvo sich um Elektrizität, Solaranlagen und Kochstellen kümmerte, wartete Duncan alles Mechanische im Dorf, wie den Aufbereiter und die Waffen.

Dann gab es noch Bodo, einen stoppelbärtigen Stiernacken. Er war der Erste, der sich demonstrativ abwandte, als Mega sich näherte. Offensichtlich vertrat er eine andere Meinung als die offizielle und schien mit der Entscheidung, Mega aufzunehmen, nicht einverstanden zu sein. Mega merkte sich, dass es besser war, Bodo aus dem Weg zu gehen.

Bei allen Bewohnern hatte das harte Leben Narben hinterlassen. Hässliche Überbleibsel von Krankheiten, die nicht richtig verheilt waren, oder von Verletzungen, die sich entzündet hatten. Einen stillen Mann, der etwas abseitsstand, hatte es besonders schlimm erwischt. Sein verstümmeltes, schief zusammengewachsenes Gesicht bestand aus einer einzigen großen Wunde. Noch schlimmer als bei Narb, bei dem man wenigstens die groben Züge eines Gesichts nicht hatte verleugnen können. In diesem Gesicht war es fast unmöglich, die Person auszumachen. Eins seiner Augen besaß keine Lider mehr und stand offen. Tränen rannen die Wange hinunter und hinterließen eine Schmutzspur. Schweigend nahm er Megas Hand und sein schiefer Blick durchdrang sie. Ein kalter Abgrund. Die Nähe der nässenden Wunde bereitete Mega körperliches Unbehagen und sie war froh, als der Entstellte sich endlich wegdrehte. Ein Gedanke kam ihr. Was, wenn Nathan unter seinen Tüchern auch so aussah? Das wäre entsetzlich. Sie mochte Nathan. Marko mochte sie nicht.

Zum Schluss ging sie zu Tito, dem Anführer. Er hatte seine besten Jahre bereits hinter sich und sein Rücken begann sich zu krümmen, doch seine Schultern breiteten sich noch immer imposant aus und der Bart wuchs dicht und seine Augen leuchteten. Unter der rauen Schale musste einst ein ausgelassenes Herz geschlagen haben, dachte Mega. Viel war davon nicht übrig geblieben. Tito nickte anerkennend, blieb jedoch reserviert, während er ihr die Gesetze der Gemeinschaft erklärte.

Sie musste drei Prüfungen bestehen. Die erste bestand darin, einen Mann aus der Siedlung auszuwählen und ihn im Zweikampf zu besiegen. Ein Duell auf Leben und Tod. Nachdem sie so herzlich aufgenommen worden war, schockierte Mega die Ankündigung.

»Das macht keinen Sinn. Wenn ich einen von euch töte, werdet ihr schwächer.«

Tito nickte nachsichtig und versuchte zu erklären:

»Sieh uns an! Wir säen und wir ernten. Es reicht, dass keiner verhungert. Einen Teil der Ernte brauchen wir für die Aussaat. Darüber hinaus können wir keine Vorräte anlegen. Wir haben keine Reserven ... So hart es sich auch anhört. Sobald die Gruppe zu groß wird, schwächt uns das mehr als der Verlust eines Bewohners. Der Kampf ersetzt einen Mann durch einen stärkeren oder durch eine stärkere Frau. Das Duell schwächt uns nicht. Es stärkt uns.«

Mega schüttelte ungläubig den Kopf.

»Ich brauch etwas Zeit. Ich muss nachdenken.«

»Natürlich. Du hast eine Woche. Ruh dich aus. Erhol dich. Eine Wahl hast du nicht. Du musst kämpfen.«

Nachdenklich zog sich Mega zurück. Die Lazaretthütte war zu ihrem neuen Zuhause geworden. In sich gekehrt sank sie auf die harte Pritsche, starrte an die feuchte Decke und auf den dunklen Vorhang, der den Innenraum vor Zugluft schützte. Der erste Eindruck täuscht manchmal, dachte sie. Ganz offensichtlich waren die Regeln hier härter als im Keller. Dort brauchten sie keine Regeln für solche Fälle. Menschen aus dem Ödland wurden gar nicht erst aufgenommen. Was war besser? Was war menschlicher? Mega beschloss zufrieden zu sein mit dem, was sie hatte. Sie hätte es schlechter treffen können. Und dass sie sich den Gepflogenheiten beugen musste, zumindest, bis sie sich vollständig erholt hatte, daran bestand kein Zweifel.

Es dauerte eine Weile, bis Mega die Logik hinter dem Duell einsah. Die Bewohner entzündeten kein offenes Feuer und vermieden Geräusche. Sie lebten, weil die Marodeure sie nicht fanden. Mit dieser Taktik bestand jedoch die Gefahr, dass sie bequem wurden. Doch sie mussten jederzeit dazu in der Lage sein, sich zu verteidigen. Duelle hielten die Männer wach und verhinderten, dass sie „einrosteten". Ausgehungerte Banden zogen noch immer durchs Ödland. Daran würde sich auch so schnell nichts ändern.

Bei genauerer Überlegung hörte sich die erste Prüfung einfach an. Um sicherzugehen, musste Mega nur den schwächsten Mann auswählen. Ihr wurde jedoch schnell klar, dass die Männer der Siedlung darauf vorbereitet waren. Kampferfahrene, kräftige Männer wie Bodo und Marko gaben sich harmlos, um Mega die Wahl zu erschweren. Erst nach ein paar Tagen durchschaute sie die Maskerade. Sehr bald konnte sie jedoch zuordnen, welche Tollpatschigkeit echt und welche gespielt war. Wer harmlos und wer das Gegenteil davon war.

Nur bei Jan wollte ihr die Einschätzung aus irgendeinem Grund nicht gelingen. Er war nett, lächelte verlegen, wenn sie sich begegneten, als wäre er schüchtern, und konnte doch seine Augen nicht von ihr lassen. Manchmal bohrte sich sein Blick derart offensiv in Megas Hinterkopf, dass sie sich fragte, warum sie die Einzige war, die es bemerkte. Doch wenn sie ihn ansprach, blieb er reserviert. Ob aus Höflichkeit oder aus einem anderen Grund, konnte sie nicht mit Sicherheit sagen. Unabhängig von Jans Verhalten schien es im Hüttendorf die unausgesprochene Verabredung zu geben, dass sie füreinander bestimmt wären. Mega sah ein, dass eine Verbindung zwischen ihnen Sinn machen würde. Sie waren gleichaltrig. Mann und Frau. Sie könnten für Nachwuchs sorgen. Aber es gab noch andere Faktoren, die eine Rolle spielten.

Am Tag des Duells empfing sie kalter Nieselregen vor der Hütte. Der Himmel hing tief über dem matschigen Versammlungsplatz. Viel Zeit war vergangen, seit sie Nathans Versteck verlassen hatte. Mega verband wirre Gefühle mit dem Einsiedler. Sie vermisste die Gespräche mit ihm. Damals hatte sie nicht so empfunden, doch je weiter die gemeinsame Zeit zurücklag, desto mehr fehlte sie ihr. Sie hätte ihn gern gefragt, was er von der Sache hielt. Von dem Duell, zu dem sie gezwungen wurde.

Die Moorbewohner standen auf dem Platz im Regen und warteten auf sie. Die Frauen auf der rechten Seite, die Männer auf der linken. Mega überraschte das Begrüßungskomitee. Sie hatte vor der Hütte nichts gehört und deshalb nicht mit einem Spalier gerechnet. Niemand fehlte. Kinder und Alte betrachteten sie mit ernsten Gesichtern, in denen nasse Haarsträhnen klebten. Tito trat in die Mitte unter einen breiten Pfahl, dessen Schnitzereien in den Schatten verschwanden. Obwohl er flüsterte, besaßen seine Worte eine feierliche Aura:

»Wie ist dein Name?«

»Mein Name ist Mega.«

»Wir heißen dich willkommen, Mega. Wir haben dir ein Bett und ein Zuhause gegeben, haben unser Essen und unser Wasser mit dir geteilt ... Besteh die Probe, werde eine von uns oder stirb!«

Tito schien ein Einverständnis hören zu wollen. Ein schüttelfrostartiger Schauer durchfuhr Megas Körper. Sie reagierte auf die Kälte, die Feuchtigkeit und die eigenartige Inszenierung. Von ihrem Standpunkt aus konnte sie die innere Hecke überblicken und gerade noch die nassen Felder erkennen, die die Insel kreisförmig umgaben. Der äußere Ring lag verborgen hinter Regenschleiern. Sollte sie den Mummenschanz wirklich mitmachen? Dort standen sie. Schulter an Schulter. Almuth, die grauhaarige, Jolanta mit ihrem strengen Gesicht, die weißhaarige Vera, die Mädchen brav nebeneinander. Auf der anderen Seite Alvo, Duncan, sein Assistent, Marko, der Mann ohne Gesicht, Bodos breite Arme, Jans schmale Lippen. Daneben Micha, Lischka und Vaith. Letzterer hatte sich genau gegenüber seiner Frau Marthe aufgebaut. Zwischen ihnen weitere, deren Namen ihr nicht mehr einfielen. Ihre Stimme hob sich kaum vom Rauschen des Regens ab:

»Ihr habt mir das Leben gerettet. Dafür danke ich euch ... Ich will euch nicht weiter zur Last fallen. Gebt mir etwas Wasser und ein paar Vorräte und ich verschwinde.«

»Dein Dank ehrt dich, doch du schuldest uns mehr als Dank. Du musst dich der Prüfung stellen, so verlangt es das Gesetz.«

Ihr lag eine bissige Antwort auf der Zunge. Sie hatten sich das verdammte Gesetz ausgedacht und konnten deshalb jederzeit eine Ausnahme machen. Sich zwanghaft an ein fiktives Gesetz zu halten, kam ihr lächerlich vor. Doch die Angelegenheit wurde ernst genommen. Und beleidigen wollte sie auch niemanden.

»Und wenn ich mich weigere?«

»Du bist hier, Mega. Du musst dich der Probe stellen.«

Mega verstand nur zu gut, was das bedeutete. Sie würden sie nicht gehen lassen. Sie hatten ihre Wunden nicht aus Nächstenliebe versorgt. Wenn sich herausstellte, dass sie stark war, durfte sie der Gemeinschaft dienen. Wenn sie schwach war, würde sie sterben. Mega beschloss auf Zeit zu spielen. Irgendetwas würde ihr schon einfallen.

»Wie ihr wollt ... Ich stelle mich der Prüfung.«

»Triff deine Wahl!«

Jetzt kam der schwere Teil, der Teil, vor dem Mega graute. Aufmerksam sah sie sich die Männer an, schritt die Reihe ab und blickte ihnen in die Augen. Sie wusste natürlich, dass es liierte Männer gab. Für sie stand fest, dass sie keinen von ihnen wählen würde. Tito, Duncan und Vaith fielen damit aus. Vor Marko und Bodo hatte sie zu viel Respekt. Lischka, Micha und Jan besaßen keine Freundin und sie wirkten nicht besonders gefährlich. Einer von ihnen würde es werden.

Mega sah dem Kontrahenten in die Augen und deutete mit der Hand auf ihn. Der Auserwählte öffnete erschrocken den Mund und wurde weiß im Gesicht. Megas Hand deutete auf Jan. Die Moorbewohner erstarrten. Damit hatte niemand gerechnet. Mega musste zugeben, dass sie selbst nicht damit gerechnet hatte. Tito stellte sich neben sie:

»Du hast deine Wahl getroffen?«

»Ja.«

Jan sagte leise etwas zu seinem Nachbarn. Er schien letzte Dinge zu ordnen, für den Fall, dass Mega gewinnen sollte. Viel war es nicht, was er regeln musste. Mega spürte einen Kloß im Hals. Eigentlich wollte sie nicht gegen ihn antreten.

Ihr Kontrahent sah ihr in die Augen. Stolz, selbstbewusst und traurig. Kein Protest, kein Flehen. Er trat vor und verneigte sich stumm.

Die Bewohner bildeten einen Kreis. Tito stellte sich zwischen die Duellanten und legte ihnen die Hände auf die Schultern:

»Wenn ihr getroffen werdet, unterdrückt den Schmerz! Niemand darf euch hören.«

Die jungen Leute senkten die nassen Gesichter und nickten stumm.

»Seid ihr bereit?«

Erneut nickten Mega und Jan schicksalsergeben, als wäre schon immer klar gewesen, dass es zu diesem Kampf kommen würde. Tito übergab jedem Duellanten einen Silberdorn. Verzierte Messer mit dünnen Klingen, ohne Parierblatt. Dann trat er zurück. Jan und Mega senkten sich in den tiefen Stand und hoben die Hände. Mega hörte auf zu denken, fokussierte die Aufmerksamkeit auf Füße und Hände. Wie eine aufputschende Droge durchströmte sie die beruhigende Kühle und das angenehme Gewicht des Silberdolchs, ließen ihn eins werden mit ihr, machten sie wach und klar, ließen den Regen verstummen. Nur noch der Atem und das Rauschen des Blutes.

Mega streckte die leere Hand vor und schlich durch den Matsch. Jan wich aus. Boden und Körper dampften. Eine Weile belauerten sie sich, sahen sich in die Augen, versuchten den nächsten Schritt des Gegners vorauszuahnen. Jans Pupillen ruhten starr in ihren Höhlen und verrieten nichts. Entweder stellte er sich derart ausgebufft an, dass er sie zu täuschen vermochte, oder er war so unerfahren, dass er tatsächlich nicht wusste, was er als Nächstes tun würde. Plötzlich schnellte er nach vorn, schien nicht zu wissen wohin. Mega sprang problemlos zur Seite, nutzte aber nicht den Freiraum, der ihr plötzlich zur Verfügung stand. Eine kleine Ewigkeit präsentierte Jan ihr seinen Nacken. Weich und verletzlich, als wollte er sie auffordern zuzustechen. Was machte der Kerl? Er sollte kämpfen. Leichtfüßig tänzelten sie, umkreisten und belauerten sich, wichen sich geschickt aus und griffen nicht an. Es dauerte eine Weile, bis Mega kapierte, dass Jan sich weigerte zu kämpfen. Er forderte sie indirekt dazu auf, zuzustechen. Er schien lieber sterben zu wollen, als sie verletzen zu müssen. Er ruderte scheinbar unbeholfen mit den Armen, zog sich zurück, fasste Fuß und schlich weiter. Allmählich durchschaute Mega sein Spiel. Sie war eine so hochwertige Gegnerin, dass Jan seine Weigerung als ausgeglichenen Kampf tarnen konnte. Mega stieg darauf ein. Sie ließ sich von ihm schieben, wie ein gleichgepolter

Magnet. Jan beobachtete sie, versuchte ihre scheinbar provokant reduzierten Bewegungen im Blick zu behalten, sich nicht irritieren zu lassen. Dann befand er den Moment für günstig, versuchte eine Finte mit der linken Hand und stieß mit der rechten vor, machte erneut absichtlich einen Fehler, den Mega nutzen musste. Es wäre aufgefallen, wenn sie es nicht getan hätte. Er ließ die Deckung zu früh sinken, wollte ausholen, um einen kraftvollen Gegenangriff zu starten, achtete in dieser Sekunde jedoch nicht auf den Gegner. Mega sprang. Ihr Arm schnellte mit einem präzisen Stich nach vorn und rammte das Silber in einer geraden Linie in Jans Oberarm, eine Handbreit unter seiner Schulter. Aus den Augenwinkeln beobachtete sie, wie er den Streich registrierte. Er hätte problemlos ausweichen können, doch er tat es nicht. Mega zog den Dorn ruckartig zurück und tänzelte mit einer halben Drehung aus der Gefahrenzone. Man konnte sehen, wie Jan der Schmerz in die Glieder fuhr, doch er gab keinen Laut von sich. Er taumelte nach hinten, betrachtete das Loch in seiner Kleidung und den schwarzen Fleck, der sich darunter ausbreitete, öffnete die schlaffe Hand und ließ den Dorn fallen. Er musste nicht mehr spielen. Schmerz und Verblüffung, die sich unter kaltem Schweiß abzeichneten, waren echt. Da Mega nicht nachsetzte, ballte er hastig die Faust, ging in die Knie und zog den Dorn wieder aus dem Boden. Blut strömte ungehemmt seinen Arm hinunter. Eine Frage von Minuten, bis er ohnmächtig wurde. Mega sah den Gesichtern der Moorbewohner die Enttäuschung an. Einige senkten die Köpfe. Der Kampf war entschieden. Mega hatte gewonnen. Sie musste Jan nur noch töten. So schrieb es das Gesetz vor. Einen Verwundeten, von dem keine Gefahr mehr ausging, zu töten, das widersprach jedoch allem, was Sophia und Prof. Walden ihr beigebracht hatten.

Kurz entschlossen warf sie Tito den Dorn vor die Füße und hob die Hände.

»Der Kampf ist entschieden. Ich habe gewonnen.«

Tito schüttelte langsam den Kopf:

»Wir haben Essen und Wasser für einen. Nicht für zwei. Der Stärkere bekommt den Platz in unseren Reihen.«

»Ich bin genügsam, zur Not suche ich mir selbst etwas zu essen. Niemand muss verhungern, niemand muss sterben.«

Tito wandte sich an Jan. Er wurde nicht lauter, doch seine Stimme gewann deutlich an Schärfe.

»Nur einer verlässt den Ring. Bring es zu Ende!«

Jan richtete sich auf und sah Mega an. Dann ließ er ebenfalls den Dorn fallen.

»Ich teile mein Wasser und mein Essen mit ihr. Niemand muss verhungern, niemand muss sterben. Sie hat die Prüfung bestanden. Sie gehört zu uns.«

Mit erhobenem Haupt erwartete er sein Schicksal. Mega spürte, wie eine Bewegung durch die Versammlung ging. Ein Raunen setzte ein, das sich gefährlich nah an der Obergrenze des Erlaubten bewegte. Etwas Unerhörtes war geschehen. Ein junger Mann, der sich in der Hierarchie weit unten bewegte, hatte Titos Autorität und die Gesetze des Moors infrage gestellt. Das konnte Tito auf keinen Fall durchgehen lassen. Der Aufrührer musste bestraft werden. Tito beobachtete die Diskussion mit unbewegtem Gesicht. Erleichtert stellte Mega fest, dass er zögerte. Er schien sich selbst nicht sicher zu sein. Schließlich hob er die Hand. Augenblicklich verstummte das Getuschel:

»Wir haben Gesetze, an die wir uns halten müssen. Anders geht es nicht. Anders überleben wir nicht ... Auf der anderen Seite ist der Fall nicht eindeutig. Beide haben sich geweigert. Streng genommen müssten wir beide verbannen. Das wäre jedoch töricht. Es würde uns in jedem Fall schwächen.«

Tito schätzte die Stimmung der Gruppe ab. Die Moorbewohner standen eindeutig auf der Seite von Mega und Jan. Die beiden kannten sich kaum, hatten sich nur ein paar Worte zugeflüstert und setzten trotzdem ihr Leben füreinander aufs Spiel. Obwohl man ihm deutlich ansehen konnte, dass er sich durchringen musste, gab Tito schließlich nach:

»Diese Entscheidung müssen alle treffen. Einstimmig. Ist irgendjemand nicht einverstanden?«

Niemand trat vor, niemand hob die Hand. Selbst Bodo und Marko sahen auf den Boden. Tito deutete drohend auf Jan.

»Nur du gibst ihr dein Essen, niemand sonst ... wenn jemand verhungert, musst du ihn allein ins Moor tragen.«

Jan hielt dem Blick des Anführers stand. Siedler eilten ihm zur Hilfe und kümmerten sich um seine Wunde, bevor er bewusstlos werden konnte. Bewohner nickten Mega zu, einige klopften ihr sogar auf die Schulter und bedankten sich flüsternd.

Noch benommen vom Kampf starrte Mega über die innere Hecke in den Nebel. Sie war diejenige, die Titos Autorität untergraben hatte. Entsprechend erwartete sie eine Drohung oder zumindest eine deutliche Warnung. Tito studierte ihr Profil.

»Jan ist unser bester Kämpfer. Er wird häufig unterschätzt. Besser hättest du deine Qualitäten nicht unter Beweis stellen können.«

Jan hatte sie gewinnen lassen. Doch das durfte Tito nicht wissen. Mega hatte ihn tatsächlich unterschätzt.

»Er ist gut, aber sicher nicht der Beste.«

»Offensichtlich nicht.«

Nach einer Weile wandte Tito sich ab und überließ Mega dem Nieselregen. Feuchte Dreads, die sich während des Kampfes gelöst hatten, klebten an ihren Wangen. Sie musste vorsichtig sein. Dieses Moor besaß Untiefen, in denen sie nicht versinken wollte.

11. GEHEIMNISSE

Mega beschloss den Winter im Schutz der Hecke zu verbringen und erst im Frühjahr wieder nach Ersatzteilen für den INDU zu suchen. Sie versuchte sich in die Tagesabläufe der Bewohner zu integrieren und sich nützlich zu machen. Anfangs wurden ihr leicht verständliche, aber körperlich anstrengende Aufgaben wie Waschen und Feldarbeit übertragen. Mega übernahm sie, ohne zu murren. Aus dem Keller wusste sie, dass es für das Gleichgewicht der Gemeinschaft wichtig war, zugeteilte Aufgaben zu erfüllen.

Die Moorbewohner hatten, bis auf wenige Ausnahmen, lederartige Haut, die sich, faltig wie Borke, deutlich von Megas hellem Teint unterschied. Nach mehreren Monaten im Ödland wirkte sie im Vergleich zu ihnen immer noch blass und kränklich. Mega ahnte, dass sie allein aufgrund ihres Aussehens im Moor immer eine Außenseiterin bleiben würde.

In der Isolation nahm die Bedrohung durch die Außenwelt mystische Formen an. Wie im Glauben eines verschrobenen Kultes musste die unsichtbare und unhörbare Gefahr für alles als Rechtfertigung herhalten. Sie wurde weder hinterfragt noch angezweifelt. Es war nicht erlaubt, Versammlungen abzuhalten. Da ohnehin wenig geredet wurde, blieb noch mehr ungesagt.

Fantasievolle Methoden, Spannungen aus dem Weg zu gehen, prägten das Leben im Moor. Mega kam vielen von ihnen erst nach einer Weile auf die Schliche. Es gab Personen, die aus Gründen, die ihr zunächst verborgen blieben, von der Mehrheit der Bewohner gemieden wurden. Zu diesen Personen gehörten Marko, der Kerl mit dem verunstalteten Gesicht, Bodo, der Miesepeter, der allein in einer Hütte wohnen durfte, weil es niemand mit ihm aushielt, und Almuth, Titos neue Frau. Sie schien sehr darum bemüht, sich möglichst deutlich von allen zu distanzieren. Eine Verhaltensweise, die Mega zu Beginn arrogant erschien. Sie hielt Almuth für eine kaltschnäuzige Person, der die Beziehung zum Anführer zu Kopf gestiegen war. Doch je mehr Zeit sie im Moor verbrachte, desto klarer wurde ihr, dass sie sich irrte. Almuth isolierte sich nicht freiwillig. Die anderen Frauen kehrten ihr den Rücken zu, sobald sie auftauchte. Selbstverständlich nie offen. Sie hatten nur immer genau in dem Moment, wenn sie zu einer Gruppe stieß, etwas ganz Wichtiges zu erledigen. Was hatte Almuth getan, dass man sie so hart bestrafte? Je länger Mega sie beobachtete, desto besser verstand sie ihre Verzweiflung. Aus Solidarität beschloss sie Kontakt zu ihr aufzunehmen.

Sophia, Prof. Walden und Dr. Kamura hatten sich im Keller Mühe gegeben, Mega die „brauchbaren" Werte der alten Welt näherzubringen. Auch wenn es nach außen nicht immer den Anschein gemacht hatte, hatte sie sie wissbegierig aufgesogen, seit sie im Alter von sieben Jahren im Keller aufgenommen worden war. Aus den Gesprächen der Wissenschaftler, denen sie häufig gelauscht hatte, hatte sie jedoch erfahren, dass ein Kind seine Prägung früher erhielt. Im Alter von drei bis sechs Jahren. Frühkindliche Konditionierung hatten sie es genannt. Ihr neues, zivilisiertes Verhalten war Mega aufgefallen und es fiel ihr jetzt wieder auf, weil es nicht zu ihrer Konditionierung passte. Tief in sich spürte sie, dass ihr etwas anderes beigebracht worden war. Sie wehrte sich dagegen, wollte den Befehlen des Unterbewusstseins nicht gehorchen, sträubte sich, wie vorgesehen zu funktionieren. Das war der Trotzkopf, der Rebell in ihr. Er war nicht stärker. Noch nicht. Doch Mega spürte, dass ihre Konditionierung den Bedingungen des Ödlands angepasst war. Und je länger sie sich dort aufhielt, desto stärker erinnerte sich ihr Körper. Und im Gegensatz zu ihrem Gedächtnis schien er nicht blockiert zu sein.

Mega wusste, eine Begegnung mit Almuth musste zufällig geschehen, sonst würde ihr die scheue Frau möglicherweise erst recht aus dem Weg gehen. Die Stellung als Frau des Anführers adelte sie nicht, sondern lastete wie eine Bürde auf ihren Schultern. Bei der Einteilung der Pflichten ging Tito immer besonders gewissenhaft vor, wenn sie an die Reihe kam. Während anderen im Zweifel angenehmere Aufgaben zugeteilt wurden, bekam sie grundsätzlich die unangenehmeren, um jeden Verdacht der Vorteilsnahme im Keim zu ersticken. Almuth hätte sich ohne Weiteres beschweren können, doch das tat sie nie, weil es ihr Mann gewesen wäre, gegen den sie hätte vorgehen müssen und weil das erst recht nach Vorteilsnahme gerochen hätte. Mega spürte, dass Tito und sie sich mochten, doch es gab keinerlei Blicke zwischen ihnen, kein Lächeln, kein Flüstern, keine Berührungen. Das wäre Salz in Jolantas Wunden gewesen. Mega konnte sich lebhaft vorstellen, wie es in der Siedlung gewesen sein musste, als die

Beziehung ans Licht gekommen war. Jolanta ließ Almuth noch immer dafür bluten, dass sie ihr den Mann weggenommen hatte.

Mega wurde zur Arbeit auf den Feldern eingeteilt. Sie erntete und säuberte Rüben, Kartoffeln und Kopfsalat. Eigentlich hatten die Moorbewohner alles, nur von allem zu wenig. Die Feldarbeit war hart und der Rücken tat ihr weh, doch wenn sie am Abend erschöpft auf der Pritsche lag, war sie erfüllt von der Gewissheit, Teil von etwas Sinnvollem gewesen zu sein.

Als Almuth wieder einmal von Tito damit beauftragt wurde, die Latrinen zu reinigen, der unangenehmsten aller Aufgaben, beschloss Mega so zu tun, als wenn sie von der Feldarbeit genervt wäre. Mega war sich sicher, dass Tito ihr deshalb eine noch unbeliebtere Aufgabe zuteilen würde. Sie sollte recht behalten. Tito schickte sie mit Almuth zum Ausheben der Gruben.

Nachdem sie mehrere Stunden schweigend geschuftet hatten, passierte, worauf Mega gehofft hatte. Almuth kam mit Megas Arbeitstempo nicht mit und taumelte vor Erschöpfung. Als sie von Kopf bis Fuß mit stinkender Masse beschmiert aus der Jauchegrube wieder nach oben kletterte, wäre sie beinah rückwärts wieder hineingefallen, wenn Mega sie nicht blitzschnell festgehalten hätte. Almuth erschrak und ging neben Mega in die Knie.

»Das wär's gewesen.«

»Hätte keinen Unterschied mehr gemacht.«

Mega deutete auf ihre Kleidung. Sie trugen schlichte Eigenproduktionen. Hosen und Oberteile aus selbst gewebtem Leinenstoff, die jetzt von oben bis unten besudelt waren. Es war immer ein besonderes Vergnügen, die Kleidung im Anschluss zu reinigen. Wasser war vorhanden, doch noch strenger rationiert, als im Keller, denn es gab keinen Brunnen. Sie bedienten sich aus einem stehenden Gewässer und mussten genau aufpassen, wie viel sie entnahmen und wie viel sie zurückleiteten. Reinigungsmittel waren verboten. Selbst wenn ein Späher im Ödland eine Packung Waschpulver gefunden hätte, wäre sie nicht benutzt worden. Das Waschen nahm deshalb nicht selten mehr Zeit in Anspruch als die Arbeit. Almuth seufzte niedergeschlagen. Mega versuchte sie aufzubauen:

»Du machst deine Arbeit gut.«

»Wie alt bist du?«

»Ich werd' zwanzig. Wieso?«

»So 'n Scheiß erzählen alte Leute.«

»Wie Jolanta?«

Almuths Gesicht gefror. Mega ließ nicht locker:

»Was ist mit euch?«

»Nichts! Mach weiter!«

»Warum geht ihr euch aus dem Weg?«

»Du kennst die Antwort.«

»Ich bin mir nicht sicher.«

Almuth begann halbherzig, sich zu säubern. Gedankenverloren sah sie ihre Hände an und sprach leise, als müsste sie sich die Ereignisse erst ins Gedächtnis rufen:

»Dass Jolanta mit Tito zusammen war, hast du mitbekommen, nehm ich an.«

Almuth fragte nicht. Sie stellte es fest.

»Sie wird immer die Anführerin bleiben. Ich bin nur die Freundin. Wir haben versucht, es zu verheimlichen, aber das ist nicht so einfach hier drin. Irgendwann hat sie's rausgefunden ... Sie wird es mich spüren lassen, so lang ich lebe.«

Almuth richtete sich auf.

»Wenn Tito nicht wär', wär' ich schon lang ins Moor gegangen.«

Eine Brise ließ das Dornengestrüpp rascheln. Die Frauen froren in der nassen Kleidung. Almuth brach einen Dorn von der inneren Hecke, fingerdick und glashart und hielt ihn Mega unter die Nase.

»Da draußen warten die Teufel und wir machen uns das Leben gegenseitig zur Hölle. Warum tun wir das? Wir sollten zusammenhalten. Tun wir aber nicht. Sie würde mir keine Träne nachweinen. Wenn du sie fragen würdest, wer schlimmer ist, die da draußen oder ich. Sie würde mit dem Finger auf mich zeigen.«

Mega hätte Almuth gern widersprochen, doch sie konnte nicht. In Jolantas Augen hatte sie tatsächlich keinen Funken Sympathie für Almuth entdecken können.

»Ich geh' nur deshalb nicht, weil ich ihr den Gefallen nicht tun werde. Ist dir klar, was das bedeutet? Ich bringe mich nur deshalb nicht um, weil ich jemand anderem damit schaden kann.«

Mega wusste darauf nichts zu sagen.

»Wir benehmen uns, als wenn wir den Verstand verloren hätten. Wir haben es nicht anders verdient.«

Tränen rollten ihre Wangen hinunter. Mega wusste sich nicht anders zu helfen. Dreckig und stinkend, wie sie war, nahm sie Almuth in den Arm. So standen sie eine Weile. Frierend und zerzaust, mit

Fäkalien bedeckt, in der Einsamkeit des Moores.

Nachdem sie miteinander gesprochen hatten, zeigte Almuth Mega nicht mehr die kalte Schulter. Sie unterhielten sich öfter und Almuths Laune besserte sich. Sie hatte wieder eine Freundin, der sie sich anvertrauen konnte.

Jan verschwand von der Bildfläche. Mega suchte ihn nicht, doch so richtig vergessen konnte sie ihn auch nicht. Er wurde aus der Lazaretthütte in eine andere Hütte umquartiert, ob auf eigenen Wunsch oder auf Anordnung konnte Mega nicht feststellen. Sie hatte Jans Rücksicht während des Kampfes die ganze Zeit über als Kompliment aufgefasst und dabei vollkommen vergessen, dass sie ihn als Gegner ausgewählt hatte. Sie hatte ihn zu einem Kampf auf Leben und Tod gezwungen. Mega versuchte sich vorzustellen, wie ihre Wahl auf ihn gewirkt haben musste. Er konnte es nur als Schlag ins Gesicht verstehen, als kaltherzige Klarstellung oder – noch schlimmer – als Hohn. Nicht gerade schmeichelhaft. Mega hätte ihm gern erklärt, dass es sich natürlich ganz anders verhielt. Doch wie verhielt es sich denn? Warum hatte sie ihn ausgewählt? Mega kannte die Antwort nicht. Vielleicht war es Intuition gewesen. Vielleicht hatte sie geahnt, dass er sie nicht verletzen würde. Doch wie sollte sie ihm das erklären? Sie beschloss den Rückzug des Jungen zu akzeptieren und hoffte insgeheim, dass er ihr irgendwann verzeihen und sich wieder blicken lassen würde.

Marko, der Traurige, lebte noch zurückgezogener als Almuth. Der Stumme verständigte sich nur dann mit schnellen, ungeduldigen Gesten, wenn es unbedingt sein musste. Ansonsten schwieg er, was in seinem Fall hieß, sich nicht zu bewegen. Mega spürte sofort, dass seinem Handicap ein dunkles Geheimnis anhaftete. Ein paar Mal wagte sie es, Bewohner nach der Ursache für seine Wunden zu fragen, doch niemand war bereit, ihr Auskunft zu geben. Alle Moorbewohner machten bei dem Thema zu. Peinlich berührt sahen sie auf den Boden und suchten sofort das Weite. Was hatte der Traurige getan? Wer hatte ihn so zugerichtet?

Es gab kaum Gelegenheiten, ihn unbeobachtet anzutreffen. Wenn er nicht auf dem Feld arbeitete oder an Pflichtveranstaltungen teilnahm, zog er sich in seine Jurte zurück, die er mit drei Männern teilte, und schloss den Vorhang vor seiner Schlafnische.

Mega wartete geduldig, bis sich, während der Feldarbeit, eine Gelegenheit ergab. Marko stand an den Erntekörben, die die Bewohner aus flachen Weidenbüschen flochten, von denen ein gutes Dutzend am Rand der Senke vor der äußeren Hecke wuchs, und putzte Mohrrüben. Er nahm sie aus dem einen, entfernte Sand und Dreck und warf sie in den anderen Korb. In den Körben lag vier- bis fünfmal so viel Gemüse, wie Dr. Kamura in den alten Seminarräumen anbauen konnte. Und das, obwohl es im Moor weder Agrarwissenschaftler noch Landwirte gab. Die Haufen wirkten jedoch erschreckend klein, in Relation zu der Menschenmenge, die davon satt werden musste.

Mega spürte sofort, dass Marko nervös wurde, als sie sich näherte. Was für ein eigenartiger Charakter, dachte Mega und trat näher, um ihn anzusprechen. Er kam ihr jedoch zuvor und wandte ihr ruckartig das Gesicht zu, als wäre es ein Schild, mit dem er sie abwehren könnte. Tatsächlich hatte die Visage genau diese Wirkung. Das linke Auge verdeckte eine dünne Hautfalte, als würde er es zukneifen. Die von Narben und Verwachsungen überzogene, rote Haut schimmerte feucht wie eine Wunde. Die Fleischmaske fixierte sie feindselig. Plötzlich fühlte sie kein Mitleid mehr. Sie sah den Veteranen, der alles getan hatte, um den entscheidenden Kampf zu gewinnen. Die Wahrheit der Verletzung war vermutlich schrecklicher, als sie es sich vorstellen konnte. Marko warf das Gemüse in den Korb und ging. Mit offenem Mund sah Mega dem Verstümmelten hinterher.

»Was versprichst du dir davon?«

Mega wurde aus ihren Gedanken gerissen. Almuth musste sie beobachtet haben.

»Keine Ahnung.«

»Es geht mich ja nichts an, aber Marko ist nicht der Richtige für dich.«

»Ich wollte nur mit ihm reden.«

Mega fiel kein besserer Grund ein.

»Du kannst nicht mit ihm reden. Er hat keine Zunge mehr. Lass ihn besser in Ruhe.«

»Was ist mit seinem Gesicht passiert?«

»Du bohrst in einer Wunde, die nur so aussieht, als wenn sie verheilt wär.«

Mega deutete auf ihr Gesicht und meinte seins.

»Ist es verbrannt?«

»Eine Söldnerbande. Die schlimmste, um genau zu sein. Er war als Späher draußen. Dabei ist er ihnen in die Hände gefallen ... Sie haben ihm die Zunge rausgerissen und ihm die Gesichtshaut abgezogen.«

Mega musste an die Pathologie im Keller der Universität denken. Die Leichen, die Dr. Hammer seziert hatte, hatten häufig keine Zungen mehr besessen. Der Mediziner war davon ausgegangen, dass die Stummen sie sich nicht in allen Fällen selbst abgebissen hatten. Almuth senkte ihre Stimme:

»Tu mir den Gefallen und erzähl keinem, dass du das von mir hast. Und frag nicht mehr danach, okay?«

Mega nickte gedankenverloren. Warum hatte Marko überlebt? Eine Söldnerbande würde einem Mann nicht ohne Gegenleistung das Leben schenken. In Almuths ängstlichen Augen erkannte sie, dass sie die richtigen Schlüsse zog.

»Was hat er getan?«

Almuth schüttelte den Kopf.

»Frag nicht, Mega! Vergiss es!«

Nicht alle Moorbewohner verhielten sich abweisend. Micha und Lischka gaben sich Mühe, sie zu unterhalten. Sie waren pausenlos damit beschäftigt, sich pantomimische Sketche auszudenken und sie einzustudieren. Sie hatten mit ihren stummen Gaukeleien eine beachtliche Kunstfertigkeit erreicht und mussten ihre Darbietungen häufig unterbrechen, weil die Leute ihnen verzweifelt Zeichen gaben.

Nachdem Mega sich etwas eingelebt hatte, lud Tito sie in seine Hütte ein. Er schloss die Tür hinter sich, um sich etwas lauter unterhalten zu können, und bot Mega einen Sitzplatz und heißes, aufbereitetes Wasser mit Minze und Kräutern an. Eine Art Tee-Ersatz. Mega nahm dankbar an. Es war lange her, dass sie etwas anderes als Wasser getrunken hatte.

»Wusstest du, dass ich Gartenarchitekt war?«

»Garten ... Architekt?«

Die beiden Begriffe passten für Mega nicht zusammen. Ein Garten schien ihr etwas zu sein, was wild wuchs und nicht geplant werden musste.

»In der alten Welt wurden Gärten aufwendig geplant, genau wie Häuser. Wie verlaufen die Wege? Welche Pflanzen werden verwendet? Welche Bäume, welche Blumen? Welche Farbe würde der Park im Herbst haben, welche im Frühling?«

Mega wiederholte gedankenverloren:

»Bäume und Blumen.«

Tito seufzte, um eine Melancholie abzuschütteln, die ihn anfliegen wollte.

»Ich bin gern durchs Moor gewandert, um mich inspirieren zu lassen. Die Natur ist der beste Architekt.«

Er seufzte erneut.

»Zumindest dachte ich das früher ... Auf einem Spaziergang hab ich die Senke entdeckt. Einen Teil der Hecke gab es schon. Wir haben sie mit einer Spezialzüchtung verstärkt, bis sie einen geschlossenen Ring bildete.«

»Du wusstest, was passieren würde?«

»Wissen wäre zu viel gesagt. Ein paar Ereignisse, wie die sabotierten Atomkraftwerke, habe ich befürchtet. Der Rest war absehbar ... Ich habe rechtzeitig Entscheidungen getroffen und Glück gehabt. Wir haben es immer noch. Es hat dich zu uns geführt.«

Mega antwortete nicht.

»Genug von mir. Was hast du gesehen? Wie sieht die Welt aus? Ist noch was übrig? Ich brenne auf Neuigkeiten.«

Mega begann zu erzählen. Eine angenehme Abwechslung, im Licht der sanft vor sich hinrußenden Öllaterne in Titos dämmriger Hütte zu sitzen. Dem Nieselregen auf dem Aluminiumdach zu lauschen und raunend die eigenen Erlebnisse Revue passieren zu lassen, besaß eine beruhigende Wirkung. Tito stellte sich als guter Zuhörer heraus. Er unterbrach selten, war aufmerksam und interessiert.

Mega machte sich jedoch keine Illusionen. Das Gespräch fand nur zum Teil aus Gastfreundschaft statt. Die Späher der Moorfestung verließen nach einer Reihe schlechter Erfahrungen nur noch selten die Siedlung. Megas Neuigkeiten waren deshalb von großem Wert. Tito kannte die Soldatenkinder und wusste, dass Megas Verfolger zu ihnen gehört hatten. Die Moorbewohner hatten schon oft Schwierigkeiten mit ihnen gehabt, doch Tito besaß keine Vorstellung vom Zustand ihres Lagers, der Anzahl der Bewohner oder ihrer Bewaffnung. Besonders Megas Schilderung der Vorräte und der Materialien, die sie bei ihrer Erkundung im Lager entdeckt hatte, interessierte den Anführer.

»Was hast du eigentlich gesucht? Kein Mensch geht freiwillig in so ein Lager.«

Mega war im Anschluss verfolgt worden. Es war offensichtlich, dass sie etwas geklaut haben musste, oder die Soldatenkinder an ihr persönlich interessiert waren. Mega sah ein, dass es keinen Sinn hatte, Tito zu belügen.

»Ich hab Ersatzteile für mein Fahrrad gesucht, eine Felge.«

»Was machst du, wenn du die passende Felge findest?«

Mega wurde klar, dass Tito sie in eine Falle gelockt hatte. Er wusste jetzt, dass sie nicht vorhatte in der Moorsiedlung zu bleiben. Die angenehme Stimmung verflog und sie spürte das dringende Bedürfnis, an die frische Luft zu gehen. Entschlossen erhob sie sich. Tito faltete die Hände.

»Warte. Ich kann dir helfen. Ich weiß, wo du Felgen findest.«

Mega erstarrte. Vorsichtig setzte sie sich wieder.

»Ich höre.«

»Ich gebe dir die Information, wenn ich weiß, dass du auf unserer Seite bist. Wenn du eine von uns bist, wirst du uns nicht verraten. Nur dann kann ich dich gehen lassen.«

Mega überlegte.

»Die Prüfungen?«

Tito nickte.

»Wenn du sie bestanden hast, reden wir. Einverstanden?«

Damit stellte Tito sicher, dass sie sich fügte und nicht einfach verschwand. Genaugenommen war das Erpressung, doch wenn sie Pech hatte, konnte sie jahrelang nach einer Felge suchen, ohne jemals fündig zu werden. Tito wusste, dass sie den Köder schlucken würde. Sie würde stillhalten und ein Teil der Moorgemeinschaft werden.

12. DIE ZWEITE PRÜFUNG

Auch die zweite Prüfung erfüllte eine wichtige Funktion im Überlebenskampf der Moormenschen. Anwärter mussten sich als Späher beweisen. Sie sollten Nahrungsmittel finden und sie zur Siedlung bringen. Die Aufgabe wurde immer gefährlicher, weil immer größere Strecken zurückgelegt werden mussten. Alle guten Stellen in der näheren Umgebung hatten andere Späher längst abgegrast. Möglicherweise war dies die Aufgabe, bei der die Söldnerbande Marko in die Finger bekommen hatte. Zumindest reimte Mega sich die Geschichte so zusammen. Sie wusste nicht, ob Marko ein Kandidat gewesen war wie sie. Vielleicht hatte er die Aufgabe auch freiwillig übernommen.

Am Tag des Abmarsches hingen die Wolken tief über dem Moor. Die nach oben gerichteten Dornen der Hecke schienen sie festzuhalten. Eine Delegation eskortierte Mega über den Bohlenweg zum äußeren Ring. Man gab ihr einen einfachen Rucksack aus Weidenästen. Ein archaischer Gegenstand, den man eher neben einer Moorleiche vermuten würde. Die perfekte Passform und die gepolsterten Trageriemen des INDU hatten Megas Rücken verwöhnt. Entsprechend wenig Zuneigung konnte sie dem vorsintflutlichen Weidengestänge entgegenbringen.

Doch das Tragegestell war großzügig mit Wasser und Vorräten gefüllt, die sich die Bewohner vom Munde abgespart hatten. Wenn sie sorgfältig plante, konnte sie problemlos zwei Wochen damit auskommen, vielleicht länger. Ihr wichtigster Ausrüstungsgegenstand lag gleich oben auf, damit sie ihn unterwegs schnell auspacken konnte. Alvo und Duncan, die Bastler der Siedlung, hatten gemeinsam einen Wasserfilter entwickelt. Neben der normalen Reinigung entkeimte und ionisierte er. Als Alvo ihr das Gerät stolz erklären wollte, musste Mega schmunzeln.

»Du wirst es nicht glauben, aber deswegen bin ich aufgebrochen.«

»Wegen eines Wasserfilters?«

Alvo runzelte zweifelnd die Stirn.

»Einem größeren natürlich. Ich glaub nicht, dass der hier reichen würde.«

»Wir würden selbst gern einen größeren bauen, aber dafür haben wir nicht genug Kristalle.«

Alvos Assistent erklärte, dass der Filter nur begrenzte Mengen aufbereiten konnte. Drei Becher pro Tag. Genug Flüssigkeit, um über die Runden zu kommen. Doch spätestens nach zwei Wochen musste er mit Anolytlösung gespült werden. Eine zu lange Verwendung ohne Spülung wäre gefährlich. Die Giftstoffe könnten ausgeschwemmt werden. Sie stellten Anolyte aus Kochsalz her, doch Salz war ebenfalls ein seltenes und kostbares Gut. Mega bedankte sich für das entgegengebrachte Vertrauen und verstaute die wertvolle Ausrüstung sorgfältig.

Wind zerrte an der Hecke. Bald würde der erste Schnee fallen. Vor Mega lagen kalte Tage und frostige Nächte. Eilig streifte sie die fingerlosen Handschuhe über ihre schmerzenden Hände, hauchte hinein und rieb sie aneinander. Almuth hatte sie ihr für die Prüfung geschenkt. Tito überreichte ihr die Kalaschnikow und den Grabendolch. Beides hatte er bisher unter Verschluss gehalten:

»Das ist die zweite Prüfung, Mega. Bring mehr zurück, als du mitnimmst.«

»Was, wenn ich nicht zurückkehre?«

»Du wirst zurückkehren. Niemand verlässt freiwillig den Schutz der Hecke.«

Möglicherweise war sie tatsächlich die erste Anwärterin, die überhaupt in Erwägung zog, die Siedlung zu verlassen. Außerdem hatte Tito dafür gesorgt, dass sie zurückkehren würde.

»Was, wenn ich nicht genug finde?«

»Du bleibst draußen, bis du genug hast.«

»Ich könnte jemandem den Weg verraten.«

»Was hättest du davon? Mit Leuten, die solche Informationen interessieren, machst du besser keine Geschäfte. Du hilfst uns, wir helfen dir.«

Mega nickte. Sie wollte sich gerade auf den Weg machen, als ein untersetzter Mann mit einem riesigen Weidenrucksack auf dem krummen Rücken direkt vor ihnen aus der Hecke trat. Niemand hatte ihn kommen hören. Er erschien lautlos, wie ein Geist. Selbst Tito überrumpelte der Auftritt. Reflexartig griff er zum Messer. Der Greis ignorierte die verblüfften Gesichter, setzte mit absurder Selbstverständlichkeit seine Last ab und trocknete sich die Stirn, als würde er von einem Sonntagsspaziergang zurückkehren. In der Hand hielt er eine Machete, die wie die natürliche Verlängerung seines Arms wirkte. Seine Kleidung erschien Mega viel zu dünn für die Jahreszeit. Sie flatterte wie eine zerrissene Fahne um den dünnen Körper. Das ausgeleierte Lächeln des Greises umrahmte unregelmäßige schwarze Stummel. Der Kerl musste ein Obdachloser sein, dachte Mega, ein Stummer. Die Äußerlichkeiten passten jedoch nicht zur Geschmeidigkeit seiner Bewegungen. Nach dem ersten Schreck hellte sich Titos Gesicht wieder auf. Eilig steckte er sein Messer weg und begrüßte den Alten. Der erwiderte den Gruß, dann musterte er Mega:

»Dir geht's besser, wie ich sehe. Du hast einen weiten Weg hinter dir.«

Mega antwortete nicht. Sie war sich nicht sicher, was der Alte meinte. Tito sprang hilfreich ein:

»Das ist Mega, die Anwärterin. Harden, der Älteste. Du kannst dich nicht an ihn erinnern. Er ist am Tag deiner Ankunft aufgebrochen. Das letzte Soldatenkind wär' entkommen, wenn er nicht gewesen wär'.«

Obwohl der Alte verwahrlost wirkte und unerträglich stank, hatte Mega Respekt vor ihm. Er war es, der Narb getötet hatte.

»Ich bin nicht der Älteste, auch wenn ich so aussehe. Weißt du, wer ich bin?«

Mega schüttelte perplex den Kopf.

»Ich bin der Weihnachtsmann und bring die Geschenke.«

Er schloss den Mund und machte übertrieben große Augen. Die Leute der Delegation lachten leise. Mega hob die Augenbrauen.

»Die zweite Prüfung, hm?«

Sie nickte schüchtern.

»Geh zwei Tage in die untergehende Sonne! Da gibt es ein Dorf. Wir haben länger nichts gefunden. Aber, wie du siehst ...«

Er deutete auf den prall gefüllten, vor Schmutz starrenden Rucksack. Ebenfalls ein Weidenmodell, nur viel größer als ihrs.

»Es lohnt sich. Zwei Tage nach Westen.«

»Seh ich mir an. Danke für den Tipp.«

»Keine Ursache. Bleibt in der Familie.«

Harden grinste, wuchtete den schweren Rucksack ohne sichtbare Anstrengung auf den Rücken, passierte die Delegation und strebte der inneren Hecke entgegen.

Mega befolgte Hardens Rat. Kanäle und Sumpfflächen zwangen sie zunächst dazu, nach Norden auszuweichen. Möglicherweise gab es einen direkten Weg, doch den fand sie nicht. Am zweiten Tag verließ sie das Moor, wandte sich wieder nach Westen und Süden und erreichte eintöniges Heideland und verwilderte Äcker. Schließlich öffnete sich vor ihr eine Flussniederung. Auf der anderen Seite entdeckte sie das Dorf, das Harden gemeint haben musste, zwischen Wacholder- und Rosenbüschen. Hier und da ragten Grundmauern aus überwachsenen Trümmern. Die Dörfler hatten sich in einem verzweifelten Kampf hinter Barrikaden aus landwirtschaftlichen Geräten verschanzt und mussten schließlich überrannt worden sein. Verkohlte, rostzerfressene Maschinen, alte Traktoren und Anhänger umgaben die Ruinen wie ein Ringwall. Dazwischen lagen schlafende Riesen unter bleichem Gras. Die Ansammlung überwachsener Erhebungen ähnelte einer Nekropole aus der Bronzezeit und überall bohrten sich die Spuren von Grabräubern in die Dünen. Zum Teil mehrere Stollen in ein und demselben Haufen. In den Trümmern hatten Plünderer die Schätze der alten Welt gefunden. Vorratskeller gefüllt mit Einmachgläsern, Dosen und Fässern. Doch die Zeit der Grabungen lag lang zurück.

Mega erinnerte sich an die Schilderungen der Wissenschaftler. Die Landbevölkerung hatte schon immer Obst und Gemüse angebaut. Irgendwann waren die Erträge der Großbauern eingebrochen und Lebensmitteltransporte überfallen worden. Supermärkte hatten keine Lieferungen mehr bekommen. Von einem Tag auf den anderen hatte nur noch das einfache Landleben mit ein paar Kirschbäumen und etwas Vieh das Überleben garantieren können.

Horden hungernder Städter waren in entlegene Landstriche ausgewichen und hatten dort gekauft, was sie zum Überleben brauchten. Zunächst hatten die Bauern vom zusätzlichen Geschäft profitiert. Doch den Metropolenflüchtlingen war schnell das Geld ausgegangen und nichts weiter übrig geblieben, als sich einfach zu nehmen, was sie brauchten. Das hatten die Landwirte sich wiederum nicht bieten lassen, sich zu Landwehren zusammengeschlossen und damit begonnen, ihre Felder zu verteidigen. Bewaffnete Patrouillen waren eingesetzt und Barrikaden errichtet worden. Aus dem Kampf ums Überleben war eine Schlacht zwischen Stadt und Land geworden, aus der Versorgungslücke ein Bürgerkrieg, aus dem Bürgerkrieg der Flächenbrand, aus dem Flächenbrand der Weltenbrand.

Nachdem sie das Dorf eine Stunde lang observiert hatte, näherte sie sich vorsichtig und versteckte sich in einem Tunneleingang. Den

Rest des Tages verbrachte sie damit, nach Veränderungen Ausschau zu halten. Der Ort war vor langer Zeit geplündert worden, doch Verzweifelte konnte es trotzdem hierher treiben. Einer Gruppe Hungernder wollte sie nicht in die Hände fallen.

Es gab zahlreiche Minen und alle waren unzureichend gesichert. Zwischen ihnen konnte es kaum noch unentdeckte Stellen geben. Doch davon wollte Mega sich nicht entmutigen lassen. Drei Tage kroch sie auf allen Vieren umher und klopfte jeden Quadratmeter ab.

Die Nächte verbrachte sie einem freigelegten Vorratskeller. Den Stolleneingang tarnte sie mit dem Deckel einer Kühltruhe. Falls man sie fand, würde sie in der Falle sitzen, doch die Geräusche, die das Entfernen des Mülls verursachen musste, würden sie hoffentlich rechtzeitig warnen. Der Wind des kommenden Winters jagte verbissen den Sand über die Erdhaufen und versuchte sie auszugraben. Zwischendurch brachte sie es fertig, die Augen zu schließen und ein wenig zu schlafen. Und wenn sie schlief, hatte sie seltsame Träume.

In der dritten Nacht suchte sie ein Albtraum heim. In diesem seltsamen Traum lag sie wieder nackt in Nathans Keller auf dem Bauch und Nathan beugte sich über sie, berührte sie mit seinen feingliedrigen, kalten Fingern und reinigte sanft die Wunden über ihrem Steißbein. Ein schönes Gefühl, seltsam vertraut, fast zärtlich. Im Traum fühlte Mega sich so wohl, dass sie die Augen schloss. Plötzlich wurde ihr jedoch klar, dass sie nicht mehr auf dem Bauch, sondern auf dem Rücken lag und er nicht mehr ihre Wunden reinigte, sondern versuchte den tätowierten Stern aus ihrem Gesicht zu schneiden. Direkt unter ihren Augen schälte er mit einem Skalpell feine Hautschichten ab. Mega musste extrem stillhalten, damit Nathan nicht abrutschte und ihr aus Versehen ins Auge stach. Ihr vermummter Freund, dessen riesige Augen über ihr schwebten, arbeitete mit der Präzision eines Chirurgen. Er wollte unbedingt diesen Stern entfernen. Versuchte er Megas Vergangenheit auszulöschen? Wenn sie den Stern nicht mehr trug, würde sie nicht mehr zu ihnen gehören? Zu wem gehören? Mega dachte darüber nach. Der Stern markierte ihre Zugehörigkeit. Doch zu wem gehörte sie und warum versuchte Nathan, sie davon zu befreien? Was hatte er mit all dem zu tun? Obwohl Mega sich an keinen Tag erinnern konnte, an dem sie den Stern nicht verflucht hatte, wollte sie ihn plötzlich nicht mehr loswerden. Splitternackt stand sie auf und erklärte, dass sie den Stern behalten wolle. Nathan schüttelte jedoch den Kopf und bestand darauf, die Arbeit zu beenden. Er forderte Mega streng dazu auf, stillzuhalten, weil er sie sonst verletzen würde. Daraufhin floh sie Hals über Kopf vor ihrem Freund, der ihr plötzlich seltsam verändert, dunkel und bedrohlich vorkam. Noch immer splitternackt stolperte sie zwischen elektronischen Bauteilen und Platinen herum, blieb hängen und kratzte sich Arme und Beine auf. Sie wühlte im Schrott, suchte etwas zum Anziehen, fand jedoch nichts. Nur noch mehr Schrott. Plötzlich begannen sich die Bauteile zu bewegen und sich vor ihren Augen zu einer Maschine zu verbinden. Diese Maschine bekam Beine, erst zwei, dann vier und begann Mega zu verfolgen. Schließlich war es nicht mehr Nathan, sondern diese Killermaschine, vor der sie floh. Und diese Maschine wusste, was sie dachte. Sie wusste, wo sie sich verstecken würde. Es gab keine Möglichkeit, ihr zu entkommen. Es wurde dunkel in Nathans Versteck. Mega war klar, dass die Maschine das Licht ausgeschaltet hatte. Sie kroch auf allen Vieren durch einen Tunnel und konnte das Ding hinter sich hören. Schleifend und quietschend schrammte es an den engen Wänden entlang und kam in der Dunkelheit langsam näher.

Schweißgebadet und heftig atmend erwachte Mega und war sich einen Moment nicht sicher, ob sie in der Realität nicht eventuell geschrien hatte. Noch erregt von Nathans Berührungen überwog am Ende der Ekel vor der Maschine. Beides mischte sich zu einem ungenießbaren Wirrwarr. Was wollte ihr so ein bescheuerter Traum sagen? Wollten Träume überhaupt etwas sagen? Fröstelnd und genervt richtete sie sich auf und lauschte. Nachtwind rüttelte an der Kühlschranktür. Megas Zunge klebte ausgetrocknet im Gaumen. Sie nippte an der Trinkflasche und beruhigte sich langsam, während der Schweiß auf der Haut trocknete.

Sie fand es fast gemütlich in ihrem Erdloch, obwohl sich die Jutedecke mit Feuchtigkeit vollgesogen hatte. Kein Vergleich zu ihrem Biwak. Sie wollte versuchen noch ein wenig zu dösen, doch die Augen wanderten ruhelos umher. Auf den Böden selbst gebauter Regale, die schräg an den feuchten Wänden lehnten, hatten Einmachgläser kreisrunde Flecken hinterlassen. Ihre Scherben bedeckten den Boden und ihr Inhalt rottete schwarz und geruchlos in der Dunkelheit. In Holzboxen hatten Kartoffeln, Bohnen und anderes Gemüse gelegen. Schwarze, harte Blätter, die aussahen, als wären sie verbrannt worden.

Ein plötzliches Geräusch ließ sie aufschrecken. Eine Stimme hallte durch die Nacht. So fremdartig, dass sich auf ihren Armen sofort eine Gänsehaut bildete. Vorsichtig zog sie sich die Waffe auf den Schoß, entsicherte unter der Decke, um den Schall zu dämmern, zielte auf die Kühlschranktür und lauschte. Doch sie vernahm nur das an- und abschwellende Murmeln des Windes. Hatte sie eine Windböe mit einer Stimme verwechselt? Die Unregelmäßigkeit in der akustischen Umgebung wiederholte sich nicht. Nach einer Weile wurde sie müde. Schlapp stellte sie die schwere Waffe ab, ließ sie jedoch entsichert und streckte sich erneut unter der Decke aus. Nachdem weitere Minuten verstrichen waren, schloss sie die Augen. Noch eine Weile analysierte sie den Sand, der die Schräge des Stollens hinunterrollte, doch die Stimme oder was immer es gewesen war, tauchte nicht wieder auf.

Am vierten Tag konzentrierte sie sich auf den Umkreis des zerstörten Dorfes und stieß prompt auf eine zweimal zwei Meter große Betonplatte. Das Pochen der Metallstange, mit der sie stocherte, hallte in der Erde. Unter der Platte musste sich ein Hohlraum befinden. Sie ging fest davon aus, eine Sickergrube erwischt zu haben, doch während sie buddelte, wurde ihr klar, dass ein Holzschuppen oder ein Seitengebäude an dieser Stelle gestanden haben musste. Sie kratzte die Stelle mit scharfkantigen Steinen frei und fand eine Platte, die wie ein Deckel einen Schacht versperrte. Es dauerte eine Stunde, sie freizulegen, eine weitere, um sie mit der Eisenstange von der Öffnung zu stemmen. Unter ihr fand sie eine gemauerte Treppe, die an einer verstaubten Eichenholztür endete. Mit vor Aufregung zitternden Händen stemmte sie das Schloss auf. Dahinter lag ein winziger Raum. Warme, trockene Luft ohne Schimmelsporen strömte ihr aus dem alten Vorratskeller entgegen. Vorsichtig entzündete sie einen Holzspan und sah sich um. Mehrere Reihen Konservendosen schimmerten im unruhigen Licht, luftdichte Plastikdosen gefüllt mit Zucker und Salz, verstaubte Wein- und Cognacflaschen, ein Zentnersack Reis, ein weiterer, gefüllt mit Gerste und einer mit versteinerten Walnüssen. Obwohl die Sachen viele Jahre hier gelegen hatten, schienen sie noch genießbar zu sein. Megas Herz schlug wild und ihre Hände zitterten vor Freude. Selbst wenn die Weine gekippt sein sollten, sah es gut für sie aus. Sie würde die zweite Prüfung bestehen. Ihr Glück trieb ihr Tränen in die Augen.

Megas Euphorie legte sich jedoch schnell wieder. Jetzt stand sie vor dem nächsten Problem. Wie sollte sie die Vorräte zur Moorfestung transportieren? Sie hatte zu viel gefunden. Wenn sie sich Bündel unter die Arme klemmte, konnte sie eine kurze Strecke schaffen, aber nicht den gesamten Rückweg. Schon in unbepacktem Zustand waren es zwei beschwerliche Tagesreisen gewesen. Zurücklassen wollte sie aber auch nichts.

Einen weiteren Tag verbrachte sie deshalb damit, sich ein stabiles Tragegestell zu bauen, mit dem sie ihren Rucksack aufstocken konnte, so ähnlich wie das Ding, das Harden auf dem Rücken getragen hatte. Es bestand aus einem Schulterbalken, den sie aus der Decke ihres Schlafkellers ausbaute, und zwei Seilen, die sie in einem anderen Keller fand. Wie eine Wasserträgerin wollte sie das Gewicht gleichmäßig auf ihren Schultern verteilen. Am Abend testete sie die Konstruktion. Sie funktionierte. Am siebten Tag war sie endlich bereit für den Aufbruch. Wenn Sie gut vorankam, konnte sie den Rückweg schaffen, ohne die neuen Vorräte anbrechen zu müssen. Mega holte alles aus dem Keller, belud Tragegestell und Rucksack und setzte sich zum ersten Mal mit voller Beladung in Bewegung. Bereits nach wenigen Metern wurde ihr klar, dass sie sich überladen hatte. Sie musste etwas zurücklassen. Über Wein und Cognac würden sich die Moorleute besonders freuen, das wusste Mega. Zwei Flaschen nahm sie deshalb als Geschenk mit. Den Rest brachte sie in den Keller zurück.

Sie schob gerade die letzte Flasche ins Regal zurück, da vernahm sie über dem unregelmäßigen Aufleben des Windes erneut das Geräusch. Und diesmal war sie sicher, dass es sich nicht um eine Täuschung handeln konnte. Diesmal stand sie nicht mit einem Bein im Traum. Dort draußen wartete jemand und diese Person hatte gesprochen. Mit wem? Waren es zwei oder mehr Leute? Jeder Muskel in ihrem Körper spannte sich, schaltete in Alarmbereitschaft. Gewehr und Grabendolch hatte sie zum Glück mitgenommen, doch die Vorräte, das Tragegestell und ihr Rucksack lagen an der Oberfläche. Weithin sichtbar. Wenn ihr Besuch die Sachen entdeckte, würde sie alles verlieren. In diesem speziellen Fall war Verstecken keine Option. Sie musste ihren Fund verteidigen.

Leise wie eine Katze kroch sie zum Loch hinauf und näherte sich der Kante. Im grauen Dunst zwischen den grasbewachsenen Hügeln entdeckte sie ihre Sachen. Die Luft war stickig und feucht. Dunkle Wolkenstreifen zogen tief und schwer über die vegetationslose Kraterlandschaft. Hinter einem Erdhaufen entdeckte sie eine Bewegung. Sie warten auf dich, schoss es ihr durch den Kopf. Sie warten darauf, dass du rauskommst und das Gestell anlegst. In diesem Moment hast du keine Hand frei. Du musst die Waffe ablegen. Sie werden sich nicht nur hinter einem Hügel versteckt haben. Sie liegen auf zwei Seiten. Mega wurde klar, dass sie in der Klemme saß. Sie machte sich Vorwürfe, weil sie nicht früher aufgebrochen war. Wenn sie Pech hatte, konnte sie überhaupt nichts zur Siedlung zurückbringen. Es lag bittere Ironie in der Tatsache, dass sie ihr Leben für Wein und Cognac aufs Spiel gesetzt hatte, obwohl sie mit beidem nichts anfangen konnte.

Kampf war immer die letzte Option. Doch damit würden sie nicht rechnen. Mega sprang aus dem Loch und hechtete über ein altes Gatter. Das Sturmgewehr fest in beiden Händen, rechnete sie damit, dass man das Feuer auf sie eröffnete. Doch nichts dergleichen geschah. Alles blieb ruhig. Keine hastigen Bewegungen. Niemand ging in Deckung. Sollten sie sie überhört haben? Wussten sie überhaupt, dass sie da war? Kurzfristig änderte sie ihren Plan, nahm Abstand von einem Frontalangriff und warf sich vor dem Kamm des Grabhügels auf den Bauch.

Gestalten hockten auf der anderen Seite, doch sie lauerten nicht. Tatsächlich schienen sie überhaupt nicht mitbekommen zu haben, dass sie in der Nähe war. Noch etwas fiel ihr auf. Ihre Haut leuchtete unnatürlich hell, schien fast transparent zu sein. Arterien und Venen zeichneten sich gut sichtbar blau und rot ab. Kaninchen, denen man das Fell über die Ohren gezogen hatte. Sie mussten unter der Erde leben und nur selten an die Oberfläche kommen. Es war nicht zu erkennen, ob es sich um Männer oder Frauen handelte. Das Haar hing verfilzt über die Schultern. Zerschlissene Kleidung baumelte an dürren Körpern. Keiner von ihnen trug Schuhe oder eine Waffe. Sie bohrten die Hände in die Erde, zogen Wurzeln heraus und kauten sie wie Kühe, während sie die Köpfe schief hielten und mit milchigen Augen Löcher in die Luft starrten, als wären sie blind.

Sie beobachtete die stumm vor sich hinweidenden Kreaturen in einer Mischung aus Abscheu und Mitleid und wusste nicht, wie sie sich verhalten sollte. Ihre Nahrung bestand aus Graswurzeln, nach Vorräten aus der alten Welt suchten sie gar nicht mehr. Hier war er. Der lebende Beweis für Dr. Hammers These von der Degeneration des Menschen. Mega fand den Anblick so grauenhaft, dass sie in Erwägung zog, sie aus ihrem Elend zu befreien. Rechtzeitig wurde ihr klar, dass sie damit nur sich selbst zu retten versuchte. Sie wollte ver-

»Du musst den Lockvogel spielen.«

Mega überlegte.

»Für wen?«

»Einen Mann, den wir unschädlich machen müssen. Sie nennen ihn den Teufel.«

13. DIE LEERE HÜTTE

Mega half das gefundene Getreide und die Walnüsse zu mahlen, das Pulver mit Kräutern und Lehm zu strecken und daraus Fladen für den Winter herzustellen. Sie wurden auf langen Tuchbahnen zwischen Holzstangen ausgebreitet und zum Trocknen nach draußen gebracht oder, wenn es regnete, in dafür vorgesehene Trockenhütten gehängt.

Mega half Almuth, Marthe und Jolanta eine Bahn zu tragen. Auf dem Weg passierte die Gruppe eine unbewohnte Hütte. Sie wurde weder für die Trocknung von Fladen noch für etwas anderes verwendet. Mega hatte noch nie jemanden hineingehen oder hinauskommen sehen und wurde neugierig. Jolanta erklärte:

»Noch steht sie leer, aber wer weiß, vielleicht zieht demnächst eine junge Familie ein. Jan gefällt dir doch, oder?«

Schelmisch zwinkerte sie ihr zu und Mega schoss sofort das Blut ins Gesicht. Verwirrt dachte sie über die fremdartige Perspektive einer Familiengründung nach, bis ihr klar wurde, dass sie fast auf Jolantas Trick reingefallen wäre. Die alte Füchsin versuchte geschickt abzulenken. Doch das durchsichtige Manöver stachelte Megas Neugier erst recht an. Genau wie im Keller führten Halbwahrheiten dazu, dass sie hellhörig wurde, und sie beschloss, sich die Hütte bei nächster Gelegenheit genauer anzusehen.

Unbeobachtete Situationen gab es jedoch selten in der Moorfestung. Zu jeder Tages- und Nachtzeit patrouillierten Wachen vor und hinter der inneren Hecke.

Nach der zweiten Prüfung hatte man Mega außerdem in eine der Frauenhütten umquartiert. Eigentlich wollten die Bewohner die Änderung als Anerkennung für ihre Verdienste verstanden wissen. Sie bekam endlich Gesellschaft und wurde nicht mehr wie eine Aussätzige behandelt. Mega empfand die neue Umgebung jedoch eher als Strafe. In der Lazaretthütte hatte sie eine gewisse Privatsphäre besessen, die sie nun wieder aufgeben musste. Doch sie beschwerte sich nicht, sie konnte ohnehin nicht ewig bleiben.

In einer stillen, kalten Nacht kroch sie barfuß unter ihrer Bettdecke hervor, glitt von der Liege und richtete sich in der dunklen Hütte auf. Die Frauen atmeten gleichmäßig und ahnten nicht, dass sie sich über ihre Gesichter beugte und prüfte, ob sie wirklich schliefen oder nur so taten. Im blauen Mondlicht stapelte sich einfacher Hausrat auf den Regalen. Töpfe, Pfannen, kleine Keramikgefäße für Kräuter und duftende Hölzer. Schlichte Aquarelle zeigten die Bewohner bei der Feldarbeit. Moorlandschaften. Stellen, die Mega nicht kannte. Die Ecken der Papiere bewegten sich verträumt in der feuchten Luft. Als wären sie kurz davor, aufzubrechen, hätten sich nur noch nicht entschieden wohin. Mega verblüffte die entrückte Schönheit, die ihrer Schlichtheit innewohnte. Rückansichten und Halbprofile, die Ruhe und Melancholie ausstrahlten. Schicksalsergebenheit und Leidensfähigkeit. Die Menschen auf den Bildern lachten weder, noch sprachen sie. Sie saßen stumm da, taten ihre Arbeit und hingen ihren Gedanken nach. Den Hintergrund jedes Bildes dominierte eine düstere Wand. Die Hecke. Gefängnis und Freiheit, Fluch und Segen dieser Menschen.

Die schlafenden Frauen hatten die Hände unter ihre Köpfe geschoben und die Münder leicht geöffnet. Unschuldig wie kleine Kinder, dachte Mega. Rein und unbesiegbar. In ihren Träumen herrschte Frieden und die Welt war ein schöner Ort.

Feuchte Luft strich an den Hüttenwänden vorbei und drang wimmernd durch die Ritzen. Megas Schatten schob sich durch die Tür ins Freie. Die Hütten kauerten sich in banger Erwartung des Winters an den Boden. Sie überquerte den freien Platz. Eiskalter Matsch umschloss ihre Zehen, doch barfuß hatte sie die beste Kontrolle über ihre Bewegungen. Vor der nächsten Hütte ging sie in die Hocke und lehnte sich mit dem Rücken an die Außenwand. Sie hörte die Schritte der Wachen. Das Schmatzen der Ledersohlen. Auf Zehenspitzen lief sie weiter.

Wie in allen Hütten gab es auch in der angeblich leer stehenden drei schmale, von innen verhängte Fensteröffnungen, die wie Schießscharten das obere Drittel der Wand einnahmen. Knapp fünfzehn Zentimeter breit und vierzig Zentimeter hoch. Die Bewohner hatten die provisorischen Lüftungsklappen in den meisten Fällen von außen mit Plastikfolie abgedichtet. Nur in den wenigsten Hütten gab es echtes Glas. In dieser sorgten Vordächer aus Zink für Regenschutz. Sie atmete aus, um sich schmal zu machen, schwang sich seitlich in die Öffnung und zwängte sich, schlank, wie sie war, hindurch.

Im Inneren der Behausung herrschte stickige Dunkelheit. Die Luft war gesättigt mit intensivem Geruch. Zwei Substanzen konnte sie identifizieren. Die erste war weiches, öliges Gummi. Zu achtzig Prozent aus raffiniertem Erdöl. Die andere roch strenger und kitzelte in der Nase. Betäubend, wie Alkohol. Der Geruch von Klebstoff zur Galvanisierung von Gummi, schoss es ihr durch den Kopf. Fr. Dr. Kobes Werkstatt hatte so gerochen. Millimeter für Millimeter ließ sie sich nach unten gleiten, hielt sich nur noch mit den verwinkelten Füßen im Rahmen fest. Hinter dem Fenster befand sich eine freie Stelle. Vorsichtig spreizte sie die Hände auf dem Boden, vollführte aus der Seitenlage einen Handstand und senkte elegant die Beine.

Sie verharrte einen Moment in der Hocke, bevor sie sich erhob. Langsam gewöhnten sich ihre Augen an die Dunkelheit. Metallisch schimmernde Lichtkanten tauchten auf. Schließlich erkannte sie, was die Dunkelheit verborgen hatte. Die Hütte war nicht leer. Sie war vollgestopft. Mega hatte mit vielem gerechnet, nur nicht damit. Der Verschlag glich einem großzügig ausgestatteten Fahrradladen, einem Lager für die Komponenten von vierzig oder fünfzig demontierten Fahrrädern und die entsprechende Menge an Ersatzteilen. Für jeden Bewohner eins, dachte Mega. Falls die Moorfestung evakuiert werden musste. Das hatte Tito also gemeint, als er ihr angeboten hatte, ihr zu helfen. Die Fahrradteile hingen an den Wänden, unter der Decke oder lagen auf Regalen. Lenker, Bodenzüge, Zahnräder, Ketten und Felgen. Rahmen für Rennräder, Mountainbikes und Hollandräder. Tito hatte rechtzeitig erkannt, dass irgendwann nur noch Fahrräder funktionieren würden. Erneut hatte er Weitsicht bewiesen und Mega verstand genau, warum er diesen Schatz geheim hielt.

Sie könnte sich sofort eine passende Felge aussuchen, doch sie vermutete, dass Tito sich dann nicht mehr an die Abmachung halten würde. Immerhin war sie unerlaubt ins Allerheiligste der Moorsiedlung eingedrungen. Zur Not würde sie sich ohne Erlaubnis aus dem Staub machen müssen. Doch noch hatte sie keinen Plan für ihre Flucht. Sie musste Vorbereitungen treffen. Megas Bauch kribbelte. Eine Mischung aus Aufregung und Vorfreude.

Ohne Vorwarnung zuckte ihr Körper zusammen. Mit eiserner Disziplin unterdrückte sie einen heftigen Nieser. Sie stand barfuß auf dem kalten Boden. Plötzlich fiel ihr etwas ein: der kalte Schlamm an ihren Füßen. Auch wenn sie in der Dunkelheit nichts erkennen konnte, ihre Fußabdrücke zierten den Boden. In Windeseile zog sie

Pullover und T-Shirt aus und stand eine Sekunde später mit nacktem Oberkörper in der Hütte. Eilig stülpte sie den Pullover wieder über und begann mit dem Unterhemd den Boden aufzuwischen. Sorgfältig vollzog sie die Schritte nach, die sie in der Hütte gemacht hatte. Dann hielt sie den Atem an und lauschte. Draußen war nichts Verdächtiges zu hören. Das Dorf schlief. Mit angehaltenem Atem zog sie sich wieder nach oben in die Belüftungsöffnung und zwängte sich etappenweise hindurch. An der Außenwand glitt sie mit dem Kopf voran hinab und fing sich mit der einen Hand auf, während sie mit der anderen den Fall im Fensterrahmen bremste.

Kalter Wind zerrte an der Hecke. Irgendwo sprachen Wachen miteinander. Ein Graben hatte sich auf ihrer Strecke gebildet und auf ihm flache Pfützen. Mega vernahm ein Plätschern. Kurz darauf tauchte ein Mann hinter der Hütte auf. Den Kopf nach vorn geneigt. Er hatte sie nicht gehört. Mega beruhigte sich und huschte zufrieden zur Schlafhütte zurück.

Den Rest der Nacht träumte sie von Wiesen, die erfüllt waren von Insektensummen und exotischen Düften, ein berauschendes Blütenmeer, das sich bis zum Horizont erstreckte.

So schön der Traum auch war, so abrupt endete er. Jolanta hatte sie mit beiden Händen gepackt und schüttelte sie wie eine alte Bettdecke. Für Träumereien war kein Platz im Moor. Für Träumereien war nirgendwo Platz.

»Wach auf, Mega! Bist du Schlafwandler?«

Mega war noch so benommen, dass ihr nicht einfiel, was sie in der letzten Nacht getan hatte. Schlaftrunken antwortete sie:

»Wieso? Was is' denn?«

»Deine Füße sind dreckig.«

Sie erschrak. Ihre dreckigen Füße guckten unter der Bettdecke heraus. Eindeutig die Spuren eines nächtlichen Ausflugs. Den Boden der Fahrradhütte hatte sie gesäubert, ihre Füße hatte sie vergessen. Sie tat überrascht:

»Vielleicht war ich auf Toilette.«

Jolanta schüttelte tadelnd den Kopf:

»Ohne Schuhe?«

Eine junge Frau lächelte:

»Du hast wildes Zeug geträumt.«

Andere Frauen grinsten ebenfalls, während sie ihre Betten machten und sich anzogen. Mega las in ihren Gesichtern, dass sie genau zu wissen glaubten, wovon das zukünftige Gemeindemitglied geträumt haben musste und wohin ihr nächtlicher Ausflug sie geführt hatte. Doch sie hatten keine Ahnung und den Grund für ihre dreckigen Füße kannten die dummen Gänse erst recht nicht. Mit Frauen, deren Träume aus einem Mann und einer Hütte bestanden, wollte sie nichts zu tun haben. Da verhungerte sie lieber im Ödland. Mega erschrak ein wenig über ihren Wunsch. Er konnte schneller in Erfüllung gehen, als ihr lieb war. Verlegen lächelte sie, während ihre Wangen rot zu glühen begannen. Die Frauen kicherten, schließlich musste Mega auch grinsen.

14. ROTE TULPEN

Seit geraumer Zeit verzichtete Hagen auf jede Vorsichtsmaßnahme. Nicht aus Nachlässigkeit, sondern weil er hoffte, durch tölpelhaftes Verhalten die Aufmerksamkeit von Wegelagerern auf sich zu ziehen. Doch da war nichts. Kein Hinterhalt, keine überstürzt verlassenen Barrikaden, keine Tiefgarage, die sich bemühte, den Eindruck von Unberührtheit zu verströmen. Je weiter sie gingen, desto stärker beschlich ihn der Eindruck, sie wären die letzten Menschen auf dem Planeten. Die Moral der Truppe sank rapide. Hunger und schlechte Laune führten immer wieder zu Auseinandersetzungen. Streitereien und Duelle standen auf der Tagesordnung. Der Konflikt zwischen ihm und Rico schwelte unter der Oberfläche wie ein Moorbrand und er würde so schnell nicht ersticken.

Hagen entging nicht, dass Marko sich in diesem Klima den Respekt der Männer erwarb, ohne ein einziges Mal Gewalt anwenden zu müssen. Der Scharfrichter mit dem schiefen Gesicht und dem weinenden Auge verließ sich allein auf seine Präsenz. Seine Widerstandskraft war legendär und man munkelte bereits, dass er es in dieser Disziplin sogar mit Hagen aufnehmen konnte.

Der verrückte Roderick, mit der Visage einer schlauen, alten Ratte, entwickelte unterdessen immer wildere Psychosen. Er erklärte den Kameraden, dass er sich nicht konzentrieren könne, weil ihm der „heiße Lebenssaft" fehle. So nannte er frisches Blut, das er in der Moorfestung regelmäßig jungen Frauen abgezapft hatte. Besonders Almuth hatte darunter leiden müssen. Er begann lächerliche Selbstgespräche zu führen und sich selbst zu bemitleiden wie einen misshandelten Hund:

»Armer Roderick. Armer Roderick.«

Der kleine Mann mit der fliehenden Stirn hatte eindeutig nicht mehr alle Tassen im Schrank. Alle konnten damit leben, doch die Heulerei begann den Leuten auf die Nerven zu gehen. Der Verrückte wurde gemieden, bis schließlich kaum noch jemand mit ihm sprach.

Diese auf den ersten Blick bedeutungslosen Vorgänge änderten das Machtgefüge im Trupp. Nahezu unbemerkt hatte Marko Roderick, der immerhin zum inneren Kreis um Hagen gehörte, von seinem angestammten Posten verdrängt. Roderick wurde nervös, wenn Marko auftauchte, während sein Gegenspieler ihn kaum wahrzunehmen schien. Die Ruhe des Moorbewohners baute sich immer bedrohlicher vor dem schmalgesichtigen Mann auf und führte schließlich dazu, dass die Heulsuse sang- und klanglos in den hinteren Reihen verschwand, während Marko, der Neue, zu Rubens Stellvertreter aufstieg.

Hagen erinnerte sich genau an den Tag, an dem er Marko zum ersten Mal begegnet war. Sie hatten ihr Lager in den Ruinen eines Futtermittelbetriebs aufgeschlagen, als er plötzlich vor ihnen gestanden hatte. Sie hatten ihn nicht besiegen müssen. Er war ihnen auch nicht zufällig in die Hände gefallen. Er hatte sich freiwillig gestellt. Hagen hatte ihn ans Fachwerk nageln lassen und Ruben hatte ihm die Haut aus dem Gesicht geschnitten. Doch was sie auch angestellt hatten, er hatte der Folter widerstanden und den Weg zur Moorfestung nicht verraten. Irgendwann war Hagen so genervt gewesen, dass er das unerfreuliche Treiben hatte beenden wollen. Sein Messer hatte schon auf Markos Kehle gelegen, als ihm im letzten Moment etwas Besseres eingefallen war:

»Wer nicht reden will, braucht auch keine Zunge.«

Der Blutkuss, Rodericks Spezialität, war etwas, das man nicht so schnell vergaß, wenn man einmal Zeuge geworden war. Er war dem zwei Köpfe größeren Mann wie eine Zecke an den Hals gesprungen, hatte sich an seinem Kopf festgeklammert und ihm mit scharfen Zähnen in Mund und Nase gebissen, als wenn er ihn wiederbeleben wollte. Irgendwann hatte Marko keine Luft mehr bekommen und verzweifelt den Mund aufgerissen, wie ein erstickender Fisch. Doch was in ihn eingedrungen war, war kein Sauerstoff gewesen, sondern Rodericks Zähne. Der Wahnsinnige hatte dem Gemarterten mit einer Kopfdrehung den zuckenden Muskel aus dem Mund gerissen und ihn vor seinen Augen gegessen.

Dass Marko nach dieser Behandlung kein Interesse an Rache zu haben schien, machte ihn seltsamerweise stark. Und der dunkle Nimbus schützte ihn wie ein Panzer.

Es wurde unerträglich heiß im Ödland. Giftgrüne Färbung befiel den Himmel wie eine Krankheit. Die Männer bekamen Schwierigkeiten beim Atmen. Einige mussten husten. Niemand wusste genau, woran es lag. Die Konzentration des Gases, wenn es ein Gas war, war zu gering, um es identifizieren zu können und um die Benutzung von Sauerstoffmasken zu rechtfertigen. Auch die Geigerzähler schwiegen. Die Strahlung war nicht höher als anderswo.

Sie erreichten Landstriche, in denen es vor ein oder zwei Jahren noch Siedlungen und Leben gegeben haben musste. Die Verwüstungen wirkten verhältnismäßig frisch. Mancher Brand schien erst ein paar Monate zurückzuliegen. Die Heuschrecken des Krieges waren einmal zu oft durch diesen Landstrich gezogen.

Die Männer schleppten sich in Zweierreihen schwitzend durch die flimmernde Hitze. Martin, der Ringrichter mit der Augenklappe, gab plötzlich Handzeichen. Alle hockten sich auf den Boden. Er legte den Kopf in den Nacken und schnupperte. Dreck im heißen Wind ließ ihn zwinkern. Asche blieb auf Schweiß kleben und ließ sie wie ein Denkmal aussehen. Krieger, die mit dem König zum Gebet niederknieten. Schließlich drehte Martin sich um, fasste sich an die Nase und deutete nach vorn. Die Männer schnupperten ebenfalls und der eine oder andere nahm auch etwas wahr: Brandgeruch. Plastik. Ein brennendes Haus vielleicht. Was sie riechen konnten, war in jedem Fall nicht die kalte Asche, in der sie standen. Martin flüsterte:

»Benzin und Plastik.«

Hagen nickte:

»Brandbeschleuniger.«

Martin drehte die Hand in der Luft, um eine Schätzung anzudeuten:

»Zwei Tage. Vielleicht weniger.«

Hagen überlegte, dann wandte er sich suchend um. Ramsan kniete etwas außerhalb und beobachtete die Umgebung. In solchen Situationen waren seine Talente nicht gefragt. Erst als der Nebenmann ihn anstieß, realisierte er, dass Hagen etwas von ihm wollte. Er zuckte zusammen und setzte ein dümmliches Lächeln auf. Hagen winkte ihn zu sich:

»Nimm Bassajew und deine Töpfe und geh vor!«

Auch wenn die Dummheit nur gespielt war, verstand Ramsan in diesem Moment tatsächlich nicht, was Hagen von ihm wollte. Hagen erklärte es:

»Ihr lockt sie raus. Wir bleiben in der Nähe ... Euch passiert nichts. Verstanden?«

Ramsan konnte den Männern die Gedanken von der Stirn ablesen. Er war der Nächste. Der Koch wurde nervös. Hagen fühlte sich genötigt, ihn zu beruhigen.

»Ich will sie rauslocken, klar? Wenn wir als Gruppe kommen, bleiben sie in ihren Löchern. Ihr habt Töpfe, also habt ihr was zu essen. Ihr macht Lärm. Sie kommen raus. Kapiert?«

Ramsan zwinkerte nervös und wischte sich den Handrücken über die Augen. Hagen schickte den Koch nie vor. Das machte keinen Sinn. Weder er noch Bassajew besaßen irgendwelche Spähertalente.

»Mach dir nicht in die Hose! Glaubst du, ich verzichte auf meinen Drei-Sterne-Koch? Für wen hältst du mich?«

Ein paar Männer mussten lachen. Ramsan grinste verlegen, winkte Bassajew zu sich, gab ihm Töpfe und Pfannen und nahm ihm die Waffen ab. Bassajew war alles andere als glücklich, doch er fügte sich mit gesenktem Kopf und packte gehorsam um. Nachdem sie den Ballast auf andere verteilt hatten, brachen sie auf. Hagen nickte ihnen zu, als sie an ihm vorbeikrochen. Stellgar zischte ihnen ins Ohr:

»Ihr seid allein unterwegs. Nicht in unsere Richtung gucken, klar?«

Nach zweihundert Metern erhoben sie sich, knoteten Töpfe und Pfannen zusammen und hängten sie so an die Rucksäcke, dass sie beim Gehen zusammenschlugen. Eine geradezu wahnwitzige Geräuschkulisse für das Ödland. Die beiden trotteten los, als könnten sie nicht bis drei zählen. Kurze Zeit später blieb Ramsan stehen und verschnürte das Gepäck etwas fester. Jetzt passte alles. Jetzt waren sie vorsichtige Wanderer, immer noch leichte Beute, doch sie stanken nicht mehr nach Falle. Jetzt waren sie Leckerbissen, auf die ausgehungerte Ödlandbewohner anspringen mussten. Die Blicke der Truppe folgten den beiden, bis sie im Dunst verschwunden waren.

Zusammengekauert hockten die Söldner in der Asche und schwiegen. Die Farbe der Anzüge glich der des Untergrunds. Graubraun. Selbst in unmittelbarer Nähe waren sie kaum zu erkennen. Die meisten dösten mit geschlossenen Augen, andere horchten aufmerksam in den Wind, der heulend an Masken, Schutzbrillen und Tüchern zerrte. Bewegungslos ließ Hagen weitere zehn Minuten verstreichen, dann teilte er drei Gruppen ein, die in unterschiedlichen Richtungen aufbrachen.

Die Hitze ließ Erhebungen in der Entfernung wie Inseln über dem Boden schweben. In der Einfahrt eines Einkaufzentrums lagen ausgebrannte Löschfahrzeuge. Verkohlte Reifen quollen wie Geschwüre aus Radkästen. Risse im getrockneten Löschschlamm bildeten bizarre Muster.

Einen halben Kilometer weiter fanden sie die Rauchsäule in den Ausläufern der Stadt. Hagen griff zum Fernglas.

Am Ende einer Straßenschlucht stieg schwarzer Rauch aus den Trümmern eines historischen Sandsteingemäuers. Hinter Dunst und Rauch entdeckte er Befestigungsanlagen. Gestapelte Sandsäcke, Schlagbäume und Bunker. Es hatte Widerstand gegeben. Vielleicht war er nicht vollständig zerschlagen worden. Vielleicht gab es noch Vorräte.

Ramsan und Bassajew bogen aus einer Querstraße auf die Hauptachse. Plötzlich zögerte Ramsan, ging in die Hocke und bedeutete Bassajew das Gleiche zu tun. Bassajew wollte sich gerade zu Hagen umdrehen, doch Ramsan konnte in letzter Sekunde seinen Kopf festhalten und ihn wieder zu sich drehen. Er wusste, im Gegensatz zu seinem unerfahreneren Gefährten, dass sie die ganze Zeit über beobachtet wurden. Höchstwahrscheinlich aus zwei Richtungen. Hagen lächelte. Der gute Ramsan versuchte keine Fehler zu machen.

Bassajew sah beschämt zu Boden, während sich Ramsan der Umgebung widmete. Irgendetwas schien ihn zu beunruhigen. Plötzlich wandte er sich wieder an seinen Begleiter und machte auffallend große Gesten direkt vor seiner Nase. Hagen verstand, dass sie nicht für Bassajew, sondern für ihn bestimmt waren. Er beschrieb mit den Armen einfache Spähergesten in der Luft, auf die sie sich im Laufe der Jahre geeinigt hatten. Hagen übersetzte so laut, dass Stellgar es hören konnte:

»Geruch. Leichen. Alt.«

Hagen beobachtete, wie Ramsan und Bassajew weiter die Straße hinunter ins Zentrum vordrangen, und ließ das Fernglas sinken. Das waren keine guten Nachrichten. Stellgar sah ihn an:

»In der Nähe des Feuers?«

Hagen richtete sich demonstrativ auf. Die Männer zögerten. Sie wollten die Hoffnung noch nicht aufgeben. Die Wahrscheinlichkeit, dass Hagen sich irrte, war jedoch gering. Hagen herrschte sie an:

»Ärsche hoch! Es geht weiter.«

Er setzte sich an die Spitze und erhöhte das Tempo. In den Ruinen wurde es dunkel, als würde sich ein unsichtbares Gewitter zusammenbrauen. An den Fassaden der ehemaligen Allee blätterte die Farbe zwischen leeren Fenstern. Kein Lüftchen regte sich. Ihre Schritte hallten an beschmierten Wänden. Eine Tankstelle kauerte verstaubt und menschenleer am Straßenrand im Schatten riesiger Plakatwände. Die Zapfsäulen waren mit Ketten aus dem Boden gerissen und die Benzinlager geplündert worden. Schmutzige Schläuche schlängelten sich im schwarzen Flugsand. Zum scharfen Brandgeruch mischte sich eine beißende Mischung aus Müll und Verwesung. Der Hauch des Todes sammelte sich in den Straßen, wie schlechter Atem zwischen verfaulten Zähnen.

Endlich stießen sie auf einen Platz. In seiner Mitte, der in die Knie gezwungene Torso eines enthaupteten Kolosses. Ein Dom mit eingestürzten Türmen. Die Trümmer, staubige Berge aus Standsteinblöcken, stapelten sich vor dem Hauptportal. Maulwürfen gleich hatten Menschen Höhlen unter die Fundamente gegraben und sie mit Tunnelfeuern zum Einsturz gebracht. Nur die kunstvoll verzierten Fenster in den Seitenschiffen waren wie durch ein Wunder verschont geblieben. Die für die Ausräucherung entzündeten Scheiterhaufen an den Tunnelenden, auf die die Belagerer alles Brennbare aus der Umgebung gezerrt hatten, schwelten und glommen noch und ließen den schwarzen Rauch aufsteigen, den sie aus der Ferne gerochen hatten. Federkernmatratzen lagen auf Sofakissen, Plastikjalousien und Büchern. In der Nähe musste es eine Bibliothek gegeben haben.

Leichen bedeckten die Befestigungsanlagen. Insgesamt etwa fünfzig. Die Toten lagen entkleidet mit offenen Mündern und leeren Augenhöhlen da. Niemand hatte sich die Mühe gemacht, sie zu beerdigen oder auf einen Haufen zu werfen. Sie lagen noch dort, wo sie erschlagen oder erschossen worden waren. In der Mitte dieses verlassenen Schlachtfelds warteten Ramsan und Bassajew. Die restlichen Söldner näherten sich aus drei Richtungen. Nach kurzen Lageberichten schwärmten sie aus und durchsuchten die Hinterlassenschaften. Zwei Gruppen mussten um den Dom gekämpft haben. Eine hatte sich in ihm verschanzt, eine andere das Gelände gestürmt. Hagen vermutete, dass die Plünderer später eingetroffen waren und die Scheiterhaufen neu entzündet hatten. Nur so war zu erklären, dass sie noch brannten. In jedem Fall waren sie gründlich vorgegangen und hatten nichts Brauchbares zurückgelassen. Selbst Goldzähne hatten sie aus steifen Kiefern gebrochen. Das Fleisch der Toten wimmelte vor Insekten. Schimmelpilze hatten sich auf den Kadavern ausgebreitet.

Obwohl er sich nicht viel davon versprach, beschloss Hagen das Innere des Doms in Augenschein zu nehmen. Das große Portal war mit Geröll blockiert. Hier gab es kein Durchkommen. Im Schatten eines rußbedeckten Seitenschiffs fanden sie eine aufgebrochene Tür.

Die Luft im Dom empfing sie kühl und frisch. Weder der Leichengeruch noch der Rauch der Scheiterhaufen war in das Gemäuer eingedrungen. Vom erwarteten Chaos einer belagerten Festung fehlte jede Spur. Kirchengestühl, Gemälde, die Orgel, alles, was irgendwie als Baumaterial benutzt oder zu Brennholz verarbeitet werden konnte, musste bereits vor der Belagerung fortgeschleppt worden sein. Hagen überraschte das nicht. Während der ersten Hungersnöte hatten die Menschen vorzugsweise Gotteshäuser geplündert. Möglicherweise war man zu der Ansicht gelangt, Gott müsste für die Katastrophe verantwortlich sein. Eigenartig erschien ihm nur, dass nirgendwo Unrat lag, keine Essensreste, keine Hinterlassenschaften. Als hätte jemand aufgeräumt, Spuren beseitigt. Auf dem leer gefegten Steinboden hallten die Schritte, stiegen an den schlanken Säulen empor und klangen von den blassen Deckengemälden wieder zu ihnen hinunter. Hagen fühlte sich weder schuldig, noch hatte er Angst vor einem höheren Gericht oder gar der Hölle. Wenn es eine Hölle gab, dann trug er sie bei sich. Trotzdem kroch ihm beklemmende Kälte den Rücken hinauf. Irgendetwas schwebte in der Luft. Der Geruch schien ihn an etwas zu erinnern.

Im Herzen der düsteren Kathedrale, direkt über dem Altar, dort wo die Schatten sich zu sammeln schienen, entdeckte er etwas. Ein grausames Stillleben schälte sich dort aus der Schwärze. Vier Frauen ausgestreckt auf einem primitiven Metallrost. Unter ihnen verbranntes Kirchengestühl. Sie trugen verkohlte Röcke aus primitiver Nachkriegsherstellung, die mit dicken Kabelbindern über ihren Köpfen zusammengeknotet worden waren und in erniedrigender Art ihre entblößten Unterkörper zur Schau stellten. Die Verwesung war fortgeschritten, das verbrannte Fleisch verrottet, doch die Misshandlungen konnte man noch immer deutlich erkennen. Man hatte ihnen Holzpfähle in den Unterleib gerammt. Doch das hatte sie nicht getötet. Gestorben waren sie langsam über der Glut, während sie lebendig geröstet worden waren. Diese Frauen, das wurde Hagen in diesem Moment klar, gehörten weder zu den Verteidigern noch zu den Plünderern. Vor ihm lagen die Gefallenen der dritten Fraktion, der Angreifer.

»Rote Tulpen.«

Stellgar nannte die Sache nüchtern beim Namen. Hinter ihm trafen die anderen ein. Einige grinsten stumpf. Ramsan rümpfte die Nase.

»Stümper.«

Hagen fuhr sich mit der Hand durch den Vollbart. Aufmerksam studierte er die Leichen. Personen und Kleidung passten nicht zusammen. Die Frauen waren jung, gerade erst zu Frauen geworden, vielleicht achtzehn oder neunzehn Jahre alt. Hatte man ihnen die unförmigen Röcke vor der Prozedur angezogen? Warum hätte sich jemand die Mühe machen sollen? Um sie zu demütigen? Stellgar schien Hagens Gedanken zu lesen:

»Eigenartige Klamotten.«

Plötzlich kam Bewegung in die Männer. Jemand versuchte Rico davon abzuhalten, etwas zu sagen. War es Ramsan? Hagen war sich nicht sicher. Rico setzte sich durch, schob sich nach vorn und baute sich vor Hagen auf.

»Du weißt, wer das getan hat. Sag es uns!«

»Ich weiß genauso viel wie du, Rico.«

Hagen musste nicht lügen. Seine Vermutungen betrafen die Opfer, nicht die Täter. Doch waren diese Frauen wirklich die Opfer? Und hatte Rico nicht genau das gemeint?

In der Stille des Doms wurde den Söldnern klar, dass ihr Anführer Geheimnisse vor ihnen hatte. Was verschwieg er ihnen? Niemand wagte es, nachzuhaken, niemand protestierte. Die Männer starrten ihren Anführer nur an.

Hagen hielt sich nicht mit Erklärungen auf. Er ließ die Männer vorgehen und blieb allein zurück. Erst als er sicher war, dass ihn niemand mehr beobachtete, nahm er sein Messer und schlitzte einen der Säcke auf. Was er sah, ließ ihn unwillkürlich zurückweichen. Das entsetzlich zugerichtete Mädchen hatte helle Haut und Sommersprossen und trug eine Tätowierung unter dem rechten Auge. Ein grünes Dreieck. Die junge Frau war Mega wie aus dem Gesicht geschnitten. Sie war Mega und doch war sie es nicht.

15. DER GEIST UND DAS MOOR

Der Winter kam und verwandelte das Moor in eine grimmige Eiswüste. Er setzte sich fest, blieb lang und ging erst, als die letzten Sandfladen aufgegessen waren. Im vierten Monat verschwand der Schnee endlich und das Eis auf den Feldern begann zu schmelzen. Die Bewohner bereiteten die Aussaat vor, wohl wissend, dass sie frühestens in zwei Monaten etwas ernten konnten. Das meiste von dem, was sie aussäen wollten, hatten sie ohnehin bereits gegessen. Selbst die eisernen Vorräte hatten sie anbrechen müssen. Niemand sprach es aus, weil alle es wussten: So schlimm war es noch nie gewesen.

Mega watete mit nackten Füßen zwischen der inneren und äußeren Hecke durch den Morast und sah sich die Wirbel an, die ihre Schritte in den unberührten Schlammteilchen des tauenden Ackers verursachten. Die Frühlingsunruhe der Moorbewohner hatte auch von ihr Besitz ergriffen. Obwohl sie nicht vorhatte zu bleiben, konnte sie es kaum erwarten, die Felder zu bestellen. Alles schien aufzuatmen, sich zu entfalten. Eine unwiderstehliche Kraft, der sie sich nicht entziehen konnte. Ihr Blick wanderte über das schmelzende Eis, die Erdwälle zwischen den Terrassen und den Bohlenweg zum Durchgang in der äußeren Hecke. Weiße Wolken entstanden vor ihrem Gesicht. Sie spürte die Feuchtigkeit, genoss die Kälte an den Füßen und den Hauch der ersten Wärme auf der Haut. Lange Zeit tat sie nichts weiter, als zu atmen und den Wölkchen zuzusehen, den Blick fest auf den Durchgang gerichtet. Der Tag lag nicht mehr fern, an dem sie durch diesen Flaschenhals das Moorgefängnis verlassen würde. Die Positionen der Falltüren hatte sie sich eingeprägt.

Hinter ihr erklangen Schritte. Eine Person steuerte sie an. Widerstrebend drehte sie sich um.

Tito betrachtete sie forschend. Die Hecke erhob sich aus dem Nebel über seine Schultern wie ein schwarzer Stachelumhang.

»Harden hat ihn entdeckt. Südwestlich von hier.«

Mega nickte.

»Du musst ihn herlocken. Lass es aussehen, als wenn er dich überraschen würde.«

Mega überlegte:

»Warum hat Harden das nicht erledigt?«

»Er kennt Harden und Harden würde sich nie überraschen lassen. Der Mann würde die Falle wittern.«

»Was hat er getan?«

»Zerbrich dir nicht den Kopf, Mega! Du bringst ihn her, um alles andere kümmern wir uns.«

Die Hecke bedeutete Sicherheit. Hinter ihr lauerte der Tod. Offensichtlich traf das auf beide Richtungen zu. Tito fuhr unbeirrt fort:

»Er war den ganzen Winter allein unterwegs. Er sucht uns und du sorgst dafür, dass er uns findet.«

Mega ahnte, dass ein Mann, der den ganzen Winter allein im Ödland unterwegs gewesen war, am Ende seiner Kräfte sein musste. Es grenzte an ein Wunder, dass er überhaupt noch lebte. Der Kerl musste außergewöhnlich zäh sein. Im Umdrehen hängte Tito halblaut an:

»Morgen früh brichst du auf.«

Dann wurde er vom Stachelschlund verschluckt und kehrte auf geheimen Wegen in die verborgene Siedlung zurück.

Am nächsten Morgen zollten die Männer ihr Respekt, die Frauen gaben ihr gute Ratschläge, die Kinder Glückstalismane aus Wurzeln und Schilf. Einfache Figuren mit wilden, roten Mähnen. Mega nahm sie dankbar entgegen und bewahrte sie sorgfältig auf.

Auch Jan wünschte Mega Glück. Sie hatten sich ein paar Mal in Gegenwart anderer flüsternd unterhalten, doch Mega wurde das Gefühl nicht los, dass noch immer etwas zwischen ihnen stand und er ihr noch immer nicht vollständig verzeihen konnte. Ein Schatten lag auf allem, was sie gemeinsam unternahmen. Die charmante Schüchternheit der ersten Tage war Vorsicht gewichen, das Kompliment der Nervosität zur Reserviertheit geworden.

Insgeheim war sie traurig über die Entwicklung, obwohl sie vieles vereinfachte. Mega würde die Siedlung verlassen. Je weniger Kontakt sie hatten, desto leichter würde ihnen der Abschied fallen. Manchmal beschlich sie der Verdacht, dass Jan sich genau deshalb so merkwürdig zurückhielt. Er schien zu ahnen, dass sie dabei war, ihre Flucht vorzubereiten, und den Termin ihres heimlichen Verschwindens fast besser zu kennen als sie selbst. Die Erkenntnis hätte Mega nervös machen können, doch in einer Sache war sie sich vollkommen sicher: Jan würde sie nie verraten.

Sie wanderte nach Südwesten, überquerte verödete Äcker, mit Disteln übersäte Steinwälle und zugewachsene Entwässerungsgräben. Sie ging langsam und vorsichtig vor, weil sie wusste, dass der Söldner in der Nähe war und sie jeden Moment aufeinandertreffen konnten. Am Abend des zweiten Tages erreichte sie den Vorort einer Geisterstadt und beschloss die Nacht in einem leer stehenden Haus zu verbringen.

Die Winterkleidung der Moorbewohner mit ihren Leder- und Fellelementen sah nicht besonders elegant aus, doch sie war bequem und sie hielt warm. Auch an diesem erstaunlich schönen Morgen sah Mega die Sonne nicht. Sie wusste nur, dass sie dort oben irgendwo sein musste. Ein verschwommener Lichtfleck zwischen alten Strommasten.

Zum ersten Mal nach dem Winter wanderte sie wieder durchs Ödland, ließ sich von den Launen des Windes treiben. Sie hatte das Alleinsein vermisst. Die Leere und die Stille. Hier draußen war es egal, wer sie war und woher sie kam, nur hier konnte sie sie selbst sein. Sie blieb stehen, sog Luft in die Lungen, hob den Kopf in den Nacken und schloss die Augen. Sie spürte den Wind auf dem Gesicht, schwebte in der Stille zwischen Gegenwart und Zukunft und wünschte, dass der Augenblick endlos wäre.

Als sie ihre Augen wieder öffnete, spürte sie ihn hinter sich. Er starrte aus dem Schatten eines verfallenen Hauses. Der Teufel persönlich, schwarz vor Dreck, mit wild wucherndem Bart, brennenden Augen. Ein Berg aus Muskeln und Narben, der brüllend mit erhobenem Messer auf sie zustürmte, als wenn der Winter ihm den Verstand aus dem Schädel gefroren hätte.

Mega tat, wie Tito ihr aufgetragen hatte. Sie nahm die Beine in die Hand und lief zur Moorfestung zurück.

Er war verwundet, konnte sich kaum noch auf den Beinen halten und brüllte nach Wasser, so sehr, dass es Mega fast das Herz brach und sie beinah stehen geblieben wäre. Doch sie biss die Zähne zusammen und blieb auf Abstand. Immer so weit von ihm entfernt, dass er sie nicht einholen konnte. Tito hatte sie gewarnt, der Kerl würde mit Tricks arbeiten. Er wäre mit allen Wassern gewaschen und würde versuchen sie einzuwickeln.

Rechtzeitig erreichte sie die schützende Hecke und überquerte im Nebel den Bohlenweg. Auf dem leeren Versammlungsplatz überreichte sie dem misstrauischen Besucher, der ihr dicht auf den Fersen geblieben war, wie verabredet, einen Becher mit aufbereitetem Wasser.

Im Moment der Übergabe, als sich ihre Hände berührten, als seine rauen schwarzen Pranken auf ihren hellen weichen Händen lagen, entdeckte der verdreckte Söldner den Stern unter ihrem Auge und in diesem Augenblick erkannte er sie und wich erschrocken vor ihr zurück.

Diese Begegnung änderte alles. Sie krempelte Mega um, entwurzelte sie, riss sie aus ihrem alten Leben und gab ihr ein neues. Fortan war sie nicht mehr Mega, die aus dem Westen kam, sondern Mega, die dem Teufel Angst einjagte. Doch wieso reagierte der Mann so seltsam und so heftig auf sie? Was hatte das alles zu bedeuten? Mega konnte sich beim besten Willen keinen Reim darauf machen.

Die Falle schnappte zu. Die Moorbewohner kreisten Hagen ein, stellten ihn an den Marterpfahl und banden ihm die Arme straff nach hinten. Die Grausamkeiten, die sie ihm antaten, verstörten Mega. Waren das die Menschen, mit denen sie ein halbes Jahr auf engstem Raum zusammengelebt, mit denen sie Sorgen und Ängste geteilt hatte? Waren es dieselben, die sie gerettet hatten?

Marko ging gründlich und gewissenhaft ans Werk. Er schien die Sache persönlich zu nehmen, als wollte er eine alte Rechnung begleichen. Er achtete darauf, dass Hagen nicht erstickte, und flößte ihm regelmäßig Wasser ein, um den Blutverlust auszugleichen. Er achtete sorgfältig darauf, ihn schmerzhaft zu treffen, ohne ihn lebensgefährlich zu verletzen. Mega schauderte. Plötzlich war sie froh Marko nicht näher kennengelernt zu haben und sie verstand, warum die Gemeinschaft sich nicht von ihm trennte. Sie brauchte ihn. Er nahm der Moorsiedlung die Drecksarbeit ab. Der Stumme mit dem schiefen Gesicht war Titos Folterknecht.

Irgendwann wurde Hagen nur noch von den Fesseln aufrecht gehalten und sein Gesicht hatte jede Kontur verloren. Verquollener, blutiger Brei von dem Hautfetzen herabhingen. Marko hatte es mit Schlägen traktiert und entsetzlich zugerichtet. Und plötzlich stellte sich bei Mega ein absurdes Gefühl ein. Sie empfand Mitleid mit Hagen, denn sie sah nur einen wehrlosen Mann, den der Winter fast getötet hatte und der nichts weiter wollte, als Wasser, um seinen Durst zu löschen.

Die Mehrheit der Moorbewohner vertrat die Meinung, dass sie die Pflicht hätte, hinzusehen. Sie gehörte jetzt zu ihnen, also durfte sie sich nicht abwenden. Selbst die Wachen, die sonst nie abgezogen wurden, hatten dienstfrei. Über der Folter lag die für die Moorsiedlung typische Stille und alle Beteiligten bewegten sich mit zeremonieller Ernsthaftigkeit. Die Frauen, die Wasser und Lappen brachten, die Männer, die Marko die Instrumente reichten. Priester während des Opferritus. Und alle Moorbewohner, selbst Almuth und Jan, beobachteten gebannt, wie Hagens Körper langsam aber sicher zerstört wurde.

Schließlich begann Marko damit, seinem Opfer die Haut abzuziehen. Vor Schmerz schlug Hagen den Hinterkopf gegen den Pfahl und verursachte damit ein dumpfes, tönendes Geräusch. Mega hatte genug. Beiläufig entfernte sie sich, tat, als müsste sie nicht unbedingt in der ersten Reihe stehen, und ließ sich unauffällig nach hinten schieben. Schließlich musste sie nur noch einen Schritt machen und sie war verschwunden.

Sie wollte allein sein, um nachdenken zu können über diesen Mann und seine eigenartige Reaktion auf den Stern unter ihrem Auge.

Nachdenklich stand sie zwischen den nassen Hütten und lauschte dem kalten Nieselregen. Stecknadeln auf dünner Pappe. Sie fühlte das Bedürfnis, so schnell wie möglich zu verschwinden. Die Gelegenheit war günstig. Die Bewohner standen auf dem Versammlungsplatz und die äußere Hecke war unbewacht.

Mega wurde klar, dass sie mit ihrem Aktionismus etwas anderes zu verdecken versuchte. Der eigentlichen Frage, der Frage, wieso Hagen sie erkannt hatte, wich sie aus. Etwas in ihr wollte sich mit dem Thema nicht beschäftigen. Etwas in ihr wehrte sich mit Händen und Füßen dagegen. Intuitiv spürte sie, dass die Antwort nur unangenehm sein konnte und keinen Platz in ihrem Leben haben durfte.

Im Keller unter der Universität war sie aufgewachsen. Prof. Walden hatte sie aufgenommen, doch an diesem Ort war sie nicht zur Welt gekommen. Hagen musste sie getroffen haben, bevor sie durch den Schuss in den Hinterkopf ihr Gedächtnis verloren hatte. Und dieses andere Leben war ihr eigentliches. Alles, was danach kam, der Keller, Mark, Sophia, ihre Reise, waren Hilfskonstruktionen, Wunschvorstellungen, Lügen. Megas Sichtfeld engte sich ein. Sie dachte noch darüber nach, woran es liegen könnte, dass sie so schwach war, obwohl sie genug gegessen hatte, stellte noch fest, wie absurd, verlogen und uninteressant diese Gedanken doch waren, angesichts der Brisanz des eigentlichen Problems, dann setzte ihr Bewusstsein aus. Ihr wurde schwarz vor Augen und sie sackte lautlos in sich zusammen.

Eine undefinierbare Zeitspanne später kehrte sie mit einem Ruck zurück. Ihr Schädel brummte, als hätte sie einen Schlag abbekommen. Was war geschehen? Irritiert sah sie sich um. War sie ohnmächtig geworden? Mit steifen Gliedern stützte sie sich an einer Hüttenwand ab, versuchte die Benommenheit abzuschütteln und erinnerte sich. Sie hatte verschwinden wollen. Kurz entschlossen schlug sie den Weg zur Fahrradhütte ein.

Behutsam kletterte sie durch das Fenster nach innen. Dort angekommen sah sich um, hob eine passende Orbitalfelge vom Haken und prüfte sie. Das Material fühlte sich wie diamanthartes Plastik an. Möglicherweise Karbon. Mega hatte von dem Werkstoff gehört, gesehen hatte sie ihn noch nie. Hochzufrieden legte sie vier passende Reifen dazu und einen Vorrat an Schläuchen, umwickelte alles mit Leinentüchern, die zum Polieren in der Hütte lagen, verschnürte das Paket mit geübter Fingerfertigkeit und klemmte es sich unter den Arm.

Vor der Hütte spähte sie aufgeregt in Richtung Versammlungsplatz. Die blasse Nachmittagssonne quälte sich durch die Wolken und wärmte den Sumpf. Schwerer Dunst breitete sich aus und vernebelte die Senke. Der Marterpfahl sang unter Hagens Schädel. Sie passte das Timing ab und entfernte sich im richtigen Moment. Geräuschlos glitt sie zur Schlafhütte, schloss sorgfältig die Tür hinter sich und begann eilig den Weidenrucksack zu packen, den man ihr nach der zweiten Prüfung geschenkt hatte. Obwohl das Ding ein viel zu hohes Eigengewicht besaß, blieb er die geräumigste und praktischste Alternative.

Plötzlich keimten Zweifel in ihr. Sie würde nicht zurückkehren können. Nie mehr. Hatte sie sich das gut überlegt? Wusste sie überhaupt, wohin sie gehen musste? Sie hatte Nathans Versteck schon einmal verpasst und wäre fast verhungert. Warum sollte es diesmal klappen? Was war mit Jan und Almuth? Sollte sie ihnen nicht zumindest eine Nachricht hinterlassen? Nein. Keine Nachricht, weder für Jan noch für Almuth. Sie musste weg, solange ihre Entschlossenheit ausreichte. Mega konzentrierte sich auf die Flucht. Alles andere war im Moment hinderlich.

Den freien Platz im Rucksack füllte sie mit Reis und Vorräten, dem neuen Wasserfilter und einer gefüllten Trinkflasche. Zum Schluss schob sie den Grabendolch in den Gürtel und schlang sich die Kalaschnikow um den Hals. Das Gewicht ihres Gepäcks vervollständigte sie und ließ den Entschluss real werden. Im Winter hatte etwas gefehlt. In Gedanken war sie immer draußen gewesen, hatte die Erde unter den Füßen und den Wind in den Haaren gespürt. Sie war einfach nicht dafür geschaffen, sich zu verstecken. Das entsprach nicht ihrer Natur. Sie musste weiter.

Die gespenstische Stille der Siedlung wurde nur vom Stöhnen des Geknebelten und Markos Faustschlägen unterbrochen. Mega machte einen Bogen um den Versammlungsplatz und schlich von Hütte zu Hütte, der Passage durch die innere Hecke entgegen. Sie bewegte sich gleichmäßig und möglichst gleichgültig. Wenn ein Bewohner sie zufällig entdecken sollte, durfte es nicht nach Flucht aussehen. Mega spekulierte darauf, dass die Moormenschen viel zu sehr mit ihrer Rache beschäftigt waren und sie hatte Glück. Ohne Zwischenfälle erreichte sie den Durchgang. Ihr Herz begann aufgeregt zu schlagen. Nur noch ein paar Meter trennten sie von ihrer Freiheit.

Irgendetwas zwang sie innezuhalten. Der Blick zurück zum Versammlungsplatz brachte keinen Aufschluss. Die Bewohner standen im Kreis und beobachteten gebannt, wie Vera, die Älteste der Moorsiedlung, die Frau, der sie maßgeblich ihre Rettung zu verdanken hatte, den kleinen Isaak vor sich herschob. Der Junge hielt ein Küchenmesser in der Hand, das er Hagen in den Bauch rammen sollte. Vera forderte den Jungen mit eindringlichen Gesten dazu auf, die Rache der Moorbewohner zu vollenden. Niemand sah in ihre Richtung. Mega wunderte sich. Was hielt sie zurück? Neugier? Nein, es war etwas anderes. Schlagartig wusste sie es. Nein, sie spürte es. Ihr Magen rebellierte. Ein ziehender Schmerz, wie eine ungute Vorahnung. Sie waren in Gefahr und sie kam von außen. Die Moorsiedlung wurde angegriffen.

Ihr blieben nur Sekunden. Neben dem Tor gab es einen Unterstand. Hier hielten sich die Horchposten auf, wenn es regnete. Ein schräges Dach aus schwarzer Teerpappe. Halbhohe Wände rechts und links und eine Rückwand vor der Hecke. Der Bereich hinter dem Unterstand wurde von den Männern als Toilette benutzt. Im Laufe der Jahre hatte sich hier eine Höhle in der Hecke gebildet. Mega hatte die Einbuchtung entdeckt, als sie die Gewohnheiten der Wachen studiert hatte. Kurz entschlossen machte sie einen Satz und verschwand hinter der Rückwand. Der Rucksack blieb in den Stacheln hängen und verursachte ein Rascheln. Das Geräusch wäre zu laut gewesen und Mega zweifellos entdeckt worden, wenn nicht im selben Moment das ohrenbetäubende Krachen eines Schusses die Aufmerksamkeit vollständig auf sich gezogen hätte.

Mega ließ sich flach auf den Boden fallen. Patschende Schritte im Durchgang. Gedrungene, mit Schutzanzügen bekleidete Männer stürmten in die Siedlung, verteilten sich mit abgebrühter Professionalität nach links und rechts, gingen in die Hocke und eröffneten das Feuer. Sie schossen wahllos in die Menge. Die Getroffenen rissen stumm die Mäuler auf, wie gestrandete Fische. Tito brach das Gesetz der Stille und brüllte Befehle. Die ersten Bewohner schossen zurück. Viel zu spät und nicht entschlossen genug. Mega sah, wie sie überrumpelt und niedergemacht wurden. Ein grauenhafter Anblick. Jan stürzte, Almuth traf eine Stachelkeule, Alvo eine Kugel, eine Granate explodierte unmittelbar hinter Marko und Tito, riss sie von den Beinen und hinterließ qualmende Löcher in den Hütten. Mühsam wandte sie sich ab, während ihr Tränen die Wangen hinunterliefen. Sie kämpfte gegen den mächtigen Wunsch an, ihren Freunden zu Hilfe zu eilen, und wenn sie ihnen schon nicht helfen konnte, dann wenigstens ihr Schicksal zu teilen.

Als Letzter passierte ein kahlköpfiger Mann die innere Hecke. Er blieb stehen und sah sich mit zusammengekniffenen Augen um, als sei der dunkelgraue, triste Himmel zu hell für die empfindlichen Augen. Er schien enttäuscht zu sein. Vielleicht weil die Siedlung schäbiger war, als er gehofft hatte. Mega wagte kaum zu atmen und beobachtete den Kerl durch die Stacheln. Lauernde Augen in dunklen Höhlen. Die Ruhe, die er ausstrahlte, während er ein Kampfgebiet betrat, jagte Mega einen kalten Schauder den Rücken hinunter. Er suchte den Marterpfahl, fand ihn und setzte sich in Bewegung.

Vor Megas innerem Auge fügten sich komplizierte Puzzleteile ineinander und endlich erkannte sie Hagens perfiden Plan.

Das alles war kein Zufall. In der Söldnerbande hatte es nie Streit gegeben. Diese Kerle hatten ihn inszeniert, um die Moorbewohner zu täuschen. Die Angreifer waren Hagens Männer, die Söldnerbande, mit der er sich angeblich überworfen hatte. Sie waren seiner Spur gefolgt, um ihn zu retten und die Siedlung zu erobern. Eine Falle in der Falle. Hagen war der Köder gewesen, nicht Mega. Der Mann war offensichtlich noch viel gerissener und gefährlicher, als die Moorbewohner geahnt hatten.

Mega beobachtete, wie der Glatzkopf sich dem Marterpfahl näherte und Hagens Fesseln löste, während die anderen wie im Rausch lachend und brüllend um sich schlugen wie eine Horde wild gewordener Affen.

Mega nutzte den Moment und schlüpfte, von allen unbemerkt, aus der Siedlung. Sie nahm nicht den Bohlenweg, sondern watete über die Felder zur äußeren Hecke.

Hinter ihr schwoll das Geschrei der Angreifer an, gipfelte in einem grellen Siegestaumel aus Schüssen und Triumphgeheul, bis sich schließlich Grabesstille ausbreitete. Mega ahnte, welchen Schrecken die Söldnerbande in die Moorgemeinschaft getragen hatte und wohl noch tragen würde. Meter für Meter schlich sie am Rand der Anlage entlang. Der Nebel hing inzwischen so dicht in der Mulde, dass es ihr gelang unbemerkt an den Wachen vorbeizuschlüpfen, die vor dem Korridor, der sie zurück ins Ödland führen sollte, postiert worden waren. Draußen schob sie in aller Stille die losen Dornenbüsche wieder vor den Eingang und verschwand im Nebel.

Hagen ließ tagelang nach ihr suchen. Doch die Männer fanden nicht den kleinsten Hinweis, nicht die geringste Spur. Keine Feuerstelle, kein flach gedrücktes Schilf, keinen Fußabdruck. Es war, als hätte Hagen einen Geist gesehen.

16. DER WEG ZURÜCK

Mega erwachte frierend unter einer klammen Decke. Die Dunkelheit stank nach Moder, altem Holz und verschimmeltem Putz. Wie hatte sie sich nur diesen Ort für eine Übernachtung aussuchen können? Die hinterste Ecke eines schlichten Raumes. Vielleicht ein Keller. Genaueres konnte sie im Zwielicht nicht erkennen. Sie hielt den Atem an und lauschte. Wasser tropfte in eine Pfütze. Draußen regnete es. Das leise, gleichmäßige Rauschen erinnerte sie an die Lazaretthütte. Dann fiel ihr alles wieder ein. Sie war nicht mehr im Moor.

Sie hatte die Bewohner bestohlen und sie ihrem Schicksal überlassen. Sie hätte sie warnen können, doch sie hatte die Zeit genutzt, um sich zu retten. Was wäre geschehen, wenn die Moorbewohner den Kampf für sich entschieden hätten? Vielleicht hätten sie die Ereignisse miteinander in Verbindung gebracht. Immerhin waren die Söldner aufgetaucht, nachdem sie Hagen in die Siedlung geführt hatte. Wer sagte, dass sie sie nicht verraten hatte?

Vier Tage nach den Ereignissen im Moor hatte sie sich noch immer keine endgültige Meinung zu ihrem Verhalten gebildet. Sie hatte Jan und Almuth im Stich gelassen. So etwas tat eine Freundin nicht. Aber wenn sie keine Freundin war, was war sie dann? Die Moorbewohner waren freundlich zur ihr gewesen und hatten sie aufgenommen. Sie hatten es nicht verdient, so behandelt zu werden.

Sie zwang sich dazu, den Blick nach vorn zu richten. Sie musste Nathans Versteck finden, den INDU reparieren und ihre Aufgabe erfüllen. Das war sie jetzt nicht nur den Kellerbewohnern, sondern auch den Menschen im Moor schuldig. Traurig hoffte sie, dass ein paar von ihnen den Angriff der Söldner überlebt hatten, und sie sie eines Tages um Verzeihung bitten konnte.

Vor sich erkannte sie einen Türsturz. Die Tür selbst lag auf dem Boden. Braune Pilze mit dünnen Stielen nutzten sie als Nährboden. Auf flachen, fleckigen Hüten glänzte Feuchtigkeit. Rucksack und Waffen lagen einfach auf dem Boden. Sie hatte es offensichtlich nicht mehr geschafft, sie zu verstecken. Mit zitternden Händen kramte sie den schmierigen Reis hervor, den sie vor zwei Tagen gekocht hatte, und stellte den Filter unter die Stelle, durch die das Wasser tropfte. Es war erstaunlich klar und nach einer Stunde hatte sich der abgestoßene Plexiglasbecher gefüllt. Eine weitere Stunde später, der Regen hatte sich inzwischen gelegt, kroch sie durch den eingestürzten Gang unter Betonpfeilern hindurch und schob sich mühsam durch die mit schwarzem Schleim gefüllte Passage ins Freie.

Ein leerer Horizont breitete sich vor ihr aus. Eine alte Teerstraße wand sich nach Süden. Grasbüschel hatten sich in regelmäßigen Abständen durch die Oberfläche gekämpft. Durch den Dunst erkannte sie das nächste Dorf und in seiner Mitte einen quadratischen Backsteinturm. Ein auffälliges Gebäude. Zu klein für einen Kirchturm, zu groß für ein Wohnhaus. Solche Extravaganzen gab es in dieser Gegend eigentlich nicht. Das Spitzdach war eingefallen. Davon abgesehen machte der Turm jedoch einen überraschend stabilen Eindruck. Mega beschloss nach oben zu klettern und sich vom Dach aus einen Überblick zu verschaffen. Eine gute Idee, auf die man sich konzentrieren konnte, um andere Dinge zu vergessen.

Sie schnürte den Rucksack enger, atmete durch und setzte sich in Bewegung. Schwebende weiße Inseln bildeten sich in der kühlen Luft. Zu jeder Seite konnte sie etwa hundert Meter über verdorrte Felder blicken. Bis auf das regelmäßige Pochen ihrer Lederstiefel herrschte drückende Stille.

Das Gemäuer ragte wie ein drohender Finger aus der Ebene. Von Nahem betrachtet erkannte Mega zahlreiche Schäden. Das Mauerwerk bröckelte, zerschellte Dachziegel bedeckten den überwucherten Vorplatz. Das stabile Tor lag, aus den Angeln gebrochen, ein Stück weiter im Gras. Der funktionale Bau kam ohne Zierrat aus. Vom Rest des Ortes standen nur noch Grundmauern. Warum war gerade dieses auffällige Gebäude verschont worden? Hatte der Turm als Fluchtburg gedient? Hatte ihn jemand verteidigt?

Vorsichtig betrat sie das Gemäuer. Ein hoher, quadratischer Raum öffnete sich vor ihr, dessen nasser Betonboden mit alten dreckigen Overalls und gelben Schutzhelmen bedeckt war. Einen Augenblick stand sie bewegungslos da und lauschte. Plötzlich bewegte sich etwas in der Dunkelheit. Mega zuckte instinktiv zurück, kurz darauf beruhigte sie sich wieder. In der Dunkelheit baumelten Metalladapter am Ende einer Handvoll Feuerwehrschläuche wie die nassenTentakel eines toten Riesenkalmars.

Eine einfache Stahltreppe führte nach oben. Jemand hatte sie mit alter Kleidung verstopft, vielleicht, um Eindringlingen den Weg zu erschweren. Eine Leiter lehnte am Trockengerüst in halber Höhe. Mega stellte den Rucksack ab, tarnte ihn mit feuchten Lumpen, schob die Kalaschnikow auf den Rücken und kletterte hinauf. Die Empore verstopften weitere Müllberge. Ein Haufen alter Brillengestelle ohne Gläser, kaputte Handschuhe und zerrissene Mützen.

Im ersten Licht des neuen Tages erklomm sie den Turm und kletterte durch das Loch im Dach auf die verbliebenen Ziegel, die unter ihren Füßen wie Mürbeteig zerbröselten und sie weit aus dem Bodennebel in klarere Luftschichten hoben. Frischer Wind zerrte an ihren Dreads. Vor ihr ging es steil nach unten. Mega musste sich konzentrieren. Eine falsche Bewegung und sie würde abstürzen. Mit einer Hand klammerte sie sich ans morsche Gebälk, während sie sich mit der anderen das Fernglas vor die Augen klemmte.

Konzentriert suchte sie den Horizont ab. Im Osten erhoben sich blasse Hügel, deren Flanken im Licht der aufgehenden Sonne glühten. Die Hotelanlage lag am oberen Ende eines solchen Hanges. Das könnte die richtige Richtung sein. Tatsächlich entdeckte sie etwas. Eine Rauchsäule und in der Nähe des Rauchs ein ausgedehntes Areal mit reflektierenden Flächen. Die Massenkarambolage? Der Himmel könnte sich in Autoblechen spiegeln, die noch nicht korrodiert waren. Mega freute sich über die Entdeckung. Was sie beunruhigte, war die Rauchsäule. Eine grausame Ahnung stieg in ihr auf. Die Position des Brandes passte zur Position des Unfallortes. Plötzlich war sie sich sicher: Das Kurhotel stand in Flammen. Die Soldatenkinder hatten Nathans Versteck angegriffen. Sie kam zu spät.

17. DIE HAFENSIEDLUNG

Nach endlosen, unerträglich heißen Monaten frischte endlich der Wind auf. Regen zog vom Meer aus über das Land und verwandelte es in eine schwarze Schlammwüste. In einer Müllverbrennungsanlage fand der Söldnertrupp Wanderschuhe. Einen Meter vom Brennofen entfernt. Ein seltener Glücksfall. In diesen Anlagen entdeckten sie selten etwas. Man hatte sie eingestellt, als die Menschen aufhörten ihre Sachen wegzuschmeißen. Das Kontingent musste fehlerhaft gewesen sein. Doch kein Söldner konnte einen Makel entdecken. An keinem einzigen Schuh. Noch eigenartiger kam ihnen vor, dass sie in all den Jahren niemand angerührt hatte.

Weit im Norden erreichten sie eine Stadt am Ufer eines breiten Flusses, dessen befestigte Promenaden von zahllosen Überschwemmungen vollständig zerstört worden waren. Sämtliche Brücken, die ihn überquert hatten, lagen in Trümmern. Schweigende Ruinen am anderen Ufer. Hohe Häuser aus Glas und Stahl. Schiffe lagen manövrierunfähig auf Grund. Im Schatten eines gewaltigen Autobahndamms näherten sie sich dem Containerhafen. Die Fahrbahn führte geradewegs zur achtspurigen Hauptbrücke, die schräg in die Fluten stürzte, als wäre sie für Amphibienfahrzeuge gebaut worden. Springfluten und Schmelzwasser hatten die Gestade verwildern lassen und mit einem dichten Teppich aus Plastikfolien, Styropor und schwimmendem Unrat bedeckt. Die alte Fahrrinne konnte Hagen in dem Wirrwarr kaum noch ausmachen.

Man spürte die Nähe des Meeres. Der Wind wehte stetig und die Luft schmeckte salzig. Kehlige Möwenschreie hallten durch die Einsamkeit.

Im Containerhafen auf der anderen Seite des Autobahndammes hatte sich schon vor der Katastrophe ein abgeschotteter Bereich etabliert, mit Sicherheitszäunen, Schranken und eigenem Wachpersonal. Eine Stadt in der Stadt, mit eigenen Gesetzen und eigener Gerichtsbarkeit. Während der Unruhen war er von Banden zur Festung ausgebaut und für autonom erklärt worden. In Hagens Truppe kursierten Gerüchte über diese Siedlung. Die Wachen seien bis an die Zähne bewaffnet und würden bei Sichtkontakt schießen. Auf den Türmen hätten die Besatzer Totenkopfflaggen gehisst. Am hartnäckigsten hielt sich jedoch das Gerücht von gewaltigen Vorräten. Schiffsladungen mit Reis und Getreide, Kaffee und Tee, Bananen und Orangen. Dass insbesondere die Südfrüchte die vergangenen Jahrzehnte kaum unbeschadet überstanden haben konnten, wurde großzügig ignoriert. Selbst die naivsten Fantasien verweigerten sich standhaft einer genaueren Hinterfragung. Irgendetwas musste ihnen Hoffnung geben. Ganz ohne ging es nicht.

Am überschwemmten Ufer ging Hagen in die Hocke. Die Männer folgten seinem Beispiel. Angespannte, wettergegerbte Gesichter, verschwitzt und hohlwangig. Alle warteten auf die Geste des Anführers. Hagen beobachtete das schwarze Wasser, das sich gurgelnd und schäumend seinen Weg durch den schaukelnden Unrat suchte. Eine Plastikflasche schlug leise gegen eine Metallboje, die sich losgerissen und hierher verirrt hatte, und verursachte ein Pochen. Das Gewicht von Algen und Muschelresten zog sie nach unten. Ab und zu verfehlte die Flasche die Boje. Dann setzte das Pochen aus, wie ein Herz mit Rhythmusstörung. Hagen starrte beides an, als würde er einem geheimen Morsealphabet lauschen. Das Licht schwand. Die Männer wollten sich so schnell wie möglich zu den Nahrungsmittelvorräten durchschlagen. Keiner konnte sich einen Reim darauf machen, was Hagen am Ufer ausbrütete.

Hagens Gedanken kreisten in der Tat weder um den Containerhafen noch um die Flasche. Sie kehrten zur Moorfestung zurück, zu der jungen Frau mit der Tätowierung. Ein blauer Stern umrandet von wilden, roten Haaren. Wieder und wieder überlegte Hagen, was wohl passiert wäre, wenn er sie bei der Jagd durchs Moor eingeholt hätte.

Er kannte dieses Mädchen. Diesen Stern. War sie geschickt worden, weil er sie kannte, weil er sich ihr nähern würde wie die Fliege der fleischfressenden Pflanze? War das möglich? Vielleicht hatte das Kind gar keine Tätowierung besessen. Erinnerungen hatten die dumme Angewohnheit, sich zu verändern. Sie neigten dazu, sich in das System „Person“ einzuordnen, zu mutierten, bis sie zu Wünschen, Hoffnungen und Ängsten passten. Und da eine Person nichts weiter war als Erinnerung, wurden sie permanent verglichen, angepasst und nivelliert, bis man sie nicht mehr wiedererkannte, bis sie nichts mehr mit der Wirklichkeit zu tun hatten und trotzdem blieb der Mensch, der sich erinnerte, immer der Meinung, er wäre im Besitz der einzig wahren unumstößlichen Wahrheit. Konnte er seinen Erinnerungen trauen?

»Mega.«

Hagen sprach den Namen des Mädchens leise, als wäre er eine geheime Formel, ein Zauberspruch. Widerwillig realisierte er, dass Stellgar sich näherte. Der Gesichtsausdruck seines Hauptmanns verriet wie üblich nichts über sein Innenleben. Was Hagen jedoch sofort in seinem Gesicht erkennen konnte, war, dass es ein Problem gab, mit dem er sich beschäftigen musste. Hagens Überraschung sprach Bände. Einige wandten sich ab, andere schüttelten die Köpfe. Insgeheim hatten sie gehofft, dass er sich mit einem Plan beschäftigte, jetzt wurde ihnen klar, dass er das nicht getan hatte. Egoismus war keine nützliche Eigenschaft. Nicht in dieser Zeit und schon gar nicht für einen Anführer. Stellgar flüsterte:

»Ein Kundschafter?«

»Nein.«

»Wär' sicherer.«

»Es ist niemand zu Hause.«

Stellgar machte große Augen. Es amüsierte Hagen, dass er den engsten Vertrauten noch aus der Reserve locken konnte. Hagens feine Antennen hatten längst eindeutige Signale empfangen und ihm Klarheit verschafft. Die letzten Menschen hatten den Containerhafen vor langer Zeit verlassen. Die fehlenden Gerüche, die fehlenden Geräusche, die Schreie der Möwen, die vereinzelt hin- und herflogen und sich nicht auf eine Stelle konzentrierten. Wenn hier Menschen leben würden, würden sie Abfälle produzieren. Und Möwen würden sich auf den Abfall konzentrieren. Hier jedoch segelten sie ziellos. Hier gab es weder Abfall noch Menschen. Hierherzukommen, war ein Fehler. Die schlechte Entscheidung eines schlechten Anführers. Eines Anführers, der ausgetauscht werden musste.

»Wie ist der Plan, Hagen? Sprichst du vielleicht mal mit uns?«

Rico. Eindeutig zu laut. Sehr bewusst trat er Hagens Vorschriften mit Füßen:

»Wir brauchen was zu essen. Deine Romantik können wir nicht essen. Davon wirst du vielleicht satt, aber wir nicht.«

Rico sprach den Männern aus der Seele. Sie hatten nichts übrig für Hagens Stimmungen. Betont arrogant ignorierte Hagen ihn, nickte Stellgar zu und ging vor.

Unter der abgeknickten Brücke führte ein improvisierter Steg über schwarzes Wasser, das in der Dunkelheit am algenbedeckten Beton vorbeirauschte. Schmale Eisenplatten schwankten Furcht einflößend. Rostige Winkel stabilisierten die Konstruktion notdürftig. Die Söldner krochen bedächtig vorwärts. Feuchtes Moos machte den Weg glitschig. Schlieren strukturierten die schiefe Decke. An Hindernissen wuchsen Tropfsteine. Die schräge Fahrbahn zwang sie immer wieder, sich zur Seite zu neigen oder in die Hocke zu gehen, um nicht mit dem Kopf anzustoßen. Quälend langsam zwängten sich die schwer bepackten Männer durch die enge Passage.

Auf der anderen Seite erwartete sie offenes Brachland. Für eine Neubebauung hatte man Freiflächen mit Eisenstäben abgesteckt. Sie ragten verrostet aus spärlichem Bewuchs. Blasse Fetzen des Absperrbandes ragten flatternd aus dem Sand. Ein ausgeschlachteter Lkw und eine verrostete Planierraupe, an der die Ketten fehlten, warteten in der Nähe. Hagen spähte aus der feuchten Dunkelheit des dreieckigen Tunnels. Die Männer verharrten hinter ihm auf dem Steg. Die Fläche bot keinerlei Deckung. Bis zum Lkw waren es mehrere Hundert Meter. Eine zweispurige Straße passierte das Neubaugebiet. Dahinter lagen die Bollwerke des Containerhafens. Der Sicherheitszaun aus Profilstahl lag zum größten Teil am Boden. Direkt dahinter erhob sich eine massive Wand aus gestapelten Frachtcontainern. Der beeindruckende Wall erstreckte sich vom Flussufer in einer geraden Linie nach Süden und verschwand dort im Dunst. Die Logos der Transportfirmen erkannte man nicht mehr. Die Mehrheit der Container leuchtete rostrot.

Hagen fand alles vor wie erwartet, bis auf ein beunruhigendes Detail. Jemand hatte eine Bresche in die Containerwand gerissen. Je drei der versetzt übereinandergestapelten Transportbehälter standen quer zur Mauer und bildeten eine Art Portal. Der Gewaltakt hatte den Wall derartig deformiert, dass er auf beiden Seiten an eine gekrümmte Ziehharmonika erinnerte. Was, um alles in der Welt, hatte genug Kraft besessen, um ein Tor von dieser Größe in die Stahlwand zu brechen? Eine Sprengung konnte es nicht gewesen sein. Sie hätte das Metall in alle Himmelsrichtungen verbogen. Es war jedoch eingeknickt. Jemand hatte es konzentriert in eine Richtung gezogen. Hagen fand die Antwort am Ende der aufgeklappten Flügel. Verstärkte Ösen deuteten auf gewaltige Flaschenzüge hin. Bis auf die Verankerung fehlte von dem Belagerungsgerät jedoch jede Spur.

Nieselregen setzte ein. Eine kühle Brise wehte das schwebende

Nass in feinen Spiralen vor sich her. Nirgendwo wehten Totenkopfflaggen, nirgendwo standen Wachposten. Tot und leer lag die Siedlung vor ihnen. Hagen verließ die Deckung und trat ohne jede Vorsichtsmaßnahme ins Freie. Die Männer sahen sich irritiert an. War er verrückt geworden? Lothar, der Scharfschütze, hockte weiter hinten in der Schlange. Das Jagdgewehr ruhte in seiner rechten Hand, während er sich mit der linken abstützte. Mit geübtem Auge hatte er das Terrain inspiziert. Er war der Einzige, der wusste, dass Hagen recht hatte. Es gab keine Bedrohung. Nicht von außen. Er schubste seinen Vordermann:

»Geh schon! Da ist niemand.«

Zögernd verließen die Männer den Tunnel und traten blinzelnd ins Freie. Möwengeschrei und feuchte Böen begrüßten sie.

Schweigend durchquerte der Trupp das Portal und schlich in die Siedlung. Ein gewaltiges Labyrinth tat sich vor ihnen auf. Die Erbauer hatten die Frachtbehälter absichtlich so angeordnet, dass sich der richtige Weg nicht automatisch erschloss. Ein halbes Dutzend Wege führten in die falsche Richtung und endeten in Sackgassen. Hagen blieb stehen und sah von rechts nach links. Da es weder Schilder noch Hinweise gab, wählte er einfach eine beliebige Gasse, die nicht direkt vor ihm lag. Die anderen folgten ihm in respektvollem Abstand. Obwohl inzwischen klar war, dass die Siedlung verlassen sein musste, bewegten sich die Söldner leise und mit erhobenen Waffen von einer Passage zur nächsten. Die Erbauer hatten jeden Winkel gekannt, hatten gewusst, an welchen Stellen sie nach oben kamen, wo es Durchgänge und wo es Fallgitter gab. Sie mussten den Invasoren haushoch überlegen gewesen sein und trotzdem waren sie besiegt worden.

Hagen irritierte noch etwas. Wer auch immer den Kampf gewonnen hatte, hätte ein Interesse daran haben müssen, das Gelände so schnell wie möglich zu sichern, die Löcher im Schutzwall zu schließen und die Wehrhaftigkeit der Anlage wiederherzustellen. Nichts dergleichen war geschehen. Das konnte entweder bedeuten, dass niemand den Kampf überlebt hatte oder und das hielt Hagen für wahrscheinlicher, dass die Angreifer kein Interesse an der Festung gehabt hatten. Doch wer griff eine Festung an, mit allen Risiken und Opfern, die selbst bei größter Überlegenheit dazugehörten, ohne in ihr leben zu wollen? Solch unerhörte Dreistigkeit wagte selbst er nicht.

Im Gegensatz zu den meisten anderen konnte Hagen sich die Antwort jedoch zusammenreimen. Diese Schneise der Verwüstung hatte dieselbe geheimnisvolle Fraktion hinterlassen, die auch den Dom angegriffen hatte.

18. NATHAN DER WEISE

In sicherer Entfernung setzte Mega den klobigen Weidenrucksack ab, legte sich auf den Bauch und spähte durchs niedrige Gras den Hang hinauf. Vor ihr lagen die rauchenden Ruinen des Kurhotels. Die Strecke, die sie vor über einem halben Jahr hinuntergerannt war. Unangenehme Erinnerungen kehrten zurück. Die Flügel des Hauptportals lagen aus den Angeln gerissen auf dem Vorplatz, über ihnen quoll schwarzer Rauch aus der Lobby. Ihre Befürchtungen schienen sich zu bewahrheiten.

Eine Mischung aus Niedergeschlagenheit und Wut ließ sie die Fäuste ballen. Während sie sich geduckt von Mulde zu Mulde den Hügel hinaufarbeitete, begann es in ihrem Kopf zu rumoren. Was, wenn Nathan es nicht geschafft hatte? Was, wenn sie ihn getötet hatten? Die letzten Meter stürmte sie ohne jede Vorsichtsmaßnahme nach oben, schnaufte heftig und stampfte viel zu laut.

Platinen, Kabel und elektronische Bauteile aus Nathans Lager lagen geschmolzen und verkohlt vor dem Haupteingang auf der Erde. Umhergeworfen wie wertloser Plunder. Daneben Scherben zerschmetterter Flaschen, aus denen die Angreifer selbst gebrannten Schnaps getrunken hatten. Ein widerwärtiges Bukett aus verschmortem Plastik, Fusel und Erbrochenem entstieg dem Boden. Mega fuhr ein Stich in die Brust. Sie musste an die Zeit denken, in der Nathan die Gegend durchstreift und all die Dinge gesammelt hatte. Die Arbeit eines Lebens vernichtet in Minuten. Im Rausch eines zweifelhaften Sieges. Wie viele hatten ihn angegriffen? Wie viele rühmten sich jetzt einen einzigen Mann überwältigt zu haben?

Entschlossen befeuchtete sie ein Stück Stoff mit Pfützenwasser, band es sich vor die Nase und betrat, die Kalaschnikow fest gegen die Schulter gedrückt, die Hotellobby. Strenger Brandgeruch stach ihr in die Nase. Durch den Rauch erkannte sie kaum etwas. Zügig durchquerte sie die düstere Empfangshalle und stieg die Betonstufen zum Tresorraum hinunter. Der Anblick traf sie unvorbereitet. Die dicken Stahltüren lagen, grob aus den Wänden gerissen, auf dem Boden. Die Belagerer hatten mit Bohrern Löcher in die Wände getrieben, um

Sprengladungen unterzubringen. Frische Brandspuren führten unter der Betondecke aus dem Versteck hinaus. Ein tödliches Flammenmeer hatte hier gewütet.

Der Rauch reizte ihre Schleimhäute und biss ihr in die Lunge. Die verschmorten Platinen aus Nathans Sammlung mussten Giftstoffe freigesetzt haben. Mega wurde klar, dass es ungesund sein könnte, zu lang an Ort und Stelle zu verweilen. Je tiefer sie in die Tresorräume vordrang, desto schlimmer wurde es. Ihre Lunge schmerzte. Giftige Dämpfe schienen sie auflösen zu wollen. Ihr Mund schmeckte nach Blut und Eisen. Mega musste sich beeilen. Blind durch die umherfliegende Asche wankte sie in die Werkstatt. Nichts war übrig geblieben. Dort, wo Nathan das Puzzle des INDU auf dem Boden ausgebreitet hatte, tanzte eine dicke Ascheschicht in den Gasschleiern. Sämtliche Werkbänke hatten die Soldaten demontiert und fortgeschafft. Nichts war übrig geblieben.

Im Materiallager, dort, wo sie übernachtet hatte, das gleiche Bild. Die Regale umgeworfen, verwüstet und schwarz. Sie erkannte den Raum kaum wieder. Von ihrer Matratze waren nur geschmolzene Stahlfedern übrig geblieben, den Rest hatte das Feuer gefressen. Wertloses war auf den Boden geworfen und angezündet worden.

Nathans Zimmer sah am schlimmsten aus. Die Soldaten mussten Kissen und Decken auf einen Haufen geworfen und angezündet haben. Mega stand im Chaos und wusste nicht, wohin mit sich. Schlieren tanzten vor ihren Augen durch die gesättigte Luft. Eigentlich wollte sie sich alles genau ansehen. Doch was hatte das für einen Sinn? Wo sollte sie anfangen? Es gab keine Spur vom INDU. Er war weg. Warum hätten die Soldaten ihn auch zurücklassen sollen? Es war hoffnungslos. Tränen hinterließen Streifen im Ruß, der auf ihren Wangen klebte. Unschlüssig stand sie in der Schwärze und schüttelte stoisch den Kopf, als könnte sie ihr Schicksal ungeschehen machen.

Zu spät merkte sie, dass ihr schwindelig wurde. Sie sackte zur Seite, rammte ein Regal mit der Schulter und wachte durch den Schmerz zum Glück wieder auf. Sie fluchte in den Mundschutz und stolperte so schnell es ging durch die umherwirbelnden Flocken den Korridor hinunter. Hustend hechtete sie aus dem Gebäude an die frische Luft und riss sich neben dem Haupteingang das schwarze Tuch vom Gesicht.

Einen entsetzlichen Moment lang quittierten die höheren Hirnfunktionen den Dienst. Vor ihr, unter dem rauchschwarzen

Himmel, lag Nathans zertrümmertes Leben. Eine Erschöpfung, die weit über ihre körperliche hinausging, ließ sie erstarren. Sie streckte die Beine aus, ließ den Kopf an die Wand sinken und spürte, wie die Schwerkraft auf ihre Lunge drückte. Ein Zentner Blei versuchte, sie am Atmen zu hindern. Mega wusste nicht, wie ihr geschah. Hatte sie sich erkältet? Was war los mit ihr? Hatte sie zu viele Dämpfe eingeatmet? Würden weitere Körperfunktionen ausfallen, bis sie sich an nichts mehr erinnern konnte? Eisern versuchte sie, sich zur Vernunft zu bringen. Versuchte sich klarzumachen, dass sie durchhalten musste, dass es niemanden gab, der ihr helfen konnte. Sie musste es allein schaffen, denn Nathan, der Mensch, auf den sich ihre Hoffnung konzentriert hatte, war verschwunden, genau wie ihr Fahrzeug.

Hinter den schwarzen Wolken flammte rotes Leuchten auf. Der Himmel schien zu bluten. Sie starrte in die Stille. Baumstümpfe und Erdlöcher, Moos und Gras. Während sie den Horizont anstarrte, huschten Visionen durch ihren von Trauer vernebelten Geist. Sie schien zu schweben und sich von oben zu sehen, sah sich dort unten sitzen und jämmerlich weinen. Sie hätte den Kellerbewohnern gern mitgeteilt, dass es keine Hoffnung mehr gab, damit sie sich vorbereiten konnten. Doch sie konnte keinen Kontakt zu ihnen aufnehmen. Denn das Funkgerät hatten sie fortgeschafft, genau wie alles andere. Selbst der beschwerliche Rückweg, den sie ohne Weiteres auf sich genommen hätte, blieb ihr verwehrt. Ohne Vorräte und ohne Fahrzeug war er nicht zu bewältigen. Sie würden nie erfahren, warum sie gescheitert war. Sie würde einfach verschwinden. Genau wie alle anderen Piloten. Aus ihren Gedanken, aus ihren Träumen. Irgendwann würde nur noch ihr Bild im Raum der Stille hängen und niemand würde sich noch an sie erinnern, an das Mädchen mit den roten Haaren und dem blauen Stern unter dem rechten Auge.

Es wurde dunkel. Der Wind frischte auf und es begann, zu regnen. Zunächst leichter Sprühregen, dann dicke Tropfen, schließlich stürzte der Himmel auf die Erde. In heftigen Böen jagte der Sturm graue Wasserwände den leeren Hang hinauf, klatschte in Megas unbewegtes Gesicht und zerrte an ihren verfilzten Haaren. Lange Zeit rührte sie sich nicht, nahm Wind und Regen hin, wie das Meer die Gezeiten. Schließlich erhob sie sich, als hätte sie nach Jahren des Stillsitzens vergessen, was es bedeutet, sich zu bewegen.

Sie besaß nicht mehr die Kraft, sich den sperrigen Weidenrucksack auf den Rücken zu wuchten, deshalb zog sie ihn stoisch durch den knöcheltiefen Matsch hinter sich her, schleifte ihn unter vor Nässe tropfenden Kletterpflanzen hindurch, in eins der Seitengebäude, die über eine verwitterte Pergola mit dem Haupthaus verbunden waren.

Jeder Schritt kostete sie Kraft, die sie nicht mehr hatte. Als sie endlich angekommen war, zerrte sie sich teilnahmslos die nassen Kleider vom Leib und wickelte sich ihre Decke um die Schultern. Dann setzte sie sich in die Nähe des Ausgangs und starrte mit müden Augen in die tanzenden Tropfen, die aussahen, als würden sie von unten nach oben fallen. Der Regen prasselte laut auf die kaputten Dächer. Dachziegel wurden von den Fluten fortgerissen und krachten scheppernd auf den Hof. Schon bald gab es kaum noch Stellen, an denen es nicht tropfte. Die Welt ging unter dort draußen. Was geht's mich an, dachte Mega.

Was musste sie tun, um ihrem Leben ein schnelles Ende zu bereiten? Sollte sie sich mit der Kalaschnikow erschießen, vorher den Mund mit Wasser füllen? Nicht richtig zu treffen, wäre das Schlimmste, was ihr passieren könnte. Es gab Menschen, die einen Schuss in den Kopf überlebt hatten. Sie selbst war das beste Beispiel dafür. Wenn sie schoss, musste sie gut treffen. Möglicherweise verletzte sie sich nur, verlor erneut das Gedächtnis und würde weiterleben. Stumpf vor sich hinvegetieren, eine Stumme, die durchs Ödland irrte. Mega mochte sich nicht ausmalen, was passieren würde, wenn die Soldaten sie in diesem Zustand fänden. Sie kam zu keinem brauchbaren Schluss. Es gab keine sichere Methode und schon gar keine schmerzfreie. Also warten, bis die Natur den Job erledigte?

Regen und Wind rüttelten verbissen an ihrer Höhle. Nachdem sie eine Weile stumpf ins Nichts gestarrt hatte, erhob sie sich mechanisch mit ihrer Decke über den Schultern und begann routiniert Behälter aufzustellen, um Regenwasser aufzufangen. Das passte nicht zu ihren Gedanken. Wenn sie sich umbringen wollte, müsste sie nur aufhören sich zu bewegen. Doch Fantasie und Realität waren verschiedene Dinge. Irgendwie war sie noch nicht so weit. Irgendwie schaffte sie es, diese Gedanken zu verdrängen.

In einem blauweiß gekachelten Raum des Seitengebäudes fand sie alte Plastikschüsseln. Ein quadratisches Loch klaffte im Boden. Die Funktion dieser Inneneinrichtung blieb ihr zunächst ein Rätsel. Erst nach der Entdeckung verstaubter Wasserpumpen im Keller wurde ihr klar, dass das Loch ein großes Bad gewesen sein musste. Vor dem Zusammenbruch war es den Menschen offensichtlich so gut gegangen, dass sie in gewaltigen Wassermengen hatten baden können. Müde schüttelte sie den Kopf. Sie konnte verstehen, warum die sogenannte Zivilisation untergegangen war. Ihre Verschwendungssucht spottete jeder Beschreibung.

Missmutig klemmte sie sich die Schüsseln unter den Arm und stellte sie im Eingang unter die Wasserfäden. Vor der Tür wollte sie keine aufstellen, falls doch jemand in der Nähe sein sollte. Fröstelnd wickelte sie sich wieder in die Decke und prüfte die Kleidung. Sie war genauso klamm wie vorher. Mega hätte es gern vermieden, doch ihr blieb nichts anderes übrig, als weiter zu grübeln. Das gleichmäßige Rauschen beruhigte sie ein wenig. Ich bin ein Tropfen im Wind, dachte sie. Kein Grund traurig zu sein. Der Tropfen ist auch nicht traurig, wenn er im Boden versinkt.

Mega raufte sich die Haare und befahl sich, an etwas anderes zu denken. Mit zitternden Händen goss sie Wasser auf den Filter und schaute zu, wie es langsam hindurchsickerte.

Nathan hatte jahrelang mit den Autobahnräubern gelebt. Hatte sich mit ihnen arrangiert und einen Nicht-Angriffs-Pakt geschlossen. Dann war sie gekommen und hatte das Gleichgewicht zerstört. Sie versuchte sich einzureden, dass es nur eine Verkettung ungünstiger Zufälle war. Eins hatte zum anderen geführt. Doch so sehr sie es versuchte, so wenig glaubte sie daran. Sie hätte früher zurückkehren und ihm helfen müssen.

Schließlich hielt sie es nicht mehr aus. Sie musste etwas tun und sei es, das Versteck noch einmal zu durchsuchen. Vielleicht hatte sie etwas übersehen. Sie musste etwas übersehen haben. Wenn sie weiter rumsaß, würde sie wahnsinnig werden. Kurz entschlossen erhob sie sich und zwang sich zitternd in die nasse Kleidung. Ein unangenehmer Vorgang, der viel Kraft kostete. Schließlich stülpte sie sich den Poncho über den Kopf, befeuchtete den Mundschutz und huschte aus dem Eingang in die laut auf das Ölzeug hämmernden Tropfen. Hören konnte sie bei dem Lärm nichts mehr. Auch die Sicht war eingeschränkt. Kaum erkannte sie die Fassade des Haupthauses. Der Wind riss an ihr und ließ den Poncho flattern. Mit einem kurzen Sprint gelangte sie in die Lobby. Auf dem Hang hatten sich Bäche gebildet. Die Fluten rissen schäumende Rinnen in die Erde. Mega zog den Poncho aus, legte ihn zur Seite und knotete sich das nasse Tuch vor das Gesicht. Wind und Luftfeuchtigkeit hatten in der Zwischenzeit für eine angenehmere Atmosphäre im Versteck gesorgt. Mega nahm sich trotzdem fest vor, nicht zu lang zu bleiben.

Ziellos stolperte sie durch das Chaos im Materiallager. Obwohl die Ereignisse noch nicht lang zurücklagen, beschlich sie eine eigenartige Befremdung. Es erschien ihr plötzlich reichlich unwirklich, dass der Einsiedler sie bei sich aufgenommen und ihr geholfen hatte. Warum hatte er das getan? Nathan hatte ihr den Grund gesagt, doch irgendwie fügte sich das alles in ihrer Erinnerung nicht mehr zu einem überzeugenden Ganzen. Hatte Nathan andere Motive? Wie sollten die aussehen? Sie umrundete die Regale, sah sich jedes genau an, berührte den einen oder anderen schwarzen Klumpen, drehte ihn und versuchte ihn zu identifizieren. Nicht immer gelang es ihr. Sie erkannte eine Reihe von Magnetspulen, die in der Hitze geplatzt waren. Sie sahen aus wie Trauerflor, schwarze Blumen auf einem verzogenen Metallsarg. Durch das kleine Fenster, das Nathan immer mit einer Decke zugehängt hatte, konnte Mega draußen den nachlassenden Regen hören. Scheibe und Tuch waren verschwunden und ein bleicher Lichtschimmer durchquerte diffus das Lager. Die Dämmerung setzte ein. Vereinzelt tickten Tropfen auf raschelnde Grashalme. Die vollgesogene Stille des abklingenden Gewitters breitete sich im Versteck aus. Mega wurde müde. Sie erinnerte sich, dass sie nicht so lang bleiben wollte. Ein letztes Mal versuchte sie sich zu konzentrieren, stellte sich neben das kleine Fenster an die Stelle, an der ihre Matratze auf dem Boden gelegen hatte, verkohlte Stahlfedern in einem schwarzen Schmierfilm, und sah sich noch einmal den Raum an. Irgendetwas musste hier sein. Irgendein Hinweis. Hier hatte sie gelegen. Dort hatte Nathan gesessen. Dort war der Durchgang zu seinem Zimmer. Dort hatten sie gegessen, bevor sie aufgebrochen waren. Dort war der Durchgang zur Werkstatt. Und dort die Wand. Diese Wand … Megas Blick blieb auf ihr haften, starrte sie wie hypnotisiert an. Irgendetwas stimmte nicht mit dieser Wand. Mega stockte der Atem und ihr Herz begann wild zu schlagen. In dieser Wand hatte es doch eine Tür gegeben. Wo war die Toilette? Das Loch im Boden? Es gab dort nur noch diese Wand. Schwarz wie die Pest, mit einem dicken Rußpelz bedeckt.

Mega begann mit dem Lappen den Ruß zu entfernen. Die Wand war glatt und gerade. Grob geschalter Sichtbeton. Man konnte die Maserung der Holzbretter erkennen. Mega seufzte verwirrt. Sie erinnerte sich offensichtlich falsch. Erstaunlich, wie schnell das ging. Vielleicht waren es auch nur Wunschvorstellungen, die sich verselbstständigt hatten. Sie wollte sich gerade umdrehen, als ihr ein winziges Detail ins Auge stach. Die Maserung im Verputz wiederholte sich, während sie sich in den Außenbereichen unterschied. Im Zentrum war immer dasselbe Brett verwendet worden.

Mega schlug kräftig mit der Faust gegen die Wand. Es hallte. Sie war dünn. Eine Attrappe und dahinter ein Hohlraum. Mega stieß einen Freudenschrei aus. In einer anderen Welt wäre er laut und durchdringend gewesen. Im Ödland ging er mehr nach innen, ließ ihre Hände zittern und ihre Augen tränen. Erneut holte Mega aus und hieb auf die Wand ein. Das Pochen hallte im dahinterliegenden Raum. Putz rieselte. Mega war überrascht und beeindruckt zugleich. Nathan musste geahnt haben, dass die Soldatenkinder kurzen Prozess mit ihm machen würden. Er hatte den Winter genutzt und Vorkehrungen getroffen. Guter, alter Nathan. Nathan, der Weise.

Von wildem Eifer gepackt durchwühlte sie die Nebengebäude, bis sie das passende Werkzeug fand. Eine dicke, schwere Metallstange. Dann rannte sie zurück, umwickelte den Stahl mit alten Stofffetzen und begann die Wand zu traktieren. Der Klang des Eisens hallte trotzdem erschreckend laut durch die Anlage. Mega zuckte zusammen, kroch in den Schatten und lauschte. Es blieb ruhig. Die Soldaten hatten alles mitgenommen. Unwahrscheinlich, dass sie noch in der Nähe waren. Nach dem dritten Hieb rutschte ein Backstein aus dem zugemauerten Sturz. Mega spähte aufgeregt in die Dunkelheit und erkannte Andeutungen von Stofffalten. Sie stieß erneut zu und sprengte mehrere Steine aus der Wand. Licht fiel in den Waschraum. Sie hatte sich natürlich richtig erinnert und genau das war der Trick. Nur sie wusste, dass es hier noch einen Raum gab. Nur sie konnte das Versteck finden.

Nathan hatte einen Großteil der Habseligkeiten hierhergetragen und mit Stoffbahnen abgedeckt. Mega grinste in den Mundschutz, während sie weiter auf die Wand einschlug und Stein für Stein herausbrach. Schließlich streckte sie den rechten Fuß aus, hob ihn über den Haufen und schlüpfte nach innen. Unter den Stoffbahnen fand sie die Transport- und Munitionskisten, die sie aus Nathans Vorratsraum kannte. Sie öffnete die oberste und dachte, sie würde träumen, ausnahmsweise mal einen guten Traum. Er hatte die Bauteile des INDU gesäubert, geölt und auf Polstermaterial arrangiert, sodass nichts aneinanderstieß. Mega musste spontan lachen, weil das alles so wunderschön und zugleich so eigenartig unwirklich war. Sie wischte die Freudentränen weg, zog die Nase hoch und betastete lächelnd die Aluminiumprofile, das Lenkrad, an dem noch ihre Markierungen klebten, die Zahnräder, die Bodenzüge, den Elektromotor. Er hatte das alles für sie getan.

Sie umrundete die Kisten und ging zum zweiten Stapel, der ebenfalls mit Stoffbahnen bedeckt war. Eine Staubschicht hatte sich auf ihnen gebildet. Die Behälter darunter bestanden aus Plastik. Zur Hälfte handelte es sich um Wasserkanister. Mit zitternden Händen öffnete Mega den ersten. Trinkwasser aus der Quelle des Kurhotels. Nathan schien sie unbrauchbar gemacht zu haben. Das war ihm offensichtlich lieber gewesen, als sie den Soldatenkindern zu überlassen. Vorher hatte er jedoch große Mengen abgefüllt. Eine Person würde mehrere Monate davon leben konnte. Gierig riss sie eine Kühltasche auf und schnappte fast über vor Freude. Dosen, Einmachgläser, Reis, Nudeln. Steinharte Wurst und ebensolcher Schinken. Mega lief das Wasser im Mund zusammen. Sie kannte zum Teil die Namen der Dinge nicht, weil es sie im Keller zu selten gegeben hatte. Doch sie wusste, dass sie wertvoll waren, Schätze, um genau zu sein. Sie musste sich zusammenreißen, um nicht sofort über sie herzufallen. Zur Belohnung schnitt sie sich ein Stück Wurst ab und trank etwas Wasser.

Mega suchte alles gründlich ab, doch einen Brief oder eine Notiz fand sie nicht. Möglicherweise eine Vorsichtsmaßnahme. Wenn die Soldaten den Trick mit der falschen Wand durchschaut hätten, hätten sie die Nachricht gefunden. Ihr Hinweise in Form von Distanzen oder Himmelsrichtungen zu hinterlassen, hätte für beide gefährlich werden können.

Sie beschloss den INDU zusammenzubauen und so schnell wie möglich aus der Reichweite der Soldatenkinder zu verschwinden. Sie verspürte Lust, sofort mit den Vorbereitungen zu beginnen, bremste sich jedoch. Sie wollte zunächst etwas essen und einen besseren Ort für die Montage finden. Der Gestank in den ausgebrannten Räumen war nach wie vor unerträglich und die Toilette für die Montage zu eng, zumal sie die Außenhaut aus dem Fallschirmstoff erst mal passend herstellen musste. Mega nahm eine festliche Portion Essen mit, klemmte sich einen Wasserkanister unter den Arm und verließ die Kammer. Den Durchbruch tarnte sie, so gut es ging.

Die Nacht ruhte kühl und klar zwischen den Hügeln. Mega schlief traumlos und tief. Sie fand ihr Ruhe und ihre Zuversicht wieder und die düsteren Gedanken des Vortags verschwanden spurlos. Sie war noch nicht am Ende. Sie würde weiterleben.

19. MARKE EIGENBAU

Kurz nach Sonnenaufgang schlich Mega die breite Treppe in der Lobby hinauf, zu Nathans Adlernest auf dem Dach des Haupthauses. Sie kam zum ersten Mal hierher, doch als sie den riesigen feuchten Dachboden betrat, erkannte sie trotz Verwüstung sofort die Handschrift des Einsiedlers. Eine gut getarnte, schmale Panoramascharte spähte in Kniehöhe aus der Dachschräge. Ein schmaler Baldachin aus schwarzer Teerpappe schützte sie vor Regen. Sie kniete sich auf die Stoffreste, die Nathan an diese Stelle gelegt hatte, um seine Knie zu schonen, und sah mit dem Fernglas nach Süden zur Autobahn und nach Westen zum Lager der Soldatenkinder. Eine tief hängende Wolkendecke strich mit kalten Nebelfingern über die Erde. Mit dem Restlichtverstärker erkannte sie die Autobahn und die Ausläufer der Massenkarambolage. Den quer liegenden Turm der Windkraftanlage. Nichts bewegte sich dort. Auch in den anderen Richtungen entdeckte sie keine Aktivitäten.

Nathans Gegner hatten weder Mega noch den INDU bekommen. Trotz der umfangreichen Beute, die sie in seinem Versteck gemacht hatten, konnte man nicht behaupten, dass ihre Mission erfolgreich gewesen wäre. Trotzdem schien ihr Interesse an der Hotelanlage erlahmt zu sein. Zumindest konnte sie nirgendwo Späher oder Spuren von ihnen entdecken.

Eifrig schleppte sie Kisten und Vorräte auf die Liegewiese vor dem Hotel und breitete alles Notwendige aus, um den INDU zusammenzusetzen und ihr Gepäck für die nächste Etappe vorzubereiten.

Es wurde dunkel, obwohl es nicht nach Regen aussah. Mega setzte Sophias Wollmütze auf und zog die fingerlosen Handschuhe über, die Almuth ihr geschenkt hatte, um für die Montage warme Finger zu behalten.

Immer wenn sie den Vorplatz überquerte, sah sie die verbrannte Erde, die verkohlten Bauteile und die zersplitterten Schnapsflaschen. Mega musste grinsen. Rückblickend wirkten die Spuren eher wie Frustration und nicht wie eine Siegesfeier. Womöglich hatten sie Nathan gar nicht erwischt. Vielleicht suchte er sie sogar.

Nachdem sie die Schlepperei bewältigt hatte, stand sie vor einer schwierigen Entscheidung. Um den INDU sinnvoll einsetzen zu können, brauchte sie geeignete Straßen. In der Umgebung des Hotels gab es jedoch keine. Zumindest nicht in Sichtweite. Graswurzeln hatten die Zufahrtswege des Kurhotels perforiert. Wenn sie sie benutzen würde, würde sie alle paar Meter anhalten und schieben müssen. Sollte sie das Risiko eingehen und im Zweifelsfall lieber einen Unfall riskieren oder sollte sie den INDU zur Autobahn tragen und dort wieder zusammenbauen? Die Entscheidung fiel schnell. Vom Wandern hatte sie die Nase voll. Sie wollte sofort in den INDU steigen und losfahren.

Sie breitete die Bauteile auf den beschichteten Stoffbahnen aus und suchte die Strebe, auf der das Schnittmuster des Überzugs eingraviert war. Praktischerweise hatte Fr. Dr. Kobe daran gedacht und Mega war ihr sehr dankbar dafür. Maßstabsgetreue Verkleinerungen der Einzelteile, aus denen man die Hülle zusammensetzen musste, hatte sie mit einer computergesteuerten Fräse im flachen Aluminiumteil hinterlassen, das als zentrale Strebe den Elektromotor aufnahm und als Basis unter ihrem Sitz diente. Mega drehte das Teil und sah sich die Muster an. Es handelte sich um einfache, geometrische Formen. Die Abmessungen konnte sie mithilfe anderer Bauteile vornehmen. Zum Schneiden verwendete sie ein Skalpell, das Nathan ihr zu den Bauteilen gelegt hatte. Sie spannte den Fallschirmstoff an Metallpflöcken über den Boden, schnitt die Formen, spannte sie übereinander und nähte entlang der Linien, die sie mit den Rundungen der Streben auf das Material zeichnete. So entstand Stück für Stück, Puzzleteil für Puzzleteil, aus einfachen Formen ein kompliziertes Muster. Die neue Haut des INDU.

Der Fallschirmstoff hatte nicht die Elastizität des alten Gewebes, umso präziser musste er passen. Knifflig wurde es gegen Ende, als Mega dazu überging, die Ösen einzunähen. Nathan hatte Unterlegscheiben aus Aluminium zusammengesucht. Mega umnähte sie vierfach. Zwischendurch trank und aß sie etwas, gönnte sich jedoch daneben kaum Pausen, sondern arbeitete ununterbrochen und hoch konzentriert.

Sie versank so sehr in ihre Arbeit, dass sie ihre Umgebung kaum noch wahrnahm und nicht mehr darauf achtete, vollkommen geräuschlos zu bleiben. Etwas lief nicht wie geplant und Mega entfuhr ein Fluch, dessen Lautstärke sie heftig zusammenzucken ließ. In dieser

Sekunde wurde ihr klar, wie unvorsichtig sie die ganze Zeit über gewesen war. Ohne Umwege schnappte sie sich den Grabendolch und das Fernglas und rannte zur Hausecke. Sie lauschte aufmerksam, umrundete beklommen das Gebäude und hielt Ausschau. Die Welt verharrte in andächtiger Stille. Die Wolken schienen auf die Erde hinabsteigen zu wollen, so tief hingen sie über der Hügelkuppe. Durch die Wolkenfetzen entdeckte sie Richtung Westen den Eingang eines flachen Tals und die Konturen eines verfallenen Hauses. Wenn sie kommen, dann von dort, dachte sie und beobachtete die Stelle. Doch nichts bewegte sich dort.

Auf der anderen Seite, Richtung Osten, überblickte sie den Verlauf der Zufahrtsstraße, die vom Kurhotel ins Tal hinunter führte. Sie wand sich, bedeckt mit Gras und Asphaltbuckeln, in sanften Serpentinen und verschwand in der Ferne. Auch in dieser Richtung entdeckte sie nichts Beunruhigendes. Nach zwanzig Minuten regungsloser Beobachtung lief sie zur Liegewiese zurück.

Bis auf die Farbe unterschied sich die neue Haut kaum von der alten. Ob sie auch tatsächlich passte, wusste Mega jedoch noch nicht. Besaß ihre Näharbeit zu viel Spiel, würde sie flattern und die Stabilität des INDU bei Seitenwind beeinträchtigen. Wäre sie zu eng, würde sie die Nähte auftrennen, neue Teile einfügen oder ganz von vorn beginnen müssen.

Die nächste spannende Frage, vor deren Beantwortung sie sich die ganze Zeit gedrückt hatte: Würde die neue Felge passen? Mega holte tief Luft, zerschnitt die Schnur und entfaltete das sorgfältig eingewickelte Stoffpaket, das sie seit ihrer Flucht aus der Moorfestung nicht mehr angerührt hatte. Die schmale Orbitalfelge befand sich in tadellosem Zustand. Mega hielt sie neben die alten. Sie hatte sich nicht geirrt. Sie passte perfekt. Sowohl in der Dicke als auch in ihrer Größe. Beruhigt legte sie sie zurück und betrachtete den jetzt wieder vollständigen Bausatz, den sie auf den beschichteten Planen vor sich ausgebreitet hatte. Streben, Kabel, alles lag bereit. Sie holte tief Luft und begann mit der Montage.

Wie gewohnt griff sie zuerst zu den Aluminiumstreben und steckte sie kontrolliert zusammen. Sie legte ihre Priorität nicht auf Schnelligkeit, sondern auf Genauigkeit, doch selbst die wäre für einen Uneingeweihten zu schnell gewesen. Ein Mensch mit normaler Auffassungsgabe hätte nicht erkennen können, was die junge Frau tat. Beidhändig und synchron griff sie zu den Teilen, steckte sie mit individueller Kraftausübung ineinander und vervollständigte sie. Dann sprang sie auf die Beine und leitete die nächste Phase ein. Alles folgte den einstudierten Bewegungsabläufen, die sie im Keller tage- und nächtelang geübt hatte. Die Streben mussten zum Chassis verbunden werden. Mit leichtem Druck verlieh sie den Bauteilen die entscheidende Spannung, die der Konstruktion die notwendige zusätzliche Stabilität gab. Mega setzte Stangen ineinander, fügte sie mit einem letzten Klicken zusammen und komplettierte das Chassis. Sie trat einen Schritt zurück, betrachtete ihr Werk und lächelte stolz. Er sah gut aus, ihr neuer INDU. Trotz der langen Wintermonate saßen die Handgriffe noch immer wie im Schlaf. Sie hatte nichts verlernt.

Plötzlich meldete sich ihr Magen mit einem flauen Gefühl. Im ersten Moment schob sie die Verstimmung auf zu viel gutes Essen. Doch ihr wurde schnell klar, dass die Irritation eine andere Ursache haben musste. Wurde sie beobachtet? Sie spürte eine Richtung und drehte den Kopf. Im Augenwinkel blitzte etwas. Instinktiv ließ sie sich fallen. Sekundenbruchteile später folgte das Krachen. Ein Jagdgewehr. Mega rollte sich in Richtung ihrer Waffen. Beide Hände nach vorn gestreckt umklammerte sie Dolch und Kalaschnikow, während das Projektil über sie hinwegzischte wie Wasser auf heißem Metall. Im Liegen versuchte sie die Schussrichtung genauer zu orten. Der zweite Schuss folgte nicht unmittelbar, kein automatisches Gewehr. Der Schütze musste nachladen. Sie hatte vier Sekunden. Vielleicht irgendwo hinter der Pergola, in der Verlängerung zwischen Haupthaus und Nebengebäude? Die Stelle, an der sie Ausschau gehalten hatte. Sie rollte sich weiter, aus der Schussbahn des Heckenschützen in den Schatten des Hauptgebäudes, sprang in die Hocke und spähte um die Hausecke. Vier bewaffnete Männer hasteten den Hang hinauf. Verteilten sich, liefen im Zickzack. Sie nutzten die Überraschung und griffen sie frontal an. Mega rammte den Dolch in den Boden, ging in die Knie und zielte. Einer war langsamer. Sie hielt vor, feuerte eine Salve und traf. Der Mann wurde von den Beinen gerissen und zur Seite geschleudert. Die übrigen drei ließen sich fallen. Einer warf sich in eine Mulde, robbte nach vorn und zielte seinerseits. Der Scharfschütze. Mega überlegte, ob sie in Deckung gehen sollte, entschied sich jedoch dagegen und blieb in Schussposition. Die anderen zwei, die beängstigend schnell in ihre Richtung preschten, begannen zu schreien. Schrill und aufgekratzt überschlugen sich ihre Stimmen. Das Signal für den Rest der Truppe. Sie waren in der Nähe. Megas von feinen Sommersprossen bedeckte, klamme Finger begannen zu zittern. Nur mit großer Willensanstrengung gelang es ihr ruhig zu bleiben. Unerbittlich rief sie sich in Gedanken zur Disziplin auf. Du wirst dich nicht beeindrucken lassen! Du wirst stark sein! Die Hoffnung, die du dir zurückerobert hast, wirst du dir nicht mehr nehmen lassen! Mega feuerte die zweite Salve und verfehlte. Die Männer, die sich mit weißer Farbe Totenköpfe auf die Gesichter gemalt hatten, lachten höhnisch. Aus der Deckung krachte der Schuss des dritten Mannes und erwischte sie an der Schulter. Ihre Kleidung riss auf. Blut spritzte auf trockenen Boden. Sie taumelte zurück. Gut, dass es nur die linke Schulter war, dachte sie benommen. Zwei Sekunden vergingen, in denen sie hinter die Mauerecke rutschte, und ihr nicht klar war, ob ihr schwarz vor Augen werden würde. Doch sie blieb bei Bewusstsein, presste die Zähne aufeinander und kam wieder hinter der Ecke hervor. Die Männer waren nur noch wenige Meter von ihr entfernt. Mega feuerte. Den ersten traf sie in die Brust, den zweiten in den Kopf. Sie taumelten, sackten stumm zusammen und blieben unmittelbar vor ihr liegen. Einer zuckte noch, drehte sich auf den Rücken, spuckte Blut und lachte. Mega wich irritiert zurück. Warum lachte der Kerl? Seine Hand wanderte zu seinem Gürtel. Dort hing eine Handgranate. Er riss sie ab und lachte wieder. Mega war keine zwei Meter von ihm entfernt. In ihrer Verzweiflung hechtete sie sich auf den Mann und versuchte, ihm die Granate zu entwenden. Er lachte irre, eigentlich war es kein Lachen, eher ein verzweifeltes Husten. In seinem Gebiss fehlten Zähne. Ihre blutbeschmierten Hände kämpften um die scharfe Granate. Der Kerl stöhnte, jammerte und lachte gleichzeitig. Er hatte noch Kraft, wollte partout nicht loslassen. Mega trat den Widersacher mit den Füßen. Schließlich ließ er los. Mega erhob sich, schwang das glitschige Ding und warf es in Richtung des Scharfschützen, der noch immer in seiner Mulde lag und auf diesen Moment gewartet hatte. Mega erhob sich, drehte ihm den Oberkörper zu. Er schoss, verfehlte sie um Haaresbreite. Megas verzweifelter Wurf hingegen entpuppte sich als präzise. Die Granate klatschte auf den weichen Rand des Kraters. Der Mann hob sie an, um sie zurückzuwerfen. Die Wucht des trockenen, harten Knalls versetzte seinem Oberkörper einen kräftigen Schlag, der ihn über die Mulde nach hinten schleuderte. In der Ferne rollte das Echo bedrohlich durch den Nebel.

Megas Ohren klirrten und schrillten, als wären die Trommelfelle gerissen. Neben dem Eigenlärm ihrer überlasteten Sinnesorgane wurde die Welt gespenstisch still. Alles schien plötzlich in Watte gepackt. Sie starrte die Toten an, die mit verkrümmten Gliedmaßen vor ihr auf dem Weg lagen. Waren das Soldatenkinder? Sie erkannte keinen von ihnen. Beide Männer trugen Helme, einem klebte eine Uniform am Körper, der andere besaß Armeestiefel. Vor ihr lag die Vorhut. Es konnte nicht lang dauern, bis die Verstärkung eintraf. Eine Vierergruppe, die allein unterwegs war, hätte nie direkt angegriffen. Ihr blieben fünfzehn, vielleicht zwanzig Minuten, wenn sie Glück hatte. Vielleicht weniger. Mit zitternden Armen ließ sie die Kalaschnikow aus den blutverschmierten Fingern rutschen und versuchte verzweifelt den Schmerz zu unterdrücken. Die blutende Schulter musste warten. Priorität hatte der INDU.

Mit unruhigen Fingern begann sie die Plastikspäne in die Verstrebungen des Chassis zu stecken, merkte jedoch nach kurzer Zeit, dass sie zu viel Blut verlor. Es sickerte aus ihrer Schulter, lief den Arm hinunter und tropfte von ihren Händen auf die Streben. Bevor sie weiterarbeiten konnte, musste sie die Blutung stoppen. Mega rannte über den Platz, griff sich das Erste geeignete, das sie finden konnte, ein altes Kleidungsstück, das Nathan als Polsterung verwendet hatte, zerriss den Stoff in eine schmale Bahn, knotete sie stramm um die Schulter und klemmte sich die Arterie ab. Eher ungünstig für die Arbeit. Irgendwann würde der Arm taub werden und sie würde ihre Bewegungen nicht mehr koordinieren können. Aus diversen Gründen wurde ihre Zeit knapp. An den übrig gebliebenen Stoffresten säuberte sie ihre Hand und ihren Arm, dann rannte sie zurück und setzte die Arbeit fort.

Bald huschten ihre Hände wieder mit der alten Sicherheit über die Streben und schoben kleine, dünne Plastikstreifen in vorgesehene Löcher und versahen jeden mit einem kurzen, sanften Schlag. Kontrolliert schob sie einen Span nach dem anderen an seinen Platz. Nachdem sie den letzten untergebracht hatte, griff sie im fliegenden Wechsel zu den neuen Teilen, die vorbereitet auf der beschichteten Plane warteten, und passte die nabenlosen Orbitalräder in die Aluminiumbacken der Kugellagerbremsen ein. Mit trockenem Schnappen schlossen sie sich. Die Führungsschiene griff und die Reifen bewegten sich ohne jedes Spiel. Mitten in der Hektik wurde sie erstaunlich ruhig. Die neuen Einzelteile fügten sich perfekt ins alte System. Intensiv erlebte sie das Glück dieses Moments. All die Gefahren und Entbehrungen, die sie auf sich genommen hatte. Sollten sie am Ende doch einen Sinn gehabt haben?

Als Nächstes kam das Kabelpaket an die Reihe. Mega begann wie immer mit den Bremszügen, zog sie in der Führungsschiene unter dem Hauptträger zu den Hinterrädern und ließ sie in den Klemmverschluss einschnappen, als im Westen Schreie erklangen. Hauptleute brüllten Befehle, verteilten sich um den Hügel. Viel eher, als Mega erwartet hatte. Sie widerstand dem mächtigen Impuls sich umzudrehen, versuchte die Umgebung auszublenden und sich auf die Arbeit zu konzentrieren. Noch einmal erhöhte sie ihre Geschwindigkeit. Sie wusste, dass sie es schaffen konnte. Für einen Moment wie diesen hatte sie trainiert. Wochenlang dieselben Handgriffe. Bei Licht und in der Dunkelheit. Wieder und wieder. Jetzt würde sich zeigen, was ihr Training wert war. Hatte sie es auf die Realität des Ödlands vorbereiten können? Ein heftiger Adrenalinschub brachte den Organismus auf Höchstgeschwindigkeit und ließ ihre Hände fliegen. Vor ihren Augen lief alles in Zeitlupe. Sie passte Kabel ein und schloss sie an den Elektromotor an. Die Verbindungen zu den Kameras, der Sender, der Empfänger. Sie brauchte all das zur Zeit nicht, doch die Routine zu durchbrechen, wäre in diesem Moment gefährlich gewesen und hätte länger gedauert. Mega wickelte die Kabel um die Streben, schloss die Steckverbindungen an, verband den Elektromotor mit der Kraftübertragung des Gleitlagers und schnallte das Akku-Paket auf den Motor. Dann kam der Punkt, an dem sie eine Entscheidung treffen musste.

Von diesem Moment an konnte sie sich in den INDU setzen und fahren. Sie würde zwar nicht so schnell und komfortabel vorankommen, doch das war allemal besser, als geschnappt zu werden. Sie verschob den Rest des Aufbaus auf später, sammelte alles an Kleinteilen, Haken und Ösen zusammen und verstaute sie hinter dem Elektromotor. Kameras, Empfänger und Sender schob sie ebenfalls hinter den flachen schwarzen Kasten.

Dann ging sie zum Verstauen der Vorräte über. Nicht alles, was Nathan zurückgelassen hatte, konnte sie unterbringen. Sie musste sich entscheiden. Wie viel Wasser war nötig? Welche Nahrungsmittel enthielten mehr Nährstoffe? Welche mehr Fett? Sollte sie Dosen mitnehmen und den Schinken zurücklassen? Was ihr die Entscheidung erschwerte, war nicht nur die Tatsache, dass sie all die leckeren Sachen irgendwann schmerzlich vermissen würde, sondern dass alles, was sie zurückließ, den verfluchten Banditen in die Hände fiel. Sie brachte es kaum übers Herz, die Schätze, die Nathan für sie geopfert hatte, diesen Schweinen zu überlassen.

Weitere Schreie ertönten. Eine erschreckend große Gruppe begann das Hotel einzukreisen. Soldaten rannten den Hang hinter den Seitengebäuden hinauf. Mega vernahm ihr Keuchen und das Stampfen ihrer Stiefel. Keine Zeit für Sentimentalitäten. Sie musste Entscheidungen treffen. Im Zweifelsfall würde eine Dose länger halten als ein Schinken. Trinkwasser konnte sie unterwegs herstellen. Sie warf die Dosen in den INDU, verstaute als Letztes ihre Waffen und sah sich noch einmal um. Hatte sie alles? Ja. Sie hatte alles. Dann begann sie zu rennen. Beide Hände auf dem Kopfbügel brachte sie den Gleiter auf Geschwindigkeit. Sie rannte, so schnell sie konnte, den Hügel hinunter, in Richtung der Serpentinen. Dann sprang sie seitlich auf und trat sofort in die Pedale. Keine Sekunde zu spät.

Im Rückspiegel hetzten die Soldaten von allen Seiten am Hotel vorbei, stürmten auf den Platz, gingen in die Knie und feuerten. Schüsse krachten, Projektile pfiffen an ihrem Kopf vorbei, während sie zwischen Grasbüscheln hindurch über die Buckelpiste in die erste Serpentine holperte. Mega überlegte nicht lang, ob sie den vorgeschriebenen Weg fahren sollte. Sie riss das Steuer herum, schoss über den Straßenrand und auf direktem Weg den Hang hinunter. Der Untergrund war weich vom Regen der letzten Tage. Mit den schmalen Reifen sank sie tief ein, doch die Geschwindigkeit des Liegefahrrads war hoch genug und bewahrte sie davor, stecken zu bleiben. Sie wurde wild hin- und hergeworfen, der INDU von heftigen Stößen getroffen, die im Weg liegende Holzreste und Steine verursachten. Mega hatte große Angst, dass wichtige Ausrüstungsgegenstände, ihre Waffen oder etwas von ihren Vorräten über Bord geschleudert wurde. Trotz Unebenheiten versuchte sie das Steuer mit einer Hand und mit der anderen ihr Gepäck festzuhalten. Hinter ihr hallten wütende Befehle. Schüsse krachten, Schreie gellten durch die feuchte Luft, doch Megas unkontrollierte Fahrt war so schnell und unruhig, dass sie weder auf sie zielen, geschweige denn sie einholen konnten. Die Befehle gingen in wilde Flüche über und Mega begann zu ahnen, dass sie sich einen Vorsprung erarbeitete. Nach drei überbrückten Serpentinen steuerte sie auf die Asphaltstraße zurück und schoss das Gefälle in Richtung Norden hinunter.

Die Fahrt wurde ruhiger. Mega konnte es wagen, das Gepäck loszulassen. Obwohl die Männer im Dunst kaum noch zu erkennen waren, feuerten sie aus Frust hinter ihr her. Ihr Puls raste und sie war klatschnass geschwitzt. Die Hände zitterten so sehr, dass sie froh war, sich am Steuer festhalten zu können. Ihre Schultern schmerzten bereits, weil sie krampfhaft gegen das Zittern ankämpfte. Sorgen machte ihr vor allem die linke Schulter. Der pochende Schmerz der Schusswunde hatte den gesamten Oberkörper erfasst. Einerseits schien die abgeklemmte Wunde vor Hitze zu glühen, andererseits fühlte sich der Arm taub und kalt an.

Ein einziger Fehlgriff beim Zusammenbau, ein einziger Schlenker beim Steuern und es wäre vorbei gewesen. Noch etwas wurde Mega plötzlich klar. Die Männer hatten es nicht mehr darauf abgesehen, sie zu fangen. Sie wollten sie nur noch töten.

Während die Hotelanlage hinter ihr von der weißen Leere des Ödlands verschluckt wurde, erlaubte sich Mega zum ersten Mal etwas langsamer zu werden, um Kräfte zu sparen und zu Atem zu kommen. Das Pfeifen in ihren Ohren ließ nach und der Schweiß trocknete.

Menschenleere Vorboten einer Kleinstadt tauchten aus dem Nebel auf. Verfallene Einkaufszentren, leere Parkplätze, zugewachsene Seitenstraßen. Sie war unterwegs. Das Ödland hatte sie wieder.

Hinter der Kleinstadt bog sie auf den Zubringer ab, der sie zur Autobahn brachte. In der lang gezogenen Kehre des vierblättrigen Kleeblatts rollte sie über tadellosen Asphalt einen sanften Hang hinauf und erreichte die breite Hochgeschwindigkeitstraße, die sie nach Osten tragen würde.

Auf dem Standstreifen hielt sie und stieg vorsichtig aus. Bevor sie weiterfahren konnte, musste sie sich um ihre Schulter kümmern. Sie hatte die Wunde die ganze Zeit über leicht bluten lassen, um Giftstoffe auszuschwemmen und Infektionen zu verhindern. Mega versorgte die Schulter, so gut sie konnte mit Wundsalbe und verband sie sorgfältig. Dann aß sie etwas und ruhte sich ein wenig aus.

Schließlich beendete sie die Konstruktion des INDU und warf die neue Außenhülle über das Chassis. Zu ihrer Freude passte sie perfekt und saß erstaunlich straff. Sie musste einiges an Kraft aufwenden, wozu sie im Moment nur die rechte Hand gebrauchen konnte, um alle Ösen auf die Haken zu bekommen, doch als sie zurücktrat und ihr Werk betrachtete, stellte sie stolz fest, dass der neue INDU besser aussah als der alte. Er verschmolz nicht mehr so gut mit der Umgebung, dafür besaß er eine persönliche Note. Es war nicht mehr nur

Fr. Dr. Kobes INDU. Dieser INDU gehörte ihr. Sie lächelte müde. Sollte sie ihm einen neuen Namen geben? Sie überlegte. Nein, das war albern. Wen interessierte es, wie sie ihr Fahrrad nannte? INDU war prima. So sollte ihr treuer Begleiter auch weiterhin heißen.

Sie sortierte die Vorräte und verstaute die Waffen in den Halterungen hinter ihrem Kopf. Dann nahm sie vorsichtig im Cockpit Platz, genoss den ergonomisch geformten Sitz und die bequeme Position und setzte ihre Reise fort.

Wie im Rausch schoss sie über den glatten Asphalt der Autobahn in Richtung Osten. Wie sehr hatte sie die Ruhe im Innenraum des INDU vermisst. Untermalt von leisen Windgeräuschen, dem sanften Pochen auf der kühlen Haut und dem gleichmäßigen Summen der Reifen. Zäh und verbissen hatte sie sich dieses Glück zurückerobert.

Im Moment des Hochgefühls, in diesen seltenen kostbaren Sekunden, wurde ihr klar, dass sie niemals aufgeben würde.

20. DAS ZEICHEN

Möwenschreie hallten zwischen den verrosteten Metallwänden im Labyrinth des alten Containerhafens. Die dunstige Kälte schmeckte salzig, nach Algen und Meer. Die Waffen fest an die Schultern gedrückt schlichen Hagens Männer durch die schattigen Schluchten. Schmutz hatte sich als rutschiger Schmierfilm auf Oberflächen und Wegen abgelagert. Je tiefer sie in die Anlage vordrangen, desto öfter stießen sie auf die Hinterlassenschaften von Wanderern. Zerfetzte Gepäckstücke, zerschlissene Schlafsäcke, leere Konservendosen, Verpackungsreste, Plastiktüten, leere Patronenhülsen. Die Metallwände waren perforiert von Salven und Einschusslöchern jeder Größenordnung, bis hin zu Furcht einflößenden Kalibern, die von Geschützen stammen mussten.

Stellgar blieb in Hagens Nähe, schielte an Kimme und Korn vorbei und beobachtete den Anführer aus den Augenwinkeln. Er kannte diesen Mann, dem er sein Leben verschrieben hatte, besser als sich selbst und konnte deshalb genau erkennen, dass er beunruhigt war. Stärker als je zuvor. Hagen schien die Spuren, die sie fanden, lesen zu können. Dieser Ort oder etwas an diesem Ort weckte unangenehme Erinnerungen.

Die Gasse knickte im rechten Winkel ab. Direkt dahinter prangte auf einer Metallwand ein weithin sichtbares Zeichen. Ausgewaschen, bedeckt mit einer Dreckschicht und trotzdem sofort zu erkennen. Mit weißer Wandfarbe hatte es jemand eilig auf die Heckklappe gepinselt. Normalerweise wäre es untergegangen neben all den Schmierereien, unleserlichen Tags und verwaschenen Graffitis, die die Container bedeckten. Doch dieses schien fast zu leuchten, so auffällig war es, und an dieser Stelle hatte sich aus irgendeinem Grund auch niemand sonst verewigt. Als hätten nachfolgende Künstler Angst gehabt, dem Symbol zu nah zu kommen.

Fremdartig und entsetzlich passend vereinnahmte es die Gasse unmittelbar vor dem Container und angrenzenden Schluchten wie ein Bannzeichen, wie eine unmissverständliche Warnung.

Es bestand aus einem auf die Spitze gedrehten Quadrat, das von zwei horizontalen Strichen in zwei gleichschenklige Dreiecke unterteilt wurde. Das Symbol sagte Stellgar nichts. Er wäre weitergegangen, wenn er nicht die plötzliche Veränderung in den Männern, die es erkannten, gespürt hätte. Wie hypnotisiert starrten sie die scheinbar belanglose Schmiererei an. Hagens Gesicht hatte jede Farbe verloren.

Schweigend erhöhte er das Tempo, schien fast zu fliehen und die Eingeweihten folgten ihm. Der Rest schloss sich an, um nicht zurückzubleiben. Nur Stellgar wartete, bis alle verschwunden waren, tat, als wollte er die Nachhut übernehmen, und sah sich in der Gasse um.

Die bemalte Containerklappe stand offen. Hinter dem Spalt herrschte Dunkelheit. Vorsichtig schob er den Lauf des Sturmgewehrs hinein und drückte gegen den Flügel. Langsam schwang er zur Seite. Die Schemen flacher Haufen schälten sich aus den Lichtspeeren der Einschusslöcher. Vertrauter Geruch verriet, was dort in der Dunkelheit lag, bevor man es erkennen konnte. Menschliche Knochen stapelten sich. Beine, Arme, Rippen, Schädel. Abgenagt und sortiert. Nicht von Tieren. Tiere sortierten nicht. In der einen Ecke versteinerte Exkremente. In der anderen schwarze Reste. Die Vorräte.

Stellgar stand bewegungslos in der Öffnung. Er neigte sich noch einmal nach vorn, sah sich erneut alles genau an, doch das, was er suchte, das vollständige Skelett eines Menschen, entdeckte er nirgendwo. Wer auch immer hier gehaust hatte, war nicht hier gestorben.

Vorsichtig schob er die Klappe mit dem Gewehrlauf wieder in ihre Ausgangsposition zurück. Dann begann er rückwärts zu laufen, um Rückendeckung vorzutäuschen, und schloss zur Gruppe auf. Er beschloss seine Entdeckung für sich zu behalten. Sie schien ohnehin niemanden zu interessieren.

Er konnte sich nicht beschweren. Hagen behandelte ihn privilegiert. Der Anführer suchte regelmäßig seinen Rat und im Gegensatz zu den meisten anderen hatte Hagen ihn noch nie hintergangen. Doch in Momenten wie diesen wurde dem Hauptmann klar, dass er nichts über seinen Anführer wusste. Der Mann, auf dessen Befehl er sofort sein Leben opfern würde, blieb ein Fremder für ihn. Hagen musste mal ein normales Leben geführt, möglicherweise sogar einen bürgerlichen Beruf ausgeübt haben. Vielleicht sogar als Rechtsanwalt, zumindest hielt sich das Gerücht hartnäckig. Doch niemand wusste es genau und er selbst hielt seine Vergangenheit sorgfältig unter Verschluss.

Stellgar begegnete ihren Spuren nur in Hagens Verhalten. Eine dieser Spuren war die Veränderung nach der Eroberung der Moorsiedlung. Stellgar hatte noch keine Antwort darauf erhalten, was genau dort eigentlich vorgefallen war. Er hatte Vermutungen angestellt, doch Hagen hatte sich nicht die Mühe gemacht, auf sie zu reagieren. Der Anführer des Söldnertrupps blieb ein Rätsel, das niemand zu entschlüsseln vermochte.

Nicht weniger rätselhaft muteten seine Entscheidungen an. Vieles stellte sich im Nachhinein als konsequent heraus, wenn man die Bedingungen des Ödlands berücksichtigte, doch bei Weitem nicht alles. Es gab Momente, in denen Hagen irrational und willkürlich entschied, geradezu wahnsinnig, als wäre der Trupp ein sterbender Körper, aus dem man beliebig krankes Fleisch schneiden konnte. Dass mit fortschreitender Verstümmelung das Leben irgendwann enden würde, schien ihm egal zu sein. In Momenten wie diesen, in denen Stellgar nur noch kalten Wahnsinn in Hagens Augen erkannte und nicht den leisesten Hauch von Rationalität, fragte er sich, ob sie nicht mit einem anderen Anführer besser beraten wären. Stellgar war sich bewusst, dass diese Gedanken, sollte er sie jemals laut äußern, sein Todesurteil bedeuten würden. Hagen würde es ohne zu zögern vollstrecken. Er würde in seinem besten Mann ein wucherndes Geschwür erkennen und sofort mit der Operation beginnen. Ohne Narkose und ohne jeden Skrupel.

Selbst nach Monaten der erfolglosen Suche hatte ihn nichts von der Eroberung der Moorfestung abbringen können. Dabei wurzelte sein unbedingter Siegeswille nicht ausschließlich in überlebenswichtiger Notwendigkeit. Was ihn wochenlang allein, entkräftet und halb verhungert den harten Ödlandwinter hatte überleben lassen, war hauptsächlich sportlicher Ehrgeiz gewesen. So absurd sich dies angesichts der lebensbedrohlichen Situation auch anhören musste und so wenig man den Irrsinn einem Außenstehenden auch erklären konnte. Selbst die Folter, die er in der Moorfestung hatte erdulden müssen, hatte Hagen als Herausforderung empfunden. Am Ende lief das Ganze auf einen Wettstreit zwischen ihm und Marko hinaus. Hagen schien eine Antwort auf die Frage haben zu wollen, wer von den beiden der härtere Schweinehund war.

Marko hatte vorgelegt. Den jungen Mann hatten früher besonders ebenmäßige, markante Züge ausgezeichnet. Ein ansehnlicher Bursche war er gewesen, ebenso hübsch wie heißblütig. Und das, was die Moorbewohner über Jahrzehnte vor der Auslöschung bewahrt hatte, die Enge der Hecke, war ihm zu Kopf gestiegen und zum Verhängnis geworden. Die Männer sprachen nicht darüber. Es gehörte zu jener Vergangenheit, die man lieber ruhen ließ, denn Marko war freiwillig zu ihnen gekommen, um eine schwere Schuld zu begleichen.

Ein paar Stunden zuvor war ihnen nämlich ein noch dickerer Fisch ins Netz gegangen. Roderick hatte sein Glück kaum fassen können. Zwei Mädchen, blutjung und bildhübsch, waren ihm mitten im Ödland direkt in die Arme gelaufen.

Er hatte sie gefesselt und zum Hauptlager geschleppt. Widerwillig, doch ohne jede Diskussion, denn er hatte genau gewusst, was im blühen würde, wenn er das Vorrecht des Anführers missachtet hätte.

Die Mädchen waren vor Hagen auf die Knie gefallen, hatten angefangen zu weinen und sich verzweifelt aneinandergeklammert. Sie hatten gar nicht mehr damit aufhören wollen und es war kaum möglich gewesen, sie zu verstehen. Stellgar und Hagen hatten Mühe gehabt, die Männer, allen voran Roderick und Ruben, davon abzuhalten, sofort über sie herzufallen. Ihre Unschuld, die Makellosigkeit ihrer Haut und ihr betörender Duft hatten die dreckigen Brüder um den Verstand gebracht. Verblödet und sabbernd hatte der Trupp die Schönheiten angestarrt.

Hagen hatte sofort gewusst, dass er keine Ödlandwanderer vor sich hatte. Die Mädchen mussten aus einer versteckten Siedlung ganz in der Nähe geflohen sein. Oberste Priorität hatte deshalb gehabt, sie am Leben zu halten, damit sie den Söldnern den Weg zeigen konnten. Hagen hatte den Söldnern deshalb strikt verboten zu tun, was sie sonst so taten, und sie weggeschickt. Eine gefährliche Situation, die beinah aus dem Ruder gelaufen wäre. Viel hatte nicht gefehlt und es hätte eine Meuterei gegeben, doch am Ende hatte Hagen sich durchgesetzt.

Sie hatten sich eine Strategie zurechtgelegt, wie sie den Mädchen entlocken konnten, was sie von ihnen wissen wollten, ohne sie zu verlieren. Zu oft hatten sie erlebt, dass die Folter den Geist eines Menschen, wie ein Kartenhaus hatte zusammenfallen lassen. Wichtiges Wissen war unerreichbar unter Trümmern begraben worden.

Marko war kurz danach aufgetaucht, allein und unbewaffnet und hatte sich kampflos ergeben. Als die Mädchen ihn sahen, hatten sie seinen Namen geschrien und er hatte geantwortet:

»Alles wird gut. Ich hol euch hier raus.«

Hagen hatte sofort durchschaut, was in der Moorfestung vorgefallen sein musste:

»Sie schicken dich allein hierher?«

»Es war meine Schuld.«

»Sieht ganz so aus. Und was machen wir jetzt?«

»Lasst sie gehen und behaltet mich als Pfand. Sie können nichts. Nur essen und trinken. Ich schließe mich euch an und kämpfe für euch. Ich mach, was immer ihr wollt.«

»Und warum sollten wir das tun?«

»Sie sind zu schwach zum Schleppen und zu ängstlich zum Kämpfen. Sie sind nutzloser Ballast.«

»Wer sagt denn, dass sie schleppen und kämpfen sollen? Ein paar von uns wären ziemlich enttäuscht, wenn ich auf den Vorschlag eingehen würde. Um ehrlich zu sein, glaube ich, dass sie uns umbringen würden, wenn ich ihn in Erwägung ziehen würde. Mich, dich, die Mädchen, uns alle. Du kennst Roderick nicht. Es ist seine Beute. Niemand legt Hand an Rodericks Beute. Nein. Ich denke, wir machen's anders. Wir behalten euch einfach alle. Dich und die Mädchen.«

Marko hatte den Kopf gesenkt und die Augen geschlossen.

»Erklär' mir mal, wie du dir das vorgestellt hast! Du kommst hier an, allein, unbewaffnet und sagst lieb bitte, und wir gehen natürlich darauf ein, weil wir so nette, verständnisvolle Leute sind, oder wie? Du bist ein aufgewecktes Bürschchen. Ein Typ, der Mädchen den Kopf verdreht, hab ich recht? Du müsstest wissen, dass so eine Aktion sinnlos ist. Aber so dämlich bist du nicht. Was willst du wirklich?«

Statt zu antworten, hatte Marko nur auf die Erde gestarrt.

»Weswegen bist du hier?«

Schließlich hatte Marko mit verheultem Gesicht geflüstert:

»Ich will mich verabschieden.«

Stellgar und Hagen hatten das Gleiche gedacht und sich wortlos verständigt. Die Wahrscheinlichkeit, dass er die Wahrheit gesagt hatte und sich wirklich nur verabschieden wollte, ging gegen null.

Damals hatten sie nicht gewusst, woher die drei gekommen waren. Sie hatten Gerüchte gehört, von einer versteckten Siedlung, doch das hatte Monate zurückgelegen. In diesem Augenblick hatten sie den Zusammenhang zwischen dem einen und dem anderen nicht herstellen können.

Deshalb hatten sie sich darauf verständigt, es auf einen Versuch ankommen zu lassen. Sie hatten ihm Hände und Füße gefesselt. Marko hatte weder weglaufen noch eine Waffe benutzen können und sie hatten natürlich vor in der Nähe zu bleiben und die Begegnung zu beobachten. Davon hatten sie sich Aufschluss über Markos Pläne erhofft. Schließlich hatten sie Marko zu den Mädchen geführt.

Das tränenüberströmte Gesicht des jungen Mannes war kreidebleich gewesen, als er sich mit auf den Rücken gefesselten Armen zu den weinenden Mädchen geneigt und sie ihn umarmt hatten. Die drei hatten gejammert und geweint. Stellgar und Hagen hätten fast Markos Flüstern überhört:

»Ich liebe euch. Euch beide. Bitte verzeiht mir!«

Unvermittelt hatte Marko daraufhin den Kopf in den Nacken gehoben und der Jüngeren die Stirn auf die Nasenwurzel geschlagen. Es hatte hell und dünn geknackt, als wenn er ein Hühnerei zertreten hätte. Sie waren sofort aufgesprungen, um Marko von den Mädchen wegzuzerren, doch sie hatten zu spät reagiert. Er war schneller gewesen. In derselben Bewegung hatte er der Älteren die Handfesseln um den Hals geschlungen und sie unter sich begraben. Weder Tritte noch Messerstiche hatten ihn dazu bewegen können, sie loszulassen. Als sie ihn endlich entfernt hatten, hatte auch das zweite Mädchen bleich und stumm dagelegen, mit aufgerissenen Augen und geöffnetem Mund, wie ein toter Fisch.

Die Schlichtheit der Aktion hatte ihnen die Sprache verschlagen. Der Kerl hatte ihnen etwas vorgespielt und sie waren darauf reingefallen. Er hatte sich nicht verabschieden, sondern die Mädchen vor einem grausamen Schicksal in den Händen der Söldner bewahren wollen.

Rodericks Gesicht hatte vor Zorn geglüht. Selten hatte Stellgar die Söldner heftiger schäumen sehen. Unmissverständlich und lautstark hatten sie Markos Tod gefordert. Sie hatten gebrüllt und wie von Sinnen auf den Moorbewohner eingeschlagen. Viel hätte nicht gefehlt und die Geschichte wäre an dieser Stelle vorbei gewesen. Doch Hagen war rechtzeitig aufgewacht, hatte die Männer angeherrscht und sie zur Vernunft gerufen:

»Er wird reden. Er wird das Maul aufmachen.«

Und Stellgar hatte hinzugefügt:

»Tot nutzt er nichts. Wir brauchen ihn lebend.«

Mühsam hatten sie die Meute überzeugen können. Marko war gefesselt worden und alle waren sich einig gewesen, dass die Tortur, die ihm bevorstand, eine ganz besondere Qualität besitzen würde.

Die Teufel des Ödlands hatten es dem hübschen, jungen Mann nicht zu einfach machen wollen. Feierlich hatten sie sich geschworen, dass er sein Gesicht würde verlieren müssen, weil sie ihrs verloren hatten. Er würde weinen und nie mehr damit aufhören.

Während vor ihnen rostzerfressene Metallwände aus dem salzigen Dunst auftauchten, sah Stellgar sich um. Nur wenige Meter trennten Markos entstellte Visage von Hagens Vollbart. Beide hielten die Waffen im Anschlag, suchten konzentriert die Gegend ab, verständigten sich wortlos, wie Brüder. In trauter Einigkeit. Als wäre es nie anders gewesen. Und doch besaß niemand einen besseren Grund, sich an Hagen zu rächen, als Marko.

Sie fanden weitere Breschen. Eine im Süden und eine im Westen. Ein wohlorganisierter Angriff aus drei Richtungen. Geschütze hatten faustgroße Löcher hinterlassen und fingerdicken Stahl in Schweizer Käse verwandelt.

Hagen wählte für das Nachtlager einen Ort in der Nähe des Wassers. Auf den Freiflächen der überwachsenen Kais erhob sich eine kleine Festung aus acht Containern neben dem Heck eines havarierten Frachters, der sich müde in der Vertäuung bewegte. Das tägliche Auf und Ab an den Spundwänden hatte den Koloss wund gescheuert. Ein Schwarm Möwen stieß kreischend in den Himmel, als sie sich näherten. Im Windschatten fanden sie eine alte Feuerstelle und improvisierte Sitzgelegenheiten. Alte Traktorenreifen und Getränkekisten. Auf dem obersten Container erhob sich ein windschiefer Verschlag. Von der erhöhten Position aus sah man Containerkatzen und Kräne und ahnte die Weite des Hafenbeckens. Hinter dem Frachter hingen weitere Schiffe mit Schlagseite in der versandeten Fahrrinne. Das letzte von ihnen verschwand im Nebel.

Hagen ließ die Männer Gepäck und Reservewaffen ablegen und teilte die Wachen ein. Der Rest bildete drei Gruppen und durchkämmte das Gebiet. Hagen versprach sich nicht viel davon. Der Ort fühlte sich kalt und verlassen an. Selbst die Wanderer, die im Wachposten das jüngste Lager aufgeschlagen hatten, waren bereits vor Jahren hier gewesen. Der Containerhafen wurde gemieden. Hagen ließ trotzdem jeden Winkel durchstöbern, sie sahen sich Verwaltungsgebäude, Lagerhallen und Auffanglager an. Zerrissene Zelte, verwaiste Kochstellen, Müllberge, Spuren ehemaliger Bewohner. Zu viele auf zu engem Raum.

Nur innerhalb eines abgegrenzten Gebietes im Herzen der Anlage, etwa dreihundert mal dreihundert Meter groß, hatten bis zum Exodus Menschen gelebt. In den zu Wohnungen umgestalteten Containern fanden sie alles, was es früher, in der alten Welt, auch gegeben hatte. In einer für Nachkriegsverhältnisse luxuriösen Vielfalt. Hagen und Stellgar waren sich einig, dass es sich um die Nachkommen von Piraten handeln musste. Vielleicht war an den Gerüchten von den Totenkopfflaggen tatsächlich etwas dran. Sie entdeckten Kochstellen und Heizöfen, die mit Methan betrieben wurden. Das Gas entstammte alten Faultürmen, deren Leitungen findige Techniker angezapft hatten. Daneben Sofagarnituren, Garderoben, Bücherregale, elektrische Wasserkocher, Kaffeemaschinen, sogar Flachbildfernseher und Festplattenrekorder fanden sie. Außerdem jede Menge vergilbte Akten und Fotos. Eine bemerkenswerte Ausnahme. Im restlichen Ödland hatten die Menschen alles vernichtet, was sie an die alte Welt erinnerte. Hier hatten sie es gesammelt.

Im Zentrum standen die höchsten Containerburgen. Bis zu acht Stockwerke türmten sich übereinander. Die kasernenartigen Behausungen unterschieden sich deutlich von den anderen. Hier gab es nur Pritschen und Metallschränke. Keinerlei private Gegenstände. Über baufällige Stege und Brücken wechselten sie von einem Turm zum nächsten und kletterten ins oberste Stockwerk. Höhenwind heulte durch Metallpaneele. Das Verglühen der Sonne tauchte die tote Stadt in violettes Zwielicht. In die Wände hatten die Bewohner Scharten geschnitten, durch die der Wind pfiff. Die gesamte Konstruktion bewegte sich leicht, stöhnte und ächzte, wie ein sterbendes Riesenreptil.

Stellgar wartete neben Hagen, der durch die Scharten nach draußen starrte. Er hätte die dritte Gruppe übernehmen sollen, doch Hagen wollte ihn in seiner Nähe haben. Die anderen ließen sich erschöpft auf alten Futon fallen, der sich als trocken herausstellte, jedoch keinerlei Bequemlichkeit bot. Die Männer hockten stumm in der Dunkelheit. In Hagens Anwesenheit murrte niemand. Die Enttäuschung war trotzdem spürbar. Hagen hatte sie hierhergeführt. Zielgerichtet wie immer. Monatelange waren sie durchs Ödland gewandert. Überall hatten sie die gleiche Verwüstung gefunden. Das

Land geplündert, die Felder verheert, die Menschen verschwunden. Jetzt standen sie am Meer und niemand wusste warum. Niemand kannte die Antwort und Stellgar hoffte inständig, dass wenigstens Hagen sie kannte.

Nachdem er eine Weile die bizarren Wolkenstrukturen über der unsichtbaren Küste studiert und vergeblich gehofft hatte, dass Hagen freiwillig eine Erklärung abgeben würde, rang er sich schließlich dazu durch, die Frage zu stellen, die ihm keine Ruhe ließ:

»Wer kann das gewesen sein?«

Hagen beobachtete, wie die prähistorische Begräbnisstätte in der blauschwarzen Nacht versank.

»Vergiss es, Stellgar!«

»Du weißt, wer das war?«

Stellgars kantiger Schädel zeigte keinerlei Vorsicht. Er hatte keine Angst vor Hagen. Stellgar hatte vor niemandem Angst. Genau das schätzte Hagen an ihm. Doch über dieses Thema schien er nicht sprechen zu wollen.

»Es gibt nichts zu sagen.«

»Du hast uns hierhergeführt. Dafür muss es doch einen Grund geben.«

Hagens Stimme wurde schärfer:

»Ich wollte diesen Ort finden. Ich hab ihn gefunden. Wenn ich gewusst hätte, wie es hier aussieht, wär' ich nicht hergekommen. Aber ich bin kein Hellseher. Davon wusste ich nichts.«

»Wovon?«

»Davon.«

»Was bedeutet dieses Zeichen? Wer hat es auf dem Container hinterlassen?«

Hagen wandte sich ab:

»Mehr gibt es nicht zu sagen.«

Stellgar schwieg und stellte keine weiteren Fragen. Hagen trat den Rückweg an. Die Männer erhoben sich und folgten ihm. Stellgar blieb zurück. Als die Schritte der anderen auf den Blechrampen leiser wurden, nickte er und murmelte leise, während sein Gesicht endgültig in der Finsternis versank und man nur noch das Weiß seiner Augen ahnte:

»Ich hoffe, du weißt, was du tust ... Ich weiß es nicht mehr.«

21. EIN UMWEG

Am Morgen des fünften Tages nach der Flucht vor den Soldatenkindern erwachte Mega mit starken Schmerzen in der Schulter auf dem harten Teppichboden eines dunklen Einfamilienhauses. Die Wunde schloss sich zum Glück. Doch Mega hatte sich im Schlaf auf die falsche Seite gedreht.

Sie spürte sofort, noch bevor sie die Augen öffnen konnte, dass sich die Akustik verändert hatte. Die Stille besaß keine Tiefe mehr. Eine andere Beschreibung fiel ihr für das Phänomen, was sie wahrnahm, nicht ein. Etwas schien von außen auf das Haus zu drücken. Es hörte sich an wie damals, wenn Mega sich im Keller die Bettdecke über den Kopf gezogen hatte. Die Welt schien über Nacht geschrumpft zu sein. Was war passiert? War sie in Gefahr?

Steif und bleich, wie eine kälteerstarrte Made, schob sie sich aus dem Biwak. Schattenloses Tageslicht erhellte die Fenster. Es war eindeutig Tag und trotzdem erkannte sie nichts. Hatte es geschneit? Klebte Schmutz auf der Scheibe? Mega schob die Hand über das kalte, klebrige Glas. Schmutz und Staub sammelten sich in einer schwarzen Linie. Der Belag schluckte die Hälfte der Helligkeit, doch er allein konnte nicht der Grund dafür sein, dass sie nichts mehr sah. Dann dämmerte es ihr. Starker Nebel hatte sich ausgebreitet. Der Pflastersteinweg, der den verwilderten Vorgarten durchquerte, verschwand nach einem Meter im weißen Nichts. Nebel war beileibe nichts Außergewöhnliches im Ödland, aber so extrem hatte Mega ihn noch nicht erlebt.

Sie überlegte, ob sie gar nicht erst vor die Tür gehen und sich stattdessen eine Pause gönnen sollte. Bei diesen Sichtverhältnissen zu fahren war gefährlich. Sie konnte jederzeit mit einem liegen gebliebenen Auto kollidieren. Schließlich übermannte sie das schlechte Gewissen. Sie durfte nicht noch mehr Zeit verlieren.

Ihre Schritte hallten gedämpft, als würde sie durch einen Tunnel gehen, während sie den INDU, langsam gegen das zähflüssige Weiß ankämpfend, zur Autobahn schob. Feine Tröpfchen sammelten sich auf ihren Wimpern, perlten ab und rollten wie Tränen ihre Wangen hinunter. War es so, wenn man ans Meer fuhr? So feucht und so neblig? Mega kannte es nur aus den Archiven der Wissenschaftler. Bevor sie aufgebrochen war, hatte sie den Autoatlas studiert. Das Wenigste hatte sie sich merken können. Doch in einem Punkt war sie sich sicher. Die Küste hatte nicht auf ihrer Strecke gelegen. Es gab Flüsse, diverse kleinere und einen großen, in dessen Nähe sie sich möglicherweise befand, doch kein Meer. Der Nebel musste einen anderen Grund haben.

Wieder auf dem Autobahndamm kontrollierte sie sicherheitshalber mehrfach die Kompassnadel, um nicht in die falsche Richtung zu fahren, denn auch wenn sie vermutlich auf der richtigen Seite stand, eine optische Bestätigung gab es dafür nicht. Sie fuhr deutlich langsamer als sonst, orientierte sich an der mittleren Fahrbahnmarkierung und erkannte weder die rechte noch die linke Leitplanke. In beiden Richtungen verschwand der Asphalt nach einem Meter in der Waschküche. Der INDU schien eingefroren und von Eis umgeben zu sein. Ihre Füße drehten die Pedale, doch ohne Anhaltspunkt sah es aus, als würde sie auf der Stelle treten. Wie erwartet tauchten immer wieder liegen gebliebene Fahrzeuge auf. Die meisten einzeln, einige derartig verkeilt, dass Mega einen Bogen fahren musste. Immer wieder spielten die Augen ihr Streiche, gaukelten ihr vor, dass dort etwas war, sich schnell auf sie zubewegte oder sich blitzartig nach hinten in den Nebel zurückzog. Zum Glück stellten sich die Wahrnehmungen immer als optische Täuschung heraus. Ihre angespannten Sinne stilisierten kleinste Luftbewegungen zu gefährlichen Gegnern. Mehr als einmal zuckte sie heftig zusammen, weil sich am Rand des Sichtfeldes plötzlich etwas zu bewegen schien. Doch wenn sie auf die Bremse trat, erblickte sie nur Wallungen, Schlieren und Bugwellen, die ihr Gleiter in die stille Welt hinaussandte, als würde er mit ihr kommunizieren. Und gerade als sie dachte, dass sich der Nebel endlich lichten würde, wurde ihr klar, dass sie eine Rampe nach oben fuhr. Sie näherte sich der rechten Fahrbahnseite und erkannte am Betongeländer die Brücke. Gemessen an ihrer Steigung und den Ausmaßen des Geländers musste es eine große sein. Die größte, die Mega bis dahin gesehen hatte.

Gerade überlegte sie, ob es Sinn machen würde, anzuhalten und zu warten, bis sich der Nebel verzogen hatte, um sich von der erhöhten Position aus zu orientieren, als urplötzlich und unmittelbar vor ihr die Abbruchkante auftauchte. Blitzartig zog sie die Bremshebel.

Die Reifen blockierten und sie wurde grob nach vorn in den Gurt geschleudert. Keinen Zentimeter zu früh kam sie zum Stehen. Kaum traute sie sich die Bremsen loszulassen, so saß ihr der Schreck in den Gliedern. Schließlich öffnete sie den Einstieg. Sofort hüllte es sie ein: das Rauschen von Wasser. Ein gewaltiger Strom. Der große Fluss. Sie musste ihn erreicht haben.

Vorsichtig näherte sie sich der Kante. Abgerissene Stahlträger verästelten sich wie die Adern zerfallener Blätter. Die Reste des Belags hingen hellgrau und grün an der Kante wie schimmeliges Brot. Unter sich hörte sie den Fluss. Sehen konnte sie ihn nicht. Nur feuchtes Tosen wallte zu ihr nach oben. Vielleicht brach er sich an dicken Betonträgern oder es gab Stromschnellen in der Nähe. Langsam schritt sie die Kante ab, kletterte über die nach unten gebogene Mittelleitplanke und blickte über die Betonabsperrung der Gegenfahrbahn nach Norden. Sie stand auf einer Insel am Ende der Welt, mitten im weißen Nichts.

Beiläufig wandte sie sich um und fand den INDU nicht mehr. Hatte sie die Feststellbremse vergessen? War er das Gefälle hinuntergerollt? Aufgeregt hastete sie zurück und fand ihn unverändert an der Stelle, an der sie ihn zurückgelassen hatte. Der Nebel hatte ihn nur verschluckt.

Da ihr nichts Besseres einfiel, beschloss sie zu warten. Vielleicht besserte sich in absehbarer Zeit die Sicht und sie konnte sich umsehen. Sie setzte sich an die Abbruchkante und ließ die Beine baumeln, wie ein Mädchen, das sich zum Eisessen auf den Steg gesetzt hatte, nuckelte Wasser aus dem Aufbereiter, knabberte Zwieback aus Nathans Vorräten, um sich die Zeit zu vertreiben und lauschte dem Rauschen des großen Flusses.

Allmählich lichtete sich der Nebel. Etwa eine Stunde später konnte sie zwanzig Meter unter sich bereits den Fluss erkennen. Ein reißender Schmelzwassersee von beeindruckenden Ausmaßen umspülte den Brückenkopf. Das Delta bestand aus zahlreichen Stromschnellen und Strudeln. Hier und da ragten die Reste gebrochener Deiche aus der unruhigen Oberfläche, bildeten eine gestrichelte Linie und skizzierten den alten Verlauf. Eine gewaltige Stahlkonstruktion ohne Stützpfeiler musste den Fluss überspannt haben. Den Fahrbahnbelag entdeckte sie nirgendwo. Er schien fortgespült worden zu sein.

Dieses Hindernis musste sie überwinden, wenn sie auf die andere Seite wollte. Mega graute vor dem Gedanken. Die wilden Strömungen schienen sich pausenlos zu verändern, mal hierhin und mal dorthin zu führen, um urplötzlich zu verschwinden und weiter hinten wieder aufzutauchen. Der Rucksack mit dem demontierten INDU war zu schwer, um ihn schwimmend ans andere Ufer zu ziehen. Sie würde sinken wie ein Stein. Mega stieß genervt die Luft aus. Die Sache sah nicht gut aus. Welche Alternativen gab es? Warten, bis der Wasserstand sank. Wie lang würde das dauern? Außerdem gab es da eine noch viel größere Schwierigkeit, die sie bisher geflissentlich ignoriert hatte: Sie konnte nicht schwimmen. Ihre Erfahrungen mit Wasser beschränkten sich auf das Duschen mit Brauchwasser im Keller und das Waten durch schlammige Felder und Latrinen im Moor. Selbst gebadet hatte sie, soweit sie sich erinnern konnte, nur ganze zwei Mal in ihrem Leben und das vor Ewigkeiten, als sie noch ein Kind gewesen war. Sie hatte noch nie versucht eine längere Strecke zu schwimmen. Wo hätte sie das auch tun sollen? Die Wissenschaftler hatten schlicht vergessen, Mega auf eine Situation wie diese vorzubereiten.

Missmutig sah sie den Tatsachen ins Auge. Sie konnte nicht schwimmen, der INDU war zu schwer und die Untiefen des Flusses unberechenbar. Alles zusammen stellte ein zu hohes Risiko dar. Sie beschloss dem Flusslauf zu folgen und eine andere Stelle für die Überquerung zu suchen. Ihre Hoffnung ruhte auf der nächsten Brücke, die zwangsläufig irgendwann kommen musste. Zumindest stellte sie sich das so vor. Ein Stück den Fluss hinunter und auf der anderen Seite wieder zurück. Kein großer Zeitverlust. Kein Problem. Nichts, womit sie nicht fertig werden konnte.

Während sie nach unten auf den Fluss starrte und nachdachte, erklang hinter ihr eine Stimme:

»Kehr um, Mega!«

Sie zuckte so heftig zusammen, dass sie fast über die Kante gestolpert wäre. Der INDU stand regungslos im Nebel. Sonst war die Welt weiß und leer, genau wie vorher. Einen Menschen konnte sie nirgendwo entdecken. Die Stimme hatte männlich geklungen. Versteckte sich jemand hinter dem INDU? Was sollte das? Was war hier los? Sie stand mit dem Rücken vor dem Abgrund und die Waffen lagen außerhalb ihrer Reichweite im INDU. Sie öffnete schon den Mund, um zu verhandeln, als plötzlich Statik knisterte. Gänsehaut bildete sich auf ihren Armen. Das Funkgerät. Jemand meldete sich auf der alten Frequenz. Sie hechtete zum Cockpit und griff zu den Reglern.

Alles war noch genauso eingestellt, wie sie und die Wissenschaftler es verwendet hatten. Also mussten sie es sein. Wer sonst? Vielleicht hatten sie die Leistung des Senders verstärkt, vielleicht war sie auf der Brücke hoch genug. Mega wollte schon auf Senden drücken, als ihr klar wurde, dass sie dann die Gegenseite verpassen könnte. Ungeduldig wartete sie. War es nur eine Störung gewesen? Nein, jemand hatte ihren Namen gesagt. Das konnte weder eine Störung noch Zufall gewesen sein. Jemand versuchte, Kontakt zu ihr aufzunehmen.

In der Erinnerung kam ihr die Stimme bekannt vor. Doch das konnte sie sich einbilden. Dafür war der Satz zu kurz gewesen. Sie zwang sich zu warten. Näherte sich dem Lautsprecher, lauschte und hoffte, die andere Seite würde sich noch mal melden. Und tatsächlich, nach einer Pause fuhr die Stimme fort. Leise und verrauscht, immer wieder von Aussetzern und Statik unterbrochen:

»... die erste Ausfahrt ... Norden! Über ... den Kanal ... unter den Stahltoren ... das Haus mit der Antenne. Such, ... wo nichts mehr ist ...«

Mega wurde heiß und kalt. Es bestand kein Zweifel. Dieses schlürfende Nachziehen, als wären die Lippen des Sprechers deformiert. Sie kannte die Stimme. Nathan. Er lebte. Mega schloss die Augen. Unwillkürlich fielen ihr Szenen aus ihrer Kindheit ein. Sophias Lesestunden, Geburtstage, Möhrenkuchen. Sie kam sich albern vor. Warum fiel ihr das gerade jetzt ein? Was hatte das eine mit dem anderen zu tun? Was würde Nathan denken, wenn er sie jetzt sehen könnte? Das wär ziemlich peinlich, dachte sie, grinste schief, zog die Nase hoch und räusperte sich zweimal, dann drückte sie auf Senden:

»Verstanden. Ich mach mich auf den Weg.«

Sie ließ den Sprechknopf los und lauschte. Das Rauschen wurde schwächer, schließlich verschwand es. Mega versuchte es noch einmal:

»Nachricht erhalten. Nathan? Hörst du mich? Bitte melden!«

Keine Antwort.

»Nathan? Bist du da? Melde dich!«

Die Leitung blieb stumm, als wäre der Sender vom Netz gegangen.

Mega fiel etwas ein. Es herrschte dichter Nebel. Er konnte sie nicht gesehen haben. Er hatte den Sender auf keinen Fall manuell aktiviert. Also musste das, was sie gehört hatte, eine Aufzeichnung sein.

Das bremste ihre Euphorie ein wenig, obwohl es eine tolle Neuigkeit blieb. Ab sofort würde sie der Spur ihres Verbündeten folgen können. Er hatte überlebt und er hatte sie nicht im Stich gelassen. Das waren wunderbare Neuigkeiten.

Voller Energie hob sie den INDU schwungvoll über die Mittelleitplanke, drehte ihn um 180 Grad, bis der Bug wieder nach Westen zeigte, und rollte das sanfte Gefälle der Brücke wieder nach unten.

Die nächste Abfahrt ließ nicht lange auf sich warten. Im Nebel war sie an der Stelle vorbeigefahren, ohne sie zu bemerken, doch jetzt, als sich Schlieren und Fetzen allmählich zu lichten begannen, ragten vor ihr eigenartige Stahlkonstruktionen aus der dampfenden Erde. Mega konnte sich nicht zusammenreimen, welchem Zweck sie einmal gedient hatten. Stege, Stützpfeiler und Transportbänder standen zwischen Sandhügeln. Ein Stück weiter ragte das Herzstück der Anlage aus dem Nebel. Eine würfelförmige Maschine, mit Rädern, Sieben und Rüttelblechen. Mega rief sich den Funkspruch in Erinnerung:

»Erste Ausfahrt Richtung Norden.«

Sie umrundete die Anlage und folgte der Landstraße nach Norden. Nach einer Weile wich der aufgesprungene Asphalt einem Kanal aus, der, aus dem Süden kommend, die Autobahn unterquerte. Mega zitierte murmelnd:

»Über den Kanal. Okay, ... aber wo?«

Rostbraune Metallprofile stabilisierten die Ufer der schlammigen Wasserstraße, die keine Verbindung zum Fluss besitzen konnte. Der auffallend niedrige Pegel passte nicht zu der Überschwemmung, die sie von der großen Brücke aus gesehen hatte. Der Strom schien sich hemmungslos auszuweiten, während der von Menschenhand geschaffene Kanal sich in eine stinkende Kloake verwandelt hatte.

Eigenartige Bauwerke tauchten aus dem Nebel auf. Der Kanal teilte sich in zwei Arme, die eine Betoninsel umgaben. Ihre Ufer säumten Laufwege und Metalleitern. Auf der linken Seite erhob sich ein dreieckiger Turm auf der rechten eine aus quadratischen Stahlrahmen und dicken Panzerketten bestehende Anlage, die die Ausmaße von mehrstöckigen Häusern besaß. Besonders die torartigen Stahlrahmen stachen ins Auge:

»Stahltore.«

Sie versteckte den INDU im Gras der Böschung, legte sich am Kanalufer auf den Boden, hob das Fernglas aus dem Bewuchs und sah sich die Sache genauer an.

Die Insel war mit Sandsäcken und Steinmauern zur Festung ausgebaut und die Kanalarme als Verteidigungsanlagen genutzt worden.

Vertäute Frachtschiffe bildeten vorgelagerte Bastionen.

Akribisch suchte sie jeden Winkel ab und fuhr mit dem Fokus über Zäune, Wälle und Verschläge. Nach einer Weile entdeckte sie eine schmale Brücke, die am Fuß des Turms vom Festland auf die Insel und von der Insel an den Stahltoren vorbei und über den zweiten Kanalarm wieder aufs Festland führte. Dahinter durchquerte die Landstraße eine Zeltstadt, die an ein Flüchtlingslager erinnerte. Der von Nathan beschriebene Weg schien die einzige Möglichkeit zu sein, die andere Seite zu erreichen. Mega schnupperte. Kein Feuer. Die Anlage dämmerte leblos im Zwielicht. Fahnen lagen abgerissen am Boden. Die Masten hingen schief im Dunst.

Nur über dem Kanalschlamm schwirrte es vor Aktivität. Daumendicke Mücken, schillernde Libellen, chromglänzende Schmeißfliegen mit stumpfen Facettenaugen und diverse andere Insekten erfüllten die schwarze Abwasserrinne mit stetem Summen.

Vorsichtig fuhr sie weiter. Die Hälfte der verrosteten Schleppkähne, die vor den Kaimauern lagen, hatte Schlagseite oder ragte nur noch mit dem Bug oder dem Heck aus dem Wasser. Leichte Bewegung lag auf allem. Ab und zu hallte ein Rumpeln durch leere Laderäume.

Der Stahlturm erhob sich rostbraun und schweigend vor ihr. Sie blieb stehen, verließ den INDU und sah sich angespannt um. Es roch nach Schweröl, Schmierstoffen und kalten Aggregaten. Der Duft alter Schiffsmotoren. Bis auf einen schmalen Durchgang versperrten Stacheldrahtböcke die Brücke. Unter ihr gluckste Brackwasser gegen ein Eisentor. Megas Schulter begann zu pochen. Sie spürte den Herzschlag in der Wunde, doch ihr Bauch, der sie sonst vor Gefahren gewarnt hatte, rührte sich nicht, also war sie nicht in Gefahr. Doch konnte sie sich auf ihr Bauchgefühl verlassen? Was blieb ihr übrig? Schließlich atmete sie durch, entsicherte die Waffe und schob das Liegefahrrad mit der freien Hand auf die Betoninsel.

Auf einer asphaltierten Freifläche bildeten verrostete Ketten eine sich windende Warteschleife. Zwischen den Stützen stapelten sich aufgerissene Koffer, schmutzige Reisetaschen und zerfetzte Plastiktüten. Gefüllt mit Kleidung und anderen Habseligkeiten. Ein Checkpoint. Flüchtlinge schienen von ihrem Besitz getrennt worden zu sein.

Vor ihr erhoben sich die Stahltore. Zwischen ihnen hing ein gewaltiges Wasserbecken, so breit wie ein Stück des Kanals. Früher schien es mit gewaltigen Zahnrädern und Hydrauliken gehoben und gesenkt worden zu sein. Vom Niveau des ersten Kanals, dem sie gefolgt war, auf die Höhe eines zweiten Kanals. Mega reimte sich zusammen, dass sie vor einer Art Schiffsschleuse stehen musste.

Ein feuchter Tunnel unterquerte das Becken und führte zur Zeltstadt. Den Boden bedeckten aufgeweichte Papierfetzen. Formulare, die die Flüchtlinge hatten lesen oder ausfüllen müssen. Obwohl sie sich bemühte leise zu gehen, hallten ihre Schritte unangenehm, während sie durch die Grotte schlich.

Die Zeltstadt wartete bewegungslos im Nebel. Schmutzige Tuchbahnen mit dunklen Eingängen im Bauschutt alter Backsteingebäude. Lange Reihen. Irgendeine Ordnungsmacht musste noch funktioniert haben, als sie aufgestellt worden waren. Die meisten wiesen schwere Beschädigungen auf. Die Spannseile hingen ausgeleiert, die Außenwände bröckelten bereits. Unmöglich zu sagen, ob es sich um ein Flüchtlings- oder ein Internierungslager gehandelt hatte. Von Menschen fehlte jede Spur. Es herrschte Grabesstille wie auf einem Friedhof.

Sie schaltete den Lautsprecher des Empfängers aus, falls sich der Funkspruch wiederholen sollte, und versteckte den INDU zwischen den Zelten.

Dann bog sie vorsichtig eine der bretthharten Planen zur Seite und warf einen Blick auf das Innenleben eines Zeltes. Ein dicker Pelz chromblau schimmernder Fliegen erhob sich tosend, stürmte ihr entgegen und suchte panisch das Weite. Unter der Insektenwolke tauchten Skelette auf. Mega wartete einen Moment, bis die Luft sich mit Sauerstoff durchmischt hatte. Ihr fiel auf, dass die Überreste bekleidet waren und Schuhe trugen, als hätten die Personen jeden Moment aufbrechen wollen. Nichts deutete auf Gewalt hin, zumindest nichts, was sie auf die Schnelle erkennen konnte. Auf Klapptischen lag vergilbtes Einweggeschirr. Sie hatten etwas gegessen, sich hingelegt und waren gestorben. Die Körperhaltungen deuteten nicht auf Schmerzen hin. Die Knochenhände lagen offen neben den Oberkörpern, die Beine ausgestreckt und gerade. Wenn es nicht absurd wäre, dies bei Skeletten zu behaupten, würde sie denken, dass sie zufrieden und satt aussahen. Hatte man diesen Flüchtlingen einen Gefallen getan? Waren sie deshalb hierhergekommen?

Schlagartig ertrug Mega den Geruch nach sauren Mandeln nicht mehr. Wütend warf sie die Plane vor den Eingang und wandte sich ab. Sie überlegte, ob es Sinn machte, sich weitere Zelte anzusehen, entschied sich jedoch dagegen.

In der Mitte des Lagers erhob sich ein eigenwilliges Backsteinhaus. Prominent und weithin sichtbar war auf dem Dach nachträglich eine militärische Funkantenne installiert und mit Stahlseilen gegen Stürme gesichert worden. Mega erinnerte sich:

»Das Haus mit der Antenne.«

Es fiel zusätzlich auf, weil die Außenwände der Ruine mit Stützen gesichert und sämtliche Fenster mit Holzverschlägen vernagelt worden waren. Kletterpflanzen wuchsen zwischen den Pfeilern auf das Dach und schlangen sich besitzergreifend um den Fuß der Antenne. Zwei Seitenflügel mit steilen Spitzgiebeln verband ein schmalerer Mittelbau und ließ den Grundriss wie ein H aussehen. Der Haupteingang, die einzige Öffnung, die man nicht versiegelt hatte, befand sich im mittleren Gebäudeteil. Das riesige Dach und die niedrigen Außenwände ließen Mega unwillkürlich an ein Hexenhaus denken. Das Hexenhaus aus dem Märchen Hänsel und Gretel.

Was machte sie hier? Sie folgte einer Funknachricht, über deren Entstehung und Absender sie nichts wusste. Würde sich ein erfahrener Wanderer so verhalten? Lief sie sehenden Auges in eine Falle? Jemand könnte Nathan gezwungen haben, die Nachricht aufzunehmen. Wie wahrscheinlich war das? Nein, sie hatte alles richtig gemacht. Nathan sendete aus freiem Willen, um ihr zu helfen. Wenn sie hier draußen einem Menschen vertrauen konnte, dann war er es.

Sie hob das Sturmgewehr an die Schulter und umrundete das Gebäude. Der Bauschutt klickte unter ihren Stiefeln, während es dunkel wurde. Über dem Nebel schoben sich schwarze Wolken vor die Sonne und tauchten den Platz und das Gemäuer in geisterhaftes Zwielicht. Wind fing sich in steifen Zeltbahnen und produzierte leises Pochen.

Das Haupttor stand offen. Mega hielt ihr Ohr vor die Öffnung, schloss die Augen und lauschte. Im Gebäude herrschte tiefe Stille. Sollte sie das Hexenhaus wirklich betreten? Und wenn die Hexe nun zu Hause war? Mit einer schnellen Bewegung tauchte sie in den Spalt. Es dauerte einen Moment, bis sich ihre Augen an die Lichtverhältnisse gewöhnt hatten. Nach einer Weile realisierte sie, dass sie in einer Art Empfangsbereich stand. Mobiliar fehlte, genau wie das Geländer der Treppen, die in den ersten Stock hinaufführten. Den gekachelten Boden bedeckte eine geschlossene Schicht Tiefkühlbeutel. Ein kurzer Gang führte nach rechts zu einer isolierten Stahltür mit breitem Griff. Sie stand ebenfalls offen. Dahinter erkannte Mega das Innere einer gewaltigen Kühlhalle mit den langen Reihen stabiler Regale. Die Kalaschnikow an der Schulter schob sie sich hinein.

Die Halle verfügte über ein beträchtliches Ausmaß. Mega schätzte, dass sie das gesamte Erdgeschoss des rechten Seitenflügels einnahm. Eine sanft gewölbte Decke schwang sich ins Spitzdach hinauf und ließ erkennen, dass das Haus ursprünglich nicht als Kühlhaus konzipiert worden war. Spärliches Licht sickerte durch die Ritzen der vernagelten Fenster. Allmählich erkannte sie, dass sich ein großflächiges Gemälde über die gesamte Decke erstreckte. Mega erkannte Gesichter und Personen. Menschen mit Schaufeln, Spitzhacken und hellen Gesichtern, die zu einem erhöhten Ort sahen. Propaganda vielleicht. Mit Kunstgeschichte kannte sie sich nicht aus. Waldens Bildbände hatte sie nur durchgeblättert. Die Texte waren ihr zu abstrakt gewesen. Die tieferen Botschaften der Gemälde konnte sie ohnehin nicht entschlüsseln. Sie verstand nur, dass sich die Menschen gern, genau wie auf dieser Gewölbedecke, als Krone der Schöpfung darstellten, stolz darauf, die Erde unterworfen und ausgebeutet zu haben. Die Kunst, als Beweis ihrer Überheblichkeit, hatte sie überlebt.

Langsam schob sie sich zwischen den Regalen hindurch. Auf dem Boden schimmerten Lichtreflexe von Glasscherben. Mega versuchte auf freie Stellen zu treten, um Geräusche zu vermeiden. Das Atmen fiel ihr schwer in der schwülen Halle. Neben zerfetzten Verpackungen und aufgerissenen Kartons lagen angestochene Dosen. Jedes Regal war unzählige Male durchwühlt worden. Plünderer hatten nichts unangetastet gelassen. Mehrfach drehte sie Packungen, prüfte Dosen und hob selbst verschüttete Reste auf, um festzustellen, dass alles Essbare bis auf den letzten Krumen verschwunden war. Sie wollte gerade enttäuscht kehrtmachen, als ihr einfiel, was Nathan gesagt hatte:

»Suche, wo nichts mehr ist!«

Die Abfahrt, der Kanal, das Tor, das Haus mit der Antenne. „Suche, wo nichts mehr ist!" Sollte er den Kühlraum gemeint haben? Weil ihr nichts Besseres einfiel, schob sie den Müll, der den Boden bedeckte, mit dem Fuß zur Seite. Plastik raschelte. Mega hielt den Atem an. Unter dem Müll tauchte eine Metallkante auf. Sie ging in die Hocke, tastete und schob den restlichen Abfall zur Seite. Eine Falltür mit Stahlring. Doch das war nicht alles. Auf der Falltür hatte jemand ein Zeichen hinterlassen. Eingeritzt mit einem spitzen Gegenstand. Dünne, kaum sichtbare Linien. Jemand anderes hätte sie vielleicht übersehen, ihr fielen sie sofort auf. Sie stachen ihr ins Auge, als würden sie in der Dunkelheit leuchten, denn diese Linien bildeten einen fünfzackigen Stern. Nathan musste ihn hinterlassen haben. Mega hob den Ring und zog vorsichtig. Die Falltür war schwer, aber unverschlossen. Ein Versteck. Was mochte dort unten auf sie warten?

Langsam schob sie sich nach vorn und zielte mit der Waffe über die Kante. Der Keller war noch dunkler als die Halle, wenn das überhaupt noch möglich war. In die Wand eingelassene Stahlsprossen führten nach unten. Der Arbeitsweg des Bühnentechnikers unter den Theaterboden. Kurz entschlossen schwang sie sich in das Loch, kletterte die Stiege nach unten und setzte den Fuß auf nackten Beton.

In der Finsternis wartete sie. Rascheln und Klicken in der Nähe. Mechanisch, metallisch. Mega fiel der Albtraum ein, der sie während der zweiten Prüfung heimgesucht hatte. Eine Sekunde lang befürchtete sie, dass das Ding aus ihrem Albtraum dort in der Dunkelheit auf sie wartete. Ihr Herz begann zu klopfen. Aus der Schwärze schälten sich Umrisse. An den Wänden lehnten die Deckel aufgebrochener Metallkisten. Leere Kartoffelsäcke stapelten sich neben aufgeschnittenen Plastikkanistern. Weiße Krusten vertrockneter Flüssigkeit bedeckten die Böden. Weiter hinten stieß der Stollen auf einen Quergang. Das surrende Geräusch kam von dort. Knistern und Rauschen setzten ein. Keine Statik diesmal. Etwas anderes. Ein analoges Tonband:

»Kehr um, Mega!«

Die Aufzeichnung. Ohne Aussetzer und Störungen. Mega seufzte erleichtert und enttäuscht zugleich. Sie hatte den Sender gefunden und doch eben nur ihn. Während sie sich auf Zehenspitzen um die Gangecke schob, erklang der Rest der Nachricht.

»Fahr nach Westen! Nimm die erste Ausfahrt! Folge der Straße nach Nordosten! Überquere den Kanal durch den Tunnel unter den Stahltoren! Geh in das Haus mit der Antenne! Such im alten Kühlhaus, wo nichts mehr ist!«

Zwischen verbeulten Kanistern und Regalen voller Metalladapter umgab ein grüner Lichtschimmer die Leuchtdioden eines alten Funkgerätes, das auf einem Tisch an der Flurwand mitten im Durcheinander aufgebaut worden war. Bei dem klobigen Plastikkasten könnte es sich um eine Autobatterie handeln, die Dinger, von denen Prof. Walden ihr erzählt hatte. Sie speiste das Funkgerät, das Tonbandgerät, eine Digitaluhr und eine Anzeige für den Batteriestand. Wenn sie sie richtig interpretierte, neigte sie sich dem Ende entgegen.

Besonders freute sich Mega über eine kleine Pyramide aus gefüllten Dosen ohne Etiketten, die Nathan am Tischende aufgebaut hatte.

Die Wiedergabe endete mit einem KLACK. Der Apparat spulte zurück, was ihn gefährlich jaulen und die Dioden flackern ließ, dann schaltete er auf Stand-by und wartete gehorsam auf den nächsten Einsatz. Die Digitaluhr startete den Timer: 02:59:59. Alle drei Stunden also. Wie lang mochte der Apparat auf sie gewartet haben? Wochen? Monate? Ein halbes Jahr? Wann war Nathan hier gewesen?

Mega versuchte sich in die Lage des Eremiten zu versetzen. Er musste sich Gedanken, möglicherweise sogar Vorwürfe gemacht haben. Nachdem sie monatelang nicht aufgetaucht war, musste er sich auf den Weg gemacht haben, um sie zu suchen. Zunächst wahrscheinlich in der Umgebung. Danach könnte er nach Osten gegangen sein, in die Richtung, in die sie ursprünglich gehen wollte. Und hier, am Ende der Welt, hatte er Hinweise hinterlassen. Apropos Hinweise. Mega stolperte bei ihren Überlegungen über die Tatsache, dass er sie mit der Funkübertragung zwar hierhergeführt hatte, doch was sollte sie jetzt hier?

Im Tresor des Kurhotels hatte er dafür gesorgt, dass nur sie den INDU finden konnte. Hier war es möglicherweise genauso. Doch Mega kannte den Ort nicht. Wenn er hier etwas verändert hatte, konnte sie es nicht feststellen. Zweifelnd sah sie sich um. Sämtliche Dioden und Anzeigen, bis auf den Countdown, waren erloschen. Es herrschte muffige Stille in den Gängen unter dem Kühlhaus. Megas Augen reichte das spärliche Licht. Sie konnte zu beiden Seiten weit in die Gänge hineinblicken und verstaubte Dinge in den Regalen identifizieren. Doch nirgendwo lag ein Zettel, keine Schrift auf einem Regalboden oder an der Wand. Vielleicht hatte er die Nachricht weiter hinten im Gang untergebracht? Nein, sie musste hier sein. Alles andere machte keinen Sinn. Sonst hätte er sie nicht hierherlotsen müssen. Also das Funkgerät. Mega sah sich das Gehäuse an. Es ließ sich nicht öffnen. Die Schrauben saßen fest. Das Mikrofon klebte vom Staub, der sich auf dem Metallnetz abgesetzt hatte. Es ließ sich vom Stecker abziehen. Kein Batteriefach. Mega wollte es gerade wieder an seinen Platz stellen, als ihr klar wurde, dass sie das nicht tun musste. Nathans Bastelarbeit hatte ihren Zweck erfüllt. Es wäre sogar ein Fehler, alles so zu lassen, wie es war. Sie musste die Ausstrahlung stoppen und die Nachricht vernichten. Kurz entschlossen öffnete sie das Tonbandgerät, entfernte die Kassette und wollte sie gerade zerbrechen, als ihr auf der Rückseite etwas auffiel. Ein schiefer fünfzackiger Stern, den jemand per Hand auf den vergilbten Aufkleber gekritzelt hatte. Daneben klebte ein winziges Stück Papier. Aufgeregt faltete sie es auseinander. Es war gefüllt mit handgeschriebenem Text. Nathan hatte die Zeilen so eng gesetzt, dass sie vor ihren Augen verschwammen.

Das Benzinfeuerzeug war eigentlich zu wertvoll. Sie benutzte es ausschließlich zum Entzünden des Kochers. In diesem Augenblick kramte sie es jedoch, ohne zu zögern, aus der Hosentasche und schnippte den Deckel auf.

Nathans Schrift wirkte unbeholfen, wie die eines Kindes, das gerade Schreiben gelernt hatte. Mega stutzte. Sie hatte ihn nie etwas schreiben sehen. Zumindest erinnerte sie sich nicht daran. Ein Mann, der computergesteuerte Verriegelungen moderner Tresore reparieren konnte, aber Schwierigkeiten mit dem Schreiben hatte? Das war zumindest seltsam. Aber was an Nathan war nicht seltsam? Aufgeregt begann sie zu lesen:

»Mega. Ich habe Dich aus den Augen verloren, obwohl ich Dir versprochen hatte, dass das nicht passieren wird. Ich habe versucht sie abzulenken. Ich weiß nicht, ob es funktioniert hat. Ich weiß nicht, wo Du bist. Ich weiß nicht mal, ob Du noch lebst.

Ich habe Deinen Leuten eine Nachricht geschickt, die nur sie verstehen können. Sie wissen jetzt, dass Du es bis zu meiner Position geschafft hast. Ich werde weiter nach Dir suchen und Vorräte für Dich verstecken. Folge dem Stern!

Ich wusste nicht, dass die große Brücke zerstört wurde. Die Flut oder etwas anderes muss sie vernichtet haben. Während ich nach Westen sah, war ich im Osten blind. Deshalb gibt es keine Nachrichten aus dieser Richtung. Deshalb hat nichts den Fluss überquert. Weder Menschen noch Nachrichten.

Ich bin dem Fluss nach Süden gefolgt. Auch dort sind die Brücken zerstört. Ich werde es von hier aus im Norden versuchen. Ich folge der ersten Teerstraße hinter dem Fluss.

Ich traf einen Wanderer. Er ging auch nach Norden, weil es dort eine Möglichkeit geben soll, den Fluss zu überqueren. Ich weiß nicht, wie weit ich kommen werde. Der Winter kommt früh in diesem Jahr.

Bald wird der erste Schnee fallen. Wenn Du lebst, sehen wir uns wieder. Diesmal halte ich mein Versprechen. Nathan.«

Sie hatte plötzlich etwas im Auge und redete sich ein, dass es an der schlechten Beleuchtung lag. Vorsichtig faltete sie das Papier zusammen und verstaute es im Gürtel vor den Prozessoren. Dem wertvollsten Besitz, den sie bei sich trug. Dann deaktivierte sie das Funkgerät. Es knisterte leise, während das Licht der Diode erlosch.

Mega hatte wieder eine Richtung. Nach Norden musste sie wandern auf der ersten Teerstraße hinter dem Fluss. Ein guter Freund hatte ihr geholfen und er war ganz in der Nähe.

22. DR. KAMURAS GEHEIMNIS

Weit im Westen unter den Trümmern der alten Universität verging die Zeit noch langsamer, als sie es ohnehin schon immer getan hatte. Stunden und Tage quälten die Bewohner, wie lange ereignislose Jahre. Die Aufregung über die Funkübertragung hatte die Wissenschaftler und alle erwachsenen Bewohner wochenlang in Atem gehalten. Hitzig war über ihre Bedeutung diskutiert worden. Jedes Detail war sorgfältig analysiert, hin- und hergewendet und tausendfach interpretiert worden. Selbst als sich irgendwann alle einig waren, griffen die Wissenschaftler gern Frequenzbänder, Zeitpunkt und Qualität der Übertragung aus rein sportlichen Gründen auf und machten sich Gedanken über die Marke des Senders, die Wetterbedingungen, die vor Ort geherrscht haben mussten, und die Art und Weise, wie die Antenne aufgestellt und beschaffen war, um auf diese und jene Art senden zu können. Sie gelangten dabei nicht zu neuen Erkenntnissen, doch die Beschäftigung mit dem Problem ließ sie zur Höchstform auflaufen. Bessere Abwechslung hatte es im Keller seit Jahren nicht gegeben.

Fr. Dr. Kobe erprobte währenddessen leichtere Materialien für den INDU, versuchte die Leistung der Akkus zu steigern und den Energiebedarf des letzten Elektromotors zu senken. Sie optimierte sogar die Windschlüpfrigkeit der Ummantelung. Die Kollegen beurteilten ihre Arbeit zwiespältig. Bedeutete sie doch, dass die Physikerin nicht davon ausging, dass Mega es schaffen konnte.

Jonas war gerade neun geworden und damit noch viel zu jung für einen Einsatz. Alle waren sich einig, dass sie frühestens in fünf Jahren mit seiner Ausbildung beginnen konnten. Bis dahin würden sich jedoch die Auswirkungen einer mangelhaften Wasseraufbereitung bemerkbar machen. Der Moment, in dem sie den letzten Ionentauscher in den Aufbereiter einsetzen mussten, rückte näher. Es bestand die Möglichkeit, dass Jonas erkrankte, bevor er mit dem Training beginnen konnte.

Nach ein paar Monaten ebbte die Euphorie ab. Die Wand in Fr. Dr. Kobes Spiegelzimmer zeigte das blauweiße Licht des Winters. Nichts hatten sie in all der Zeit von ihrer Pilotin gehört. Kein Lebenszeichen. Niemand hatte ernsthaft damit gerechnet, doch insgeheim hatten alle darauf gehofft. Da sie nichts hörten, versuchten sie sich einzureden, dass Megas Reise problemlos verlief und sie nette Menschen traf.

Walden hockte wieder allein vor dem Funkgerät. Wie immer hoch konzentriert im alten Arbeitskittel, tiefe Falten auf der Stirn. Gewissenhaft führte er die immer gleichen Handbewegungen aus, lauschte, machte Notizen. Manchmal fügte er ein neues Wort hinzu. Aus langweiliger „Statik" wurde ein gewagtes „Rauschen" und wenn es ihm in den Fingern juckte, fügte er ein „ungewöhnliches Knacken" hinzu. Manchmal meinte er gar „fremdartige Echos" zu hören und war sich sicher, dass sie „unbekannten Ursprungs" sein mussten. Meistens beschränkte er sich jedoch darauf, mit einem geraden Strich von unten links nach oben rechts schwungvoll und in vollendeter Präzision das Quadrat des recycelten Papiers in zwei gleichschenklige Dreiecke zu unterteilen.

Wie üblich war er so sehr in die Welt des Rauschens versunken, dass er die Umgebung nicht mehr wahrnahm und nicht bemerkte, wie Dr. Kamura hinter ihm auftauchte. Er hielt einen Stapel Notizen, Computerausdrucke und Diagramme unter dem Arm. Sein Gesichtsausdruck bestach an diesem Tag durch auffällige Gleichgültigkeit, mit der er vergeblich Angst zu überspielen versuchte. Dr. Hammer, der hinter ihm stand, war ebenfalls deutliche Anspannung anzusehen. Den beiden war ganz und gar nicht wohl zumute. Kamura schien sehr gewillt Waldens Versunkenheit als Zeichen zu nehmen und wollte bereits kehrtmachen, als Hammer ihn aufhielt und zurückzog. Die beiden sahen sich an. Dr. Kamura standen Schweißperlen auf der Stirn. Schließlich räusperte er sich vorsichtig, um Walden nicht zu erschrecken. Walden interpretierte die Veränderung der akustischen Informationen zunächst falsch und regelte die Lautstärke hoch, um den Stimmrest, den er wahrgenommen zu haben glaubte, nicht zu verlieren. Schließlich räusperte sich Dr. Hammer erneut, diesmal laut und deutlich. Etwas enttäuscht realisierte Prof. Walden, dass sich die Geräuschquelle nicht im Kopfhörer, sondern hinter ihm befand:

»Ah, die Herren Kollegen. Nett, dass Sie mich mal wieder besuchen kommen. Ich fürchte jedoch, dass ich Ihnen nichts Aufregendes berichten kann. Alles beim Alten.«

Walden plauderte drauf los, während er sich mit seiner Konzentration noch im Ödland aufhielt. Deshalb dauerte es etwas, bis er die nervösen Blicke der beiden bemerkte. Endlich verstand er, dass etwas nicht in Ordnung war. Verdutzt ließ er den Kopfhörer sinken:

»Was ist?«

Kamura wollte nicht antworten, deshalb sprang Dr. Hammer ein:

»Keine Neuigkeiten?«

»Nein, wie gesagt ... Ich hab nichts gehört. Wie üblich. Ist was passiert? Im Gewächshaus?«

Walden spürte deutlich, dass es Kamura war, der etwas zu berichten hatte. Dass er nicht mit der Sprache rausrückte, machten Waldens Spekulationen umso wilder, da halfen auch die Beschwichtigungen nicht.

»Nein. Alles in Ordnung. Die Lebensmittel sind in gutem Zustand ... in hervorragendem Zustand ... Keine Sorge. Es ist, äh ... ich wollte ... eigentlich wollte Dr. Hammer ...«

»Nein, nein. Das wollten schon Sie. Ich habe zugestimmt, aber es war ihre Idee ... Ihr Wunsch und Ihre Idee, um das gleich klarzustellen.«

Kamura verzog gequält das Gesicht. Es war ihm offensichtlich gar nicht recht, dass Dr. Hammer es so formulierte.

„Nichtsdestotrotz haben Sie zugestimmt. Wir tragen die Sache gemeinsam.«

»Das seh' ich anders. Ich habe zugestimmt, aber ich bin nicht verantwortlich. Der Fachmann in dieser Sache sind Sie, Dr. Kamura.«

Wieder verzog Kamura gequält das Gesicht. Die Diskussion verlief nicht so, wie er es sich vorgestellt hatte.

»Worum geht es, wenn ich fragen darf?«

Ungeduldig unterbrach Walden den Streit und legte den Kopfhörer zur Seite.

»Sie möchten mir etwas mitteilen, Dr. Kamura. Also, bitte. Worum geht's?«

Kamura machte unwillkürlich einen Schritt nach hinten. Er war nie ein besonders mutiger Mann gewesen, umso erstaunlicher, dass er sich in einer Situation wie dieser befand.

»Nun gut. Irgendwann muss es ja raus. Sie erinnern sich, dass wir Mega untersucht haben, gleich zu Anfang, kurz, nachdem sie zu uns gekommen war. Ich habe sie auf ansteckende Krankheiten untersucht, hab' ein Blutbild erstellt ... Vielleicht erinnern Sie sich.«

»Natürlich erinnere ich mich. Ich bin ja nicht verkalkt.«

Kamura seufzte, dann hob er die Unterlagen an, die er mitgebracht hatte, und überreichte sie Walden:

»Hier, zum Vergleich ein aktuelles Blutbild. Ich habe es gemacht, kurz bevor sie aufgebrochen ist. Es hat sich nichts geändert. Ich habe es nur als Bestätigung dazugelegt, damit Sie sehen, dass es sich nicht um einen Messfehler handelt. Hier. Die Daten stimmen überein.«

Kamura überreichte Walden alles. Walden nahm den Stapel entgegen und sah Kamura und Dr. Hammer noch einmal prüfend an. Das alles kam ihm spanisch vor. So kannte er die beiden nicht. Sollten sie ihm die ganze Zeit über Informationen vorenthalten haben? Wenn dem so war, und danach sah es in der Tat im Moment aus, hoffte Walden, dass sie zumindest gute Gründe für ihr Verhalten vorbringen konnten. Sehr gute Gründe. Walden konnte sich kaum konzentrieren, so sehr nahm ihn die Erkenntnis des Autoritätsverlustes mit. Seine Hände begannen zu zittern. Angespannt blätterte er durch die Tabellen. Es handelte sich um Hämoglobinwerte, Antikörperchen, Leukozyten, Hämatokrit, mittleres korpuskuläres Volumen und so weiter. Dr. Kamura hatte eine vollständige DNA-Analyse erstellt. Walden sah die Untersuchungsergebnisse durch, konnte sie jedoch nicht interpretieren. Kamuras Tabellen waren für ihn böhmische Dörfer. Prof. Walden war Geisteswissenschaftler. Er hatte am Institut für Zukunftsforschung gelehrt, mit einer Professur in Soziologie, Makroökonomie und Philosophie. Mit diesen Tabellen konnte er nichts anfangen. Kamura und Hammer wussten das. Es gab unter Wissenschaftlern das ungeschriebene Gesetz, dass man einen fachfremden Kollegen nicht einfach bloßstellte. Man ließ ihm eine Hintertür, eine Möglichkeit, sich elegant zurückzuziehen, ohne das Gesicht zu verlieren. Dass Kamura und Hammer diese Möglichkeit hier nicht vorgesehen hatten, zeigte das Ausmaß der Zerfahrenheit.

»Ich erkenne Blut- und DNA-Tests. Diese Unterlagen haben Sie mir schon mal gezeigt und ich habe Sie damals schon nicht verstanden ... Was soll das, Dr. Kamura?«

Waldens Tonfall gewann an Schärfe. Kamura begann zu stottern:

»Ich, ... ich ... habe Ihnen die Unterlagen nicht gezeigt, um Sie zu kränken. Ich will Ihnen zeigen, worum es geht.«

»Worum geht es?«

»Megas Werte sind nicht die Werte eines normalen Kindes.«

Walden schüttelte den Kopf:

»Sie ist ja auch kein normales Kind. Sie ist außergewöhnlich. Das sind keine Neuigkeiten. Was genau meinen Sie, Herr Kollege? Ich bitte um Klartext!«

»Ich meine, ein Kind, das unter normalen Umständen gezeugt wurde, so wie Jonas, Mia und Emily.«

Eine Stille entstand. Walden musste schlucken. Tief in seinem Inneren hatte er es geahnt. Mehr noch, er hatte es gehofft. Vielleicht hatte er sich sogar deswegen dafür entschieden, sie aufzunehmen.

»Wenn sie nicht unter normalen Umständen gezeugt wurde, wie dann?«

»Ich gehe davon aus, dass sie das Ergebnis einer künstlichen Befruchtung ist. Ein Retorten-Baby.«

»Wie kommen Sie darauf?«

»Nun, deswegen habe ich die Ergebnisse mitgebracht. Sie legen es nah.«

»Legen was nah? Schluss mit dem Eiertanz! Sie strapazieren meine Geduld. Raus mit der Sprache, Kamura! Was legen die Testergebnisse nah?«

»Megas DNA weist Eigentümlichkeiten auf. Eigenarten, die darauf schließen lassen, dass sie nicht zufällig entstanden sind. Dieses Kind wurde ... konstruiert.«

Es war raus. Kamura schwitzte. Dr. Hammer fuhr sich mit der Hand über den Mund. Walden starrte auf den Boden. Da Kamura nicht weiterreden konnte, sprang Dr. Hammer hilfreich ein:

»Wir gehen davon aus, dass ihre DNA zusammengestellt wurde. Erbkrankheiten wurden eliminiert, Schwächen wie z.B. Nachtblindheit, Rot-Grün-Schwäche, so weit wir das beurteilen können, ebenfalls. Außerdem hat man Stärken konzentriert sowie Widerstandsfähigkeit und Resistenzen erhöht. Sie wurde nach physischen und psychischen Gesichtspunkten optimiert. Mega ist ein Mensch, sie hat nur von allen Voraussetzungen die besten. Die natürliche Selektion wurde durch eine künstliche ersetzt. Unsere Fähigkeiten zur Analyse sind begrenzt. Eins ist jedoch sicher. Das Labor, in dem Mega gezeugt wurde, ist allem überlegen, was wir kennen. Und das Wichtigste ... Die künstliche Befruchtung wurde nach der Katastrophe vorgenommen.«

Enttäuschung und plötzliche Schwäche sprachen so deutlich aus Waldens Gesicht, dass seine Kollegen Angst bekamen.

»Dr. Kamura. Es ist dreizehn Jahre her, dass Sie Mega untersucht haben. Warum kommen Sie erst jetzt damit zu mir? Denken Sie nicht, dass das eine relevante Information für uns alle gewesen wäre? Welche Entschuldigung haben Sie, uns all die Jahre diese Informationen vorenthalten zu haben? Wie konnten Sie mir diese pikanten Details verschweigen? Wie konnten Sie mein Vertrauen derartig missbrauchen?«

Kamura schluckte. Ängstlich starrte er auf den Boden und wich erneut ein Stück zurück, als Walden sich plötzlich aus seinem Bürostuhl erhob. Stammelnd und zu leise brachte er Entschuldigungen und schien selbst nicht mehr von der Richtigkeit seines Handelns überzeugt zu sein.

»Wenn Sie davon gewusst hätten, hätten Sie und Fr. Dr. Kobe in Mega eine Bedrohung gesehen. Wir hätten das Mädchen als Gefahr eingestuft und sie verbannt.

Ich habe die Entscheidung nicht allein getroffen. Ich habe Dr. Hammer eingeweiht, da er in der Lage war, die Untersuchungsergebnisse einzuordnen. Er teilte meine Einschätzung und unterstützte die Geheimhaltung. Wenn er nicht meiner Meinung gewesen wäre, wären wir ganz sicher zu Ihnen gekommen. Es ging nie darum, Ihnen etwas vorzuenthalten oder sie zu hintergehen. Mega sollte die Chance bekommen, wie ein „normales Kind" aufzuwachsen. Ein unbeeinflusster Versuch, wenn sie so wollen. Wir hatten die Möglichkeit, ihn zu realisieren. Wenn Sie, Dr. Kobe, Sophia und die anderen gewusst hätten, dass Mega besonders ist, wäre sie anders aufgewachsen und vollkommen anders sozialisiert worden. Nämlich immer in dem Bewusstsein, dass sie eigentlich nicht hierhergehört, dass sie etwas Besonderes ist. Wir haben uns dafür entschieden, Mega zurückzugeben, was man ihr genommen hat: Natürlichkeit, eine Kindheit, eine Familie. Mega sollte die Chance bekommen, wie ein normales Mädchen aufzuwachsen und eine normale, junge Frau zu werden.«

Kamuras Argumente konnten Waldens Wut nicht mindern, doch sie machten ihm klar, dass es nicht darum ging, seine Autorität als geistiges Oberhaupt zu untergraben oder die Ordnung des Kellers zu sabotieren. Insgeheim war Walden ganz froh darüber, denn er hätte nicht gewusst, was er angesichts eines solchen Verbrechens hätte tun sollen. Walden war zwar dazu befugt, Urteile zu fällen, doch das war zum Glück noch nie notwendig gewesen. Die Gemeinschaft existierte seit über dreißig Jahren ohne jede Form von Strafen.

»Ich kann Ihre Argumente nachvollziehen, aber ich kann sie nicht tolerieren. Was, wenn Mega tatsächlich eine Bedrohung gewesen wäre? Haben Sie darüber mal nachgedacht?«

»Wir haben uns den Kopf darüber zerbrochen und wir waren uns auch nicht immer einig in der Sache.«

Dr. Hammer wollte noch etwas hinzufügen, doch Walden schnitt ihm das Wort ab:

»Was die Sache nicht besser macht. Das Vertrauen ist erschüttert, meine Herren. Wir, und damit meine ich uns alle, sind nicht Ihr erweitertes Labor. Sie hätten uns einweihen müssen, Sie hätten sich um unser Einverständnis bemühen müssen. Wie soll ich das bitte anders interpretieren, als dass Sie uns hintergangen haben?«

Dr. Hammer räusperte sich verlegen. Die Delinquenten starrten schuldbewusst auf den Boden. Der Schweiß auf Kamuras Stirn bewies, dass er ein schlechtes Gewissen hatte. Dr. Hammer verzog immerhin den Mund. Es war ihm unangenehm. Dennoch fuhr er etwas leiser fort:

»Wie gesagt, wir waren uns nicht immer einig. Sie erinnern sich vielleicht, dass ich bei der Abstimmung, als Mega gegen die Tür schlug und wir sie verbannen wollten, gegen sie gestimmt habe.«

Prof. Walden gab sich kampfeslustig.

»Aus professionellem Ehrgeiz vermutlich. Mega hätte ja Ihre These von der Degeneration der Menschheit widerlegen können. Deshalb haben Sie gegen sie gestimmt. Es geht immer nur um Ihre Forschung. Sie müssen immer recht behalten.«

Hammer widersprach sofort:

»Sie irren sich. Ich wünschte fast, es wäre so, doch ich hatte ebenfalls Angst, genau wie Kamura. Sie wissen, dass Mega mir immer dabei half, das Labor aufzuräumen. Sie war geradezu besessen davon. Normale Kinder gruseln sich vor toten Menschen. Sie nicht. Leichen waren schon immer das Normalste auf der Welt für sie.«

Walden verstummte. Er musste sich setzen und gab Dr. Hammer damit die Gelegenheit, eine neue These aufzustellen:

»Mega ist der lebende Beweis, dass Menschen Potenzial haben. Damit würde sie meine These widerlegen. Wenn Menschen wie sie sich durchsetzten, wären wir nicht am Ende. Wir bekämen eine zweite Chance. Wir hätten die Möglichkeit, uns neu zu erschaffen. Besser, fehlerlos, rein. Der perfekte Mensch ... Da gibt es nur ein kleines Problem. Ich weiß, Sie schätzen meine Meinung nicht besonders. Ich sag' sie Ihnen trotzdem: Ich glaube nicht, dass Mega geschaffen wurde, um uns zu helfen. Die große Frage ist nun: Was wird sich am Ende durchsetzen? Unsere Erziehung oder ihre Gene?«

23. DIE FLUT ODER ETWAS ANDERES

Gedankenversunken klemmte sich Mega Nathans Dosen unter den Arm und tastete zur Metallstiege zurück, die sie aus dem Keller des Hexenhauses wieder in den Kühlraum zurückbringen sollte. Nathan hatte geschrieben, „die Flut oder etwas anderes" hätte die Brücke vernichtet. Was könnte er mit „etwas anderes" gemeint haben? Welche Möglichkeiten gab es noch? Was hatte genug Kraft, um eine Brücke zum Einsturz zu bringen? Was sie besonders beunruhigte: Nathan hatte vom nahenden Winter geschrieben. Er musste also bereits vor vier oder fünf Monaten hier gewesen sein. Vor einem halben Jahr.

Vorsichtig kletterte sie die Stiegen nach oben, schloss die Falltür hinter sich und tarnte sie wieder mit Müll, obwohl das nicht nötig gewesen wäre. Dann verließ sie den Kühlraum auf dem gleichen Weg, den sie gekommen war.

Vor dem Gebäude wartete die Zeltstadt unverändert im lichten Nebel. Mega schulterte das Gewehr, lief zum INDU und verstaute die Dosen. Dann schob sie ihn eilig, so schnell sie es vertreten konnte, zwischen zerrissenen Zeltbahnen über den Bauschutt in Richtung Ortsausgang. Auf der schmalen Landstraße schwebte sie zurück in den Nebel, aus dem sie gekommen war.

Es dauerte nicht lang, bis sie vor sich wieder die Vorboten des großen Flusses erblickte. Endlose, überschwemmte Auen. Eine Seitenstraße brachte sie in nordöstlicher Richtung direkt zum Ufer. Aus der Nähe wirkte der hemmungslos mäandernde Strom noch breiter und beeindruckender. Auch die Fließgeschwindigkeit schien höher und seine Strömungen noch wilder und unberechenbarer.

Der breite Autobahndamm und die gewaltigen Stahlbetonstützen vor den Abbruchkanten erhoben sich im Süden. Hinter dem weit geöffneten Tor, das sie bildeten, setzten sich in der Ferne die Ausläufer einer Stadt schwach vom verhangenen Himmel ab. Schwarze Industrieanlagen, gewaltige bewegungslose Windräder. Häuser, die zur Hälfte in den Fluten verschwunden waren. Lagerhallen mit verbogenen Metalldächern.

Das andere Ufer schien unerreichbar. Die Vegetation beeindruckte schon auf dieser Seite nicht mit Vielfältigkeit. Auf der anderen Seite sah es noch schlimmer aus. Ein kahler Steinhang ohne jeden Bewuchs, vereinzelte Schutthalden, umgeknickte Strommasten, eine zerstörte Umspannstation. Mehr konnte sie nicht erkennen.

In nordöstlicher Richtung, in unmittelbarer Nähe zum Fluss, erhob sich ein auffälliger Schatten. Mega verlangsamte die Fahrt, stellte den INDU quer, schob den dünnen Fallschirmstoff zur Seite und sah durchs Fernglas. Ein hoher, gerader Damm, dem Autobahndamm im Süden nicht unähnlich, doch von ganz anderer Qualität. Er erstreckte sich aus dem Westen kommend über den gesamten Horizont bis zum Fluss und erhob sich außergewöhnlich hoch und massiv, als wäre der Verkehr, der sich vor langer Zeit auf ihm bewegt hatte, noch schwerer gewesen als die Sattelschlepper, die die Autobahnen bevölkert hatten.

Mega legte das Fernglas ab und fuhr weiter. Je näher sie kam, desto besser erkannte sie am Ende des Dammes die wuchtigen Konturen einer Brücke. Der Erdwall ging in eine Fahrbahn über, die dreißig Meter über dem Boden schwebte. Regelmäßige Betonrippen erinnerten an die Spanten eines gewaltigen Segelschiffs.

Doch die Brücke existierte nicht mehr. Dort, wo sie den Fluss überqueren sollte, klaffte ein Loch.

Mega stieg aus und betrachtete das Ausmaß der Verwüstung. Zerfetzte Metallträger steckten hochkant im anderen Ufer oder ragten wie Bojen aus den Fluten. Größere Teile hatten sich quer gestellt und stauten den Fluss. Vier turmartige, mit Flechten und Kletterpflanzen bedeckte Betonsäulen, die den Beginn und das Ende der Brücke markierten, deuteten wie Mahnmale in den wolkenverhangenen Himmel.

Hoch über den Stromschnellen ragte am anderen Ufer das abgerissene Brückenende wie eine nässende Wunde in die Leere. Was sie zunächst für ein abgebrochenes und am äußersten Zipfel hängen gebliebenes Brückenteil gehalten hatte, entpuppte sich bei näherer Betrachtung als Binnenschiff. Ein Frachter war über die Kante gespült worden und mit der Schraube im Stahlskelett der Wasserstraße hängen geblieben.

Endlich verstand Mega, warum Damm und Brücke so massiv konstruiert worden waren. Sie hatten ganze Schiffe und gewaltige Wassermengen tragen müssen. Der zweite Kanal hatte an dieser Stelle den Fluss überquert und das Schiffshebewerk, an dem sie vorbeigekommen war, hatte den Höhenunterschied zwischen den Wasserstraßen überbrückt.

Der Bug des Frachters steckte im Kiesbett des Flusses, während das dünne Rinnsal, das vom Kanal übrig geblieben war, kaskadenartig von Ladeluke zu Ladeluke sprang. Seltsamerweise konnte Mega trotz Entfernung und fortgeschrittenem Verfall den Namen des Schiffes lesen, der in schwarzen Lettern auf dem Heck prangte: Wolmirstedt.

Welche Kräfte mussten gewirkt haben, um dieses Bauwerk zu zerstören? Mega stockte. Die Erkenntnis ließ sie erstarren. Nicht das Hochwasser konnte dieses Monument eingerissen haben. Keine Flutwelle der Welt war so hoch. Die Autobahnbrücke, das Wasserstraßenkreuz und möglicherweise auch die Brücken, die Nathan im Süden gefunden hatte, waren gesprengt worden. Das hatte Nathan also mit „die Flut oder etwas anderes“ gemeint.

Irgendjemand hatte verhindern wollen, dass Menschen den Fluss überquerten. Doch wer schützte sich hier vor wem? Hatten die Menschen aus dem Osten verhindern wollen, dass die Menschen aus dem Westen zu ihnen kamen, oder war es umgekehrt? Vielleicht war die Sprengung ursprünglich eine Schutzmaßnahme gewesen. Mega stieß genervt die Luft aus. Wieder zerbrach sie sich über Dinge den Kopf, die sie vermutlich nie verstehen würde. Ihr konnte es egal sein, wer die Brücke zerstört hatte und warum. Fakt war, dass sie nicht auf die andere Seite kam.

Niedergeschlagen schlich sie zum INDU zurück, kramte den Rucksack aus dem Innenraum, suchte eine trockene Stelle und begann ihr Fahrzeug auseinanderzunehmen. Eine halbe Stunde später richtete sie sich auf und holte tief Luft. Die neue Außenhaut nahm mehr Platz ein, als im engen Packplan vorgesehen. Die erste Demontage nach dem eiligen Zusammenbau vor Nathans Versteck gestaltete sich deshalb etwas komplizierter. Mega fand zum Glück eine einfache Lösung. Sie rollte die Hülle zu einer Wurst und klemmte sie einfach oben auf den Rucksack. Problem gelöst.

Mit schweren Beinen und schlechter Laune machte sie ein paar Schritte. Wie immer war ihr erster Gedanke, dass sie die Belastung nicht lang durchhalten würde und sehr bald sterben müsste. Und hier ging es auch noch bergauf. Die Steigung des Kanaldammes wäre eigentlich kein Problem gewesen, doch der Boden hatte sich mit Wasser vollgesogen und die Stiefel rutschten gefährlich auf der

Schräge. Die letzten Meter zum Kamm robbte sie sicherheitshalber auf allen Vieren.

Oben angekommen tauchte die leere Fahrrinne vor ihr auf. Ein mageres Rinnsal suchte sich einen Weg durch schwarzen Schlick, glitschige Algen und Plastikmüll. Die Innenseiten fielen steil nach unten ab. Mit Teer gemischter Schotter bedeckte die obere Hälfte, darunter klebte glitschiges Moos. Im Schatten des engen Kanals hatte es sich gehalten. Richtung Westen verlor sich die Rinne am Horizont. Rostbraune Lastkähne lagen gestrandet auf der Seite wie fallen gelassenes Spielzeug.

Ein flacher Poller versteckte sich im Gras. Mega wickelte ihr Seil vom Gürtel und ließ den Rucksack langsam nach unten. Dann befestigte sie das Seil mit einem Knoten, den sie später von unten lösen konnte, und kletterte wie ein Bergsteiger an der Wand hinunter. Der Gestank direkt über dem Schlick vernebelte ihr die Sinne. Aus dem pechschwarzen Schleim quollen Altöl und organische Abfälle. Auf der anderen Seite warf sie das Seil wieder nach oben, befestigte den Rucksack, kletterte hoch und zog ihn hinterher.

Nach einer guten halben Stunde hatte sie das lästige Hindernis überwunden und gönnte sich auf der windgeschützten Rückseite eine Pause.

Ein Ziehen im Magen machte sie darauf aufmerksam, dass sie seit dem Imbiss auf der Autobahnbrücke nichts mehr gegessen hatte. Sie beschloss sich anzuspornen, entzündete den Kocher, der bereits auf Reserve lief, und öffnete eine Dose, aus dem Nachschub, den Nathan neben dem Funkgerät zurückgelassen hatte. Grünes Bohnengemüse. Zufrieden aß sie sich satt.

Nathan hatte geschrieben, dass er weitere Vorräte für sie verstecken würde. Sie musste nur die Markierungen finden. Eine lösbare Aufgabe. Sie wusste, wo sie suchen musste, und allmählich durchschaute sie auch die Art, wie Nathan dachte. Folge dem Stern, hatte er geschrieben. Mega musste schmunzeln. Das hatte er sich hübsch ausgedacht, der alte Spinner.

Mit vollem Magen wurde sie schläfrig. Den Rücken im Gras sah sie in den Himmel. Transparente Gebilde schoben sich majestätisch zwischen graue Schlieren hindurch.

Wo mochte Nathan jetzt sein? Er hatte die Soldatenkinder abgelenkt, ihr geholfen aus dem Lager zu entkommen, und den INDU für sie versteckt. Am Ende war sein Plan aufgegangen. Nicht so wie vorgesehen, doch er hatte dafür gesorgt, dass sie ihn reparieren und weiterreisen konnte. Mega würde sich gern bei ihm bedanken. Wie weit nach Norden war er wohl gekommen? Hatte er die Stelle gefunden, an der man den Fluss überqueren konnte? Würde er auf sie warten?

»Wo bist du jetzt, Nathan?«

Plötzlich beschlich sie ein eigenartiges Gefühl. Ein Kribbeln wuchs in ihrem Magen und breitete sich im Körper aus, als hätte sie heißen Tee getrunken. Sie schloss die Augen.

Irgendwann spürte sie den Hang nicht mehr, schien zu schweben, langsam in den Himmel aufzusteigen. Etwas wollte sie fortreißen und sie wäre mitgegangen, wenn sie nur gewusst hätte, wie.

24. NACHT DER ENTSCHEIDUNG

Die Männer versammelten sich in den nach feuchtem Rost und kaltem Maschinenöl duftenden Schatten des Wachpostens. Schwarze Silhouetten vor grauen Metallwänden, die sich nur an ihren Stimmen erkannten. Die Anführer der Erkundungsgruppen berichteten flüsternd. Obwohl sie jeden Winkel des Hafens durchsucht, jede Kiste geöffnet und jeden Schrank durchwühlt hatten, hatten sie weder Vorräte noch Brennmaterial noch sonst irgendetwas von Wert oder Nutzen finden können. Und das, obwohl sie fest davon ausgegangen waren, an diesem Abend feste Nahrung zu bekommen. Ihre Planung beruhte darauf. Sie mussten etwas essen.

Grenzenlose Enttäuschung schlug in Frust um. Der Hunger machte die Männer aggressiv. Die Ersten wagten sich aus der Deckung, machten ihrem Unmut Luft. Andere beschwichtigten, versuchten Hoffnung zu verbreiten. Man hatte die Schiffe noch nicht durchsucht. Vielleicht gab es gefüllte Frachträume. Sie mussten sie nur öffnen und die versteckten Schätze bergen. Andere griffen den Gedanken auf. Man legte sich fest. Morgen würde man etwas finden. Morgen würden sie etwas zu essen bekommen.

Unter dem Deckmantel der Hoffnung lauerten die ersten Drohungen. Man begann Reviere abzustecken, Loyalitäten zu prüfen. Man belauerte sich, fing an sich aufzustellen. Noch waren die Gebärden als Spiel getarnt, in Ironie verpackt. Noch hielt man sich an die unausgesprochenen Gesetze. Noch würde das Chaos nicht ausbrechen, doch alle spürten deutlich, dass es nicht mehr lange dauern konnte.

Es gab einen, der sich in dieser Atmosphäre entfaltete. Wie ein giftiger Schmetterling kroch er aus seinem Kokon und spürte Wind unter den klebrigen Flügeln. Bisher hatte Rico sich zurückgehalten und zugehört. Jetzt schien der Moment gekommen.

Als er seine Stimme erhob, verebbten andere Unterhaltungen. Alle lauschten gebannt, erwarteten insgeheim nicht weniger als ein Spektakel, die Entscheidungsschlacht um die Führung der Gruppe.

Äußerlich blieb Stellgar ruhig, doch seine Hand ruhte bereits auf seinem Gürtel, unmittelbar neben der Automatik.

Hagen schenkte Rico kaum Aufmerksamkeit. Die Reaktionen der anderen schienen ihm mehr Sorgen zu bereiten, denn die ruhelosen Augen wanderten wachsam hin und her. Verlor er die Kontrolle? Steuerte er die Geschicke des Trupps noch oder steuerten sie bereits ihn? Hatte er sich verrechnet?

Stellgar musste sich eingestehen, dass er die Antworten auf diese Fragen nicht kannte. Er wusste nicht mehr, was Hagen plante. Es fühlte sich an, als wäre die Verbindung zu ihm, dieser feine telepathische Draht, den sie immer gehabt hatten, gerissen.

Rico deutete großspurig auf Hagen:

»DU hast uns hierhergeschleppt. Es war DEINE Entscheidung herzukommen. Zwei Monate sind wir jetzt unterwegs. Es ist Wochen her, seit wir die letzten Menschen gesehen haben. Zwei Männer haben wir auf dem Weg verloren.«

Schnell fügte er an:

»Sie werden in uns weiterleben.«

Die Männer wiederholten den Satz murmelnd und starrten dabei mit leeren Augen in die Dunkelheit. Rico wartete ein paar Sekunden, dann fuhr er fort:

»Und jetzt sind wir hier. Doch was ist hier? Nichts. Und, so sicher wie der Tod: In diesen Schiffen ist auch nichts. Warum zum Teufel hast du uns hergeschleppt? Das würde mich, verdammte Scheiße, brennend interessieren.«

Hagen blieb moderat, unverbindlich. Er verfügte eindeutig über das größere Rednertalent. Seine Stimme war die der Vernunft. Doch Vernunft, das wusste Stellgar nur zu gut, war in Situationen wie diesen nicht immer der beste Ratgeber.

»Ihr seid freiwillig hier. Ich gebe keine Befehle. Ich gebe Ratschläge. Ihr hört auf sie, weil das verdammt noch mal schlau ist. Weil ich ein paar Erfahrungen mehr habe als die meisten von euch. Wer gehen will, kann gehen. Bitte schön. Ihr wisst genau, wie weit ihr kommt ... Ihr hört auf mich, weil es klug ist, nicht, weil ich es euch befehle.«

Rico sah demonstrativ in alle Himmelsrichtungen, deutete mit ausgestrecktem Arm auf die dunklen Containerwände.

»Was ist so verdammt klug daran, hier zu sein? An der Entscheidung kann ich, verdammte Scheiße, keine Klugheit erkennen.«

Ein paar Männer lachten. Müde und trocken. Folgten einem alten Reflex. Verursachten Geräusche, die sie schon lange nicht mehr gehört hatten. Rico hatte einen Lauf. Die Fakten standen auf seiner Seite. Niemandem wollte einleuchten, warum sie den weiten Weg nach Norden auf sich genommen hatten. Hagen setzte nach:

»Morgen durchsuchen wir die Schiffe. Ich bin sicher, dass wir etwas finden.«

»Versprechungen. Nichts als leere Versprechungen. Wir hören den Mist einfach schon zu lang. Ich hab genug davon. Irgendjemand muss Entscheidungen treffen. Echte Entscheidungen.«

»Und dieser jemand bist du, nehm ich an?«

Stille. Niemand wagte es, sich zu bewegen. Pupillen blitzten misstrauisch in der Dunkelheit. Stellgar machte sich bereit. Seine Hand rutschte auf die Waffe.

Doch die Spannung entlud sich noch nicht. Sowohl für den Leitwolf als auch für den Herausforderer wäre ein Kampf zu diesem Zeitpunkt ein unkalkulierbares Risiko gewesen. Zu unsicher waren die Loyalitäten. Rico lächelte. Er spielte den Hitzkopf nur.

»Irgendjemand muss es ja tun.«

Damit war klar, dass die Entscheidung in den nächsten Tagen fallen würde. So oder so.

Einzelne Gruppen zogen sich zurück. Nachdem man eine Weile leise Gespräche geführt hatte, taten wieder alle so, als wenn nichts geschehen wäre.

Ramsan und Bassajew zogen sogar noch einmal los und organisierten Wasser aus dem Fluss, um es abzukochen. Es sollte Grassuppe geben. Die trübe Brühe konnte man nicht als Essen bezeichnen. Sie schmeckte besser als nichts, doch die Mägen beruhigte sie schon lange nicht mehr.

Hagen näherte sich Stellgar und flüsterte:

»Wir müssen reden.«

Das mussten sie tatsächlich. Stellgar hoffte, endlich Aufschluss über ein paar Dinge zu bekommen, und folgte dem Anführer bereitwillig. Hagen gab in der Dunkelheit ein Handzeichen nach oben, wohl wissend, dass Lothar es mit dem Restlichtverstärker vom Dach des Wachpostens aus sehen konnte. Der Schattenriss des Scharfschützen, der sich neben dem Unterstand schwach vom Nachthimmel abzeichnete, winkte zurück.

Hagen und Stellgar entfernten sich schweigend. Kühler Nachtwind drückte ihnen in den Rücken. Wind, der eine große freie Fläche überquert hatte. Nach einer Weile schien Hagen sich endlich sicher zu sein, dass sie niemand belauschen konnte.

Gemeinsam berieten sie, wer von den Männern loyal war, auf wen sie sich verlassen konnten. Wer als Wackelkandidat galt, wer als Bedrohung. Der innere Kreis hielt treu zu Hagen. Zu ihm gehörten Stellgar, Lothar, Ramsan, Bassajew, Ruben und Martin. Der weißhaarige Alte war kein gefährlicher Mann, aber ein treuer Gefährte. Und selbst die mutigsten Männer mussten einsehen, dass Ruben, Stellgar und Hagen allein ausreichten, um den Rest von ihnen in Schach zu halten. An Rubens roher Kraft, Stellgars Schnelligkeit und Hagens Ausdauer würden sie sich die Zähne ausbeißen.

Bei der Einschätzung dieser Männer waren Stellgar und Hagen sich einig. Jenseits von ihnen hörten die Sicherheiten jedoch auf. Die Gewichte in der Gruppe hatten sich verschoben. Ruben besaß einen neuen Assistenten, während Roderick sich zu einem unkalkulierbaren Risiko entwickelt hatte. Für die Ratte hätte Stellgar vor zwei Monaten noch seine Hand ins Feuer gelegt, jetzt schien er willenlos. Er ging mit seiner Loyalität, wohin ihn der Wind trieb. Möglicherweise zu Rico. Marko, der Rodericks Stelle eingenommen hatte, schien zu Hagen zu halten. Ein weiterer Grund für Roderick, sich gegen Hagen zu entscheiden. Marko hatte sich eingelebt und besaß Führungsqualitäten, obwohl er stumm wie Fisch war. Aber stand er wirklich auf Hagens Seite? Würde er jemals vergessen können, was Hagen ihm angetan hatte?

Ähnlich unsicher war die Loyalität der anderen Moorbewohner. Der einfältige Bodo schien Marko nachzueifern, wenn auch nicht mit gleichem Erfolg. Er beschwerte sich gern über das Essen, selbst wenn es etwas gab. Seine Übellaunigkeit könnte ihn in Ricos Arme getrieben haben. Duncan, der inzwischen zum offiziellen Materialwart aufgestiegen war, verstand sich gut mit Lothar, hielt sich ansonsten aber bedeckt. Auch Jan blieb ein Einzelgänger. Er besaß nach dem gewonnenen Messerkampf einen schweren Stand in der Truppe. Er galt als zu jung und zu unerfahren, um den Titel eines Champions tragen zu können. Da er jedoch unbestreitbar die Fähigkeiten dazu besaß, ließ man ihn einfach links liegen. Die Männer entledigten sich des Problems, indem sie es ignorierten.

Keiner der vier beging Fehler und die Männer begannen, ihnen zu vertrauen. Konnte sich Hagen auf sie verlassen? Oder würden sie ihm im entscheidenden Moment in den Rücken fallen? Hatten sie ihm ehemalige Verbündete abspenstig gemacht? Marko könnte Ruben beeinflusst haben und Duncan Lothar. Was, wenn sich die Meuterei ausgeweitet hatte?

Dann gab es noch Ramsan. Hatte er die Seiten gewechselt? Bassajew folgte Ramsan in allem, was er tat. Wenn der Koch zu Rico übergelaufen war, dann hatte er seinen Assistenten mitgenommen.

Im schlimmsten Fall könnte vom harten Kern nicht mehr viel übrig geblieben sein. Der Ausgang des Streits war alles andere als gewiss.

Hagen und Stellgar beschlossen Gespräche zu führen, um die Lage besser einschätzen zu können. In Ricos Gruppe gab es nichts zu holen.

Es gab jedoch neutrale Untergruppen. Die von Jorlund, einem zähen alten Haudegen, bildete nach dem harten Kern um Hagen die zahlenmäßig größte. Jorlund und seine Männer wollten nichts mit Hagen und schon gar nichts mit Rico zu tun haben. Bei ihnen musste Hagen um Loyalität werben. Wenn er sie auf seine Seite bringen konnte, würde sich der Rest ergeben. Hagen raunte:

»Der Stinker hat recht. Wir brauchen eine Entscheidung.«

»Sie wird nicht in seinem Sinne ausfallen, nehme ich an.«

»Da kannst du verdammt sicher sein.«

Stellgar nickte. Ohne Hagen anzusehen, gab er zu bedenken:

»Das könnte die Gruppe spalten.«

»Falls das passiert, will ich, dass du übernimmst.«

Stellgar sah Hagen überrascht an:

»Das wollte ich nie und das werde ich nie.«

»Schon gut. Beruhig dich! Tu trotzdem so, als wenn du es vorhättest, und rede mit ihnen. Mit Jorlund und mit den Neuen aus dem Moor.«

Erleichterung erfrischte Stellgar wie kaltes Wasser. Endlich durchschaute er Hagens Plan. Er blieb kompliziert und gefährlich. Der Trick bestand darin, dass normalerweise Hagen mit den Männern sprach. Wenn er es nicht tun würde, würde sie das verunsichern. Mehr noch. Sie würden es als Schwäche auslegen. Ein guter Grund, ihn abzusetzen. Hagen wollte die Eskalation. Er wollte sie hier in der Hafensiedlung. Deshalb hatte er sie hierhergeführt. Das war der Sinn des Gewaltmarsches. Er gaukelte ihnen Schwäche vor und flößte ihnen Mut ein. Den Mut, ihn zu verraten.

»Du bist sicher, dass das funktioniert?«

»Nicht hundertprozentig.«

»Wie willst du die Kontrolle behalten?«

»Keine Schlacht ohne List. Einen Trumpf hab' ich noch. Mehr

kann ich dir nicht sagen. Du wirst es sehen. Vertrau mir.«

Stellgar beäugte Hagens Silhouette. Eine Stille entstand:

»Ich vertrau dir. Vertraust du mir?«

»Wem sonst? Wenn ich dir nicht trauen könnte, wäre ich tot. Das eine hat mit dem anderen nichts zu tun. Das Zeichen nichts mit der Laus. Mein Schweigen nichts mit dir. Wenn die Sache ausgestanden ist, sag ich dir, was ich über das Zeichen weiß. Einverstanden?«

Es dauerte einen Moment, dann nickte Stellgar. Hagen nickte ebenfalls:

»Dann los! Viel Glück!«

Jorlunds Gruppe wartete zwischen den Containern des Wachpostens auf den Traktorreifen. Versunken in einen tranceartigen Zustand flüsterten die Söldner mit schmalen Augen Belanglosigkeiten. Das stetige An- und Abschwellen ihres Raunens in der kalten Nachtluft erinnerte Stellgar an die Gebete von Mönchen in der Klausur. Eine eigenartige Assoziation. Hatte er jemals Mönche gesehen? Vielleicht im Fernsehen oder im Internet, damals, als es diese Annehmlichkeiten noch gegeben hatte. Vielleicht hatten die Mönche auch nie etwas anderes getan, als Zeit totzuschlagen.

Das unerwartete Erscheinen von Stellgars Kahlkopf, der sich scharfkantig wie ein Kupferstich aus der Dunkelheit schälte, weckte sie. Jorlund reagierte mürrisch, andere vorsichtig, als vermuteten sie eine Falle. Sie hatten Hagen erwartet. Misstrauisch lauschten sie Stellgars Worten. In den Augen des einen oder anderen entdeckte er eine perverse Vorfreude auf Hagens Untergang. Nichts von dem, was diese Kerle sagten und noch weniger von dem, was sie nicht sagten, lag in der Nähe des Rationalen.

Stellgar rief ihnen den glorreichen Sieg über die Moorfestung in Erinnerung. Hagen hatte ihnen versprochen, dass es ihn geben würde. Er hatte Wort gehalten und der Truppe das Leben gerettet. Wieder einmal. Es gab zahlreiche Geschichten dieser Art, nicht weniger heldenhaft.

Jorlund, ein wortkarger Veteran, der unter den Söldnern hohes Ansehen genoss, erhob sich schließlich. Der Hüne konnte es locker mit Ruben aufnehmen, was seine Statur und die Kälte seiner Augen anging, doch der Mann hielt sich im Hintergrund. Sein undurchschaubarer Charakter gab Stellgar und Hagen Rätsel auf. Insgeheim rechneten sie damit, dass Jorlund sich eines schönen Tages mit einer Handvoll Männer absetzen und sie im Stich lassen würde. Doch aus irgendeinem Grund hatte er das nie getan. Er gehörte schon ewig dazu, war einer der erfahrensten Kämpfer, doch er hatte nie Hagens Nähe gesucht. Skeptisch kniff er die Augen zusammen:

»Sag mir die Wahrheit, Stellgar! Warum schickt er dich?«

»Er hat seine Gründe.«

Jorlund studierte Stellgars Gesicht. Auf wessen Seite stehst du, fragten seine Augen.

Stellgar erinnerte sich, dass er gegen Ende ihrer Zeit in der Moorfestung unsicher gewesen war, was diesen Punkt anging. Damals hatte er sich für Hagen entschieden. Doch viel hätte nicht gefehlt und seine Entscheidung wäre anders ausgefallen.

Bei Einbruch der Dämmerung hatte Stellgar damals die Moorbewohner wie üblich auf dem Versammlungsplatz antreten lassen. Bassajew hatte sie gezählt und auf Krankheiten untersucht. Dann hatten sie sich waschen und wieder in ihre Hütten zurückkehren müssen. Auf dem Rückweg hatte Tito, der Anführer der Moorbewohner, ihm zugeflüstert:

»Ich will ihn sprechen.«

Stellgar hatte ihn misstrauisch beäugt.

»Warum?«

»Ich habe Informationen ... über Mega. Sag ihm das.«

Stellgar hatte ihm ein unsichtbares Nicken als Antwort gegeben.

Am Vortag hatte Ramsan in Alvos Hütte ein Tranchiermesser fallen gelassen. Tito hatte die Einladung dankbar angenommen und die Waffe im Ärmel verschwinden lassen. Hagen hatte den „Zufall" natürlich arrangiert. Sein Plan hatte vorgesehen, den Willen der Moorbewohner endgültig zu brechen und einen Zustand zu erreichen, in dem die Söldner keine Angst mehr vor Racheakten haben mussten. Er hatte die Moorbewohner unterwerfen und sie dazu bringen wollen, ihr Schicksal zu akzeptieren.

»Sie sollen sein wie das Vieh auf der Weide.«

In der Morgendämmerung hatte Stellgar das Vorhängeschloss der Männerhütte geöffnet und Tito auf den Versammlungsplatz eskortiert. Der Anführer der Moorbewohner hatte Verschwiegenheit gefordert, doch weder Hagen noch Stellgar hatten sich einen Grund vorstellen können, warum seine Leute nichts von dem „Gespräch" hätten erfahren dürfen. Sie hatten sich trotzdem an die Vereinbarung gehalten, um den Schein zu wahren. Ein schwerer Fehler, wie sich später herausstellte.

Sie hatten unterschätzt, wie gut Tito seine Leute kannte. Er hatte mit ihnen jahrzehntelang auf engstem Raum zusammengelebt. Die strikte Isolation hatte die Moorleute zusammengeschweißt, hatte sie zu einem Kollektiv werden lassen, das mit einer Stimme sprach und einen eisernen Willen besaß. Tito hatte sehr genau gewusst, wie seine Schützlinge reagieren würden und ihre Reaktion war fester Bestandteil seines Plans gewesen. Als letztes, ultimatives Mittel der Vergeltung.

Stellgar hatte sich zu Titos Ohr geneigt:

»Ich bin direkt hinter dir. Machst du Dummheiten, wird es laut und hässlich.«

Sie hatten den Versammlungsplatz überquert und sich Hagens Hütte genähert. Er hatte Tito durch die offene Tür geschickt, einen Moment gewartet und war ihm dann lautlos gefolgt. In der Dunkelheit der Kälteschleuse hatte er sich neben den Eingang gestellt und von dort aus den Anführer der Moorbewohner und die Ereignisse in Hagens Hütte beobachten können.

Hagen hatte sich vom Feldbett erhoben und sich ein Stück nach vorn ins Licht bewegt. Seine Augenlider waren geschlossen gewesen, doch die Pupillen hatten sich unter ihnen bewegt, als wäre er ein Schlafwandler.

Tito hatte das versteckte Tranchiermesser aus dem Ärmel in die Hand fallen lassen, war nach vorn geschnellt und hatte kraftvoll zugestoßen. Jeder andere wäre von dem Streich getötet worden, doch diesen Gegner hatte die Messerspitze nicht mal berührt, denn Hagens Arme waren zeitgleich nach oben geschossen und hatten den Angriff abgefangen.

Einen Moment hatten die Männer gerungen. Hatten geschnauft und gestöhnt und sich durch die Hütte geschoben. Tito hatte alle Kraft, die ihm geblieben war, in den Kampf gelegt, das Messer mit aller Gewalt nach vorn gedrückt, doch gegen Hagens gestählten Willen hatte er nichts ausrichten können. Millimeter für Millimeter hatte er Titos Hände zur Seite gebogen und das scharfe Messer von seiner Kehle entfernt. Schließlich hatte er es dem Anführer der Moorbewohner entwendet und ihn auf den Boden gestoßen. Eine Demonstration der Macht. Alles an ihr geplant und inszeniert, so wie Hagen es liebte.

Entkräftet und nicht mehr dazu in der Lage, sich aufzurichten, war Tito auf den Knien geblieben. Wie ein in Ungnade gefallener Tribun hatte er das Haupt gesenkt und das Urteil des Tyrannen erwartet.

Stellgar hatte die gesamte Szene bewegungslos durch den Spalt in den Stoffen der Kältefalle beobachtet und in diesem Augenblick hatte er den kalten Glanz und das irre Flackern in Hagens Augen gesehen. Er hatte fast den Anschein gemacht, als wäre er erbost gewesen, über den missglückten Anschlag:

»Ich wusste, dass du kommst. Offensichtlich kenn ich dich besser, als du dich selbst.«

Tito hatte resigniert die Augen geschlossen.

»Was glaubst du, warum mein Koch in deiner Gegenwart ein Messer fallen lässt?«

»Du kennst mich nicht.«

»Du bist ein Mensch.«

Tito hatte genervt den Kopf geschüttelt.

»Und Menschen sind alle gleich. Zerfressen von der Gier. Wollen zerstören, weil sie sich gegenseitig einengen, sich alles wegnehmen, weil sie sich hassen, weil sie Angst voreinander haben. Weg mit ihnen! In den Topf mit ihnen! Du bist nichts. Ich bin der Größte ... Gesellschaft, Zivilisation und die ganze Kacke kommt erst viel, viel später. So ist der Mensch.«

»Verschon mich mit deinem Schwachsinn!«

Hagen hatte leise gesprochen, während er vor Titos Nase eine Kreuzbewegung mit der Messerspitze angedeutet hatte:

»Du möchtest wissen, wie der Mensch ist?«

»Nein, möchte ich nicht.«

»Ich sag's dir trotzdem. Er ist dem Untergang geweiht. Und ich sorge dafür, dass der Plan in die Tat umgesetzt wird.«

Tito hatte sich schwerfällig erhoben und war rückwärts zum Hütteneingang zurückgewichen, ohne Hagen aus den Augen zu lassen.

»Ich verschwinde jetzt, wenn du nichts dagegen hast.«

Hinter ihm, im Spalt der Vorhänge, hatte Stellgar die Hand gehoben, während Hagen geflüstert hatte:

»Du gehst nirgendwo hin.«

Titos Exekution war Stellgars Aufgabe gewesen. Sein Stichwort war gefallen, doch er hatte gezögert. Ein Stück weiter rechts und er hätte Hagen getroffen und die Geschichte hätte neu geschrieben werden müssen.

Ein Ereignis wie dieses hätte den Trupp ins Chaos gestürzt. Er wäre in blutigen Fehden versunken und zerbrochen. Doch sie hätten einen neuen Anführer bekommen. Nicht ihn. Er war kein Mann der Worte. Er spürte lieber den Stahl in der Hand. Doch warum nicht Tito? Hatte er seine Leute nicht erfolgreich durchgebracht? Hatte er nicht eine Vision von der Zukunft und hielt unbeirrt an ihr fest, während Hagen sie nur von einer Plünderung zur nächsten hetzte? Hagen war die Zukunft egal. Er wollte sterben und er würde sie mitnehmen.

Tito hatte nur leicht gezuckt. Im Fallen hatte er sich noch umdrehen können und hinter sich, im Schatten der Kälteschleuse, Stellgars Schatten entdeckt. In der Hand ein schmales Messer, bedeckt mit Titos Blut.

Stöhnend hatte Tito versucht sich aufzurichten, doch seine Beine hatten versagt. Der Stich hatte sein Herz getroffen.

Stellgar hatte den Schatten verlassen, war vorgetreten und hatte dem sterbenden Anführer ins Gesicht gesehen. Irgendwann hatte Tito die Augen geschlossen sich mit einem Lächeln aus der Welt verabschiedet. Spätestens dieses Lächeln hätte sie warnen müssen.

Hagen hatte das Tranchiermesser auf den Tisch geworfen und seine Stimme hatte in der Finsternis der Hütte hohl und matt geklungen:

»Nie machst du das, was du sollst.«

Perplex hatte Stellgar in die Dunkelheit gestarrt und ein Gedanke war ihm durch den Kopf geschossen: Wusste Hagen von seinem Zwiespalt? Um sich nicht zu verraten, hatte er sicherheitshalber vom Thema abgelenkt:

»Wie werden sie reagieren?«

»Ohne ihn brechen sie zusammen. Nur eine Frage der Zeit.«

»Und dann?«

»Dann haben wir Ruhe.«

Am nächsten Morgen hatten sie die Leichen der Bewohner in den Hütten gefunden. Irgendjemand hatte Glasscherben hineingeschmuggelt. Während sie sich gegenseitig die Münder zugehalten hatten, waren sie verblutet. Die Böden der kargen Behausungen hatten schwarz geglänzt und nach Eisen gestunken. Die Rigipswände hatten die Flüssigkeit aufgesogen und sich rot verfärbt, als wären sie selbst verwundete Organismen und gemeinsam mit den Bewohnern in den Freitod gegangen.

Sämtliche Moorbewohner hatten in dieser Nacht ihrem Leben ein Ende bereitet, bis auf die vier, die zu diesem Zeitpunkt schon zu den

Söldnern gehört hatten: Marko, Duncan, Jan und Bodo.

Kurz nach der Entdeckung hatte Hagen befohlen, alles für den Aufbruch vorzubereiten und Spähtrupps auszusenden, um das nächste Ziel zu lokalisieren. Dann hatten sie mit der Demontage begonnen, hatten alles verpackt, was sie problemlos transportieren konnten. Solarmodule, Kabel, Teile der Wasseraufbereitung, die stromsparenden Vorschaltgeräte der Kochplatten. Nicht, um Handel zu treiben, sondern, um dies vorzutäuschen. Manchmal gelang es, sich Zutritt zu einer Enklave zu erkaufen.

Alles, was zu schwer oder zu unhandlich gewesen war, hatten sie auf dem Versammlungsplatz auf den Haufen geworfen und angezündet. Die Vernichtung brauchbarer Materialien entsprach der Logik des Krieges. Eines Krieges, den Hagen noch immer führte, obwohl er schon lang vorbei war. Irgendwann würden sie vielleicht zu diesem Ort zurückkehren müssen. Dann wäre es besser, verbrannte Erde vorzufinden, als einen wiedererstarkten Gegner.

Die Festung im Moor war von ihnen geschliffen worden. Sowohl die innere als auch die äußere Hecke hatten sie angezündet, die verkohlten Reste dem Erdboden gleichgemacht und die Asche in alle Himmelsrichtungen verstreut. Die schwarze Rauchsäule des schwelenden Torfs war noch Wochen später in den grauen Himmel gestiegen.

In der Hafensiedlung hatte Jorlund Stellgar die ganze Zeit über in Augen gestarrt, während er sich an die Ereignisse in der Moorfestung erinnert hatte.

Schließlich nickte Jorlund zufrieden, stellte keine weiteren Fragen und gab keine weiteren Kommentare. Seine Getreuen beobachteten ihn, suchten nach versteckten Hinweisen in seinem Verhalten. Ein Zwinkern, ein vertrauliches Nicken, ein wissender Blick. Doch sie entdeckten nichts. Jorlund gab nie Empfehlungen. Er blieb neutral. So hatte er es immer gehalten.

Hatte Jorlund Stellgar durchschaut? Wie würde er sich entscheiden? Was würden seine Männer tun? Auf wessen Seite würden sich die Neuen aus dem Moor schlagen? Stellgar hörte Hagens Worte, als würde er neben ihm stehen:

»Wir haben eine Laus im Pelz.«

Wenn jemand Hagen gefährlich werden konnte, dann war er es. Stellgar, die rechte Hand des Anführers. Hatte Hagen am Ende ihn gemeint?

25. STILLER BEGLEITER

Mega hockte mit aufbereitetem Wasser und Löwenzahnsalat in der Hitze eines Dunst verhangenen Tages am Straßenrand, den Rücken ans rechte Hinterrad des INDU gelehnt, flankiert von moosbedeckten Baumstümpfen. Sie versuchte sich vorzustellen, wie groß die Bäume früher gewesen sein mussten. Beeindruckend hoch mussten sie sich in den strahlend blauen Himmel gereckt und über die gesamte Straße entfaltet haben. Unter den knorrigen Ästen und dem dichten Laub musste es kühl, feucht und dunkel gewesen sein. Eine herrliche Vorstellung. Jetzt freilich war von der Pracht vergangener Tage nichts mehr übrig. Nur Stümpfe und Löcher, so weit das Auge reichte.

Neuerdings band Mega sich ein Tuch um den Kopf, um sich vor UV-Strahlung und Staub zu schützen. So milchig und harmlos das Licht des Ödlandsommers auf den ersten Blick wirkte, so aggressiv und hinterhältig verbrannten ihr Gesicht und Hände. Sie versuchte Nathans Wickeltechnik zu imitieren. Nachdem sie eine Weile erfolglos gefummelt hatte, gab sie auf. Der dreckige Stofffetzen saß schief und ließ sie vermutlich lächerlich aussehen, doch er war besser als nichts.

Zum dritten Mal innerhalb von kurzer Zeit setzte sie den INDU wieder zusammen, weil der Asphalt der schmalen Landstraße einen Fahrversuch sinnvoll erscheinen ließ. Vor ihr wand sie sich einen sanften Hang hinunter und passierte verwilderte Felder, aus deren Bewuchs sie farblose Tierschädel anlächelten.

Obwohl sie keiner Menschenseele begegnet war, überkam sie seit ein paar Tagen das Bedürfnis, in Deckung zu gehen und sich zu verstecken. Ihre Instinkte ließen sich nicht täuschen. Irgendjemand beobachtete sie, folgte ihr schon seit geraumer Zeit. Sehen oder hören konnte sie nichts. Egal, wie lang sie sich auf die Lauer legte, egal, wie genau sie den Boden untersuchte, sie fand nirgendwo Spuren.

Im Hühnerstall eines landwirtschaftlichen Betriebs entdeckte sie die Profile schwerer Armeestiefel auf einer weichen Stelle im Boden. Da sie geschützt lag, war der Abdruck konserviert worden. Die Knochen eines Hühnchens, das von der Person vermutlich getötet worden war, lagen, von Insekten blank gefressen, daneben. Diese Spuren waren jedoch viele Jahre alt. Sie konnten nicht die Quelle ihres Unbehagens sein.

Was sollte sie tun? Sie konnte sich nicht den ganzen Tag auf die Lauer legen. Ihre Vorräte wurden knapp und bisher hatte sie keins von Nathans Verstecken gefunden, obwohl sie jede Ansiedlung und jedes Haus entlang der ersten Teerstraße hinter dem Fluss durchsucht hatte. Auch Nathans Spuren entdeckte sie nirgendwo. Er besaß Übung darin, sie zu verwischen, trotzdem kamen Mega Zweifel. Suchte sie auf der richtigen Straße? Hatte Nathan es überhaupt bis hierher geschafft? Hatte er kehrtmachen müssen?

Im Osten zog der Fluss als breiter glitzernder Streifen eine lang gestreckte Rechtskurve. Überflutete baumlose Auen wurden von Zäunen, in denen sich Müll verfangen hatte, in regelmäßige Rechtecke unterteilt. Ein einzelnes Gebäude hatten die Wassermassen verschont und es zu einer unerreichbaren Insel inmitten tödlicher Strömungen gemacht. Eine Brücke entdeckte sie nirgendwo. Kein Boot, keine Furt, keine Pontons. Mega stellte nüchtern fest, dass sie weder überrascht noch enttäuscht war. In seinem Brief hatte Nathan eine Überquerungsmöglichkeit im Norden erwähnt. Irgendwann würde sie sie finden, davon war sie fest überzeugt und wenn sie den verdammten Fluss bis ganz zum Meer hinauf wandern musste.

Seit Tagen aß sie nur noch Löwenzahn. Doch selbst das bittere Unkraut schien es kaum noch zu geben. Zu viele hatten die Wiesen danach durchsucht, hatten jede Wurzel, jede Zwiebel, jede essbare Pflanze ausgegraben. Nichts war übrig geblieben. Nichts außer trockenem Gras. Wie von Fr. Dr. Kobe vorhergesagt, verlor Mega dramatisch an Gewicht. Seit Neuestem wurde ihr schwindelig, wenn sie zu schnell aufstand. So geht es nicht weiter, ermahnte sie sich. Du musst dringend etwas unternehmen. Nathans Verstecke waren hier irgendwo. Ganz sicher. Sie musste die Häuser eben noch genauer durchsuchen. Und wenn es nicht anders ging, eben doppelt und dreifach. Bis sie etwas fand. Nathan hätte sie deutlicher kennzeichnen können, doch dann hätte sie natürlich auch jeder andere finden können. In dieser Sache vertraute sie dem Gespür des Eremiten. Manchmal kam ihr der Gedanke, dass sie ihm vielleicht ein wenig zu sehr vertraute. Dass sie, bei aller Vorsicht und Sorgfalt, Verstecke übersehen haben könnte, war ein Gedanke, den Mega verdrängte.

Die Hände auf den Bremsen ließ sie den INDU den Hang hinunterrollen, um Kraft zu sparen. Diese Art der Fortbewegung war ihr die liebste. Ab und zu ein wenig bremsen, um nicht zu schnell zu werden, den Rest erledigte die Schwerkraft. Sie nuckelte lauwarmes Wasser aus dem Plastikschlauch des Aufbereiters. In der Stille, die sich im INDU ausbreitete, hörte sie ihr Herz schlagen, fühlte sie ihre Beine, die aufgescheuerten Innenseiten ihrer verschwitzten Schenkel, ihre schwieligen, dreckigen Hände auf dem Lenker. Sie war am Leben und in diesem kurzen Augenblick war es eine Wonne. Sie wusste weder, was werden würde, noch, wo sie eigentlich hinfuhr, und es war ihr vollkommen egal. Ein mächtiges Gefühl. Ihr Kopf sank in den Nacken und ihre Augen sanken zu Schlitzen zusammen. Sie war kurz davor, sie zu schließen, den Lenker loszulassen, alles loszulassen. Lautlos dahinzuschweben, das Schicksal entscheiden zu lassen.

Ein Lichtreflex weckte sie. Am linken Straßenrand tauchte eine Ansiedlung auf. Mega näherte sich ihr vorsichtig und hielt im Schatten der Barrikade, die man auf der Einfallsstraße errichtet hatte. Grüne Plastiktrennwände mit floralen Prägemustern. Dahinter stapelten sich Betonblöcke. Tiefbauelemente, ursprünglich für die Kanalisation gedacht, bedeckt mit Schwämmen und Regenspuren. Virtuos gepunktete Spritzmuster aus Sand.

Mega öffnete den Einstieg und schwang sich ins Freie. Bleiches Gras raschelte, ansonsten herrschte Stille. Sie griff ins Cockpit, warf sich den Gurt des Sturmgewehrs um den Hals und steckte sich den Grabendolch in den Gürtel. Dann hielt sie die Luft an und spähte vorsichtig unter dem Schlagbaum hindurch in das Neubaugebiet.

Es bestand aus verschnörkelten Reihen roter Backsteinhäuser. Eingefallene Spitzdächer, sandfarbene Fertiggaragen mit durchgeweichten Wänden. Die Scherben eingeworfener Fenster und geplünderter Hausrat, versteckt im hohen Gras der Vorgärten. Stürme hatten die Gerippe zerstörter Wintergärten hinterlassen. Sie nahm das Gewehr in beide Hände, eilte zum ersten Gebäude und schlüpfte hinein.

Dunkelheit verschluckte sie. Sofort umgab sie der typische Geruch verschimmelter Wände. Düstere Porträts starrten sie an. Eine Familie mit zwei Kindern. Ein Junge und ein Mädchen im geblümten Sommerkleid. Feuchtigkeit hatte die Farben verschwimmen lassen. Aus dunklen Augen weinten sie schwarze Schlieren. Eine Metallleiter, wahrscheinlich später hier abgestellt, führte in den ersten Stock hinauf. Auf Zehenspitzen schlich sie weiter und spähte in den nächsten Raum. Insekten summten an ihr vorbei, kreisten einen Augenblick und verschwanden. Das Glas der Terrassentür bedeckte den Wohnzimmerteppich wie ein kompliziertes Puzzle. Zerrissene Jalousien warfen schräge Lichtstreifen auf das faulende Parkett. Die minimale Luftbewegung, die Mega in den Raum brachte, reichte, um eine Sporenwolke auszulösen. Mega wich zurück und knotete ihr Kopftuch eng vor Mund und Nase.

In der Küche verströmten alte Wandschränke den Muff von Jahrzehnten. Aufgequollenes Sperrholz. Lackschichten, die abblätterten wie trockener Lehm. Billiges Aluminiumbesteck, wie ein Mikadospiel auf eine stumpfe Spüle geworfen. Ein schlichter Digitalwecker, den die Bewohner vielleicht als Eieruhr verwendet hatten, ruhte auf einem schmalen Regal. Unter dem Staub bewegte sich etwas. Mega näherte sich ungläubig. Zwei große Ziffern: 10 und 28. Gerade hatte sich die letzte Zahl verändert. Die Uhr ging noch? Wie lang mochte sie schon laufen? Dreißig, vierzig Jahre? Jemand musste die Batterien gewechselt haben. Es war hell. Gut möglich, dass es wirklich 10:28 Uhr war. Ihr wurde klar, dass Zeit keine Rolle mehr spielte. Diese Uhr nützte niemandem mehr, denn für eine Verabredung brauchte man zwei. Eine zweite Uhr und eine zweite Person.

Mega ging in die Knie, um den Boden genauer zu untersuchen, und ihr stockte der Atem. Fußspuren. Ein Mensch, der sich langsam bewegt hatte, damit der Staub nicht aufgewirbelt wurde. Deutlich konnte sie im Gegenlicht die Konturen der Fußabdrücke erkennen. Er hatte die Küche durchquert und den Kühlschrank geöffnet. Könnte es Nathan gewesen sein?

Mega zog die Tür des überdimensionierten amerikanischen Kühlschranks auf. Die verklebte Gummi-Isolierung krachte. Eine Plastikschale quietschte im Innenraum. Strenger, süßer Geruch breitete sich aus. Mega wich instinktiv zurück. Die Roste waren entfernt worden und die Wände bedeckten graue Wasserschlieren. Eine mumifizierte Kinderleiche starrte aus dem Schneewittchensarg. Hohlwangig, mit großen leeren Augen. Die Hände vor der Brust verschränkt, als wollte sie sich selbst umarmen. Das ursprünglich geblümte, jetzt schwarze Kleid lag luftig auf dünnen Oberschenkeln, die durch die Vertrocknung aufgesprungenen waren. Das Mädchen hatte sich vielleicht verstecken wollen und die Tür von innen nicht mehr aufbekommen. Ein grauenvoller Tod und trotzdem könnte er gnädig zu der Kleinen gewesen sein. Prof. Walden hatte ihr erklärt, dass der Tod durch Erfrieren einer der angenehmsten sei. Irgendwann spüre man den Körper nicht mehr und werde euphorisch. Man sterbe glücklich. Mega schauderte. Ihr Magen knurrte laut wie ein räudiges Tier und rief ihr den Grund der Durchsuchung in Erinnerung. Vorsichtig schloss sie den Kühlschrank wieder und ließ alles, wie es war.

Das Arbeitszimmer fand sie ebenfalls verwüstet. Bücher und Ordner lagen auf dem Boden verstreut. Computerteile waren fortgeschleppt worden. Zerschnittene Kabel bedeckten den Boden. Regale und Schreibtisch fehlten.

Am Ende des Flurs führte der Handlauf einer Treppe ins Untergeschoss. Mega beugte sich tief über den Boden. Auch hier: Spuren im Staub. Dieselben Stiefel, dieselbe Schuhgröße. Eindeutig ein Mann. Er war die Treppe öfter als einmal hinuntergestiegen, hatte sich aber bemüht, die Tatsache zu kaschieren, indem er auf die alten Spuren getreten war. Das würde er nur tun, wenn es dort unten etwas gab, das sich lohnte. Was, wenn er sich noch im Keller versteckte? Die Treppe verschwand in der Dunkelheit. Das Sturmgewehr schien ihr zu sperrig für den unübersichtlichen Ort. Mega schob den Lederriemen über den Kopf, zog den Dolch aus dem Gürtel und streckte die Hände nach vorn. Der kalte Stahl in der Faust fühlte sich gut an. Befremdliche Vorfreude durchströmte sie.

Schimmelsporen schwebten in der abgestandenen Hitze. Mega unterdrückte einen Hustenreflex. Sie roch nichts Giftiges oder Infektiöses, doch die Luft war weder sauber noch gesund. Vor ihr tauchte weißer Luftbeton auf. Unverputzt. Vielleicht ein Heizungskeller. Zwei Türen führten zu niedrigen Räumen. Im Ersten lagen Stoffklumpen auf dem Boden. Zerknüllte Kleidung, als wäre sie nach dem Waschen aus dem Korb gefallen. Mega lauschte. Nur das Singen ihrer Ohren, ihr Atmen und ein dünnes Ticken. Es roch nach Essig. Quälend langsam schälten sich geschraubte Regale und ein Heizkessel aus der Finsternis. Auf dem Boden schimmerten die Bruchkanten zerbrochener Flaschen. Dazwischen kletterten daumendicke Kakerlaken herum und beeilten sich knisternd in Ritzen und Spalten zu verschwinden.

Umgekippter Wein schmeckte grauenhaft, doch er war nicht giftig. Im Notfall wäre die Flüssigkeit trinkbar gewesen, in jedem Fall besser als ungefiltertes Wasser. Mega besaß inzwischen einen guten Riecher und der Geruch in diesem Keller sagte ihr, dass das Zerschlagen der Flaschen voreilig gewesen war. Sie hatte es also mit einem Mann zu tun, der es sich leisten konnte, wählerisch zu sein. Doch welcher Ödlandwanderer konnte das?

Stirnrunzelnd wandte sie sich ab und schlich zur nächsten Tür. Diesmal fehlte das Knistern von Chitinpanzern. Vorsichtig spähte sie um die Ecke. Undurchdringliche Schwärze und der strenge Schweißgeruch eines erwachsenen Mannes. Megas Puls erhöhte sich. War der Typ noch im Raum? Wenn er noch da war, dann hatte er die ganze Zeit über stillgehalten. Vorsichtig nahm sie die Kalaschnikow von der Schulter und entsicherte. So leise, dass man es außerhalb des Kellers nicht hören konnte, rief sie:

»Jemand da?«

Keine Antwort.

»Ich bin bewaffnet ... Ich brauch nur was zu essen.«

Kein Geräusch, keine Antwort. Der Raum schwieg. Ein totes, schwarzes Loch in der Wand. Möglicherweise hatte sie ihn weglaufen sehen. Die Reflexion? Vielleicht von seiner Waffe? Mega beschloss kein Risiko einzugehen. Sie zündete eines der Kleidungstücke an und warf es in den Raum. Es dauerte ein paar Sekunden, bis sich der Brand über die Hose ausgebreitet hatte. Eine Wäschekammer mit Maschine und Trockner. Jemand hatte Klamotten von den Leinen gerissen und sie zu einem nestartigen Nachtlager arrangiert. Neben der improvisierten Schlafstelle stapelten sich Konservendosen. Mega lief das Wasser im Mund zusammen. Sie warf die Waffe auf das Bett und hob die Dosen an. Eine nach der anderen. Alle waren fein säuberlich geleert worden. Nur hauchzarter Duft haftete noch an ihnen. Nach Tomaten, nach Pfirsich, nach Pilzen. Pfifferlinge vielleicht. Mega musste an die verkümmerten Exemplare aus Dr. Kamuras Zucht denken. Wie gern würde sie jetzt ein paar von ihnen essen. Mochten sie so geschmacklos und mickrig sein, wie sie wollten. Mega tauchte die Nase tief in die leeren Dosen, atmete gierig, bis ihr schwarz vor Augen wurde. In ihrer Frustration wollte sie die Dose mit aller Gewalt zurück auf den Haufen werfen. Sie hob bereits den Arm und biss die Zähne aufeinander.

In der Sekunde fiel ihr etwas auf. Die Dosen waren angerostet. Erde klebte an ihnen. Erde? In einem ausgebauten Keller? Dann stammten die Dosen nicht aus dem Keller. Doch woher kamen sie dann? Mega sah sich um und fand Spuren von Sand und getrockneter Erde vor dem Bett. Der Mann hatte die Dosen irgendwo ausgegraben und hier gesäubert. Mega bekam kaum noch Luft. Die Schimmelsporen und der Qualm der brennenden Synthetik waren zu viel auf einmal. Noch einmal sah sie sich um, dann lief sie zur Treppe zurück.

Im Schatten des Hauseingangs versuchte sie zu Atem zu kommen. Ein entsetzlicher Gedanke ließ ihr keine Ruhe: Hatte der Kerl eins von Nathans Verstecken gefunden? Wie hätte er sonst an solche Vorräte kommen sollen? Das passte leider viel zu gut. Mühsam versuchte sie sich Mut zu machen. Noch war nichts verloren. Der Typ war allein, genau wie sie. Das beruhigte sie ein wenig. Vielleicht konnte man mit ihm reden. Immerhin hielt sie es für unwahrscheinlich, dass er sie angriff. Doch er war ein erfahrener Wanderer. Er würde sich zu verteidigen wissen.

Sie kniff die Augen zusammen, löste sich aus den Schatten und hastete die Dorfstraße hinunter. Im Herzen der Siedlung begann sie erneut mit der Suche. Aufmerksam schritt sie verwilderte Gärten und Gemeindeflächen ab, spähte in jeden Schrank, sah unter jede Plastikplane, drehte jeden Stein um.

Sie hatte noch kein besonders großes Gebiet abgearbeitet, als sie ein relativ zentral gelegenes Haus erreichte, das aus der Reihe tanzte. Es besaß keinen Vorgarten und die Ecke des Gebäudes grenzte direkt an den überwachsenen Bürgersteig. An der Hausecke lehnte eine verschimmelte Europalette. Auf der zerschlissenen Transportunterlage klebten Grasreste und getrocknete Erde. Mega beschäftigte sich in Gedanken bereits mit dem nächsten Haus, als sie plötzlich innehielt. Europlatten bestanden aus Holz. Ruckartig machte sie kehrt und näherte sich dem grob zusammengezimmerten, halb vermoderten Ding. Die Palette musste bis vor Kurzem auf dem Boden gelegen haben. Mega streckte aufgeregt die Hand aus und kippte sie ein Stück nach vorn. Dahinter entdeckte sie feine Linien auf der Hauswand, mit einer Messerspitze eilig in den Putz geritzt. Ein fünfzackiger Stern. Nathans Zeichen. Sie suchte an der richtigen Stelle. Das allein war bereits eine gute Nachricht. Erleichtert schloss sie die Augen und schöpfte Atem.

Aufmerksam untersuchte sie den Boden vor der Palette. Gelbliche Halme lagen im Abdruck und richteten sich gerade auf. Man konnte erkennen, dass sie zum ersten Mal im Leben Tageslicht erblickten. Mega fielen Dr. Kamuras Spargelexperimente ein. Pflanzen färbten sich nur im Sonnenlicht grün. Fehlte Licht, wurde selbst Gras zu Bleichgemüse. Am Grad der Färbung konnte Mega erkennen, wann die Palette aufgerichtet worden sein musste. Ungläubig starrte sie auf den Boden. Vor ein oder zwei Tagen. Vorsichtig berührte sie die weichen Halme. Die Erde, in der sie steckten, bewegte sich. In präzisen Quadraten war der Boden ausgestochen und wieder in die alte Position zurückgesetzt worden. Mit vor Aufregung zitternden Händen griff Mega zur ersten Sode und hob sie aus der Mulde. Unter ihr lag Bauschutt. Jemand hatte das Loch aufgefüllt. Hektisch begann sie zu wühlen und warf Mörtel und Backsteinreste zur Seite. Irgendwann war das Loch leer und sie stieß wieder auf Erde und Wurzeln. Mega riss den Grabendolch aus dem Gürtel und grub weiter. Sie zitterte so sehr, dass sie sich fast geschnitten hätte. Doch sie fand nichts. Der Boden war hart und die Wurzeln fest. Noch tiefer hatte Nathan nicht gegraben. Sie kam zu spät. Das Versteck war leer. Der Unbekannte hatte es gefunden. Ihr wurde schwindelig. Ihr Mund schmeckte nach Blut, als hätte sie sich auf die Zunge gebissen.

Er hatte ihr Versteck gefunden. Doch das war nicht das Schlimmste. Der Glückspilz wusste jetzt, wie sie gekennzeichnet waren. Megas Kopf sackte nach vorn, als hätte sie einen Schlag in den Nacken bekommen. Das waren grausame Neuigkeiten. Etwas Schlimmeres hätte nicht passieren können. Sie hatte sich auf die Vorräte verlassen. Sie brauchte sie.

Doch die leeren Dosen, die so herrlich rochen, lagen im Keller neben dem Nachtlager des Unbekannten. Was für ein unglaubliches Glück für diesen Kerl und was für ein entsetzliches Pech für sie. In einem plötzlichen Schub anschwellenden Zorns erhob sie sich ruckartig und ballte die Faust so fest um den Griff ihres Dolches, dass die Knöchel weiß wurden. Nathan hatte diese Lebensmittel für sie versteckt. Der verfluchte Scheißkerl hätte ihr wenigstens etwas übrig lassen können. Was fiel ihm ein, ihre Vorräte zu stehlen? Am liebsten wollte sie laut schreien. Seinen Namen rufen, wenn sie ihn gekannt hätte, ihn auffordern herzukommen und zu kämpfen. Wenn der Kerl jetzt auftauchen würde, sie würde ihn töten, dachte sie. Sie würde ihm entgegenrennen und ihm den Dolch ins Gesicht rammen. Es dauerte eine Weile, erschreckend lang, bis sie sich wieder beruhigte.

Niedergeschlagen kehrte sie zum INDU zurück, füllte den Filter mit Regenwasser aus einer Plastiktonne und trank in der Abenddämmerung in kleinen Schlucken. Der Himmel änderte seine Farbe bereits von Rot zu Blau, als ihre Augen schwer wurden und sie daran denken musste, ihr Biwak vorzubereiten.

In den nächsten Tagen kaute sie auf Holzstücken und versuchte sich mit Sand- und Löwenzahnsuppe die Illusion von Nahrung zu verschaffen. Sie versuchte zu vergessen, was der Mann ihr genommen hatte, versuchte sich in seine Lage zu versetzen und sagte sich, dass sie genauso gehandelt hätte. Was würde sie tun, wenn sie ein fremdes Versteck fand? Die Vorräte unangetastet lassen? Sicherlich nicht. Sie würde sich bedienen, genau wie er es getan hatte. Also konnte sie ihm keinen Vorwurf machen. Doch so sehr sie sich die Situation auch schönzureden versuchte, so deutlich spürte sie doch, dass sie abbaute. Von Tag zu Tag fiel es ihr schwerer, sich zu konzentrieren. In den Nächten erwachte sie, weil die Magenschmerzen zu groß wurden. Immer wieder zuckte sie zusammen, weil sie glaubte, etwas gehört zu haben, riss die Waffe hektisch in die Höhe und brachte sich hastig in Sicherheit, nur um festzustellen, dass sie erneut Dinge gespürt hatte, die es nicht gab.

Jeden Tag fiel es ihr schwerer, in die Pedale zu treten. Und wenn ihr Glück nicht bald zurückkehrte, dann würde sie demnächst selbst dafür keine Kraft mehr haben.

26. DER SCHWACHE NÄHRE DEN STARKEN

Hagen blieb im Nebel zwischen den Containern zurück. Umgeben von einer Sinfonie aus Quietschen und Wummern, die die Metallwände erzeugten, wenn sich der Wind in ihnen fing. Es gab noch etwas, was er erledigen musste. Etwas, was er sich gern erspart hätte. Er steuerte in die entgegengesetzte Richtung, weg vom Wachposten, einem unbekannten Ziel entgegen, zwischen den Silhouetten algenbewachsener Containerkatzen und Staplerwracks hindurch, weit und tief in die Dunkelheit des Hafens hinein.

Mitten im Labyrinth stand jener Behälter, der mit dem Zeichen markiert worden war. Hagen griff zum Riegel und zog vorsichtig an der Tür. Er öffnete sie, als müsste er einen heiklen, chirurgischen Eingriff vornehmen, Millimeter für Millimeter, um kein Geräusch zu verursachen, denn niemand durfte wissen, dass er hier war. Dann starrte er in die Dunkelheit, atmete die abgestandene Luft im Inneren des Stahlgefängnisses, diesen unverwechselbaren Geruch, den er nie vergessen würde, auch dann nicht, wenn diese Welt längst vergangen war.

Als wäre der Deich gebrochen, ergoss sich abgestandene Schwärze in die weniger befleckten Gebiete seines Bewusstseins, mit obszöner Härte, kalter Wucht und erschreckender Klarheit. Er hatte nichts vergessen. Nicht eine Sekunde. Als wäre es gestern gewesen. Als stünde er noch immer dort und sie direkt neben ihm.

Damals war er jung gewesen. Er hatte sich niedergelassen, in einer Enklave im Süden und eine Familie gegründet. Damals war ihm der absurde Gedanke gekommen, sie hätten das Schlimmste bereits überstanden. Die naive Vorstellung hatte Besitz von ihm ergriffen, irgendeine göttliche Gnade wäre ihnen zuteilgeworden und sie hätten tatsächlich eine zweite Chance bekommen. Er hatte fest daran geglaubt. Bis SIE kamen. Die dritte Fraktion. Hagen hatte mit vielem gerechnet, nur nicht damit.

Frauen waren verschleppt, Jungen getötet worden. Nur die Männer hatten sie am Leben gelassen. Mit ihnen hatten sie etwas Besonderes vorgehabt. Er hätte sich damals töten lassen sollen. Vieles wäre ihm erspart geblieben. Ihm und der Welt.

Hagen biss die Zähne zusammen, stieß die Luft hindurch, so sehr riss die Vergangenheit an seinen Eingeweiden, bis er es nicht mehr aushielt und die Augen schließen musste. Kalte Tränen rollten die vernarbten, rauen Wangen hinunter. Er hasste sich, weil er heulen musste, weil er dieses weinerliche Geschöpf war. Müde, alt und widerwärtig. Verzweifelt atmete er. Starrte erschöpft, mit geschlossenen Augen, auf die Trümmer seines Lebens, auf diese Karikatur, diese Ausgeburt der Hölle, zu der er geworden war, zu der er sich selbst gemacht hatte. Schließlich, nach langen Minuten des Atmens, wurde er ruhig. Irgendwann öffnete er die Augen. Starrte in die Finsternis. Niemand sah das kalte, weiße Lächeln.

Am nächsten Morgen erwachten alle wie von selbst, weit vor Sonnenaufgang, gaben sich putzmunter, gesprächig und in Anbetracht des Nahrungsmangels erstaunlich agil. An einem anderen Tag hätte man von guter Stimmung reden können, vielleicht sogar von Aufbruchsstimmung. Die Wahrheit war deutlich schlichter. Niemand wollte verpassen, was auch immer passieren würde.

Hagen gab sich schweigsam. Rico tat das Gleiche. Die Kontrahenten belauerten sich. Schlichen aneinander vorbei, als wollten sie zusammenstoßen und den anderen zwingen den ersten Schritt zu tun. Noch saß Hagen fest im Sattel. Alle warteten darauf, dass er das Startsignal gab, als wäre es seine Pflicht, den Befehl für das eigene Erschießungskommando zu geben.

Der Hunger raubte den Männern den Verstand, machte sie zu Tieren. Und die Tiere nahmen Witterung auf, suchten das schwächste Glied, um es zu reißen. Der Geruch von Blut lag in der Luft. Heute würde es Tote geben.

Hagen trug das Sturmgewehr locker in der rechten Hand. Den Finger am Abzug. Seine Augen spiegelten die Farbe der aufgehenden Sonne.

»Heute untersuchen wir die Schiffe. Drei Schiffe, drei Gruppen. Rico, du übernimmst die erste.«

Der Angesprochene drehte sich zögernd um. Er hatte nicht damit gerechnet, dass Hagen zur Tagesordnung übergehen würde. Sein Gesicht zuckte unkontrolliert. Es war deutlich zu erkennen, dass er sich nur mit äußerster Mühe zurückhalten konnte. Jeder sah, was in ihm vorging. Er lag wie ein offenes Buch vor ihnen, während Hagen ruhig wirkte, fast unbeteiligt. Doch zum ersten Mal seit langer Zeit brachte Hagens Kühle ihm keine Sympathien ein. Im Gegenteil. Rico war weder geschliffen noch intelligent, doch er taktierte nicht. Er sagte, was er dachte. Rico spürte, wie die Unterstützung in seinem Rücken wuchs. Mit Verachtung zog er die Nase hoch und spuckte den gelben Schleim vor Hagen auf den Boden.

»Du kannst dir gar nicht vorstellen, wie ich deine Spielchen satthabe.«

»Du möchtest also nicht das erste Schiff übernehmen?«

»Nein, ich möchte nicht das erste Schiff übernehmen.«

»Welches Schiff möchtest du dann?«

»Ich möchte gar kein Schiff.«

»Dann verweigerst du also den Befehl?«

»Du gibst doch keine Befehle, Hagen? Du gibst doch Ratschläge. War es nicht so? Und ich nehme ab sofort keine Ratschläge mehr an. Nicht von dir.«

»Ich rate dir dringend, dir das noch mal zu überlegen.«

»Sonst noch was?«

Hagen hob das Sturmgewehr. Männer zuckten aus der Schusslinie. Doch Hagen hatte nicht vor zu schießen. Er wischte sich nur mit der linken Hand Schmutz vom Rücken der rechten.

Rico bewegte sich keinen Millimeter. Er wusste, dass Hagen nicht ohne Weiteres schießen würde. Die beiden starrten sich an.

»Wie stellst du dir das vor, Rico? Einer muss sagen, wo's lang geht.«

»Da du das nicht mehr tust, muss es wohl jemand anderes machen.«

»Also, was willst du? Du musst schon sagen, was du willst, Rico!«

»Du wirst alt, Hagen. Sentimental. Du denkst an alles, nur nicht daran, dass wir was zu fressen brauchen. Du bist nicht mehr der Richtige. Du warst es mal, aber du bist es nicht mehr. Wir brauchen einen neuen Anführer. Wir brauchen ihn jetzt. Sofort.«

Es war raus. Alle hielten den Atem an. Eine falsch verstandene Bewegung konnte in diesem Augenblick eine Kettenreaktion auslösen. Hagen nickte unbeeindruckt, als hätte er dem Bericht eines erfolglosen Spähers gelauscht:

»Du willst die Führung? Hab ich das richtig verstanden?«

»Ja. Das hast du ganz richtig verstanden.«

»Dann sag es!«

Rico zögerte. Hagen erteilte ihm einen Befehl. Es war der Befehl zur Machtübernahme, doch es blieb ein Befehl. Eigentlich wollte er Hagens Befehlen nicht mehr gehorchen. Doch genau das würde er dann tun. Rico zuckte lustlos mit den Schultern, tat das Ganze als eins von Hagens Spielchen ab und wandte sich lauter an alle:

»Ich beanspruche hiermit die Führung. Ab sofort gebe ich die Befehle. Ist das klar? Sind alle einverstanden?«

»So einfach geht das aber nicht, Rico. Es gibt Regeln. Für alles gibt es Regeln.«

»Bullshit. Was für Regeln? Wir haben keine Regeln«,

knurrte Rico und witterte, nicht ganz zu Unrecht, eine Falle. Hagen kam näher und sah dem Kontrahenten in die Augen. Ricos Verbündete traten aus dem Schatten und näherten sich, woraufhin Stellgar und Ruben ebenfalls zur Stelle waren. Hagen spürte sie in seinem Rücken. Wer war noch da? Würde es reichen oder hatte Hagens Stündlein geschlagen? Väterlich fuhr er fort:

»Du bist zu uns gekommen, als ich bereits Anführer war. Du kannst die Regeln nicht kennen. Aber das heißt nicht, dass es sie nicht gibt.«

Rico verzog das Gesicht. Alles in ihm sträubte sich dagegen, auch nur eine Sekunde länger Hagens Reden zu ertragen, als urplötzlich, wie aus dem Nichts, ein anderer Mann sich neben ihn stellte.

Aus dem Hintergrund trat Bodo. Der robuste, einfältige Gesichtsausdruck des Moorbewohners war verschwunden. Eine Tarnung. Hagen musste zugeben, dass er einigermaßen überrascht war. Mit Bodo hatte er tatsächlich nicht gerechnet und trotzdem passte plötzlich alles zusammen.

Hagen stellte entsetzt fest, dass er sich an keine einzige Unterhaltung mit Bodo erinnern konnte. Der Kerl war ein weißes Blatt für ihn und Hagen wusste in dieser Sekunde auch genau, woran das lag. Wie hatte das passieren können? Stellgar und er hatten die Neuen aus dem Moor beobachtet. Ihnen war nichts aufgefallen. Hatte Stellgar ihn angelogen? In diesem Augenblick, zum ersten Mal seit langer Zeit, wurde Hagen mulmig zumute. Wenn er und Stellgar Bodo falsch eingeschätzt hatten, was hatten sie noch übersehen?

Bodo baute sich neben Rico auf und verschränkte die muskulösen Arme vor der Brust. Erstaunt stellte Hagen fest, dass der Kerl keine Angst hatte. Er blieb ruhig und schien sich seiner Sache sicher.

»Deine Lügen interessieren niemanden. Wir wissen, wie du die Dinge regelst. Wir hätten im Moor bleiben und bequem den Winter überstehen können. Wir hätten uns dort niederlassen und dort leben können. Doch das willst du gar nicht, hab ich recht? Bequem leben interessiert dich einen Scheiß. Du hast Tito getötet, weil er an etwas geglaubt hat, an eine Zukunft. Du wusstest, was passiert, wenn er stirbt. Du hast sie in den Selbstmord getrieben. Und wofür? Nicht mal für dich selbst. Für nichts. Du bist kein Anführer. Du bist wahnsinnig. Es gibt keine Regeln. Nicht unter dir.«

Mit sich überschlagender Stimme schnitt Hagen ihm das Wort ab:

»Halt's Maul! Es gibt Regeln. Ihr beide und alle, die hinter euch stehen, ihr kennt sie nur nicht. Deshalb erklär ich sie euch. Passt gut auf! Vielleicht lernt ihr noch was.«

Der Verräter war aus den Schatten getreten. Die Schlange hieß Bodo. Er verspritzte das Gift. Er hatte die Meuterei angezettelt. Erst jetzt wusste Hagen, wer an der Marionette Rico die Fäden zog. Erst jetzt kannte er die Laus, die sich in seinem Pelz eingenistet hatte. Innerlich wurde Hagen ruhig. Frieden breitete sich in ihm aus. Der Aufwand hatte sich gelohnt. Es wurde Zeit, den Sack zuzumachen.

Theatralisch deutete er nach Osten, in die aufgehende Sonne, die zwischen den Containertürmen hindurchschimmerte. Zur selben Zeit wurde Hagens Sturmgewehr, von allen unbemerkt, hinter seinem Rücken durch Rubens Beil ersetzt. Eine winzige, unsichtbare Bewegung, die selbst Stellgar nicht mitbekam, obwohl er direkt danebenstand. Der Zauberkünstler lenkte die Aufmerksamkeit seines Publikums im richtigen Moment geschickt auf ein unwichtiges Detail. Er wischte mit der Linken, als wäre er ein Fremdenführer, über die frisch restaurierte Sehenswürdigkeit des verrosteten Containerturms:

»Wir duellieren uns im Licht der aufgehenden Sonne. Auf diesem Turm. Und nur einer von uns wird lebend hinabsteigen.«

Die Ablenkung hatte Erfolg. Rico, Bodo und die Verbündeten der beiden blickten interessiert in die angedeutete Richtung. Zu spät realisierten sie, dass Hagens Geschichte keinen Sinn machte. Das Licht der aufgehenden Sonne schien jetzt. Bis sie nach oben geklettert wären, wäre die Sonne längst wieder hinter den Wolken verschwunden.

Während sie noch starrten und die Stirn runzelten, hob Hagen das Beil, schwang es mit aller Kraft, bis es singend die Luft durchschnitt, und trennte Rico mit einem gewaltigen Hieb den Kopf vom Unterleib. Das scharfe Metall fuhr mit wässrigem Krachen durch die Halswirbel. Der abgetrennte Schädel knallte gegen das Metall der Containerwand. Der Lärm riss die Meuterer schlagartig in die Realität zurück. Blut ergoss sich aus Ricos Stumpf über seine Getreuen, die entsetzt nach hinten auswichen und zu den Waffen griffen.

Als sie endlich schussbreit waren, mussten sie feststellen, dass man sie umstellt hatte. Stellgar, Ruben, Lothar, der alte Martin, Ramsan und Bassajew, die Neuen aus dem Moor, Marko, Duncan und Jan sowie Jorlund und sechs Männer seiner Gruppe zielten mit erhobenen Gewehren auf den Rädelsführer und seine Anhänger. Bodo stieß einen gequälten Schrei aus, eine Mischung aus Verzweiflung und Entsetzen. Wenige Stunden zuvor hatte es noch ausgesehen, als würden sich selbst die engsten Verbündeten von Hagen abwenden. Bodo wähnte sich auf der richtigen Seite, auf der Seite der Gewinner. Er hatte sich verrechnet.

Mit schneidender Stimme befahl Stellgar:

»Runter mit den Waffen!«

In der eisigen Stille, die dem Befehl folgte, sah es einen Moment so aus, als würden die Rebellen es vorziehen, Ricos Schicksal zu teilen. Hagen wartete zwischen den Fronten. Ricos Blut auf Gesicht und Händen. Grimmig verzog er den Mund, dann schrie er, so plötzlich und ungestüm, dass die Verschwörer ängstlich zurückwichen. Er riss das Maul auf und brüllte, mit hochrotem Kopf, dass der Hall von den Metallwänden der toten Stadt wie von tausend Verstärkern zurückgeworfen wurde. Selbst für Söldner galt das Gebot der Stille. Dass jemand brüllte, einfach so, ohne Sinn und Verstand, verstörte die Männer zutiefst. Es machte ihnen mehr Angst als der Anblick des Geköpften vor ihren Füßen. Den Verrätern dämmerte, dass sie keine Wahl hatten. Sie ließen die Waffen fallen, gingen in die Knie und senkten die Köpfe. Nur Bodo, der keine Waffe trug, blieb wie angewurzelt stehen. Der Schock zementierte ihn. Er schien zu ahnen, dass Demut ihn nicht retten würde.

Hagen verstummte und trat zurück, während seine Unterstützer weiterhin auf die Köpfe der Rebellen zielten, hob er erneut das Beil und ließ es auf Ricos Leiche hinabsausen. Der Schlag trennte den rechten Arm unterhalb der Schulter ab. Blut spritzte auf gesenkte Köpfe und in offene Münder.

Wieder und wieder riss Hagen die rot schimmernde Klinge in die Höhe, ließ sie nach unten schnellen, bis sie sang. Wieder und wieder hieb er auf die Leiche ein, zerstückelte sie, teilte sie in handliche Portionen. Mehrere Minuten lang war nichts anderes zu hören als das

Geräusch der Klinge, das Krachen der Knochen und das Klatschen des Blutes. Die Söldner schwiegen und starrten ihren Anführer mit geweiteten Augen an, während sich die Gesichter rot färbten in der warmen Gischt.

Die nackte Angst, Hagens Wahnsinn könnte auf sie überspringen, erschreckte sie zutiefst, lähmte sie. Immer wieder schlug er zu, ohne einen Ton von sich zu geben. Die eisern kontrollierte, zügellose Gewalt, dieser Hass gegen den Boden, auf den er einschlug, ließ sie erstarren. Der dunkle Meister schwang den Taktstock und sie sangen schweigend seine Hymne. Er war ihnen über. Ihnen allen. Niemand durfte sich mit ihm anlegen.

Im Kontrast zu der Szene, die sich vor ihren Augen abspielte, beruhigte das Geschehen die Männer. Erst jetzt, als sie in Ricos Blut badeten, erhellte sie das Licht der Erkenntnis, ließ sie lächeln wie satte Kinder an der Brust der Mutter. Alles war gut, alles hatte einen Sinn. Ohne das Misstrauen, das Hagen gesät hatte, ohne den Zweifel der engsten Vertrauten hätte sein Plan nicht funktioniert.

Bodo, der enttarnte Verräter, versuchte sich unauffällig aus der Schusslinie zu entfernen. Er kam nicht weit. Martins Gewehrlauf zwang ihn stehen zu bleiben. Der Alte mit der Augenklappe lächelte mild und untertänig und schüttelte bedauernd den Kopf.

Erst während der letzten Hiebe merkte man Hagen eine gewisse Ermüdung an. Schwer atmend richtete er sich auf und gab Ruben sein Beil zurück. Die Rebellen erwarteten mit gesenkten Köpfen ihr Urteil. Hagen jedoch griff in Ricos Überreste, einem blutigen Haufen aus Fleisch- und Gewebefetzen, dampfend in der kühlen Morgenluft und zur Überraschung aller streckte Hagen es dem ersten Verräter entgegen. Der Mann sah ihn verwirrt an, wusste nicht, was er tun sollte. Hagen bot ihm erneut das Fleisch an, machte ihm mit einer Geste klar, dass er zugreifen konnte. Zögernd nahm der Mann das Stück entgegen. Hagen verteilte Ricos Überreste an die Männer wie ein Priester das Brot an die Gläubigen. Dann hob er einen blutigen Klumpen in den Himmel und murmelte:

»Blut und Asche.«

Mit der anderen Hand fuhr er sich durch das Gesicht und verteilte das Blut zu einer gleichmäßigen roten Lasur. Die Männer kannten die Geste. Sie folgten Hagens Beispiel, nahmen sich ein Fleischstück, verteilten das Blut des Geköpften, das an ihren Händen klebte, auf Gesichtern und Armen und flüsterten mit rauen Stimmen:

»Blut und Asche.«

Ramsan griff in die alte Kohle des Lagerfeuers, holte zwei Hände voll hervor und verteilte sie. Die Söldner nahmen sich davon und malten sich mit groben Strichen die schwarzen Konturen von Totenschädeln und Knochen auf das rote Fleisch. Alles geschah in zeremoniellem Schweigen, jeder, selbst die Neuen aus dem Moor, wussten, was sie zu tun hatten. Ramsan und Bassajew halfen den Knieenden.

Nur Bodo beachtete niemand. Er bekam weder Fleisch noch Kohle. Er stand mitten unter ihnen und war der einsamste Mensch des Ödlands.

Als sie fertig waren, hob Hagen erneut seinen blutigen Brocken und intonierte feierlich mit fester Stimme:

»Der Schwache nähre den Starken!«

Auch die Männer hoben ihr Fleisch und wiederholten, wie aus einem Mund, voller Inbrunst und von ganzem Herzen:

»Der Schwache nähre den Starken!«

Dann bissen sie zu, kauten, schmatzten und schluckten die dampfende, zähe Masse. Hagen ergriff erneut das Wort:

»Er war einer von uns. Er wird in uns weiterleben. Seine Stärke ist unsere Stärke. In unseren Reihen ist jeder willkommen. Auch diejenigen, die vom rechten Weg abkamen. Selbst jene, die jetzt vor uns knien. Sie wurden geblendet. Jetzt sehen sie die Wahrheit. Ich sage, wir lassen sie leben, wenn sie es wollen. Seid ihr einverstanden?«

Die Ankündigung kam so überraschend, dass einige zu kauen vergaßen. Verlegenes Husten. Die Verschwörer wussten nicht, was die richtige Antwort auf Hagens Frage war und ob sie überhaupt gefragt worden waren. Niemand antwortete. Hagen wiederholte die Frage:

»Seid ihr einverstanden? Wollt ihr leben?«

Stellgar hatte als Einziger den Mut, etwas zu sagen:

»Sie sollen leben!«

Andere schlossen sich an. Schließlich erklangen die rauen Stimmen der blutrotschwarzen Knochengesichter im Chor:

»Leben! Leben! Leben!«

Hagen nickte:

»Wir schenken euch das Leben, wenn ihr schwört, dass ihr euch nie wieder feigem Verrat anschließt! Schwört es!«

Die Verräter schworen Hagen erneut die Treue. Hagen zog einen nach dem anderen auf die Beine, sah ihnen in die ängstlichen Augen und schlug ihnen auf die Schultern. Die Männer kehrten zurück in den Schoß der Horde und kein Makel blieb an ihnen. Ihr Vergehen wurde aus dem Gedächtnis der Truppe gelöscht.

Die Verräter standen antriebslos und desorientiert herum, feucht vom Blut wie neugeborene Kälber. Die anderen sprachen mit ihnen, lenkten sie ab, gaben ihnen Aufgaben, wussten, was sie zu tun hatten, um die Verlorenen aufzufangen. Ramsan und Bassajew beeilten sich, Ricos Überreste einzusammeln und schickten Männer, um Wasser zu holen.

Die Moorbewohner warteten mit gesenkten Köpfen. Ohne ihre Hilfe hätte Hagens riskantes Manöver nicht funktioniert. Nur Marko besaß die Courage, Hagens Blick zu begegnen. Der Anführer bedankte sich mit einem Nicken bei ihm:

»Eben ist ein Platz frei geworden. Interesse?«

Eine Träne sickerte aus Markos lidlosem Auge, zog ihre Spur über das misshandelte Gesicht und wusch Blut und Asche fort. Die verwachsene Ledermaske starrte bewegungslos, selbst die Augen ruhten in der Puppe, als wäre sie ausgestopft. Schließlich nickte sie mechanisch.

»Bestens.«

Hagen wandte sich zufrieden an die anderen:

»Ruben, du holst dir Roderick zurück, sonst fängt er noch an zu heulen. Marko ist ab sofort der dritte, neben dir und Stellgar. Seid ihr einverstanden?«

Alle signalisierten Einverständnis. Damit musste der Moorbewohner nur noch von drei Männern Befehle entgegennehmen. Alle anderen waren ihm untergeordnet. Eine außergewöhnliche Ehre und eine schwindelerregend steile Karriere für einen Mann, der vor wenigen Monaten noch Hagens Erzfeind gewesen war. An einem anderen Tag hätte die Entscheidung zweifellos Unruhe verursacht, in diesem Augenblick wurde sie hingenommen wie ein Naturereignis.

Stellgar war es, der die unangenehme Aufgabe übernahm, Hagen daran zu erinnern, dass noch nicht alles erledigt war:

»Was machen wir mit ihm?«

Bodo blinzelte unaufhörlich, als wenn er etwas ins Auge bekommen hätte. Seine Wangen schimmerten feucht und die kräftigen Arme hingen schlaff an seinen Seiten. Er sah sich die Gegend an, als wäre sein Urlaub überraschend beendet worden und er würde vor der Abreise noch möglichst viele Eindrücke sammeln wollen.

Ein stabiler, brauchbarer Mann, dachte Hagen. Viel intelligenter, als er ihn die ganze Zeit über eingeschätzt hatte. Er besaß unbestreitbar Qualitäten und würde trotzdem immer eine Gefahr bleiben.

»Eins würde mich interessieren, Bodo.«

Der Angesprochene reagierte kaum, sah an Hagen vorbei.

»Warum hast du mich verraten?«

»Du weißt warum. Jeder hier hat bessere Gründe als ich. Du hast den Tod tausendfach verdient.«

»Sicher. Aber da bin ich nicht der Einzige. Hier gibt's jede Menge kaputte Leute. Aber der Grund ist sowieso gelogen, hab ich recht? Wie alles, was aus deinem Mund kommt. In Wahrheit mochtest du Tito genauso wenig wie mich. Deswegen bist du zu uns gekommen ... DU willst hier Befehle geben, hab ich recht? Doch du konntest es im Moor nicht und du kannst es jetzt nicht.«

Bodo reagierte nicht. Nur seine Augäpfel zuckten nervös hin und her, suchten verzweifelt einen Ausweg, fanden aber keinen. Hagen seufzte. Die Unterhaltung ermüdete ihn.

»Wir können nichts für ihn tun. Fesselt ihn und legt ihn auf den Turm.«

Er zeigte wieder auf den Containerturm im Osten.

»Die Möwen müssen auch leben.«

Bevor Bodo sich beschweren oder schreien konnte, hielt Ruben ihm den Mund zu, während Stellgar und Marko ihm die Arme auf den Rücken drehten und sie so eng banden, dass die Knochen knackten und ihm die Augen aus dem Kopf traten. Sie verschnürten ihn mit Stacheldraht zu einem festen Paket, dann trugen sie ihn auf den Turm und ketteten ihn mit dem Gesicht nach oben auf den Boden, damit die Möwen Augen und Zunge zuerst fressen konnten.

Die Initialen auf seinen Waffen wurden entfernt, seine Kleidung und seine Halbseligkeiten unter den Männern aufgeteilt. Sein Andenken wurde gelöscht, sein Name nie wieder erwähnt. Wenige Stunden später, während die Möwen auf dem Turm noch kreischend um die Beute kämpften, war es bereits so, als hätte ein Mann namens Bodo nie existiert.

Ricos Andenken hingegen wurde in Ehren gehalten. Er war ein Krieger gewesen, der beste Messerkämpfer des Ödlands. Eine Legende, die ehrenhaft im Zweikampf fiel. Es war diese Geschichte, die erzählt wurde, und nach einiger Zeit, war es diese Geschichte, an die sich die Männer erinnerten.

27. DAS GESCHENK

Die Strecken, die Mega zurücklegen konnte, wurden jeden Tag kürzer. Die Pausen, die sie machen musste, jeden Tag länger. Immer öfter kam sie mit den Tagen durcheinander. War es zwei Tage her, dass sie diesen Schuppen mit der abblätternden Farbe passiert hatte? Schließlich verlor sie jedes Zeitgefühl. Wann war sie aufgebrochen? Sie konnte sich nicht mehr erinnern.

Eines Morgens erwachte sie im Wohnzimmer eines Hauses und erinnerte sich beim besten Willen nicht mehr daran, wie sie an diesen Ort gekommen war.

Eine Weile verharrte sie im Schwebezustand der Unwissenheit. Träumte sie oder blickte sie bereits auf ihre Leiche hinab? In diesem Moment wurde ihr klar, dass es keinen Unterschied mehr gab zwischen dem einen und dem anderen. Man gab sich nur allzu bereitwillig der Illusion hin, dass der Geist in diesem Körper dort unten wohnte. Ein Zustand, der das Bewusstsein beruhigen sollte, ihm das Gefühl geben sollte, es würde im Mittelpunkt stehen, es wäre das Wichtigste auf der Welt. Das fragile Konstrukt namens „Person" könnte nämlich ins Wanken geraten, wenn es feststellte, dass es austauschbar war und nichts mit dem Körper dort unten zu tun hatte.

Mühsam versuchte Mega sich aufzurichten. Ihr Rücken war taub und gefühllos. Sie hatte krumm auf einem ausgeleierten Sofa gelegen. Vorsichtig streckte sie die Beine, bis die Knochen knackten. Sie hatte von Brot und Butter geträumt und gesabbert wie ein Hund vor dem Fressnapf. Ein dünner Speichelfaden baumelte aus ihrem Mundwinkel. Die Zunge klebte im Gaumen und ihr Rachen fühlte sich an, als hätte sie Sägemehl gegessen. Sie ließ die Hand zur Seite rollen, in Richtung eines Metallbechers, an den sie sich seltsamerweise erinnern konnte. Er stand tatsächlich noch dort und war zur Hälfte mit Wasser gefüllt. Mega versuchte ihn anzuheben, schaffte es jedoch nicht. Entsetzen packte sie. Wenn sie selbst den Becher nicht mehr heben konnte, wie sollte sie die Reise fortsetzen? Sie fokussierte alles, was sie noch an Kraft und Willen aufbringen konnte, auf den Becher und ihre Hand und versuchte es erneut. Diesmal schaffte sie es. Zitternd balancierte sie das kalte Metall an die spröden Lippen. Das kühle Nass rann erfrischend ihre Kehle hinunter. In kleinen Schlucken leerte sie den Becher und setzte ihn stöhnend ab, als hätte sie Schwerstarbeit verrichtet. Langsam kehrten die Lebensgeister zurück und die Panik legte sich ein wenig.

Wo war sie? Wie war sie hierhergekommen? In ihrer Erinnerung klaffte eine gewaltige Lücke. Draußen herrschte das übliche Zwielicht, das jede Spekulation über die Tageszeit zum Ratespiel machte. Dünner Regen prasselte auf entfernte Metalldächer. Feuchtigkeit tropfte an undichten Stellen. Der Ort war gut gewählt. Das Haus besaß heile Fenster. Zerstörte hatte jemand mit Gipsplatten und Decken zugenagelt. Ritzen waren sorgfältig verstopft worden. Die Behausung musste Reisenden schon öfter als Nachtlager gedient haben. An der hohen Decke schaukelte ein verstaubter Lüster im Luftzug. In der düsteren Ruine wirkte er seltsam deplatziert. Seine Glühbirnen hatte jemand durch Kerzen ersetzt. Keine schlechte Idee. Mega besaß nur keine Kerzen mehr. Im Halbschatten erkannte sie eine Treppe, die in den ersten Stock hinaufführte. Umgebung, Gerüche und Geräusche kamen ihr plötzlich vertraut vor. Bruchstückhaft wollten sich Verdachtsmomente zusammensetzen, doch kein vollständiges Bild.

Den INDU entdeckte sie nirgendwo. Wo hatte sie ihn abgestellt? Mega stockte. Sie konnte sich nicht entsinnen, zuletzt gefahren zu sein. Doch den Rucksack getragen zu haben, das kam ihr ebenso wenig plausibel vor. Dazu war sie viel zu schwach. Was genau machte sie hier eigentlich? Sie wusste weder, woher sie kam, noch, wohin sie wollte. Ihr Gehirn schien die Informationen nicht mehr abrufen zu können. Wieso war es so ruhig draußen?

Tränen der Verzweiflung rollten ihre Wangen hinunter. Sehr langsam, Fragment für Fragment, setzten sich Motive, Bilder und Begegnungen zur Vergangenheit einer Person zusammen. Mega nahm an, dass diese Person wohl sie sein musste.

Schon beim nächsten Mal könnte sie die Abfahrt verpassen. Dann wäre sie verloren, würde nur noch vor sich hindämmern, auf ewig sprach- und erinnerungslos durchs Ödland irren. Dann wäre sie eine Stumme, eine bleiche Erdmade, wie die verschreckten Kreaturen, denen sie während der zweiten Prüfung begegnet war.

Mühsam richtete sie sich auf, schob sich vorwärts, schwerfällig und steif wie eine Greisin. Im Türrahmen hielt sie sich fest, weil ihr schwindelig wurde. Verbissen schleppte sie sich weiter auf einen dunklen Flur, dessen Tapeten sich von den Wänden lösten und ein braunes Röhrenlabyrinth bildeten. Über dem Eingang drang gelbes Licht durch schmutzige Fenster. Es schien abzunehmen. Vielleicht neigte sich der Tag dem Ende entgegen. Auf der linken Flurseite entdeckte sie ein altes Badezimmer und auf dem gekachelten Boden das Gepäck. Der Wasserfilter wartete geduldig, unmittelbar daneben lagen ihre Waffen, zehn Meter von ihrer Schlafstelle entfernt. Möglicherweise hatte sie gar nicht vorgehabt sich schlafen zu legen. Vielleicht hatte sie sich nur umsehen wollen und das Bewusstsein verloren.

Eine frei stehende Badewanne dämmerte stumpf im Zwielicht. Ihr haftete nichts Weißes oder Glänzendes mehr an. Das Waschbecken musste jemand mit einem Hammer zerschlagen haben. Pulverisierte Keramikbrocken und Mörtelreste bedeckten den Boden. Der Spiegel, ein schmuckloses Quadrat, lugte blind durch den Staub. Feuchtigkeit hatte die Silberschicht angegriffen und schwarze Löcher hinterlassen.

Die Einsamkeit des Ödlands hatte Mega gelehrt auf jede Bewegung zu reagieren. Entsprechend zog die Reflexion des Spiegels, sofort ihre Aufmerksamkeit auf sich. Ihr Unterbewusstsein registrierte eine Bedrohung, bevor ihr Bewusstsein Entwarnung geben konnte. Mega zuckte zurück. Mit Verzögerung wurde ihr klar, dass die Person dort hinter dem Staub ihr Spiegelbild sein musste. Vorsichtig näherte sie sich dem fremden Ding und wischte mit dem Handrücken über das klebrige Glas. In Ödlandhäusern hatte sie alles Mögliche gefunden, doch nie einen Spiegel. Und als sie hineinsah, wusste sie auch, warum das so war.

Ein Gespenst aus Haut und Knochen starrte sie an. Ausgehöhlte Wangen, tief liegende, riesige Augen und spitz vorstehende Wangenknochen. Ihre Haut glänzte blass und kränklich. Einzelne Haarsträhnen, die sich gelöst hatten, schwebten dünn und brüchig wie an einer Leiche. Hilflos taumelte sie zurück. Mund und Augen aufgerissen, unfähig einen Zusammenhang zwischen sich und ihrem Abbild herzustellen.

Gelähmt vor Entsetzen wich sie zurück und sank getroffen auf den Boden. Heulen konnte sie noch, doch salzig schmeckten ihre Tränen schon lange nicht mehr.

Mit bleischweren Händen führte sie Routinehandgriffe aus. Mechanisch schob sie den Filter zur Seite, goss neues Wasser hinein und überlegte angestrengt, ohne sich wirklich auf die Richtung ihrer flüchtigen Gedanken festlegen zu können, was sie mit der Zeit anfangen konnte, die ihr noch geblieben war. Zwanzig Minuten hatte sie vielleicht noch, dreißig mit etwas Glück. Sie durfte nicht einschlafen. Wenn sie einschlief, könnte es das letzte Mal gewesen sein.

Plötzlich vernahm sie ein Geräusch. Ihr Gehör funktionierte bestens. Das war kein vom Dach rutschender Ziegel, kein bröckelnder Putz. Es klang eher wie eine eingeklemmte Tür, die über einen Steinboden gezogen wurde. In Sekundenbruchteilen entschieden Megas Instinkte, dass der Lärm von einem Menschen verursacht worden war. Schlagartig pumpte Blut durch ihre Adern und ließ ihr den Schweiß ausbrechen. Der Organismus schaltete auf Alarmbereitschaft und tat das einzig Mögliche: Er dopte sich mit Adrenalin. Hellwach riss sie die Augen auf. Schmerzen und Hunger verflogen und ihr Körper gehorchte plötzlich wieder. Gedanken fokussierten wieder auf das Wesentliche. Würde sich das Kratzen wiederholen? Mega griff zu den Waffen. Trotz Entkräftung spürte sie die dreizehn Kilo der Kalaschnikow kaum. Sie ahnte, dass sie sich verausgabte. Möglicherweise war dies ihr letztes Aufbäumen. Die letzten hellen Momente vor dem Kollaps.

Lautlos schlich sie zum Eingang. Hausbesetzer hatten vor langer Zeit stabile Bügel montiert. Mit spitzen Fingern griff sie zu dem Heizungsrohr, mit dem sie die Tür blockiert hatte. Behutsam bewegte sie die Klinke nach unten, schob den Kopf durch den Spalt und lugte nach draußen.

Ihr Haus gehörte zu einem Gutshof, den Scheunen, Ställe und verfallene Wirtschaftsgebäude umgaben. Auf der anderen Straßenseite standen Getreidesilos. Wie senkrechte Zeppeline verschwanden sie in grauem Dunst. Niedrige Backsteinmauern verbanden die Gebäude. Die Teerstraße vor der Domäne war unbefahrbar. Mega musste den INDU also geschoben haben. Doch, wo hatte sie ihn versteckt? Aufmerksam suchte sie die Umgebung ab, entdeckte jedoch nichts. Der Nieselregen hatte nachgelassen. Feuchtigkeit schimmerte auf Wegen und Unkraut.

Erneut ertönte das Geräusch. Es kam aus einem eingeschossigen Gebäude, direkt an der Straße, umgeben von provisorischen Schutzmaßnahmen. Stahlzäune und Stacheldrahtrollen. Jemand zog etwas Schweres über den Estrich der Baracke.

Für eine Tür tönte es zu lang und zu gleichmäßig. Außerdem meinte Mega am Ende ein Schnaufen zu hören. Der Unbekannte, schoss es ihr durch den Kopf. Der Glückpilz.

Über die geflieste Steintreppe schlich sie in den verwilderten Vorgarten hinunter und durch ein offenes schmiedeeisernes Tor hinaus auf die Straße. Die Hofstelle lag einsam. Nirgendwo eine Spur vom INDU. Wo zum Teufel hatte sie ihn abgestellt? Immerhin schien sie sich mit seiner Unterbringung Mühe gegeben zu haben.

Erneut das Geräusch. Ein lang gezogenes Kratzen und am Ende das Stöhnen. Eindeutig ein Mann. Es klang irgendwie wehleidig. Mega fiel kein besseres Wort ein. Als würde er sich selbst etwas vorspielen. Das überraschte sie. Es passte nicht recht ins Bild des zähen, intelligenten Wanderers, das in ihrer Vorstellung entstanden war. Mega beschloss ihren Gegner auszukundschaften, bevor sie Entscheidungen traf. Noch wusste sie nicht, mit wem sie es zu tun hatte. In der Hocke schlich sie neben einer schiefen Backsteinmauer durch knietiefes Gras. Nach zwanzig Metern stieß sie auf einen Vorhof, an dem windschiefe Verschläge und durchnässte Garagen grenzten, die von der Straße aus etwas nach hinten lagen. Eine Freifläche ohne Deckung. Ein verblassender Duft schwebte vor dem Gebäude. Neugierig sog sie ihn ein. Die stechende Note kam ihr bekannt vor. Dieser Kerl hatte im Haus des toten Mädchens übernachtet und ihr die Vorräte gestohlen. Ihr Verdacht schien sich zu bestätigen.

Flüchtig warf sie einen Blick zur Seite, entdeckte die Schemen landwirtschaftlicher Geräte in den Schatten der Garagen und entschied sich für den direkten Weg. So schnell sie konnte schlich sie über den Hof. Das unebene Kopfsteinpflaster bildete einen Hindernisparcours und forderte ihre Aufmerksamkeit.

Hinter Stacheldraht und Zäunen versank das Verwaltungsgebäude in der Dunkelheit. Ein gemauerter Rundbogen mit zahlreichen Einschusslöchern und gefährlichen Rissen thronte über dem Seiteneingang. Vom Tor fehlte jede Spur. Unebene Fliesen durchquerten eine verwilderte Rasenfläche. Die Haustür stand ein Stück offen. Mega hockte sich davor und lauschte. Das Flattern und Rascheln diverser Schrecken und Flügler umgab sie. Der Spalt reichte aus, um sich durchzuzwängen. Wie wenig musste von ihr übrig geblieben sein, dass sie durch diese Öffnung passte? Sie war offensichtlich dabei, sich aufzulösen.

Dunkelheit empfing sie. Vor ihr lag ein Gang, der eine Reihe von Büros miteinander verband. Vandalen mussten wie von Sinnen auf die Trennscheiben eingeschlagen haben. Die pulverisierten Splitter knirschten nicht lauter als Sand unter ihren Füßen. Mega bewegte sich trotzdem im Zeitlupentempo. Ihr Herz schlug laut und das Blut rauschte in ihren Ohren. Zentimeter für Zentimeter schob sie sich den Flur hinunter. Der Rest des Hauses schwieg, als würde jemand die Luft anhalten. Hatte der Kerl sie gehört?

Vor ihr tauchten die Umrisse einer Feuerschutztür auf. Ohne zu wissen, ob sie richtig war, drückte sie vorsichtig die Klinke nach unten. Die Tür ließ sich nicht öffnen. Neben der Klinke spürte Mega Unebenheiten. Irgendjemand hatte versucht sie mit einem Brecheisen aufzuhebeln und die Zarge mit Hammer und Meißel bearbeitet. Schusswaffenprojektile hatten daumentiefe Dellen in der Struktur hinterlassen. Mega hoffte, dass sie nicht vom Glückspilz stammten. Mit einer Waffe dieses Kalibers wollte sie keine Bekanntschaft machen. Ihre Fingerkuppen wanderten über die Grate der Metalloberfläche. Wasser lief ihr im Mund zusammen und ihr Mund schmeckte plötzlich metallisch, als würde sie nicht mit den Fingern, sondern mit der Zunge fühlen.

Angespannt wanderten ihre Augen durch die Räumlichkeiten. An einigen Stellen hatte die Feuchtigkeit die weiß lackierten Faserplatten, mit denen die Decke abgehängt worden war, verformt und zu Boden stürzen lassen. Dort krümmten sie sich gelb und trocken wie die Panzer verendeter Insekten. Über der Zwischendecke erkannte sie verstaubte Kabel, verkalkte Wasserleitungen und Lüftungsrohre. Der Bereich maß etwa 50 Zentimeter. Breit genug für sie? Vielleicht gab es dort oben eine Verbindung zum Hauptteil des Gebäudes? Mega richtete sich auf. In einem der Abteile lag ein Bürostuhl auf dem Rücken. Sachte stellte sie ihn vor die Tür, hängte sich das Gewehr auf den Rücken, stellte sich auf die Sitzfläche und schwang sich nach oben. Das Lederimitat knarrte unter den Stiefeln. Mega erstarrte, hielt den Atem an, lauschte. Ein Rumpeln, so leise, dass es auch der Wind sein könnte. Doch es war nicht windig. Dunstschwaden umgaben den Betrieb. Zögernd richtete sie sich auf, streckte den Kopf in den abgehängten Bereich und sah zur Seite. Hier war es noch dunkler und noch stickiger als im restlichen Büro. Hinzu kam strenger Plastikgestank. Bauteile, vielleicht die Kabelbinder oder die Dübel, mit denen die Aluminiumprofile vor Jahrzehnten in der Betondecke befestigt worden waren, schienen mit dem Klebstoff reagiert zu haben.

Würden die Halterungen der Zwischendecke ihr Gewicht tragen? Sie wog fast nichts mehr. Einen Versuch war es wert. Über der Feuertür schimmerte Licht durch ein Loch in der Wand. Kabel führten durch ein stabiles Gitter, das früher für die Luftzirkulation zwischen den Gebäudeteilen gesorgt haben musste. Mega ergriff es mit beiden Händen, hielt die Luft an und zog gleichmäßig daran. Mit einem Ruck löste es sich und ließ sich problemlos entfernen. Mega schob es vorsichtig zur Seite und verkantete es auf den Faserplatten. In das grob gemauerte Loch ragten Mörtelreste und halbierte Ziegel. Vorsichtig legte sie die Kalaschnikow auf die andere Seite, dann zog sie sich nach oben und steckte den Kopf ins Hauptgebäude.

Betörender Duft wehte ihr entgegen. Oh Gott, dieser Duft. Gebratener Speck. Herrlich fettiges Fleisch. Megas Speichelproduktion startete unmittelbar. Als wäre sie ein pawlowscher Hund und die Glocke hätte geläutet. Und es gab nichts, was sie dagegen unternehmen konnte. Ihr wurde schwindelig, so sehr regte der Geruch ihre Fantasie und ihr Verlangen an. Sie hatte sich kaum noch im Griff, konnte sich kaum davon abhalten, einfach weiterzukriechen. Sie musste endlich den entsetzlichen Hunger stillen. Dieses Monster besänftigen, das in ihr wohnte und sie allmählich von innen auffraß, bevor es ihm gelang die Kontrolle zu übernehmen. Vor ihr erstreckte sich ein Zwischenboden aus dünnen Faserplatten, genau wie im Nebengebäude. Mega schnallte sich das Sturmgewehr fest auf den Rücken. Wenn sie Füße und Hände auf die Profile und nicht auf die Platten stellte, konnte sie es schaffen. Ein einziges Geräusch und sie wäre einem Angriff von unten schutzlos ausgeliefert. Ihr Gegner müsste nur gegen die Decke schießen oder stoßen. Ein letztes Mal konzentrierte sie sich, begann von einem Knotenpunkt zum nächsten zu klettern und sich langsam durch den Zwischenboden zu hangeln. Schmale Lippen, kalkweiße Haut und glühende Augen. Ein spinnengleicher, tödlicher Schatten. Mit jedem Klimmzug und jeder Liegestütze, die sie frei schwebend in der stickigen, staubbedeckten Spalte zwischen nacktem Beton und haarigem Pressspan machte, kam sie ihrem Ziel näher. Auf der Hälfte erreichte sie ein Loch. Eine der Faserplatten war aus der Decke gefallen. Während sie still über das Sichtfenster glitt, hatte sie Zeit, den Gegner zu begutachten. Neben ihm lehnte ein einfaches Jagdgewehr an der Wand und in seiner Faust steckte eine automatische Pistole. Er hatte sich hinter einer Barrikade aus Schreibtischen verschanzt. Schleifspuren auf dem Boden zeigten die ursprünglichen Positionen des Mobiliars. Das Ziehen der Einrichtungsgegenstände musste die Geräusche verursacht haben.

Ein Handtuch lag als Nackenschutz über seinem Kopf und wurde von einer Baseballkappe fixiert. Kappe und Handtuch starrten vor Dreck, genau wie der Rest des Mannes. Das Gesicht erkannte sie nicht, doch den Bewegungen entnahm sie, dass er äußerst angespannt war und einen Angriff erwartete. Zum Glück nicht von oben. Die Blicke zuckten pausenlos von links nach rechts, von einer Tür zur anderen.

Auf einem Gaskocher hinter ihm brutzelte eine schmutzige Pfanne und verströmte den intensiven Speckgeruch, der sie fast um den Verstand brachte. Sie musste den Mund schließen und ständig schlucken, um nicht unkontrolliert zu sabbern. Vorsichtig bewegte sie sich weiter, tastete sich bis zur Wand. Schließlich rollte sie sich ein, streckte die Füße durch ein Loch und ließ sich an den dünnen Armen nach unten gleiten. Vor Anstrengung begann sie zu zittern. Auf den letzten Metern über dem Boden konnte sie nicht mehr und musste sich fallen lassen. Mit dem dumpfen Pochen ihrer Lederstiefel setzte sie auf.

Der Mann zuckte heftig zusammen, wirbelte herum und begann verzweifelt nach Luft zu ringen. Sie hörte ihn nur. Sehen konnte sie es nicht. Mehrere Bürowände lagen zwischen ihnen. In seiner Aufregung verursachte er viel zu viel Lärm. Mega ging in die Knie, schnallte die Kalaschnikow ab, presste sie fest gegen die Schulter, visierte die Flurecke an und bewegte sich nicht mehr. Egal wie groß der Hunger war, sie durfte nicht angreifen. Dann würde sie ins offene Messer laufen. Genau darauf wartete der Kerl. Sehr bald würden ihre Qualen enden, redete sie sich ein. Sehr bald würde sie etwas zu essen bekommen. Sie musste nur Geduld haben. Nur noch ein klein wenig Geduld. Nur noch ein einziges Mal.

Der Kerl versuchte den Atem zu unterdrücken, was ihm hörbar schwerfiel. Nach einer Weile verlor er die Nerven und begann zu jammern. Im Gegensatz zu Mega wusste er nicht, mit wem er es zu tun hatte, wer dort schweigend hinter der dunklen Ecke saß. Nach einer Weile rief sie zu ihm rüber:

»Hey.«

Der Mann stieß einen spitzen Schrei aus und drückte vor Schreck den Abzug. Es klickte. Nicht feucht oder schadhaft. Die Kammer war leer. Er hatte keine Munition mehr. Statt nachzuladen, raffte er das

Gewehr an sich. Bei jedem anderen Gegner wäre dies sein Todesurteil gewesen. Mega registrierte das Missgeschick nur mit stiller Zufriedenheit. Noch hatte sie nicht gewonnen. Mit dem Rücken an der Wand waren Menschen zu erstaunlichen Dingen fähig. Möglich, dass der Kerl über sich hinauswuchs. Immerhin hatte er gut gegessen. Mega versuchte ihre Stimme möglichst schwer und voll klingen zu lassen, um die Unterernährung zu verbergen. Ihr erster Satz kratzte dennoch wie der Fluch einer alten Hexe:

»Keine Dummheiten, Drecksack! Ich bin bewaffnet.«

Er schrie hysterisch. Die Stimme überschlug sich und das dünne Nervenkostüm drohte zu zerreißen:

»Ich habe ein geladenes Gewehr.«

Die plumpe Betonung der Tatsache, dass das Gewehr geladen war, bestätigte erneut Megas Verdacht, dass er keine Munition mehr besaß.

»Ich will nur was zu essen.«

»Ich hab' nichts.«

»Ich kann riechen, dass du was hast. Ich will was davon. Sofort!«

»Ich hab' alles aufgegessen.«

»Glaub' ich dir nicht.«

»Ich hab' nichts mehr.«

»Wenn ich dir nicht glaube, muss ich kommen und nachsehen. Ich gehe nicht, bevor ich mich nicht überzeugt habe.«

»Ich sag doch. Ich hab' nichts.«

»Ich nehm' die Hälfte, dann verschwinde ich.«

Der Mann schwieg, schien zu überlegen. Mega hakte nach:

»Also? Was sagst du?«

»Ich bin satt, aber davon kann ich kaum was abgeben oder?«

Mega konnte am Tonfall erkennen, dass der Mann die Wahrheit sagte. Er war zu nervös, um sich irgendwelche Lügen auszudenken. Die Erkenntnis machte ihr zu schaffen. Sie wurde den Geruch nicht los. Sie sah den gebratenen Speck vor sich, sie sah ihn in der Pfanne hin und her rutschen und brutzeln. Sie spürte das Fett auf der Zunge, konnte ihn schmecken. Sie wollte essen. Jetzt. Sie musste sich überzeugen, ob er etwas hatte. Sie musste nachsehen. In diesem Moment fiel ihr etwas ein:

»Was hast du gegessen?«

Der Mann zögerte.

»Schinken.«

»Woher hast du den?«

Der Mann antwortete nicht. Er schien nach einer passenden Antwort zu suchen. Mega wiederholte ihre Frage. Diesmal etwas schärfer:

»Woher hast du den Schinken, Mann? Mach's Maul auf!«

»Gefunden.«

»Wo?«

»Geht dich nichts an.«

»Du sagst mir jetzt, woher du den Scheißschinken hast, oder du bereust es!«

»Wenn du kommst, schieße ich.«

»Ich weiß, dass du keine Munition mehr hast. Ich hab' zwei volle Magazine. ICH erschieß' dich, wenn du nicht sofort das Maul aufmachst. Der Schinken. Woher?«

Der Mann jammerte.

»Hier gibt es weit und breit nichts. Keine Kartoffel, keine verdammte Zwiebel, selbst die Wurzeln sind ausgegraben. Du musst mir eine verdammt gute Geschichte erzählen, wenn ich dir glauben soll.«

Der Mann fluchte, schließlich rückte er kleinlaut mit der Wahrheit heraus:

»Hier drin. Irgendjemand hat Vorräte versteckt. Du warst es nicht, also gehören die Sachen auch nicht dir.«

»Ein Vorratslager?«

»Sag ich doch. Irgendein verdammter Idiot hat hier überall was versteckt. Den ganzen Fluss rauf. Drei Stellen hab ich gefunden. Vielleicht gibt's noch mehr. Du musst halt suchen. Ende der Durchsage. Ich hab' die Sachen gefunden, also gehören sie mir.«

»Du irrst dich. Die Sachen gehören mir. Ein Freund hat sie für mich versteckt und mit Sternen markiert. Für mich, kapiert? Damit ich sie finde. Das Zeug gehört mir. Du hast es mir gestohlen.«

Ob Nathan an diesem Ort ebenfalls einen Stern hinterlassen hatte, war reine Spekulation. Am Schweigen erkannte sie jedoch, dass sie den Nagel auf den Kopf getroffen hatte.

»Tolle Geschichte. Aber weißt du was: Ich glaub' dir nicht. Das hast du dir zusammengereimt. Wer ist bitte so bescheuert und versteckt Vorräte für dich?«

»Erinnerst du dich an das Mädchen im Kühlschrank?«

Der Mann antwortete nicht.

»Du hast im Keller übernachtet.«

»Kann sein. Na und?«

»Da war auch ein Vorratslager.«

»Du hast das Loch gefunden. Na und? Was beweist das? Gar nichts. Die Dosen sind leer. Ich hab nichts mehr.«

»Wenn du nichts mehr hast, brauchst du auch keine Angst zu haben, wenn ich nachsehe.«

Die Stimme des Mannes wurde schrill.

»Bleib weg! Bleib, wo du bist! Ich schlag' dich tot!«

Mega hörte deutlich, dass er kurz davor war, die Nerven zu verlieren.

»Ganz ruhig, okay. Ich bleib' hier ... Wie heißt du? Ich bin Mega ... Wie heißt du? Sag mir deinen Namen!«

Der Mann rutschte nervös auf dem Boden herum, doch er beruhigte sich etwas. Die Frage nach seinem Namen lenkte ihn ab. Er musste nachdenken.

»Wen interessiert das?«

»Mich interessiert es.«

»Glaubst du, du kannst mich einwickeln? Du sprichst mich mit meinem Namen an und ich find' dich plötzlich sympathisch oder was? Wir sind im Ödland, Mädchen. Namen interessieren einen Scheißdreck.«

Es wurmte Mega, dass er sie Mädchen nannte. Sie mochte jung sein, doch das war kein Grund, sie von oben herab zu behandeln.

»Ich will mich nur unterhalten.«

»Leck mich! Ich sag dir meinen Namen nicht. So dämlich bin ich nicht.«

Es war lange her, dass sie sich mit einem menschlichen Wesen unterhalten hatte. Der Kerl begann, ihr trotzdem auf die Nerven zu gehen. Mega drängte sich der Verdacht auf, dass die Diskussion keinen Sinn mehr hatte.

»Wie du willst. Wenn du ruhig bleibst, passiert dir nichts. Ich komm' jetzt rüber.«

»Nein. Bleib weg! Bleib weg!«

Die Stimme des Mannes überschlug sich. Er sprang über den Schreibtisch und rannte aus dem Büroraum auf den Flur, doch er ergriff nicht die Flucht. Er stürzte in ihre Richtung. Mit lautem Geschrei stürmte die in schwarze Lumpen gehüllte, unförmige Gestalt mit erhobenem Messer auf sie zu. Er hatte sie kalt erwischt. Damit hatte sie nicht gerechnet. Sie wollte es nicht, doch ihr blieben nur Sekundenbruchteile. Der Kerl war groß und schwer. Er würde sie umreißen, sie unter sich begraben und ihr in seiner rasenden Angst die Kehle durchschneiden. Ihr Finger krümmte sich am Abzug. Aus zwei Metern Entfernung feuerte sie dem Mann eine Salve in die Brust. Das Krachen zerriss die Stille im Umkreis von mehreren Kilometern. Die Projektile perforierten Brustkorb und Rücken des Mannes. Blutige Fetzen der Kleidung klatschten an die Wand. Das schmutzige Gesicht guckte verdutzt, während er auf die Knie sank. Blut quoll über seine Lippen. Er hustete schwach. Die Lungenflügel füllten sich. Er erstickte. Mega wich sicherheitshalber zurück, auch wenn sie nicht mit Gegenwehr rechnete. Der Typ nahm seine Baseballkappe ab, als würde er eine Trauerrede auf sich selbst halten wollen, und wischte sich mit dem eingeklemmten Handtuch den Mund sauber. Es half nichts. Es kam einfach zu viel. Dann klatschte er ungebremst auf den Boden. Mega verharrte bewegungslos, zielte weiter auf den stinkenden Kleiderberg. Plötzlich hörte sie seine Stimme. Der Kerl war zäh. Mega senkte die Waffe, legte sie schließlich ab und näherte sich. Sie sah die Austrittswunden auf dem Rücken und wusste, dass sie nichts mehr für ihn tun konnte. Dr. Kamura hätte ihm vielleicht helfen können. Doch hier draußen hatte er keine Chance. Sein Kopf lag auf der Seite. Er drehte die Augen nach oben. Sie schwammen orientierungslos, schließlich fanden sie Mega.

»Tut mir leid«,

flüsterte er. Megas Stimme zitterte.

»Ich hab' dir gesagt, ich bin bewaffnet.«

»Die Vorräte ... Ich wusste, dass sie für dich sind. Ich hab' dich gesehen.«

Er hob schwach die Hand in Richtung ihres Gesichts.

»Ich hatte Hunger. Ich ...«

Der Mann wollte noch etwas sagen. Kraftlos spuckte er Blut. Plötzlich packte er Megas Hand, zog sie nach unten und flüsterte ihr ins Ohr:

»Nimm alles von mir ... meine Sachen. Alles, was du brauchst. Nimm es dir ... Nimm alles von mir!«

Dann schloss er die Augen.

Es wäre angenehmer gewesen, genug zu essen zu haben. Genug für zwei Menschen. Dann hätten sie gemeinsam vor dem Gaskocher sitzen und sich unterhalten können. So, wie die Menschen das früher getan haben mussten. Doch im Ödland redete man nicht miteinander. Man brachte sich gegenseitig um. Mega legte ihre Hand auf die Schulter des Mannes und überlegte, ob sie etwas sagen sollte. Irgendwie hatte sie das Gefühl, dass er noch da war und sie noch hören konnte. Doch ihr fiel nichts ein. Schließlich flüsterte sie:

»Sei froh, ... du hast es hinter dir.«

Erschöpft rutschte sie nach hinten und sank mit dem Rücken an die Wand. Ihre Augen fielen zu und ihr Mund öffnete sich, als müsste sie sterben. Einen Moment später zuckten Megas Pupillen. Ihr fiel etwas ein. Was hatte er gesagt? „Nimm alles von mir!" Besaß er doch noch Vorräte? Ein Ruck ging durch ihren Körper. Sie durfte nicht einschlafen. Nicht, ohne etwas zu essen. Sie riss die Augen auf, doch die Welt verschwamm, wurde unscharf, als würde sie im Wasser schweben. Sie zwinkerte, rieb sich die Augen, bewegte sich, als hätte sie rohe Eier unter den Füßen. Gewehr und Leiche ließ sie liegen, wo sie hingefallen waren. Wie in Trance schob sie sich ins Büro und sah sich in der Kammer um. Alles ging deutlich langsamer, als wäre sie betrunken. Der Gaskocher stand noch an der Stelle, an der sie ihn von der Decke aus gesehen hatte. Der Mann hatte nicht viel dabei gehabt. In eine verdreckte Plastiktüte, in der zur Verstärkung noch zahlreiche andere steckten, hatte er Kleidung und andere Dinge gestopft. Dinge, die schwarz waren und stanken und die Mega nicht von Abfall unterscheiden konnte. Sie fand sich selbst schon dreckig, doch was ihr aus den Plastiktüten entgegenwehte, übertraf alles, was sie bis dahin erlebt hatte. Mega ließ sie fallen. Etwas Essbares würde sie darin ganz sicher nicht finden. Sie entdeckte einen Metallteller, in dem Fett glänzte. Brotkrümel auf dem gewellten Linoleum. Sie ging in die Knie, wischte über den Boden und kratzte zusammen, was sie finden konnte. Es roch wundervoll. Vielleicht hatte er die restlichen Vorräte versteckt. Sie hätte nicht schießen dürfen. Es hätte mit Sicherheit eine Möglichkeit gegeben, die Situation friedlich zu lösen. Jetzt war er tot und sie genauso schlau wie vorher.

Unschlüssig hockte sie sich in die Dunkelheit. Ihr Blick fiel auf einen der Schreibtische. Der Mann hatte ihn verschoben und die Arbeitsplatte zur Wand gerichtet. An den Schleifspuren konnte sie erkennen, dass er ihn extra aus einem anderen Büro hierhergezogen haben musste. Warum hatte er das getan? Ein Schreibtisch als Barrikade vor dem Eingang machte Sinn. Doch der zweite nahm nur Platz weg. Mega umrundete ihn und blickte in den Spalt dahinter. In der

Dunkelheit entdeckte sie einen Panzerschrank. Auf der Tür, neben dem Zahlenschloss, schimmerte der eingeritzte Stern. Aufgeregt ging sie in die Knie, untersuchte den Innenraum, schob ihre Finger durch die Fächer, erkundete jeden Winkel. Er war leer.

Sie kehrte auf den Flur zurück und starrte die Leiche an. Hier drinnen würde sie ihn nicht beerdigen können. Sie musste ihn ins Freie schleppen. Der Mann besaß einen breiten Körperbau und sah schwer aus. Zu schwer für eine zierliche Person wie Mega. Das schwarze Gesicht lag zur Seite gedreht in der Blutlache. Der Mann stank, dass sich Mega der Magen umdrehte. Sie ergriff die schwieligen Pranken, stemmte sich gegen das Linoleum und zog, doch der Leichnam bewegte sich keinen Millimeter. Noch einmal nahm sie alle Kraft zusammen und riss an den Armen, dass die eigenen zu schmerzen begannen. Keine Chance. Der Kerl war einfach zu schwer.

Schlagartig wurde ihr schwindelig. Mit der letzten Aktion hatte sie ihre Notreserven verbrannt und sich völlig verausgabt. Ihr Akku war leer. So leer, wie er nur sein konnte. Kurz wusste sie nicht mehr, wo sie war, einen Moment später fand sie sich auf dem Boden wieder. Vorsichtig rutschte sie nach hinten, ließ den Oberkörper an die Flurwand sinken. Sie atmete stoßweise, versuchte die Kontrolle über ihren Körper zurückzugewinnen. In ihren Ohren schrillte ein Warnton. Entsetzen packte sie. War es das? Der Lebenswille verließ sie, wie Blut die offene Pulsader. Das Schrillen wurde lauter, füllte den leeren Raum, der sich bildete, ließ die Luft kühl und angenehm werden. Wie frisches Wasser. Dann flossen die Wahrnehmungen zusammen, verschmolzen, wurden zu einem Punkt auf der ruhiger werdenden Linie des Oszilloskops. Irgendwann würde dieser Punkt stehen bleiben, dachte Mega. Und dann wäre es vorbei.

Etwas in ihr weigerte sich trotzig, wollte partout nicht gehorchen. Der Rebell in ihr, das kleine rothaarige Mädchen, stampfte mit dem Fuß auf den Badezimmerhocker, den es sich vor den Spiegel geschoben hatte. Dieses trotzige Wesen besaß die unerhörte Frechheit, die Dinge nicht so zu akzeptieren, wie sie waren. Es sah in den Spiegel und entdeckte unter ihrem rechten Auge den fünfzackigen blauen Stern. Es sah ihn und wusste, dass es noch nicht gehen konnte. Es hatte noch etwas zu erledigen.

Langsam öffnete sie ihre Augen. Alles in Ordnung. Sie war noch da. Nur eine kurze Verschnaufpause.

Die Leiche richtete die ausgestreckte Hand auf sie, als wollte sie ihr ein Angebot machen. Mega gruselte der Anblick. Das war kein Ort, an dem man schlafen wollte. Sie versuchte sich aufzurichten, doch ihre Beine machten nicht mit. Ihr wurde klar, dass sie zu schwach war, um das Haus zu verlassen.

In Megas Bewusstsein zeichnete sich immer deutlicher ab, dass es nur noch zwei Möglichkeiten gab. Die erste wäre, sich umzubringen. Schnell und schmerzlos, das Gewehr in den Mund und abdrücken. Und obwohl es im Moment nicht so aussah, gab es tatsächlich noch eine zweite Möglichkeit. Die Idee war ihr natürlich schon gekommen, hatte sich leise in ihr Bewusstsein geschlichen. Noch isolierte sie den Gedanken sorgfältig, verbannte ihn an eine Stelle, an der er keinen Schaden anrichten konnte. Doch jetzt stand die junge Frau vor dem Gefängnis der verbotenen Gedanken, tief in den Verliesen ihrer Seele und sah den Schlüssel in ihrer Hand. Würde sie ihn benutzen? Es würde keine Rettung geben. Ihr Körper würde vielleicht überleben, doch ihre Seele wäre verloren. Denn was einmal eine Option gewesen war, würde immer eine Option sein und dem Hunger würde sie im Ödland noch öfter begegnen. War es das wert? Still und schicksalsergeben bejahte sie die Frage. Sie hatte noch immer die Möglichkeit, ihre Freunde zu retten. Diese Hoffnung war jedes Risiko wert. Sie schob den Schlüssel ins Schloss und drehte ihn. Das Verlies öffnete sich.

„Nimm alles von mir!“ Es bestand kein Zweifel, was der Mann damit gemeint hatte. Er hatte ihr das Fleisch seines Körpers angeboten. Sie sollte ihn essen.

»Danke«,

flüsterte Mega und überlegte bereits, so abstrakt wie möglich, die Vorgehensweise. Sie besaß nicht das richtige Werkzeug für diese Arbeit. Der Grabendolch schien ihr ungeeignet. Sie hatte Kamura über die Kaninchen reden hören und in Erinnerung behalten, dass man ein Tier „abhängen“ musste. Wie sollte sie das anstellen? Der Kerl wog zu viel, um ihn zu ziehen, wie sollte sie ihn hochheben? Mega beschloss, ihn zunächst zu durchsuchen. Vielleicht hatte er ein Messer dabei. Auf allen Vieren kroch sie zur Leiche. Zum Glück lag sie nah an der Wand. Mega stemmte sich mit dem Rücken dagegen, schaukelte sie auf und rollte sie schließlich auf den Rücken. Durch den vor Dreck schwarzen, ehemals wahrscheinlich olivfarbenen Parker zeichneten sich Konturen ab, die nicht vom Körper stammen konnten. Vielleicht hatte er Innentaschen? Mit gerümpfter Nase und abgewandtem Gesicht öffnete sie den Reißverschluss und schlug die Jacke auf. Der Gestank war atemberaubend. Eine Mischung aus stechendem Männerschweiß, ranzigem Fett und Fäkalien. Jede Kloake war ein Luftkurort dagegen. Mega musste zurückweichen, Luft holen und es erneut versuchen. Unter mehreren Schichten abgewetzter Flanellhemden in Übergrößen trug er eine verstärkte Lederweste direkt auf der nackten Haut. Sie glänzte speckig. Eine ganze Reihe praktischer Innentaschen beulten sie aus. Vielleicht hatte der Unrat, der sie füllte, mal Bedeutung gehabt, jetzt war es nur noch wertloser Plunder. Den größten Teil konnte sie nicht identifizieren. Weiter unten, in der Hüftgegend, hingen zahlreiche Messer in unterschiedlichen Breiten und Stärken, diverse Schleifsteine und eine Säge. Mega wunderte sich. Der Mann musste mit den Werkzeugen am Körper geschlafen haben. Die Schleif- und Druckstellen, an denen das Leder zu eng angelegen hatte, leuchteten rot. Mega griff zur Säge. Wenn sie nicht den ganzen Körper aufhängen konnte, musste sie eben Stück für Stück vorgehen.

Sie entkleidete den Mann und befreite ihn, so gut es ging, vom Schmutz. Mit einem Stück Kleidung als Lappen und Wasser aus den Pfützen vor der Baracke wusch sie gründlich die klebrige Haut. In ihrem Zustand eigentlich eine unzumutbare Aufgabe. Mega erledigte sie mit gleichförmigen, energiesparenden Bewegungen und stoischem Gleichmut. Und als sie sich eine Stunde später von dem feisten, bleich im Mondlicht schimmernden Leichnam entfernte, besaß er die Würde eines Pharaos vor der Einbalsamierung.

Die Arbeit, die daran anschloss, war Mega fremd. Sie hatte noch nie ein Tier geschlachtet, geschweige denn ausgenommen. Sie hatte keine Ahnung, wie man greifen musste, wie man Knochen und Gelenke drehen musste, damit man Sehnen durchtrennen konnte. Sie entschied sich dafür, es zunächst mit einem Bein zu versuchen. Sie spreizte es ab, setzte die Säge an und dachte an das Aluminium aus Fr. Dr. Kobes Werkstatt. Doch was sie sägte, fühlte sich natürlich ganz anders an. Die ersten Zentimeter überstand sie kaum. Ihr Magen drohte zu rebellieren. Doch nachdem sie die weiche Fettschicht zerteilt und das zähere Muskelfleisch erreichte hatte, lief es von Minute zu Minute besser. Das Herz des Mannes schlug nicht mehr, deshalb floss kaum Blut. Am einfachsten war der Knochen. Der unterschied sich tatsächlich kaum von Aluminium. Als die abgetrennte Extremität endlich zur Seite rollte, überraschte es sie doch, wie leicht ihr die Arbeit fiel.

Wie ein Wesen aus der Steinzeit kroch sie auf allen Vieren ins Büro und zog die Beute hinter sich her. Sie entzündete den Gaskocher, begann kleine Streifen abzuschneiden, briet sie im Fett, das noch den Boden der Pfanne bedeckte, und kurze Zeit später erfüllte das Büro erneut appetitanregender Duft.

Die Nacht, der Gutshof, das Verwaltungsgebäude, ihre gesamte Umgebung begann zu schrumpfen, in der Bedeutungslosigkeit zu versinken. Sie starrte in einen Tunnel und am Ende dieser Röhre briet Fleisch in einer Pfanne. Nahrhaft und lebensspendend. Ein letztes Mal zwang sie sich zu warten. Noch eine Minute. Zur Ablenkung befestigte sie das Bein mit einem Stück Draht an einem Garderobenhaken, um die nächste Portion unblutiger zu gestalten.

Megas Hunger grenzte an Wahnsinn. Der Schmerz, den er auslöste, war unerträglich. Sie konnte sich an nichts erinnern, was schlimmer gewesen wäre. Trotzdem würgte es sie heftig, als sie mit zitternden Fingern den ersten Bissen in die Nähe ihres Mundes brachte. Einen kurzen Moment dachte sie entsetzt, dass sie es nicht fertigbringen würde. Es befand sich zum Glück nichts in ihrem Magen, was sie hätte erbrechen können. Nur brennende Magensäure schoss die Speiseröhre nach oben. Mega spuckte kraftlos. Speichelfäden klebten in ihren Mundwinkeln. Ihr war hundeelend. Beim nächsten Versuch kam sie mit dem Fleisch bereits näher an den Mund heran. Schließlich öffnete sie die Lippen und biss zu.

Der Geschmack breitete sich unmittelbar aus. Die Knospen im Unterkiefer zogen sich zusammen. Sie schmerzten, so stark reagierten sie. Sofort kehrten die Lebensgeister zurück. Ihr gesamter Organismus, jede einzelne Zelle, stürzte sich auf die Nährstoffe, auf Fette und Eiweiße und setzte sie unmittelbar in Energie um. Ihr wurde heiß und schwindelig. Sie hatte nicht geahnt, wie hungrig sie wirklich gewesen war. Mega fühlte ihren Körper, als würde sich ein Krampf lösen. Ein Krampf, der sämtliche Muskeln gleichzeitig erfasst hatte und sie in eine katatonische Starre zwingen wollte, um Energie zu sparen, um den überlebenswichtigen Kern, Kopf und Rumpf, zu schützen. Erst jetzt, als sich die Starre zu lösen begann, realisierte sie, dass sie die ganze Zeit über verzweifelt gegen sie angekämpft hatte. Sie presste sich die Hand auf den Mund, um ihre Freude nicht hinauszuschreien. Tränen liefen ihre Wangen hinunter. Sie hatte es geschafft. Sie würde leben.

Mega nahm den nächsten Streifen aus der Pfanne, kaute und schluckte. Sie aß langsam, machte Pausen und zwang sich, nicht zu schlingen. Schließlich konnte sie sich sogar erheben. Auf wackligen Beinen durchquerte sie das dunkle Büro und schnitt neue Streifen vom Bein. Die Haut zog sie ab, das Fett ließ sie dran. Es löste sich in der Pfanne und vereinfachte das Braten. Mega aß und kaute. Die Appetithappen schmeckten immer besser. Schließlich spürte sie kaum noch einen Widerwillen. Man durfte nicht darüber nachdenken, was das Fleisch einmal gewesen war, dann ging es. Während sie aß und briet, verlor sie vollkommen die Zeit aus den Augen und wurde vom dunkelblauen Licht des anbrechenden Tages überrascht, das in den Ritzen der zugeschweißten Fenster auftauchte. Ein Glühen. Weit weg und unwirklich.

Sie beschloss im Wohnhaus auf dem Sofa zu schlafen. In jedem Fall nicht in der Nähe der Leiche. Sie erhob sich und trat auf den Flur und erschrak beim Anblick des nackten Mannes mit dem abgespreizten Stumpf. Seine Augen starrten gebrochen und leer an die Decke. Ihr wurde klar, dass sie sich beeilen musste. Wenn sie sein Fleisch verwenden wollte, würde sie sofort mit der Verwertung beginnen müssen, bevor die Verwesung einsetzte. Mega hatte keine Vorstellung, wie viel Zeit ihr blieb. Seufzend beschloss sie kein Risiko einzugehen.

Mit dem Seil improvisierte sie einen Flaschenzug und zog den Leib am verbliebenen Bein Zentimeter für Zentimeter in die Höhe. Dann schlitzte sie ihm den Hals auf und ließ in ausbluten. Später nahm sie ihn aus wie ein großes Kaninchen und briet das Fleisch, damit es haltbar wurde.

Sie schuftete den ganzen Tag, machte zwischendurch Pausen, aß etwas und trank gefiltertes Wasser. Die durchwachte Nacht setzte ihr weit weniger zu, als sie befürchtet hatte. An Schlaf hatte es ihr nicht gemangelt. Während der letzten Tage hatte sie weit mehr geschlafen, als sie wach gewesen war.

Der Tunnel, der sie umgab, verschwand allmählich. Sie musste nicht mehr nach jeder Bewegung anhalten und sich erholen. Es gelang ihr, sich zu konzentrieren und bewusste Entscheidungen zu treffen. Nach zwei Tagen schien sie endlich wieder aus der tiefen, zeitlosen Dämmerung emporzusteigen, in die sie hinabgesunken war und in die Gegenwart zurückzukehren.

Die Erholung unterschied sich nicht von früheren. Doch Mega

spürte deutlich, dass sie sich verändert hatte. Die Tür des Gefängnisses der verbotenen Gedanken stand weit offen. Sie versuchte sie wieder zu schließen, doch sie konnte den Schlüssel nicht mehr finden.

Sie war zu einem Karnivor geworden. Einem Schatten aus dem Ödland, dem Monster, vor dem die Kinder Angst hatten. Mega hatte Blut geleckt und den Geschmack würde sie so schnell nicht mehr vergessen.

28. DER TRUMPF

Der Fluss unterschied sich in Farbton und Konsistenz kaum von der Wolkendecke. Im Zwielicht stieg Nebel aus dem Wasser und ließ selbst den geringen Unterschied verschwinden.

In der grauen Nichtzeit brachen die Söldner in diese horizontlose Nichtwelt auf, um das erste Schiff zu untersuchen. Den gewaltigen Frachter, der direkt vor dem Wachposten von den Kaimauern zerschrammt wurde. Dicke Salzkrusten bedeckten die schwankende Vertäuung.

Sie gingen gemeinsam. Die Ankündigung überraschte die Männer. Man hätte Zeit sparen können, wenn man sich aufgeteilt hätte, doch niemand beschwerte sich. Selten waren Gehorsam und Einigkeit größer gewesen.

Steter Westwind drückte ihnen auf die Augen. Die betörende Melodie des Meeres in der Ferne schien sie magisch anzuziehen. War es das Meer? Sehen konnten sie es nicht. Die Umrisse riesiger Containerschiffe verschwanden Richtung Westen im Nebel, genau wie das andere Flussufer im Norden. Dort irgendwo schwebte auch ein fernes Rauschen im horizontlosen Weiß, als wären sie bereits an der Küste und vor ihnen nichts als der weite Ozean. Auf dem Containerturm kämpfte eine kreischende Flügelwolke um beste Plätze. Schrill hallten die Klagelaute an der dunklen Steuerbordklippe wider. Die raue Wand aus Rost und Algen erhob sich lotgerecht vor ihnen. Hunderte der fliegenden Ratten stürzten immer wieder auf die Turmspitze hinunter, flatterten, kämpften, schwarzes Blut im weißen Gefieder. Wie Raben auf dem Galgenhügel veranstalteten sie ein Höllenspektakel.

Die verrostete Passagiertreppe lag auf dem Kai. Die Männer richteten sie auf und kletterten nach oben. An Deck wirkte das Schiff noch gewaltiger. Zersplittertes Mobiliar aus der Kapitänskajüte bedeckte sorgfältig drapiert die schräge Freifläche. Offensichtlich hatte es schnell gehen müssen und die Ladung nicht rechtzeitig gelöscht werden können. Die deformierte Containermasse drängte nach Steuerbord und verursachte die Schlagseite. Hagen brach mit einem Stemmeisen die verrostete Tür zur Brücke auf. Abgestandene Luft schlug ihnen entgegen. Eine Mischung aus Sporen, Rost und nassem Holz.

Seit einer halben Ewigkeit hatte diese Räume niemand mehr betreten. Der Lack auf den Metallwänden schlug Blasen. Schwarzes Regenwasser bewegte sich vor der Sicherheitstür. An den Linien konnte man erkennen, wie das Schiff im Laufe der Jahre immer weiter in Schräglage geraten war. Aufgerissene Computerschränke versperrten den Weg. Fetzen demontierter Kommunikationstechnik und lose Kabel ragten wie wucherndes Gestrüpp in die Höhe. In der Salzkruste der Bullaugen markierten kreisrunde Verdickungen alte Einschusslöcher.

Im Gänsemarsch tasteten sie sich durch den glitschigen Schlamm zur Rückseite der Raumes und betraten einen Korridor, der über eine Stahltreppe nach unten führte. Die Schlagseite verwirrte die Sinne. Die Erfahrung versuchte einen falschen Horizont anzunehmen. Mehrfach stießen sich die Männer die Köpfe. Das Wummern der Schritte setzte sich verräterisch durch den Rumpf fort. Von außen wirkte der Leviathan gewaltig. Unter Deck entpuppte es sich als erstaunlich eng. Drei Stockwerke kletterten sie nach unten. Es wurde immer dunkler, feuchter und stickiger. Ein weiterer Gang, deutlich schlichter als die Brücke, schickte sie in Richtung „Containerdock". Die Tür am Ende des Korridors stand offen. Hagen öffnete sie mit einem Ruck.

Dahinter hallte der Frachtraum. Früher waren hier Container gestapelt worden. Jetzt stand er leer. Nur durch einen schmalen Spalt in der verschobenen Metalldecke sickerte Licht nach unten. Das gedämpfte Halbdunkel machte es unmöglich, den gesamten Raum zu erfassen. Nur akustisch bekam man eine Vorstellung. Das Scharren der verrosteten Eisentür verursachte ein vielfältiges Echo, das aus mehreren Richtungen zurückgeworfen wurde. Jeder Schritt auf den Metallstegen verursachte Schallimitate, die sich zu einer verwirrenden Kakofonie aufschaukelten. Der Bauch des Stahlwals knurrte, genau wie die Mägen der Männer. Hier gab es nichts, bis auf wenige Container, die bei den hastigen Löschversuchen abgestürzt sein mussten. Sie reckten sich wie Röhrenaale aus der schwarzen Tiefe. Drei von ihnen stapelten sich in einem Regenwassersee, der sich zwischen Boden und Wand des Frachtraums gebildet hatte. Einer von ihnen lag oberhalb der Wasserlinie und machte einen verhältnismäßig soliden Eindruck. Die Außenwände hatten weder Schaden genommen noch nennenswert Rost angesetzt. Hagen stieg eine schmale Metalltreppe nach unten, blieb in der Nähe des Ufers und starrte ins schwarze Wasser. Mehr zu sich als zu den anderen murmelte er:

»Hier müsste es sein.«

Stellgar beobachtete ihn.

»Wonach suchst du?«

Hagen zwinkerte ihm zu.

»Erinnerst du dich an die Gruppe, der wir vor zwei Jahren begegnet sind? In der Nähe der alten Zeche.«

»Dunkel. Was ist mit denen?«

»Der Dicke mit der Brille und dem merkwürdigen Vollbart hat mir von dem Ort erzählt. Hier soll es einen Steg geben.«

»Wann hat er dir was erzählt?«

Hagen zuckte mit den Schultern.

»Als ich mich mit ihm unterhalten habe.«

Stellgar runzelte die Stirn. Er konnte sich nicht erinnern, dass Hagen ihm Zeit zum Reden gegeben hätte. Offensichtlich hatte der Mann alles auf eine Karte gesetzt und Hagen das Geheimnis anvertraut, um sein Leben zu retten. Eine Hoffnung, die Hagen grundsätzlich nicht erfüllte. Der Söldneranführer streckte den Fuß aus, trat ins Wasser und zog ihn wieder nach oben, dann wiederholte er den Vorgang, bis er plötzlich mitten in der schwarzen Tunke, wenige Zentimeter unter der Oberfläche, auf festen Boden stieß.

Die Männer staunten nicht schlecht, als Hagen die Balustrade verließ, auf den See hinaustrat und wie Jesus über das Wasser lief. Zunächst unsicher, dann immer selbstbewusster. Irgendjemand hatte an dieser Stelle einen Steg errichtet, der im Laufe der Jahre, mit zunehmender Schräglage im Brackwasser verschwunden war. Der Übergang war perfekt getarnt. Nur vereinzelte Stützpfeiler durchstießen die Oberfläche und nur jemand, der sich auskannte, würde an dieser Stelle suchen.

Hagen balancierte misstrauisch auf der versunkenen Oberfläche. Alle hielten den Atem an. Er erreichte den Stahlhügel im Herzen des Frachtraums und kletterte zum zweiflügeligen Tor des trockenen Containers hinauf. Der Rest des Trupps beobachtete ihn ehrfürchtig vom Ufer aus. Stellgar wurde unbehaglich zumute, als er die Blicke der Männer bemerkte. Große Augen und offene Münder. Kinder, die die Tricks eines Zauberers bewunderten, obwohl sie genau wussten, dass sie betrogen wurden. Hagens prüfende Schläge wurden dumpf von den Metallwänden zurückgeworfen. Rost löste sich und rieselte auf dunkles Wasser. Schließlich drehte Hagen sich zu ihnen um:

»Ihr könnt kommen. Einer nach dem anderen. Bringt das Brecheisen mit.«

Die Männer hielten respektvoll Abstand und wateten zur Insel. Die ersten halfen Hagen die Stahlkette zu sprengen, mit der der Container versiegelt worden war, dann hielten sie gespannt den Atem an und öffneten die Klappen.

Luft, die streng nach zersetzten Synthetikfasern roch, entströmte dem Innenraum. Zunächst schien es, als wäre der Container leer. Erst auf den zweiten Blick entdeckten sie im Schatten der hinteren Hälfte Pappkartons und Kisten. Ohne Vorsichtsmaßnahmen stürmten sie hinein und rissen die Verpackungen auf. Hagen ließ ihnen den Vortritt und blieb zurück. In den Kartons stapelten sich in aluminiumbeschichteten Plastikfolien eingeschweißte und luftdicht versiegelte Militärkekse. Eine lange Liste mit Konservierungsstoffen, die sie endlos haltbar machte, prangte wie ein Werbetext auf der Vorderseite. Es gab mehr als genug für alle. Mehr als sie tragen konnten. Diverse Verpackungen wurden an Ort und Stelle aufgerissen und der Inhalt sofort geräuschvoll verschlungen. Der steinharte Teig bröselte trocken im Mund, doch er schmeckte und wenn man ihn eine Weile kaute, wurde er süß. Jemand reichte Hagen Gebäck. Er nickte, schlang jedoch nicht so wie die anderen. Sie aßen schweigend, jeder für sich, sanken erschöpft auf den Boden und lehnten Rücken und Köpfe an die Außenwände des Containers. Wundgescheuerte, rote Gesichter. Stumpfe, leere Augen. Gipfelstürmer, die auf der Hälfte des Berges vom Schneesturm überrascht worden waren.

Hagen sah sich die Männer an. Einen nach dem anderen, als wollte er sich noch einmal davon überzeugen, dass es richtig gewesen war, sie zu retten. Dann ging er durch die Reihen ganz ans Ende des Containers und begann zu wühlen. Hier lagerten Lederstiefel, Schutzwesten, Sauerstoffmasken und Luftfilter. Ebenfalls aus Militärbeständen. Irgendjemand hatte all die nützlichen Dinge in weiser Voraussicht gesammelt. Irgendjemand, der geahnt hatte, dass es nicht Jahre, sondern Jahrzehnte dauern würde, bis wieder geordnete Verhältnisse herrschten. Hagen bezweifelte, dass der Wanderer mit dem seltsamen Bart das Versteck angelegt hatte. Er hatte das Geheimnis höchstwahrscheinlich, genau wie Hagen, von einem anderen erfahren. Das steinharte Stiefelleder konnte man mit Fett aufweichen. Das

Gummi der Sauerstoffmasken war bereits porös und brüchig, doch ein paar Schutzwesten schienen brauchbar zu sein. Neben der Ausrüstung lagen Wolldecken. Ein wuselnder Berg weißer Spinnen hatte sich eingenistet und floh in alle Himmelsrichtungen, als Hagen ihren Frieden störte. Die Synthetikfasern trotzten dem Zahn der Zeit. Schimmelpilze verschmähten sie. Die Decken verströmten jedoch betäubende Ausdünstungen. Ein Muff wie von tausend ranzigen Polyesterhemden. Ganz unten entdeckte Hagen endlich den Gegenstand, den er gesucht hatte. Er hob die rote Metallflasche, wog sie in der Hand und schüttelte sie. Es klimperte, doch die Kartusche war voll. Ihr Inhalt hatte sich noch nicht verflüchtigt. Mit dem Gasbehälter in der Hand schlenderte er zu Ramsan und Bassajew zurück. Wie ein altes Ehepaar saßen sie nebeneinander und teilten sich die Kekse. Hagen setzte die Flasche geräuschvoll vor ihnen ab:

»Heute Abend gibt es Fleisch.«

Die Männer brachen in Jubel aus. Sie hoben die Fäuste und schrien, als hätte die Mannschaft das Endspiel gewonnen. Hatten sie ihre Zufriedenheit bisher zurückgehalten, brach sie jetzt geballt aus ihnen heraus. So sehr, dass der Bauch des Schiffes zu vibrieren begann. Aus jeder Pore schwitzten sie Erleichterung, als gelte es, ein kollektives Fieber zu besiegen.

Hagens riskantes Spiel hatte das Gleichgewicht des Trupps empfindlich gestört und die gut geölte Maschine ins Stottern gebracht. Jetzt glichen sich die Niveaus wieder an. Unebenheiten egalisierten sich. Alles bewegte sich wieder an seinen Platz. Die Dinge würden sich einpendeln. Hagen war es, der Stabilität brachte. Niemand sonst.

Am dritten Tag nach Ankunft in der Hafensiedlung zauberten die Köche eine wohlschmeckende Kraftbrühe aus Dosenkohlrabi, den sie ebenfalls im Container gefunden hatten und menschlichem Fett. Hinterher stapelte Ramsan Ricos Knochen, die im Topf schneeweiß geworden waren, in einer geschützten Ecke des Wachpostens. Auf die Spitze der sorgfältig arrangierten Pyramide platzierte er den kantigen Schädel des Trotzkopfs.

Hagen beobachtete die künstlerischen Ambitionen des Küchenchefs, der sich, weltvergessen und erfüllt von religiösem Eifer, seiner eigenwilligen Tätigkeit hingab, als würde er den Altar für eine Zeremonie vorbereiten. In Wirklichkeit war es nichts weiter als Zeitvertreib. Im Höchstfall eine Wegmarkierung. Wer wollte, konnte die Schneise, die sie durchs Ödland pflügten, anhand von Ramsans morbiden Plastiken nachvollziehen. Hagen erwischte sich bei dem Gedanken, was sich die Archäologen späterer Generationen wohl zusammenreimen würden, falls sie auf diese kreativen Ergüsse stoßen sollen. Kurz danach korrigierte er seine Überlegungen. Die Zukunft mochte einiges bereithalten. Ausgrabungen und Archäologen, die sich mit dieser Epoche beschäftigten, würden nicht dazugehören. Vielleicht gab es irgendwann wieder Menschen, die genug Muße besaßen, um alte Knochen in Museen zu betrachten, doch sie würden ganz sicher nicht wissen wollen, was er und seine Zeitgenossen getrieben hatten. Diese Epoche würde nie Einzug in irgendwelche Geschichtsbücher finden. Man würde sie verdrängen, dachte Hagen und war nicht traurig darüber.

Die Kraftbrühe bildete den Höhepunkt und Abschluss ihres Aufenthalts in der Hafensiedlung. Am Morgen nach dem Fest ließ Hagen die Vorräte rationieren und setzte die Männer auf Diät. Mit dem, was sie hatten, mussten sie eine Weile auskommen. Nachdem er die Mannschaft neu geordnet und wieder auf Linie gebracht hatte, konnte er endlich sein eigentliches Ziel ins Auge fassen: Mega.

Das Land war weit und die Wahrscheinlichkeit, die Spur einer allein reisenden Frau zu entdecken, gering. Doch Hagen hatte eine Idee, wie es gehen könnte. Vielleicht würden ihm die Gegebenheiten des Ödlands in die Hände spielen. Im Osten gab es nämlich ein Hindernis, das sie nicht überwinden konnte. Sie würde nach Norden ausweichen und ihm direkt in die Arme laufen.

29. FABRIK AM FLUSS

Der Wind frischte auf und es begann zu nieseln. Die ersten Tropfen verursachten ein leises Tappen auf den Grashalmen. Jetzt war der Regen vorüber und das Land dampfte. Mega lag kurz hinter einer von Unkraut überwucherten Deichkrone auf dem Bauch und sondierte mit dem Fernglas die Umgebung. Den INDU hatte sie hinter einer Insel aus Buschwerk versteckt. Am engen Himmel zeigten sich weder Wolken noch reines Weiß. Umherirrende Schleier weichten die Konturen des rauen Landes auf.

Akribisch suchte sie das Flussufer ab, schwenkte im Zeitlupentempo von Süden nach Norden. Der Deich, auf dem sie lag, erhob sich etwa vierhundert Meter vom Fluss entfernt. Man hatte ihn als letzte Sicherheit weit im Landesinneren errichtet. Nähere Deiche waren von den Wassermassen längst fortgerissen worden. Frühere Flutkatastrophen hatten auf den überschwemmten Flächen Zaunpfähle, Hausdächer, Scheunentore und Tierkadaver mit Gestrüpp und Gras zu eigenwilligen Skulpturen zusammengeschoben und wüstes Chaos hinterlassen.

Mega entdeckte die Überreste einer Brücke. Zwei mit Dornengestrüpp überwucherte Betonsockel. Wie alle anderen Brücken auf der Strecke hatte man auch diese zerstört. Pfeiler und Fahrbahnplatte fehlten. Die Konstruktion endete einfach am Ufer, als wäre den Ingenieuren das Geld ausgegangen. Sie seufzte. Es half nichts. Irgendeine höhere Macht wollte nicht, dass sie das andere Ufer erreichte. Ihr blieb nichts anderes übrig, als dem Fluss weiter nach Norden zu folgen.

Mit den neuen Vorräten erholte sie sich. Ihre Wangen bekamen wieder Farbe, sie legte Gewicht zu und hatte endlich wieder genug Energie, um den gesamten Tag ohne Pause durchzuhalten. Sogar ihr Haar schien wieder fester zu werden. Innerhalb weniger Tage sah man ihr nicht mehr an, dass sie bereits mit einem Bein im Grab gestanden hatte, und viel schneller, als sie es für möglich gehalten hätte, gewöhnte sie sich an den neuen Speiseplan. Nach drei Tagen vergaß sie kurzzeitig sogar, was sie aß. Sie wunderte sich ein wenig darüber, wie wenig es ihr ausmachte. Doch bei genauer Betrachtung war es Nahrung, wie jede andere auch. Wie der Schinken, den der Glückspilz gefunden hatte. Er hatte den Schinken gegessen, sie hatte ihn gegessen. Wo war das Problem? Die Nahrung war nicht giftig und sie machte auch nicht aggressiv oder depressiv. Der Verzehr von Menschenfleisch kam ihr erschreckend normal und naheliegend vor.

Mega wusste, dass man früher Tiere gezüchtet und gemästet hatte, um sie als Nahrung zu verwenden. Auch im Keller unter der Universität hatte es zu besonderen Anlässen Kaninchen gegeben. Die Menschen der alten Welt hatten Fleischtage wie Festtage gefeiert. Tierfleisch hatten die Menschen als Nahrung akzeptiert, Menschenfleisch nicht, doch in diesem Moment konnte sie beim besten Willen keinen Unterschied erkennen.

Dr. Kamura hatte von einem Naturvolk berichtet, bei dem die Hinterbliebenen ihre Toten gegessen hatten, um ihre Seelen und ihre Weisheit in sich aufzunehmen. Mit dem Gedanken konnte sie wenig anfangen. Der Kerl, den sie verspeist hatte, mochte Durchhaltevermögen besessen haben, weise oder auch nur geistreich war er nicht gewesen. Sie hatte sein Fleisch gegessen, weil sie musste, weil sie überleben wollte. Aus keinem anderen Grund.

Sie versuchte die Ursache ihres Ekels vor Menschenfleisch zu ergründen. Er musste im Programm ihrer Gene festgeschrieben sein. Man sollte die eigene Art erhalten, nicht essen. Evolutionstechnisch ergab das Sinn. Das Programm lautete Fortpflanzung, nicht Auslöschung. Doch dann war der Ekel nur eine Illusion, eine überwindbare Hemmschwelle und diesen letzten Skrupel abzuwerfen könnte im Ödland von Vorteil sein.

Richtig wohl war Mega bei der Sache trotzdem nicht. Immer, wenn sie ihr Lager aufschlug und den Kocher entzündete, um sich ein Stück vorgebratenes Fleisch aufzuwärmen, achtete sie noch mehr als sonst darauf, es nur an einer geschützten Stelle zu tun. An einer Stelle, an der sie niemand beobachten konnte. Außerdem hatte sie beschlossen niemandem von der Begegnung mit dem Glückspilz und ihrem barbarischen Akt zu erzählen. Mega stellte erleichtert fest, dass sie immer noch ein Gewissen besaß. Und obwohl es sie belastete, wertete sie die Tatsache doch als gutes Zeichen. Prof. Waldens und Sophias Erziehung war nicht spurlos an ihr vorübergegangen. Bestimmte Werte hatte sie im Keller verinnerlicht. Die Angst, nicht mehr sie selbst zu sein, verflog. Sie würde immer sie selbst bleiben, egal was sie aß.

Der Regen bot eine willkommene Erfrischung. Es war immer noch heiß und stickig, besonders im Cockpit des INDU, doch die extreme Schwüle schien vorüber zu sein. Der Sommer neigte sich dem Ende entgegen.

Sie hatte festgestellt, dass die Baumstümpfe des Landstriches vergleichsweise klein wirkten. Wenn sie Moos und Schwämme zur Seite schob, las sie aus schmalen Jahresringen, dass das Pflanzenwachstum hier geringer ausfiel als in anderen Gegenden. Vielleicht enthielt der Boden weniger Nährstoffe oder im Untergrund lagerten Mineralien, die das Wachstum hemmten. Sie machte Stichproben an anderen Stümpfen und fand das gleiche Ergebnis. Die Bäume dieser Gegend waren langsamer gewachsen und kleiner gewesen. Eine schlüssige Theorie zu dem Phänomen konnte sie sich jedoch nicht zusammenreimen.

Im Norden erstreckte sich eine graue Fläche vom Deich ins Landesinnere. Verkohlte Baumstümpfe ragten aus aschfahlem Untergrund. Die Ebene wirkte noch öder und toter als jeder verbrannte Hain, dem sie bisher begegnet war. Sie schwenkte den Feldstecher nach Westen und drehte mit ruhiger Hand am Fokus. Und plötzlich entdeckte sie etwas. Ziemlich genau in der Mitte des verbrannten Areals stiegen an mehreren Stellen Rauchsäulen auf. Barrikaden umschlossen einen Wachturm. Das Ensemble erinnerte an eine verfallene Fabrik.

Was könnte hier hergestellt worden sein? Hier gab es nichts. Keine Industrie, keine Autobahn. Nur die Überreste dieses verbrannten Waldes. Die staubige Buckelpiste umgab die Anlage auf einer Fläche von mehreren Quadratkilometern. Ihre Instinkte rieten ihr vorsichtig zu sein. Dass sich die Enklave hier halten konnte, musste einen Grund haben. Aus der Entfernung konnte sie ihn nicht erkennen. Sie musste näher ran.

Aufgeregt robbte sie nach hinten und lief zum INDU zurück. Ein alter Wirtschaftsweg folgte dem Deich. Mega befuhr ihn, ohne Gefahr zu laufen von den Spähern der Fabrik entdeckt zu werden. Der Deich lag verlässlich wie ein Schild neben ihrer linken Schulter und gab ihr Sicht- und Schallschutz. Ab und zu stieg sie aus und hob den INDU über Gräben und gefährliche Asphaltkrater. Der Deich vollführte unterdessen eine Biegung und entfernte sich ein Stück vom Fluss, um sich ihm später wieder zu nähern. An einer Stelle, die sie für günstig hielt, parkte sie ihr Gefährt und robbte zur Krone nach oben.

Kurz bevor sie den Kamm erreichte, zuckte Megas Kopf unwillkürlich nach unten. Stimmenfetzen hatten sich zu ihr verirrt. Aus der Anlage? Die Richtung könnte stimmen. In der Stille des Ödlands wurden sie weit getragen und von nichts aufgehalten. Hatte man sie entdeckt? Hatte jemand den Befehl zum Angriff gegeben? Sachte und gleichmäßig hob sie den Kopf aus den Halmen und klemmte sich das Fernglas vor die Augen.

Was sie sah, überraschte sie. Graffitis bedeckten die Mauer, die die Anlage umgab. Die ausgewaschenen Farben der Straßenkunst hatten aus der Entfernung wie Verfall ausgesehen und sie über den Zustand des Komplexes getäuscht. Mega konnte nirgendwo Ausbesserungen oder Löcher entdecken. Im Gegenteil. Das drei Meter hohe Hindernis aus Fertigbetonteilen machte einen äußerst soliden Eindruck. Ganz und gar nicht verfallen. Die Einfriedung besaß ein beeindruckendes Ausmaß, das Mega erst jetzt durchschaute, da sie den vorgelagerten Schutzzaun, die Mauer und die Gebäude voneinander unterscheiden konnte.

Vor dem mit Graffiti bemalten hinteren Teil des Schutzwalls, der ursprünglich mal weiß gewesen sein musste, erhob sich ein weiteres Hindernis, fast doppelt so hoch wie die Mauer. Ein wildes Provisorium aus ehemaligem Schutzzaun, rostigen Stahlmatten und Stacheldraht samt zwischengelagerter Panzersperren. Neben dem Bergfried gab es weitere Türme aus Stahlträgern oder Betonplatten. Einige mit Dachziegeln, andere mit Dächern aus Zinnblech. Sie ragten wie Kraut und Rüben aus der Anlage. Einige höher, andere niedriger. Einige breiter, andere nur ein Hochsitz. Die Erbauer hatten offensichtlich an Materialien verwendet, was ihnen zur Verfügung stand, ohne auf Einheitlichkeit oder Ästhetik zu achten. Hängebrücken, Schwebebalken und Seile verbanden die Türme und ermöglichten schnelle Wechsel ohne Bodenberührung. Stützen und Träger hielten sie in der Luft. Alles wurde überragt von dem quadratischen Turm, der das Gelände dominierte. Sie konnte erkennen, dass er nicht über die gesamte Höhe so breit war, wie sie angenommen hatte. Er wurde von vier Eckpfeilern getragen und verjüngte sich auf der Hälfte. Ein breiter Umgang befand sich in 30 Metern Höhe. Auf dem Dach des Turms entdeckte sie einen Späher, der die Umgebung mit einem Fernglas studierte.

In Aufregung versetzte sie die Quelle der Stimmen. In der Nähe des Haupttors hatte sich eine Menschentraube gebildet. Mega durchschaute nicht sofort, was dort geschah, doch die Menge schien friedlich zu sein. Ödlandwanderer mit Rucksäcken und Tragegestellen, wie Harden, der Älteste aus dem Moor, eins getragen hatte. Behängt mit Pfannen, Seilen und Plastikfolien. Zwischen ihnen patrouillierten vermummte Gestalten mit Schusswaffen, deren Kleidung qualitativ besser war, als alles, was Mega bisher im Ödland gesehen hatte. Kein Vergleich zu den Lumpen der Soldatenkinder oder den groben, selbst gefertigten Leinen der Moorbewohner. Dieser Enklave ging es gut. Besser als allen anderen Siedlungen. Die Kleidung der Ödlandwanderer war zerschlissen und verdreckt. Und obwohl zahlreiche Kleiderschichten ihre Körper bedeckten, erkannte Mega, dass sie nur aus Haut und Knochen bestanden. Ihre Augen lagen in tiefen, dunklen Höhlen. Es bestand ein sichtbarer Unterschied zwischen Bewachern und Bittstellern. Er zeigte sich nicht nur in der Kleidung, sondern noch deutlicher in der Hautfarbe. Im Gegensatz zum dunklen wettergegerbten Teint der Wanderer war die Haut der Wachen erstaunlich blass. Bei den wenigsten von ihnen konnte man sie überhaupt erkennen, denn die Mehrheit der Wachen hatte sich vollständig vermummt.

Die Schlange endete vor einer Klappe im Haupttor. Die Wanderer traten einzeln vor, bekamen etwas und gingen danach unterschiedlicher Wege. Ein paar liefen ein Stück zur Seite und setzten sich in eine Mulde zwischen die verkohlten Baumstümpfe. Andere umrundeten die Anlage und wanderten nach Westen. Was die Menschen am Tor bekamen und was sie damit machten, konnte Mega nicht erkennen. Trotz der Waffen fand sie keine vernünftige Erklärung, warum es am Tor friedlich zuging. Mit gewalttätigen Auseinandersetzungen hätte sie umgehen können. Was sie hier sah, kannte sie nicht.

Vorsichtig schob sie sich den Deich hinunter, setzte sich neben den INDU in den Windschatten und überlegte. Warum hatten die Bewohner überlebt? Das Gelände lag offen. Die Fabrik konnte aus allen Richtungen angegriffen werden. Die Verteidigungsanlagen wirkten ausgeklügelt, doch die Festung schien nicht uneinnehmbar. Mit einer geschickten Ablenkung und einer Leiter sollten die Sperren überwunden werden können. Was hatte die Festung all die Jahre vor der Eroberung bewahrt?

Mega musste an Hagen denken, den Anführer der Männer, die das

Versteck im Moor infiltriert hatten, mit List und Ausdauer. Für diesen Haufen sollte die Fabrik kein Problem darstellen. Hagen war einer der schlimmsten, aber ganz sicher nicht der einzige Halsabschneider im Ödland. Die Bewohner mussten einen Weg gefunden haben, derartige Bedrohungen zu neutralisieren. Sie beschloss sich weiter zu nähern und ihre Kundschafterarbeit fortzusetzen. Sie brauchte mehr Informationen, bevor sie eine Entscheidung treffen konnte.

Einfach nach Norden weiterzuziehen und die Enklave links liegen zu lassen, kam ihr falsch vor. Der Ort machte einen zivilisierten Eindruck. Die Koordinaten der Anlage stimmten nicht mit dem Funkspruch überein. Das wusste Mega, ohne es prüfen zu müssen. Die notwendige Distanz hatte sie noch lange nicht zurückgelegt. Ihr Ziel lag ganz klar auf der anderen Flussseite. Doch vielleicht konnte sie die Aufbereiter, wegen der sie aufgebrochen war, hier bekommen. Wer sagte, dass sie das, was sie suchte, nur im Osten finden würde? Aufgeregt begann sie im Schutz des Deiches hin- und herzulaufen und zwang sich schließlich ihre Erwartungen herunterzuschrauben. Sie musste realistisch bleiben. Sie würde sich noch tagelang auf die Lauer legen und Stacheldraht und Türme beobachten können. Am Ende würde sie trotzdem nicht wissen, ob sie diesen Menschen trauen konnte oder nicht. Es war eine einfache Entscheidung: ja oder nein. Anklopfen oder Weiterfahren.

Sie passierte trockene Müllränder, die alte Pegelstände markierten. Plastikfolie knisterte im Wind. Auf der weiten Überschwemmungsfläche entdeckte sie Erhebungen. Manche bewegten sich langsamer als die ruhelose Masse. Ein Schiff, Kiel oben mit durchlöchertem Rumpf. Manches bewegte sich genauso schnell. Kleine Dinge wie Fässer, Reifen oder Styroporreste. Dann gab es Erhebungen, die sich gar nicht bewegten, wie überflutete Inseln und Zäune.

Schließlich hielt sie erneut und schlich zum dritten Mal mit dem Fernglas zur Deichkrone hinauf. Die letzten Meter kroch sie andächtig wie ein Reptil auf Beutegang.

Kühler Westwind strich über die Ebene, trieb Asche und Sand vor sich her und zwang Mega zu blinzeln. Der Himmel über der Fabrik zog sich zu. Nur noch ein paar Stunden Tageslicht blieben ihr.

Ein scheinbar nebensächliches Detail, das sie bisher übersehen hatte, fiel ihr diesmal sofort auf: In der Schlange vor dem Tor warteten ausschließlich Männer. Sie entdeckte keine einzige Frau. Das konnte Zufall sein oder auch nicht. Im direkten Kontrast dazu fiel es nur besonders stark auf, dass hinter der Luke, als Repräsentantinnen der Enklave, zwei Frauen den Empfang der Bedürftigen übernahmen. Ihr Lächeln leuchtete warm und freundlich und sie trugen geschmackvolle Kleidung. Die Siedlung musste über eine beträchtliche Auswahl verfügen, damit sie sich etwas Passendes aussuchen konnten. Mega wurde erst in diesem Moment bewusst, was das ausmachte. Die Haut der beiden schimmerte schneeweiß. Eine edle Blässe, nicht hervorgerufen von Gram oder Mangel, sondern von Pflege und Zurückhaltung. Zumindest vermutete Mega das. Sie gestand sich neidlos ein, dass sie sich nicht daran erinnern konnte, schon einmal so schöne Menschen gesehen zu haben. Die beiden besaßen etwas, das sie bis zu diesem Augenblick nicht kannte. Freude war der Begriff, den Mega suchen musste, weil sie ihn so selten verwendete. Sie schienen Spaß zu haben an dem, was sie taten. Sie halfen den Männern und sie schienen es gern zu tun.

Die zerlumpten Wanderer legten Bündel, Taschen und dreckige Pakete auf die Ablage. Die erste Frau begutachtete den Inhalt des Mitbringsels, die andere schob als Gegenleistung etwas Neues, etwas aus der Enklave, zurück. Meistens wickelte sie es in graues Recyclingpapier oder sie überreichte einen Plastikkanister, der mit Flüssigkeit gefüllt war. Mega klappte der Mund auf. Verblüfft realisierte sie, dass hier gehandelt wurde. Ödlandwanderer brachten Fundstücke und bekamen etwas dafür. Mega hatte natürlich davon gehört. Die Wissenschaftler hatten ständig davon gesprochen. Vom Wert der Dinge im Vergleich zu anderen Dingen. In der alten Welt musste es große Handelsplätze gegeben haben, sogenannte Märkte. Walden hatte ihr erklärt, dass sie grundlegender Bestandteil des Lebens gewesen waren und Hauptfaktor des Untergangs. Das Wort Handel besaß deshalb für Mega etwas Verruchtes, etwas Hinterhältiges. In ihren Augen war Handel gleichbedeutend mit Betrug. Im ersten Moment stieß sie das Beobachtete deshalb ab. Sie legte sich auf den Gedanken fest, dass eine Enklave, die Handel trieb, keine friedlichen Absichten haben konnte. Dann fiel ihr jedoch ein, dass die Wissenschaftler sie ebenfalls aufgefordert hatten, Handel zu treiben. Extra zu diesem Zweck hatten sie ihr Prozessoren in den Gürtel genäht. Konnte sie die Dinger zu ihrem Vorteil nutzen? Konnte sie ihre Prozessoren gegen Ionisatoren eintauschen?

Mega rieb sich die Augen. Vor Aufregung hatte sie zu zwinkern vergessen. Bei der Gelegenheit band sie sich einen Zopf. Die umherfliegenden Dreads hatten eine gefährliche Signalwirkung und sie wollte nicht von den Haaren verraten werden. Als sie fertig war, klemmte sie sich wieder hinters Fernglas.

Auf den zweiten Blick entdeckte sie etwas, das sie stutzig machte. Die Blicke der Wachposten schweiften unentwegt über die Ebene, schienen etwas zu suchen. Weit draußen, im Westen. Und alle trugen ihre Waffen in den Händen. Niemand hatte sie geschultert. Mega wurde klar, dass sie sich verhielten, als wenn ein Angriff unmittelbar bevorstünde. Doch die Aschewüste bot keine Deckung. Wenn sich jemand näherte, müsste man ihn sehen.

Ihr fiel ein, wie bereitwillig sie zu Beginn der Reise Risiken eingegangen war. Aus Unwissenheit und Blauäugigkeit. Wenn sie damals auf diese Siedlung gestoßen wäre, hätte sie nicht so lang gezögert.

Aufmerksam sah sie sich noch einmal die Umgebung an und entdeckte eine Asphaltstraße, die das Gebiet durchquerte. Mega folgte ihr mit dem Fernglas. Sie kam aus dem Norden auf die Ebene, passierte die Fabrik und verlor sich im Süden. Im Norden, etwa einen Kilometer von ihrem Standpunkt entfernt, entdeckte sie ein offenes Fluttor. Von dort aus könnte sie die Straße erreichen und mit dem INDU direkt vor die Fabrik fahren.

Das Licht nahm ab. Mega rieb sich die Nase. Eine Sekunde wartete sie noch, ob von irgendwoher eine Eingebung kam. Es kam jedoch keine und es war auch niemand da, der ihr die Verantwortung abnahm. Wie gern hätte sie jetzt mit Prof. Walden, Dr. Hammer oder Nathan diskutiert. Was würden sie ihr raten? Würden sie ihr empfehlen weiterzuziehen oder es zu versuchen? Ihr wurde klar, dass weder die Wissenschaftler noch der Eremit ihr in dieser Situation hätten helfen können. Das ist das Leben, dachte Mega. Ob eine Entscheidung richtig ist, weiß man immer erst hinterher.

Langsam erhob sie sich. Stellte sich auf die Deichkrone und streckte die Arme aus, um zu zeigen, dass sie unbewaffnet war. Sie wusste, dass die Wachen sie sehen konnten. Sie würden Alarm schlagen. Bewegungslos wartete sie. Ihre Dreads lösten sich und flatterten über ihre Schultern nach hinten, während sie mit ausgebreiteten Armen auf dem Deich stand, als wollte sie einen Riesen umarmen. Vor dem Meer überschwemmter Auen begrüßte sie mit geschlossenen Augen ihr Schicksal.

Es dauerte nicht lang, da erklang ein tiefer Hornstoß. Das Alarmsignal. Megas Herz schlug schneller. Irgendetwas passierte in der

Anlage. Sie wollte ihr Fernglas nicht benutzen, weil sie Angst hatte, dass die Geste missverstanden werden könnte. Sie hielt still, die Arme ausgebreitet. Männer brüllten Befehle. Irgendjemand rannte auf den Brücken zwischen den Türmen hin und her. Erneut das Signal. Durchdringend, tief, unheilvoll. Sollte ihre Entscheidung falsch gewesen sein? Wieso schrien die Leute? Mega war allein. Sie konnte keine Bedrohung für die Festung darstellen. Brüllen, Hektik, Schreie. Diesmal so laut, dass Mega sie verstand:

»Sie kommen! Sie kommen!«

Das Signal galt nicht ihr. Etwas anderes näherte sich. Dann sah sie es. Am Horizont im Westen stand eine Staubwolke. Quer durch Steppe und Asche. Eine Armee näherte sich. Mega ließ sich auf den Bauch fallen und spähte durch das Fernglas. Ihr Herz blieb stehen. Was sich dort näherte, war keine Armee. Es war schlimmer.

Ein gewaltiges Rudel ausgehungerter Wölfe. Räudige Bestien. Mega kannte die Tiere aus Sophias Märchenbüchern. Als Kind hatten ihr die Illustrationen Angst gemacht. Die Horde stürmte in gestrecktem Lauf voran, hatte bereits die halbe Ebene überquert. Es war zu spät. Selbst, wenn sie sofort mit aller Kraft in die Pedale treten würde, wären die Wölfe vor ihr an der Enklave.

Da ihr auf die Schnelle nichts Besseres einfiel, blieb sie einfach auf ihrem Beobachtungsposten. Die Luke im Haupttor schloss sich mit einem Knall. Die Wachen vor der Festung wurden mit Strickleitern auf die Mauer gezogen. Entsetzt beobachtete Mega, dass die Sammler und Händler, die vor dem Tor gewartet hatten, nicht in die Festung gelassen wurden. Sie mussten draußen bleiben, bei den Wölfen. Panisch flohen sie in alle Himmelsrichtungen, als hätte jemand einen Stock in einen Ameisenhaufen gestoßen. Einige verschwanden in Erdlöchern, die sie zu diesem Zweck gegraben haben mussten. Andere versuchten die Festung zu umrunden. Ihre Zuflucht befand sich irgendwo hinter der Anlage. Eine dumme Idee, dachte Mega zunächst, doch die Vorhut der Wölfe kümmerte sich nicht um sie. Sie stürzten sich sofort auf die Löcher vor dem Tor. Die Männer schrien verzweifelt. Unmöglich zu unterscheiden, ob es sich um Schmerzensschreie, Befehle oder Informationsaustausch handelte. Die Wölfe bellten und knurrten, wühlten in der Asche und bissen sich vor Hunger gegenseitig. Die meisten stolperten abgemagert und entkräftet herum. Schadhaftes Fell baumelte von spitzknochigen, schweißnassen Körpern. Tiefe Wunden bedeckten lang gezogene Schädel.

Das Wühlen und Kratzen half jedoch nicht. Es gelang ihnen nicht, die Männer aus ihren Verstecken zu jagen. Mega konnte nicht erkennen, wie die Flüchtlinge sich schützten. Die Kuhlen lagen unterhalb der Erdoberfläche. Sie vermutete, dass sie Käfige oder Bunker gebaut hatten. Doch warum mussten sie sich überhaupt dort verkriechen? Die Wachen hätten problemlos das Tor öffnen und die Wanderer in Sicherheit bringen können. Doch sie machten nicht den Eindruck irgendjemandem zur Hilfe eilen zu wollen. Im Gegenteil. Sie bewegten sich gemächlich auf ihre Posten und beobachteten unbeeindruckt, fast ein wenig desinteressiert das Geschehen. Das Schicksal der Sammler schien sie kalt zu lassen und der Überfall Routine zu sein.

Endlich dämmerte es ihr. Das Rudel kehrte hierher zurück, weil es wusste, dass es hier Beute machen konnte. Diese Horde war der geheime Verteidigungsmechanismus der Enklave. Wer die Siedlung einnehmen wollte, musste an den Wölfen vorbei.

In diesem grotesken Schauspiel, dieser teuflischen Symbiose, übernahmen die Wanderer die undankbare Rolle von Ködern. Die Bedauernswerten befanden sich offensichtlich genau dort, wo die Bewohner der Enklave sie haben wollten. Gänsehaut bildete sich auf Megas Armen. Noch konnte sie das alles nicht glauben. Verzweifelt suchte sie die Anlage ab. Das konnte nicht sein. Sie musste sich täuschen. Doch die Wachen standen untätig herum. Niemand gab Befehle, niemand plante eine Rettungsaktion. Mega kam es eher so vor, als würden sie die Köpfe zusammenstecken und Wetten abschließen.

Plötzlich wurde das Knurren und Bellen lauter. Eine Aschwolke wurde aufgewirbelt. Das Rudel hatte sich auf eine Erdhöhle festgelegt und scharrte mit vereinten Kräften. Weitere Tiere hechteten nach vorn. Ein wilder Tumult entstand. Woran sie zerrten, erkannte Mega nicht. Die Szene verschwand hinter einem Asche-Schleier, durch den haarige Schattenrisse huschten, wie die bösen Geister eines exotischen Märchens. Unter das Fauchen und Bellen mischten sich menschliche Schreie. Und diesmal waren es eindeutig Schmerzensschreie. Blutend stolperte ein Mann aus der Wolke. Die Bestien folgten ihm. Immer wieder stießen sie zu, verbissen sich in ihm, versuchten, ihn zu Fall zu bringen. Er schaffte es, sie abzuschütteln, trat und schlug um sich, wehrte sich tapfer, doch die Übermacht erdrückte ihn. Bis hierher hatte er es geschafft, hatte das Ödland durchquert, hatte Gefahren und Entbehrungen auf sich genommen, um auf der Schwelle zum Paradies gefressen zu werden. Von allen Seiten schnappten struppige

Bluthunde, zwangen ihn in die Knie. Ohne sichtbaren Grund sackte sein Kopf plötzlich nach vorn, als wäre er vom Blitz getroffen worden. Kurz danach hallte der Knall eines Schusses über die Ebene und rollte mit fernem Donner über den Fluss. Eine der Wachen hatte das Gastspiel gnädig beendet. Im selben Moment begannen die Wölfe um den Kadaver zu streiten. Sie zerrten, rissen und schleuderten die Köpfe gegeneinander und verschwanden erneut in der Aschewolke.

Verblüfft hob Mega die Augenbrauen. Vor ein paar Minuten hatte sie noch den Wunsch, mit der Enklave in Kontakt zu treten. Einen Augenblick später gefiel ihr die Idee gar nicht mehr. Nüchtern ging sie ihre Möglichkeiten durch. Die Fabrik zu umgehen erschien ihr nach wie vor nicht richtig. Sie hatte die Pflicht nach Ionentauschern zu fragen. Doch wenn sie sich der Festung nähern wollte, musste sie eine Auseinandersetzung mit den Wölfen riskieren. Was dann geschehen konnte, hatte sie gesehen. Das stellte genauso wenig eine Option dar. An Ort und Stelle ausharren und warten? Sie lag gegen den Wind. Wenn sie stillhielt, würden die Tiere sie vielleicht nicht wittern. Doch, was geschah, wenn der Wind sich drehte? Das würde auf Dauer nicht funktionieren. Sie musste es wie die Männer machen und sich so schnell wie möglich ein Versteck suchen. Doch wohin sollte sie gehen? Hinter ihr lagen die Stromschnellen des Flusses, vor ihr die Ascheebene, ohne jede Deckung. Aus dem Süden war sie gekommen. Dort gab es keine Verstecke. Blieb nur der Norden.

Sachte kroch sie nach hinten, ging in die Hocke und lief zum INDU zurück. Von Windrichtung und Deich geschützt stieg sie ins Cockpit und setzte sich in Bewegung.

Auf der anderen Seite des Deiches hielt eine alte Wölfin, die sich abseits des Hauptrudels bewegte, plötzlich inne, hob wachsam den Kopf und spitzte die Ohren. Das Fell des stattlichen Exemplars stand so schäbig und räudig zu Berge, wie das der anderen Tiere, doch im Gegensatz zum dominanten Dunkelgrau des Rudels, leuchtete das Fell der Leitwölfin in strahlendem Weiß. Ihr Nacken bestand aus einer dichten Halskrause, die ihr majestätische Würde verlieh. Einen Augenblick bebten die Nasenwinkel, während sie völlig stillstand. Die Statue einer vergessenen Gottheit im kalten Aschewind. Das Alpha-Weibchen drehte gezielt den Kopf, richtete die klugen Augen auf die Deichkrone und entdeckte die Stelle, an der Mega noch vor wenigen Sekunden gelegen hatte.

30. VIER DREI ZWEI EINS

An einem windstillen, erstaunlich klaren Tag versammelten sich die Söldner vor dem Wachposten. Schwer bepackt mit Vorräten, Decken und Stiefeln. Vom Vogelnest aus erkannte Hagen zwischen den Frachtern zum ersten Mal mehr als Schemen auf der anderen Seite des Hafens. Nicht das endlose, rauschende Meer lag dort, sondern die Ruinen einer Großstadt. Ein Gerippe aus Glas und Stahl ragte in der vordersten Reihe wie ein spitzer Felsen aus dem Wasser. Die obersten Stockwerke leuchteten weiß getüncht von den Exkrementen einer Möwenkolonie. Die schräge, futuristische Architektur wirkte wie eine Beschädigung. Als wären mehrere Stockwerke halbseitig eingebrochen.

»Das war die Philharmonie«,

raunte Hagen. Lothar, der neben ihm auf dem Boden kniete, sah in verständnislos an.

»Die was?«

»Ein Haus für Musik. Hat schon immer so ausgesehen.«

Lothar nickte, obwohl er kein Wort verstand.

Flugsand lagerte auf Baukränen, Barkassen und Schwimmpontons. Ein Schlepper lehnte senkrecht an der Kaimauer, als wollte er sich einen Spaß erlauben. Ein blasses Schild versprach Hafenrundfahrten. Die abgerissenen Sitzreihen des Ausflugdampfers hingen im Wasser. Vergnügungsrutschen in die Unterwelt. Stille lag über den Ruinen, überwachsenen Anlagen und liegen geblieben Fahrzeugen. Eingefroren in der Zeit. Nur die Möwenschreie erinnerten daran, dass es so etwas wie Zeit überhaupt gab.

Hagen kletterte vom Container hinunter und sah sich um. Die Männer warteten schweigend neben dem Gepäck, die Waffen geschultert. Martin lächelte zahnlos und nickte vor sich hin, während er sein Magazin mit Patronen füllte und wieder leerte. Aus den Augenwinkeln beobachteten die Männer ihren Anführer. Der eine oder andere ahnte, dass es eine Überraschung geben könnte. Schließlich winkte Hagen Lothar. Der nickte, kletterte vom Ausguck hinunter und reihte sich ein.

»Wir ändern die Richtung«,

hob Hagen an.

»Es geht nach Osten.«

Ein Raunen ging durch die Gruppe. Protestlaute wurden hörbar, doch niemand wagte es, die Stimme zuheben.

»Ich hab meine Gründe. Wer etwas zu sagen hat, sagt es jetzt. Also?«

Die Männer sahen sich um, überlegten.

»Da ist alles leer gefressen. Aber wenn du mehr weißt als wir, immer raus damit. Das macht die Sache einfacher.«

Jorlund hatte durch die weise Entscheidung, sich auf Hagens Seite zu schlagen, Sympathien gewonnen.

»Ich weiß nicht mehr als ihr ... nur manchmal.«

Jorlund und ein paar andere lachten und schüttelten die Köpfe. Hagen musste immer noch einen oben drauflegen.

»Aber diesmal nicht. Wir kommen aus dem Süden. Dahin brauchen wir nicht zurückzugehen. Ich schlage Osten vor, Südosten, um genau zu sein.«

Gemurmel, diesmal leiser, ängstlicher.

»Um was zu tun?«

Wieder Jorlund. Er ließ nicht locker. Stellgar wandte sich ihm zu, doch Hagen gab ihm sofort ein Zeichen. Diesmal wollte er die Männer überzeugen, nicht einschüchtern.

»Dort gibt es eine Siedlung.«

»Dort gibt es nur eine Siedlung.«

»Um die geht es. Das ist unser nächstes Ziel ... die Fabrik am Fluss.«

Das Raunen wurde lauter. Einige Männer schienen zu wissen, von welcher Siedlung die beiden sprachen, andere informierten sich und wandten sich flüsternd an die Nachbarn. Jorlund nickte gleichzeitig skeptisch und anerkennend.

»Du hast einen Plan, nehm ich an.«

Hagen nahm den Ball gern auf.

»Ich hab immer einen Plan. Weißt du doch.«

Jetzt lachten die meisten Männer. Hagen nutzte die Gunst des Moments:

»Jorlund und ich gehen vorn. Stellgar, Ruben, Marko, ihr seid die Nachhut. Los geht's.«

Die Männer schlossen die Schutzanzüge, schulterten die Rucksäcke und griffen zu den Waffen. Sie halfen sich gegenseitig und klopften sich wie Taucher auf die Schultern. Langsam und schwerfällig, wie ein altes, stinkendes Tier, setzte sich die schwer bepackte Karawane in Bewegung. Niemand warf einen Blick zurück.

Am Nachmittag durchquerten sie die Ausläufer der Vorstadt und passierten leere Parkplätze vor verfallenen Supermärkten. Am Nachmittag schickte Hagen Marko zu Jorlund nach vorn und ließ sich zurückfallen. Der Tross schleppte sich an ihm vorbei, ohne ihn anzusprechen. Schwerfällig fielen die Männer von einem Fuß auf den anderen und hingen düsteren Gedanken nach. Stellgar ließ sich ebenfalls zurückfallen, um in Hagens Nähe zu bleiben. Während der verschlossene Anführer und sein treuer Hauptmann nebeneinander marschierten wie Herr und Hund, wurde es kälter. Dichter Nebel kroch aus dem Boden. Mauern ausgebrannter Häuser tauchten wie vergessene Filmkulissen vor ihnen auf. Eine Schar Möwen hatte sich an ihre Fersen geheftet und landete in sicherer Entfernung. Die Tiere hopsten auf staubigen Äckern herum und beobachteten sie misstrauisch. Schließlich stellten sie fest, dass die Männer in die falsche Richtung gingen. Eine nach der anderen machten sie kehrt und flogen zum Hafen zurück. Nur eine Möwe segelte hartnäckig weiter und hielt erstaunlich lang durch. Schließlich vollführte sie eine Schleife direkt vor ihrer Nase und verabschiedete sich mit einem kehligen Protestschrei, als wollte sie ihnen einen gut gemeinten Ratschlag mit auf den Weg geben. Die beiden trotteten wieder allein durch die Stille, die sie einhüllte wie eine Kugel. Jeden für sich.

Während ihn die Füße trugen, ohne dass er etwas dazu beitragen musste, betrachtete Hagen die Umgebung. Seine Konzentration richtete sich nach innen. Er fragte sich allen Ernstes, ob er den Verstand verloren hatte. Er folgte einer vagen Idee, einer verblassten Erinnerung. Und das wiedergefundene Fragment roch verdächtig danach, sich im Laufe der Jahre verändert zu haben. Rico sollte recht behalten. Er war ein Narr. Ein Romantiker. Doch am Ende war es die erste sinnvolle Entscheidung, die er in all den Jahren getroffen hatte. Die Männer würden sterben. Daran bestand kein Zweifel. Also warum nicht für etwas Sinnvolles.

Als der Abstand zu den anderen zu groß wurde, schnaufte Stellgar, ohne Hagen den Kopf zuzuwenden. Hagen ließ ihn noch einen Moment zappeln, weil es ihm Spaß machte, dann beendete er die Qual seines Hauptmanns:

»Spuck's schon aus!«

»Was bedeutet das Zeichen?«

Hagen marschierte weiter, ohne zu antworten. Es bedeutete gar nichts. Nicht mehr als ein Hund, der sein Bein hebt, um sein Revier zu markieren. Doch so konnte er es Stellgar nicht erklären. Er würde glauben, dass er ihm etwas verheimlichte. Stellgar hakte nach:

»Du wolltest es mir erzählen, wenn die Sache mit Rico geklärt ist. Und die Sache mit Rico ist geklärt, würde ich sagen.«

»Das ist sie.«

»Und wenn's einen Grund gibt, mich nicht einzuweihen, dann sag ihn mir! Dann bin ich zufrieden und halt' den Mund. Ich mein, ... wär's nicht sicherer, wenn ich's auch wüsste?«

Sie blieben stehen. Stellgar ging Hagen so direkt und fordernd an wie selten. Hagen studierte den markant geschnittenen Schädel und die Narben unter dem rechten Auge. Eine wahnsinnige Frau, die sie bereits für tot gehalten hatten, hatte sie ihm mit bloßen Händen gerissen. Sie hatte es auf seine Augen abgesehen und sie nur knapp verfehlt. Stellgar wirkte dünn. Ein Mann, den man leicht unterschätzte. Hagen erkannte in der Forderung echte Sorge. Etwas Kostbares und Seltenes unter diesen Männern. Doch wem galt sie? Sorgte er sich tatsächlich um seinen Anführer? Hagen beschlich das Gefühl, dass er Stellgar in der Vergangenheit zu viel zugemutet haben könnte. Er hatte ihn vernachlässigt. Er musste ihm etwas geben, verlorenes Vertrauen wiederherstellen.

»Ich hab nur 'ne Vermutung. Nicht mehr ... Du hast die Frau nicht gesehen, die mich in die Moorfestung gelockt hat. Sie muss abgehauen sein, als ihr aufgetaucht seid. Sie trägt eine Tätowierung unter dem rechten Auge.«

Hagen deutete mit dem Zeigefinger an die Stelle.

»Einen Stern.«

Stellgar hob den Kopf.

»Das hast du schon erzählt. Was ist mit der Frau?«

»Wir müssen sie finden.«

Stellgar verzog befremdet das Gesicht.

»Ich kapier' das nicht. Sie hat den Stern, in Ordnung. Aber, wo ist die Verbindung zu dem Zeichen auf dem Container?«

»Wenn du das Zeichen zerlegst. Welche Elemente bekommst du?«

Stellgar runzelte die Stirn und dachte nach:

»Ein Viereck, ... zwei Dreiecke, ... zwei Striche.«

»Vier, drei, zwei.«

»Und?«

»Was fehlt in der Reihe?«

Stellgar runzelte die Stirn. Die Logik der Überlegung leuchtete ihm nicht ein. Die Antwort wusste er trotzdem sofort:

»Eins.«

Hagen nickte. Stellgars Verwirrung legte sich jedoch nicht.

»Was soll mir das sagen? Der Stern des Mädchens ist die Eins? Das Mädchen ist die Eins?«

»Wie gesagt: Is' 'ne Vermutung, mehr nicht.«

»Schön. Meinetwegen.«

Obwohl sich Stellgar bestens unter Kontrolle hatte, hörte Hagen deutlich, dass er ungeduldig wurde. Er setzte zu laut an, merkte es jedoch sofort und passte die Lautstärke im Verlauf des ersten Wortes bereits wieder an. Nur Hagen fiel die Nuance auf. Niemand sonst hätte sie bemerkt.

»Ich frag noch mal: Was hat die Frau mit dem Container zu tun?«

»Sie nichts. Aber ihre Leute.«

Stellgar horchte auf. Hagens Stimme verriet, dass jetzt der entscheidende Teil der Überlegungen kam. Die Verbindung, die ihm fehlte.

»Ist 'ne halbe Ewigkeit her. Dreizehn Jahre oder vierzehn. Damals sind wir noch für Geld rumgezogen ... Wir haben einen Auftrag erledigt. In Viktoriastadt. Eine Falle. Außer mir hat keiner überlebt.«

»Viktoriastadt. Na prächtig.«

Stellgars Stimme klang düster.

»Dann gehen wir also nach Viktoriastadt?«

»Sie wird uns reinbringen. Aber eins nach dem anderen. Die Vorräte reichen nicht. Zuerst die Fabrik. Wir übernehmen sie und nutzen sie als Basislager. Von dort aus zieht ein Teil von uns nach Osten.«

»Wenn wir sie bis dahin gefunden haben.«

»Haben wir vielleicht.«

»Wie?«

»Sie kommt nicht über den Fluss. Und nach Süden geht sie nicht. Sie wird Spuren lesen, Gerüchte von einer Fähre hören. Und dann wird sie nach Norden gehen.«

Stellgar grinste.

»Dann läuft sie uns direkt in die Arme.«

»Hab' ich deine Frage beantwortet?«

Stellgar nickte beiläufig. Er war in Gedanken versunken, sortierte Informationen. Hagen beschleunigte, um wieder zu den anderen aufzuschließen. Stellgars Blick wanderte unterdessen in die entgegengesetzte Richtung. Nebelbänke schwebten dort zwischen den Ruinen. Schatten senkten sich auf einen von Unkraut und Gras überwucherten Spielplatz. Zwei Schaukeln bewegten sich im Wind, als wären gerade Kinder heruntergesprungen. Dort würde es also enden, dachte er, in Viktoriastadt. Als er sich wieder Hagen zuwenden und ihm eine letzte Frage stellen wollte, hatte der Nebel den Anführer bereits verschluckt und Stellgar stand wieder allein im Ödland. Und in diesem Moment erschreckten ihn Leere und Stille so sehr, dass er hastig weiterlief.

Später, nachdem er wieder zum Tross aufgeschlossen hatte, wandte sich Jan, der blasse Junge aus dem Moor, an ihn. Sein Gesicht war schmal und verschlossen wie immer und die Last auf seinem Rücken trieb ihm den Schweiß auf die Stirn, doch Stellgar konnte deutlich erkennen, dass den jungen Mann eine Aufregung erfasst hatte, die er nicht zu verbergen vermochte.

»Er sucht Mega, oder?«

»Mega?«

»Das Mädchen, das abgehauen ist, als ihr ins Moor gekommen seid.«

Stellgar betrachtete Jan verblüfft.

»Wie kommst du darauf?«

»Wir gehen nach Osten.«

Stellgar verzog die Mundwinkel, als würde er auf eine überreife Zitrone beißen.

»Kann schon sein.«

»Sie scheint Eindruck auf ihn gemacht zu haben.«

»Offensichtlich nicht nur auf ihn.«

31. UNTER WÖLFEN

Lautlos glitt der INDU nach Norden. Der Deich, der in der zunehmenden Dämmerung als schattiger, grauer Wall den westlichen Horizont ausfüllte, verbarg die Fabrik und das Rudel. Mega schwirrte der Kopf. Überlegungen, die sich gerade noch schlüssig ineinandergefügt hatten, erschienen ihr plötzlich bizarr. Wölfe? Wo um alles in der Welt kamen die her? Dr. Kamura war davon ausgegangen, dass Wilderei neunundneunzig Prozent des Tierlebens ausgerottet hatte. In den ersten Jahren nach der Katastrophe hatten die Behörden noch versucht den illegalen Fleischmärkten Herr zu werden, bis die Bestrebungen schließlich aufgrund drängenderer Probleme aufgegeben worden waren. Eine Zeit lang war Wilderei ein einträgliches Geschäft gewesen, bis sie schließlich ausstarb, genau wie die meisten Tierarten. Die Wissenschaftler hatten außerdem eingeräumt, dass es unter bestimmten Bedingungen zu Ungleichgewichten in den Populationen kommen konnte. Mega versuchte sich an Dr. Kamuras Worte zu erinnern:

»Bestimmte Spezies werden sich seuchenartig vermehren. Die Welt ist aus den Fugen. Alles ist möglich.«

Plötzlich nahm Mega eine Bewegung wahr. Instinktiv sah sie in den Rückspiegel. Ein riesiger, grauer Wolf folgte ihr. Trabte mit gesenktem Kopf im toten Winkel, als wenn er genau wüsste, dass sie ihn dort nicht sehen konnte. Er zuckte erschrocken zusammen, als sie ihn entdeckte, blieb mit hängender Zunge stehen und wandte scheinbar gelangweilt den Blick ab, als gäbe es nichts Interessanteres als die Grasbüschel am Straßenrand. Beiläufig hechelte er den Deich hinauf und schien dort auf etwas zu warten.

Hinter dem Kamm tauchte ein weiteres Exemplar auf. Unwillkürlich bildete sich Gänsehaut auf Megas Armen. Sie hatten sie entdeckt. Die beiden würden sie in Ruhe lassen, dafür sorgte der INDU, doch es war nur eine Frage der Zeit, bis der Rest des Rudels Bescheid wusste. Ihre Nackenhaare stellten sich auf, ihre Ohren begannen zu knistern. Sie hatte zu lang gezögert, nirgendwo gab es eine Zuflucht. Kein Haus, keine Hütte. Vor ihr lag nur überflutetes Brachland. Ihr blieb nur noch die Flucht nach vorn. Der Weg zur Fabrik. Wenn sie schnell genug fuhr, konnte sie es vielleicht schaffen. Das Gegenteil mochte sie sich nicht ausmalen.

Während sie im INDU das Fluttor ansteuerte, traf sie Vorbereitungen. Sie legte das Sturmgewehr neben sich, den Grabendolch auf die gegenüberliegende Seite. Die Wolfsspäher hefteten sich an ihre Fersen und erhöhten ihr Tempo. Einer hob den Kopf in den Nacken und stieß ein durchdringendes Heulen aus, der andere setzte zur Verfolgung an. Schneller, als für den INDU gut war, schoss Mega durch das Fluttor in die Aschewüste hinein. Sie wurde wild durchgeschüttelt und ein Knacken ging durch das Gestänge, als das Vorderrad ungebremst in eine Erdspalte sackte. Der Stoß war so heftig, dass sie kurz die Kontrolle verlor. Einen Moment lang befürchtete sie, sie würde stürzen. Der Anblick traf sie unvorbereitet und ließ sie augenblicklich verkrampfen.

Die Hälfte des Rudels hatte sich in Bewegung gesetzt. Dutzende nachtschwarzer Bestien stoben ihr in gestrecktem Lauf durch die Asche entgegen und hinterließen schwebende graue Spuren auf der freien Fläche. Das Blut des getöteten Mannes glänzte auf ihren Fellen. Entblößte Lefzen, gefletschte Reißzähne, hechelnde, blutrote Zungen. Eine Minute später hatte das Rudel sie eingekreist. Mit lautem Knurren und bedrohlichem Fauchen hetzten sie neben ihr her, bellten sie mit eingeklemmten Schwänzen an, täuschten Angriffe vor, schnappten zur Einschüchterung ins Leere, ließen die Fänge aufeinanderknallen.

Sie rochen den Menschen, doch das Ding, in dem er steckte, kannten sie nicht. Noch wussten sie nicht, dass zwischen ihnen und Mega nur eine hauchdünne Stoffschicht lag. Nathans Fallschirmstoff war reißfest und stabiler als das teflonbeschichtete Gewebe von Fr. Dr. Kobe, doch dem gezielten Angriff eines Wolfskiefers würde es kaum standhalten. Mit klopfendem Herzen trat sie entschlossen in die Pedale und versuchte den Verlauf der unter Sand und Asche verborgenen Straße nicht aus den Augen zu verlieren. Noch einen Kilometer. Sie konnte es schaffen. Sie musste.

Der Ring aus wilden Tieren, der sich mit ihr bewegte, wurde enger. Immer wieder schossen einzelne Exemplare aus ihm hervor, näherten sich und versuchten zuzubeißen. Mega versuchte Haken zu schlagen, was jedoch kaum möglich war. Der INDU reagierte gar nicht gut auf plötzliche Schlenker und drohte aufzuschaukeln. Bodenwellen sandten heftige Stöße durch die Konstruktion und zerdrückten Steckverbindungen wie platzende Nussschalen.

Ein großes Exemplar blieb direkt vor ihr stehen. Entsetzt starrte sie nach vorn. Das Tier musste krank sein. Stur hielt sie das Steuer gerade, beschleunigte. Im letzten Moment sprang es jaulend zur Seite.

Durch Asche und Staub registrierte sie, dass die Wachen ihr nicht zur Hilfe eilten. Die Gestalten schienen das Schauspiel zu beobachten, doch sie verharrten bewegungslos auf den Türmen und behandelten Mega genau wie die Ödlandwanderer. Sie ignorierten sie. Hatte sie etwas anderes erwartet? Warum sollten sie ausgerechnet ihr helfen?

Ein besonders großes Exemplar rammte das Vorderrad. Das Steuer schlug aus. Der INDU begann Bocksprünge zu machen. Mega versuchte auszugleichen, steuerte gegen und stellte entsetzt fest, dass sie die Kontrolle verlor. Während sie von der Straße abhob, veränderte sich ihre Wahrnehmung. Die Zeit lief plötzlich langsamer. Als wäre die Welt eingefroren und nur sie würde sich noch bewegen. Sie versuchte sich Details zu merken, als gelte es, sie für einen späteren Test auswendig zu lernen. Der Grabendolch, sie musste ihn dringend schleifen. Die Kalaschnikow, ein halb volles Magazin, das zweite am ersten befestigt. Ihr Biwak, sie hatte es noch lüften wollen. Der Wasserfilter, hoffentlich verschüttete sie nicht alles. Der Gurt straffte sich. Sollte sie ihn lösen? Nicht, dass sie wieder hängen blieb. Wie ein bockender Esel hob der INDU mal mit dem rechten, mal mit dem linken Hinterrad vom Boden ab, blieb gefährlich lang in der Luft, schließlich kippte er ganz auf die Seite.

Sie schlug hart mit dem Kopf auf. Das Fahrrad rutschte noch ein paar Meter, dann blieb es liegen. Hastige, sinnlose Bewegungen, um den Gurt zu lösen. Panikschübe ließen sie verkrampfen, eckig hantieren. Mit einem Klack öffnete sich endlich die Falle. Sie landete auf dem Rücken und wälzte sich herum, um sich Sturmgewehr und Dolch zu schnappen. Das Heulen war verstummt. Eine absurde Sekunde lang erfüllte sie die Hoffnung, die Wölfe hätten von ihr abgelassen und wären verschwunden.

Mit einem Knall durchschlugen gelbe Reißzähne den Fallschirmstoff, zerrten und rissen an ihm, schlitzten ihn auf wie Rasierklingen. Gierige Kiefer schnappten durch die Löcher. Das aggressive Knurren kehrte so massiv und Furcht einflößend zurück, dass es Mega lähmte.

»Beweg Dich! Lauf!«,

schrie sie sich an. Durch die Löcher konnte sie erkennen, wie weit sie noch von der Enklave entfernt war. Viel zu weit. Zu Fuß würde sie der Meute nicht entkommen. Sie musste den INDU aufrichten, weiterfahren. Doch wie sollte sie das bewerkstelligen? In blutrünstiger Raserei zerfetzten die Tiere die neue Fallschirmhaut und schnappten nach ihren Händen. Sie wollte schießen, doch ein mächtiger Kiefer erwischte sie an der Schulter. Zähne schlitzten ihr Fleisch auf, rissen an ihr und drehten sich. Die junge Frau schrie vor Schmerz. Der Schock war mächtig. Und sie dachte, sie hätte etwas gelernt. Nichts hatte sie gelernt.

Plötzlich und unvermittelt verstummten die Wölfe und ließen von ihr ab. Irgendetwas hatte sie aufgeschreckt. Ein seltsames Geräusch. Ein Singen wie eine Geigensaite, über die ein weicher Bogen gezogen wurde. Mega drückte die Hand auf die Bisswunde und nutzte die Atempause, um auf die Beine zu kommen. Mit einem Satz sprang sie über die zerfetzte Hülle des INDU. Unmittelbar vor ihr wurde ein besonders räudiges Exemplar von einem unsichtbaren Projektil getroffen, von den Beinen gerissen, als wäre es in den Windkanal geraten und mehrere Meter durch die Luft nach hinten geschleudert. Weit entfernt zerhackte der harte Knall eines einzelnen Schusses die Leere zwischen Fabrik und Deich. Das Blut des Tieres rollte in grauen Kugeln durch die Asche. Erschrocken knickte das Rudel ein, wie ein Feld, über das der Wind strich. Einige Exemplare jaulten halblaut, schienen zu protestieren. Größere ignorierten die Bedrohung und stürzten sich heißhungrig auf den gefallenen Kameraden.

Mega packte die Waffen und stolperte Richtung Enklave. Weit kam sie nicht. Die Wölfe hatten sie nicht vergessen. Sie folgten ihr und kreisten sie ein. Ein großes Tier setzte zum Sprung an. Mega wirbelte herum und hob das Sturmgewehr, um eine Salve abzufeuern. Im Augenwinkel ein Blitz. Ohne es zu wissen oder überhaupt eine Orientierung zu haben, wusste Mega intuitiv, dass keine Wache den Schuss abgefeuert haben konnte. Der Schütze lag auf dem Deich, ziemlich genau an der Stelle, von der aus auch Mega ihre ersten Beobachtungen gemacht hatte. Das Geschoss erwischte das Tier im Sprung, trennte den Vorderlauf ab, bevor es in die Brust eindrang, und riss es zur Seite. Sie konnte erkennen, wie die Muskeln des Jägers erschlafften und das Brennen in seinen Augen erlosch, noch bevor er auf dem Boden aufschlug. Das Krachen der Waffe tönte wie der Donner eines zornigen Gottes in der Ferne und diesmal erkannte Mega es. Nathan hatte sie gefunden. Ihr Freund half ihr. Sie konnte es es schaffen. Sie musste.

Sie sparte Munition, schleppte sich weiter. Doch die Untiere ließen sich von der Nebensächlichkeit nicht lang ablenken. Zwei bissen gleichzeitig in ihre Unterschenkel, rissen ihr die Beine weg, brachten sie zu Fall. Die Hände an der Waffe fand sie keine Zeit sich abzufangen, schlug der Länge nach auf den Boden. Ihr wurde schwarz vor Augen. Hungrige Kiefer schnappten von allen Seiten. Mit Händen und Füßen trat sie verzweifelt um sich, schrie, verschaffte sich Luft, konnte sich aufrichten und feuern. Eine Salve in die eine Richtung, drehen, eine Salve in die andere Richtung. Zwischendurch schrie sie, um sich Luft zu verschaffen und die Schmerzen zu vergessen. Zwei Angreifer blieben auf der Strecke. Blitze am Horizont. Das Projektil des Scharfschützen durchschlug mit nassem Krachen den Kopf eines Angreifers und rettete Mega erneut das Leben.

Schon setzte die nächste Bestie nach, schnappte wieder nach ihren Beinen. Zähne schlitzten ihr Fleisch auf. Weiß und bloß sah Mega ihre Sehnen. Sie begann zu taumeln. Ihr Körper versuchte sich mit einem Schock vor Schlimmerem zu bewahren. Ein denkbar ungünstiger Zeitpunkt. Mit eckigen Bewegungen legte sie an, wurde von hungrigen Mäulern behindert, schlug mit dem Gewehrkolben krachend und schreiend auf nasse Schädel ein, sprang wieder auf die Beine, humpelte weiter. Je hartnäckiger sie sich verteidigte, desto wilder stürmte das Rudel auf sie ein. Das Blut vieler Wunden floss an ihren Armen und Beinen hinunter. Weitere Blitze im Augenwinkel. Immer wieder fielen Wölfe und wurden von Artgenossen an Ort und Stelle zerfleischt. Die Überlebenden fielen in einen Blutrausch. Die vielköpfige Raserei aus verklebtem Fell, bedeckt mit den Häuten und den organischen Resten der Gefährten, verschmolz zu einem einzigen, bösen Wesen, das nur einen Willen kannte: Fressen.

Mega schoss wild um sich. Selten blieb ihr Zeit zum Zielen, selten traf sie richtig. Verzweifelt versuchte sie, auf den Beinen zu bleiben. Viel zu lang war die Strecke. Bei dem Tempo wäre sie tot, bevor sie den Schutzzaun erreichen konnte. Sie würde es nicht schaffen. Selbst wenn Nathan ihr weiterhin den Rücken freihielt.

Verzweifelt fuchtelte sie mit den Armen und schrie. Halb in Richtung Enklave und halb in Nathans Richtung, obwohl er viel zu weit weg war und sie mit Sicherheit nicht hören konnte:

»HILFE! HILF MIR!«

Wieder riss ein Treffer unmittelbar vor ihr einen riesigen schwarzen Wolf von den Beinen. Mega biss die Zähne zusammen, stolperte weiter, konnte nicht verhindern, dass sie zu allem Überfluss auch noch Tränen blendeten. Der Lauf ihres Sturmgewehrs begann zu glühen, versengte den Stoff, mit dem es umwickelt war. Die letzte Salve, dann war das zweite Magazin leer. Achtlos ließ sie die Waffe fallen und zog den Grabendolch. Zwei Wölfe stürmten auf sie ein, der Kopf des ersten wurde von Nathans Geschoss zerfetzt, der andere sprang ihr gegen die Brust und warf sie auf den Rücken. Mega stach mit dem Kampfmesser auf ihn ein, durchstieß seinen Hals. Das Tier zuckte wild und riss ihr mit seinen Klauen die Haut auf. Ein Schwall schwarzes Blut ergoss sich über ihr Gesicht, im selben Moment durchzuckten sie heftige Schmerzen. Weitere Angreifer attackierten ihre Beine. Mega stieß die Leiche von sich hinunter, nutzte den Schwung, warf sich dem nächstbesten entgegen und stieß ihm mit einem Schrei das Kampfmesser in den Kopf. Weitere preschten vor, bissen erbarmungslos zu. Mega schlug mit den Händen um sich, bekam den Dolch nicht mehr aus dem Schädel. Es waren zu viele. Verzweifelt schrie sie.

Endlich bekam sie den Dolch aus dem Schädel, schleppte sich weiter, immer in Richtung Enklave. Mehrere Bisse hatten ihre Sehnen verletzt. Sie konnte das Bein nicht mehr heben, musste es nachziehen. Meter für Meter hackte und schlug sie blind um sich, von Kopf bis Fuß mit Blut bedeckt.

Mit jedem Biss, jedem Treffer wurde sie schwächer. Immer wieder krachten in der Entfernung Schüsse, erwischten Wölfe und verschafften ihr für Sekunden Luft. Sekunden, in denen sie sich weiterschleppen konnte. Bis sie in die Knie ging, vom Ansturm des schwarzen Knäuels aus Blut und Zähnen umgerissen wurde und sich nicht mehr erhob. Verdeckt von harten, nassen Schädeln, die vor Anstrengung dampften.

Nathan lag an der Rückseite des Deichs auf dem Bauch, das Gewehr vor sich auf das Zweibein gestützt und neben ihm, ausgebreitet auf einem Tuch, die letzten sechs Patronen. Selbst durch sein hochwertiges Zielfernrohr konnte er nicht mehr unterscheiden, was Mega und was Wolf war. Wenn er blind in das Knäuel schießen würde, bestünde die Möglichkeit, dass er sie traf. Die großkalibrigen Projektile durchschlugen problemlos mehrere Körper. Das Risiko, Mega zu verletzen, war zu groß, und auch wenn er jetzt loslaufen würde, wäre sie tot, bis er endlich bei ihr wäre. Nathan wurde klar, dass er nichts mehr für seine Freundin tun konnte.

»Verdammte Scheiße, ... verfluchte Scheiße.«

Er wollte gerade aufspringen und loslaufen, als er realisierte, dass sich das Knäuel lichtete. Die Wölfe flohen und ein roter Lichtschein schimmerte am linken Rand des Teleskops. Um sich einen Überblick zu verschaffen, änderte er die Vergrößerung, ohne das Auge vom Okular zu entfernen. Die Asche brannte. Das Rudel floh vor einem Feuer. Die Wachen der Enklave hatten sich in Bewegung gesetzt und Brandsätze geschleudert. Die Nähe der Flammen versetzte die Tiere in Panik. Sie sprangen zurück. Vermummte Wachen stürmten vor und warfen weitere Flaschen, die beim Aufprall explodierten. Nicht direkt auf die Wölfe, sondern zwischen sie und Mega, um zu verhindern, dass sie zurückkehrten. Die hartnäckigsten Exemplare erschossen sie, dann liefen sie in den Feuerkreis und knieten sich neben die verletzte Frau. Zwei stellten eine Trage ab, einer eine Ledertasche, dann hoben sie Mega vorsichtig an. Sie sah schrecklich aus. Blutüberströmt, die Kleidung hing ihr in Fetzen vom Körper. Man konnte kaum noch erkennen, wo ihre Augen waren. Die restlichen Männer stellten sich im Kreis auf, um den Ort zu sichern. Ein breiter Kerl mit brauner Lederjacke und Hockeymaske positionierte sich in Nathans Blickachse, hob die Hand und schien ihm signalisieren zu wollen, dass sie in friedlicher Absicht gekommen waren. Seine eigenartige Handbewegung veränderte sich. Schließlich sah sie aus, als wenn er Nathan dazu auffordern würde, sich zu nähern. Das Winken sollte vielleicht Harmlosigkeit oder Offenheit ausdrücken, doch es wirkte eher wie eine geballte Faust, wie eine unverhüllte Drohung. Gesichter erkannte Nathan nicht. Sämtliche Wachen trugen Helme, Tücher und Motorradbrillen. Der Einsiedler seufzte. Müde nahm er den Kopf vom Okular und rieb sich die Augen:

»Tut mir leid, Mega ... So war das nicht geplant.«

Und zu sich selbst, als Strafmaß für das erneute Versagen, fügte er noch müde hinzu:

»Du wirst tun, was du die letzten 13 Jahre getan hast. Du wirst Ausschau halten und auf sie warten.«

Dann sammelte er sorgfältig die Hülsen und die restlichen Patronen auf, schob die Schutzkappen vor das Suchfernrohr und richtete an der Stelle, an der er gelegen hatte, das flach gedrückte Gras wieder auf. Langsam und sorgfältig arbeitete er sich rückwärts den Deich hinunter, achtete auf jedes Detail und hinterließ die Landschaft, als wäre nie jemand dort gewesen. Nachdem er sich noch einmal umgesehen hatte, verschwand er im Dunst der Flussauen.

Der eigenartige Mann mit dem verhüllten Gesicht hinterließ keine Spuren und keinen Geruch.

32. DER ZWANZIGSTE GEBURTSTAG

Die Augen nach oben gerichtet schaukelte Mega sanft, während sie über Asche und verkohlte Baumstümpfe hinwegschwebte.

Das Tor der Fabrik fiel mit schwerem Krachen hinter ihr ins Schloss. Sie blinzelte mühsam. Die Welt verschwamm vor ihren Augen, sämtliche Geräusche hallten dumpf. Sie spürte ihre Verletzungen nicht mehr. Sie spürte gar nichts mehr. Ihre Trage wurde grob auf dem Boden abgestellt. Ein junger Mann näherte sich:

»Das ist eine von uns. Sie hat es geschafft. Sie hat es tatsächlich geschafft. Tapfere, kleine Mega. Ihr werdet's nicht glauben, aber die kommt tatsächlich aus demselben Loch wie ich.«

Der junge Mann beugte sich näher an Megas Gesicht heran und im selben Moment erkannte sie ihn. Frische Narben verunzierten sein Gesicht, doch er war es. Eindeutig. Dieses freche Grinsen gab es kein zweites Mal. Mega lächelte schwach. Dicke Tränen rollten ihre Wangen hinunter:

»Wo is' mein Geschenk?«

»Hab' ich vergessen.«

Es war Mark, ihr Freund aus dem Keller. Der letzte Pilot, den die Wissenschaftler vor ihr ausgesandt hatten. In seinen Augen erkannte Mega Freude und Trauer und etwas Neues, was sie dort noch nie zuvor gesehen hatte. Seltsame Stille. Die Kälte des Ödlands. Was hatte er sehen müssen? Was hatte er durchmachen müssen? War das noch der Mark, den sie kannte, den sie liebte? Und was noch viel wichtiger war: Was konnte er in ihren Augen lesen? Würden ihre Augen sie verraten?

»Willkommen Mega. Willkommen in der Fabrik am Fluss, dem letzten Paradies auf Erden.«

33. MR. BUH

Mia sang leise auf ihrem Weg durch den Keller, denn sie wusste, dass über den Betondecken und hinter den stählernen Toren die Karnivoren lauschten. Ihr monotones „Piie-di-Piie“ hallte wie das Echolot eines U-Boots durch die Finsternis. Ihr Fledermaus-Gehör ließ sie mit traumwandlerischer Sicherheit navigieren. Obwohl die Kinder sich tatsächlich mehr auf die Akustik verließen, straften Dr. Kamuras Sehtests die alte Weisheit lügen, dass man nicht unter der Bettdecke lesen durfte, weil man davon schlechte Augen bekam. Die Kinder lasen grundsätzlich bei schlechtem Licht, ihre Augen waren trotzdem überdurchschnittlich und sie reflektierten das Licht, wie Kaninchenaugen, wenn sie der Strahl einer Akku-Taschenlampe traf.

In Mias rechter Hand baumelte Mr. Buh, ein dreckiger Stoffklumpen, der ursprünglich mal ein Stoffhase gewesen war, den jedoch die hemmungslose Liebe, die er im Laufe seines Lebens hatte erfahren dürfen, in ein Monster verwandelt hatte. Sophia reparierte das unförmige Ding stets mit Nadel und Faden. Viel Auswahl bei der Flickenfarbe hatte sie nicht und bei jedem Unfall büßte Mr. Buh etwas Schaumstoff ein. Frankenstein hing deshalb etwas schlaff in Mias Hand, als sie ferngesteuert in die Bibliothek abbog, vor Sophias Leseecke stoppte, wie ein Greifroboter auf dem Rummel die Hand hob und mit großen Augen intonierte:

»Mr. Buh is seriously injured.«

Und Sophia antwortete:

»Oh, I see. I will take care of him, immediately.«

Die Erwachsenen bemühten sich den Kindern etwas Englisch beizubringen. Später stünde noch Japanisch bei Dr. Kamura und Koreanisch bei Fr. Kem auf dem Stundenplan, doch die Lehrer wollten die Klasse nicht überfordern. Englisch reichte fürs Erste, zumal niemand wusste, ob das Erlernte überhaupt jemals zur praktischen Anwendung kommen würde.

Sophia suchte ihr Handwerkszeug in der Kommode. Sie besaß einen Vorrat an Nadeln und Faden, doch wenn sie weiterhin die Kittel, Hosen und Hemden der Wissenschaftler und die Stofftiere der

Kinder flicken sollte, brauchte sie in absehbarer Zeit Nachschub. Nähzeug war nicht der einzige endliche Vorrat des Kellers und bei Weitem nicht der wichtigste.

Es dauerte nicht lang, bis sich Jonas und Emily zu ihnen in die Bibliothek gesellten und Caféhaus spielten. Emily war der Gast und Jonas der versnobte Kellner, der mal wieder nichts von dem hatte, was auf der Speisekarte stand, was natürlich nicht die Schuld des Kellners, sondern die Schuld des Gastes war, dem es eindeutig an „Grazie" mangelte. Kellner Jonas verschwand immer in einer mysteriösen Küche, um mit einem noch mysteriöseren Küchenchef Rücksprache zu halten, nur um dem gelangweilten Gast neue Enttäuschungen zu servieren. Das Lieblingsspiel der Kinder war jedoch sehr bald nicht mehr so spannend wie Sophias Versuch, die wertvolle Nähnadel nicht zu zerbrechen und Mr. Buh die schwielige Haut zu retten. Und so hingen die drei bald entweder an Sophias Schulter oder auf ihrem Schoß.

»Vorsicht!«,

kommentierte Jonas.

»Du darfst die Nadel nicht abbrechen. Sie ist sehr wertvoll. Wir haben nicht mehr viele davon.«

Sophia musste Luft holen, bevor sie antworten konnte.

»Das weiß ich, mein lieber Jonas. Ich bin sehr vorsichtig. Würde es dir was ausmachen, mir etwas mehr Platz zu lassen? Danke.«

Jonas grinste und trollte sich. Er schlenderte wieder zum Tisch des Caféhauses, stützte den Kopf auf und kniff die Augen zusammen, als wäre er Sherlock Holmes.

»Wir glauben nicht, dass Mega an einem Forschungsprojekt arbeitet.«

Die Idee schien ihm aus heiterem Himmel zu kommen, doch er hatte „wir" gesagt. Damit war klar, dass die Kinder die Sache abgesprochen hatten, möglicherweise hatten sie die gesamte Szene, samt verwundetem Mr. Buh, vorher einstudiert. Der Kommentar traf Sophia unvorbereitet. Normalerweise konnte sie Jonas Gedankengänge vorausahnen und sich entsprechend vorbereiten. Diesmal jedoch war es anders. Und ihr wurde plötzlich klar, dass die Kinder es auf genau diese Überrumpelung abgesehen hatten. Als wollten sie sich solidarisch erklären, entfernten sich Mia und Emily und setzten sich zu Jonas an den Tisch. Sophia befand sich plötzlich nicht mehr in der Bibliothek, sie saß auch nicht mehr in dem netten Caféhaus. Sie hockte auf der Anklagebank und das hohe Gericht tagte auf zu großen Stühlen. Mia senkte den Kopf.

»Sag uns die Wahrheit, Sophia! Wo ist Mega?«

Sophia versuchte zu lächeln, doch es gelang ihr nicht. Sie hatte gewusst, dass dieser Tag kommen würde. Mega hatte mit ihnen in der Leseecke gesessen. Sie war Gast im Caféhaus gewesen. Es gab Dinge, die Kinder nicht so schnell vergaßen. Spiele gehörten dazu.

»Jonas hat eine Theorie«,

versuchte Emily zu vermitteln. Offensichtlich war sie Sophias Anwältin.

»Aber wir sind uns nicht sicher.«

Sie steckten die Köpfe zusammen und stimmten darin überein, dass die Information mitgeteilt werden durfte. Jonas fuhr fort:

»Wir glauben, dass sie nicht mehr im Keller ist. Sie ist weggegangen.«

Sophia ließ Mr. Buh auf ihren Schoß sinken. Der für die Wahrheit vorgesehene Zeitpunkt war noch nicht gekommen. Die Wissenschaftler hatten den Termin in die ferne Zukunft gelegt und – wie so oft – an der realen Entwicklung der Kinder vorbeigeplant. Doch selbst wenn Sophia gegen die Abmachung verstoßen würde, die Wahrheit konnte sie den Kindern ohnehin nicht mitteilen. Die Wahrheit kannte sie nämlich nicht. Jonas schloss seine Überlegung ab:

»Sie ist weggegangen, um die Sonne zu suchen.«

Die drei saßen mit verschränkten Armen da. Große Ernsthaftigkeit, kein Hauch von Ironie.

»Ja, das, ... das stimmt schon«,

stammelte Sophia und kam sich schäbig vor. Sie war eine schlechte Lügnerin.

»Und wenn sie die Sonne gefunden hat, kommt sie zurück.«

»Ja. Ja, genau.«

»Gut«,

schien Jonas das Tribunal beenden zu wollen. Sophia seufzte schon erleichtert, als er unbeirrt fortfuhr:

»Wir machen uns nur Sorgen wegen der Karnivoren. Was macht Mega, wenn sie kommen? Wir haben uns überlegt, dass sie sich verstecken könnte.«

Emily sekundierte:

»Sie war immer gut, wenn wir Verstecken gespielt haben. Ich hab sie nie gefunden.«

Mia gefiel die Idee.

»Wenn sie sich versteckt, können die Kannivolen sie nicht finden.«

Jonas flüsterte:

»Voren.«

Mia legte die Hand auf den Mund.

»Kannivonnen«.

Die Kinder lachten. Emily kam plötzlich eine Idee:

»Wir spielen Mega und die Karnivoren.«

Jonas hob begeistert den Finger.

»Au ja, ich bin Mega.«

Emily schüttelte den Kopf.

»Nein. Du kannst nicht Mega sein, du bist ein Junge. Mia ist Mega.«

Jonas gefiel das genauso gut. Sie sprangen auf und liefen in die Dunkelheit. Das Tappen ihrer Wollsocken verhallte zwischen den Betonwänden.

Vorsichtig bemühte sich Sophia die Nadel nicht abzubrechen. Nach einer Weile musste sie eine Pause einlegen, weil sie nichts mehr sah. Das Kuschelmonster grinste schief, während Sophias Körper unter lautlosem Schluchzen bebte.

Es kam selten vor, dass sich alle Erwachsenen in der Küche versammelten. Das lag nicht nur an den beengten Verhältnissen, sondern auch an der Tatsache, dass unter diesen Umständen die meisten Konflikte entstanden. Es war üblich, dass sich ein Teil der Gruppe unter einem Vorwand verzog, bevor es zu eng wurde. An diesem Tag jedoch, der sich bisher durch nichts von vielen anderen unterschieden hatte, verstummten die Wissenschaftler, als Sophia die Küche betrat, doch sie verließen sie nicht. Genauso wenig wie Fr. Kem und Hr. Bernhard. Sophia hatte schon öfter erlebt, dass Diskussionen abbrachen, sobald sie auftauchte. Sie hatte das immer mit ihrer Nähe zu den Kindern in Verbindung gebracht. An diesem Tag jedoch wurde sie das Gefühl nicht los, dass die Unterhaltung abbrach, weil sie nicht für ihre Ohren bestimmt war. Sie schritt zwischen den ergrauten Herrschaften hindurch und stellte sich neben Fr. Dr. Kobe, die Physikerin, die schmallippig und blass an der Spüle lehnte. Die beiden Frauen waren nie Freunde geworden, dafür lagen die Welten, in denen sie dachten und fühlten, zu weit auseinander, doch wenn es darauf ankam, konnte Sophia sich auf ihre Solidarität verlassen. Von ihr hatte sie immer ehrlichere Antworten bekommen als von den Männern. Deshalb wandte sie sich direkt an sie, nachdem die schweigende Versammlung ihr keinen Aufschluss hatte geben wollen.

»Alles in Ordnung?«

»Gute Frage. Ist alles in Ordnung?«

Kobe reichte sie direkt an Prof. Walden weiter, dem das offensichtlich überhaupt nicht passte. Er presste die Lippen aufeinander, als würde er mit Gewalt verhindern wollen die Kontrolle über sie zu verlieren. Sophia stellte die halb gespülte Tasse ab, die sie aus der Bibliothek mitgebracht hatte, und beschloss dem Professor auf die Sprünge zu helfen.

»Hat Mega sich gemeldet?«

»Leider nicht. Seit der letzten Übertragung haben wir nichts gehört.«

»Aber irgendwas ist passiert?«

Walden überlegte einen Moment.

»Wir sind nur überrascht. Dr. Kamura hat außergewöhnliches Wachstum bei einigen Pflanzensorten festgestellt.«

Sophia sah erfreut von einem zum anderen. Die Gesichter der Wissenschaftler sprachen eine andere Sprache.

»Ich bin verwirrt. Entschuldigung. Aber das ist doch gut oder nicht? Ihr steht da wie begossene Pudel und jagt mir eine Heidenangst ein.«

Niemand antwortete, deshalb wiederholte sie:

»Das ist doch gut oder nicht?«

»Wir sind uns nicht sicher.«

Walden sprach seltsam deutlich in Dr. Kamuras Richtung. Sophias Verwirrung hielt an. Nach ihrem Verständnis war alles besser als ein Rückgang des Wachstums. Bevor sie jedoch nachhaken konnte, formulierte Walden seine Forderung:

»Wir werden die Messung überprüfen. Sie werden mir zustimmen, wenn ich sage, dass wir uns in dieser Sache kein vorschnelles Urteil erlauben können.«

Walden sah die Kollegen auffordernd an. Dr. Hammer nickte umgehend, Fr. Dr. Kobe schloss sich an und schließlich auch Dr. Kamura. Obwohl er gerade das Gesicht verloren hatte, immerhin war es seine Messung und sein Fachgebiet, ließ sich der Halbjapaner nichts anmerken. Kurz und steif verneigte er sich:

»Ich fang' gleich an.«

Walden begrüßte das.

»Nur nichts übereilen. Gründlichkeit geht über Schnelligkeit.«

Auch das schluckte Kamura, angesichts des bereits angerichteten Schadens, kommentarlos und beeilte sich die Küche zu verlassen. Kobe und Hammer schlossen sich an. Ihre Laborkittel schwebten geisterhaft in die Dunkelheit. Walden wäre ihnen am liebsten gefolgt, doch Sophia erwischte ihn am Ärmel. Als er sich zu ihr umdrehte, sah sie die Angst in seinen Augen. Sophia wurde klar, dass sie in diesem Moment das Kind war, das naive Mutmaßungen über die Realität anstellte und sich die Welt zurechtbog, wie es ihr gefiel. Plötzliche Schwäche ließ sie einknicken. Walden stützte sie auf dem Weg zum Küchenstuhl.

»Wir prüfen alles und werden feststellen, dass wir uns geirrt haben. Alles in bester Ordnung. Du wirst sehen.«

Seit Jahren kämpfte Sophia mit Schlafstörungen. Auch in dieser Nacht lag sie auf dem Rücken unter der muffigen Decke, die im Keller nie richtig trocknete, und starrte an die Decke, ohne sie zu sehen. Sie dachte darüber nach, wo Mega jetzt sein mochte und wie es ihr ging. Sophia kam es vor, als wäre sie erst gestern aufgebrochen. Als wäre sie gerade erst auf dem Gang in der Dunkelheit verschwunden. Ihre Gedanken drehten sich im Kreis und kamen immer wieder zum selben Ergebnis. Es war unmöglich, das Ödland zu durchqueren. Mega konnte es nicht schaffen.

Irgendwann hielt sie es nicht mehr aus. Fröstelnd warf sie sich die Strickjacke über und schlich in die Küche. Dort gab es zumindest eine Notbeleuchtung. Vielleicht konnte sie etwas abwaschen oder das Gemüsefach aufräumen. An der richtigen Stelle bog sie ab, erkannte jedoch nicht sofort, dass jemand am Tisch saß, und zuckte heftig zusammen. Walden fiel fast vom Stuhl und Sophia konnte einen Schrei gerade noch unterdrücken. Es dauerte einen Moment, bis die beiden Alten sich wieder beruhigt hatten.

»Entschuldigung«,

keuchte Sophia.

»Ich wusste nicht, dass jemand hier ist.«

»Ich muss mich entschuldigen«,

entgegnete Walden.

»Ich dachte, ich wäre der Einzige.«

»Ich kann auch nicht schlafen.«

Sie setzte sich.

»Was machst du?«

»Ich versuch' Zeitung zu lesen. Aber das Licht ist zu schlecht oder meine Augen. Wahrscheinlich beides. Ich kenn' das Blatt auswendig. Macht nichts, wenn ein paar Zeilen fehlen.«

»Wir können Licht machen.»

Walden seufzte. Sophia kam ihm zuvor:

»Ich weiß, eigentlich sollten wir schlafen. Aber das wird heute Nacht nichts mehr.«

Eine Weile saßen sie sich schweigend am Tisch gegenüber, studierten den verschwommenen Schatten des anderen. Schließlich wagte sich Sophia vor:

»Hat Kamura die Messung wiederholt?«

»Ja.«

»Und das Ergebnis?«

»Unverändert.«

»Was ist, wenn sie stimmt?«

»Sie stimmt nicht. Wir haben was übersehen.«

»Hat es was mit der Strahlung zu tun?«

Wenn es heller gewesen wäre, hätte Sophia eine Abfolge bizarrer Grimassen in Waldens Gesicht beobachten können, doch zum Glück war es dafür zu dunkel.

»Das hab' ich nicht gesagt.«

»Hat es etwas mit der Strahlung zu tun?«

Walden seufzte, schließlich gab er nach.

»Vor der Katastrophe gab es Experimente, in denen das Pflanzenwachstum durch Bestrahlung erhöht werden konnte.«

»Und?«

»Das Wachstum könnte ... eine Folge des belasteten Grundwassers sein. Es ist vermutlich so weit. Der Filter gibt den Geist auf.«

Sie schwiegen. Am Ende des Korridors brummte die Klimaanlage. Schließlich flüsterte Sophia:

»Danke.«

»Wofür?«

»Du hast mir die Wahrheit gesagt.«

»Zieh bitte keine voreiligen Schlüsse! Die Wahrheit ist immer relativ. Es gibt Alternativen und wir werden eine finden.«

Wieder schwiegen sie. Irgendwann hakte Sophia nach:

„Wieso strahlt das Grundwasser überhaupt? Atombomben sind

doch gar nicht eingesetzt worden.«

»Das war nicht notwendig. Sie haben Kraftwerke sabotiert. Es kam zur Kernschmelze in drei deutschen und vier französischen Meilern. Das sind die, von denen wir wissen. Es gibt keine verlässlichen Messungen, keine Berichte, nichts. Alles ging im Chaos unter. Im Vergleich zu einem Atomkrieg ist die Dosis gering, doch je länger man draußen ist, desto gefährlicher wird es. Niemand weiß, wo die Werte hoch sind und wo man gefahrlos Grundwasser trinken kann. Die Strahlung kann überall sein. Bei uns ist sie zum Glück nur leicht erhöht.«

»Weiß sie das?«

»Wir haben uns entschieden, ihr nichts zu erzählen.«

»Ihr habt sie ohne Schutz da rausgehen lassen?«

»Wir haben keine Schutzanzüge, Sophia. Wir haben auch keine mobilen Aufbereiter und wenn sie keine Ersatzteile findet, können wir unsere nicht reparieren.«

»Dann ist es wohl so weit.«

Walden begann sich Sorgen zu machen.

»Wir haben noch Zeit. Noch ist niemand krank.«

Sophia fixierte den zusammengesunkenen Schatten am anderen Ende des Tisches.

»Wirst du dich an dein Versprechen halten?«

Walden antwortete nicht:

»Wird es helfen?«

Walden kaute auf seiner Unterlippe.

»Weniger Verbraucher würde bedeuten, dass wir mit dem unbelasteten Wasser länger auskommen. Der Ionentauscher könnte länger radioaktive Partikel aus dem Wasser filtern. Es würde länger dauern, bis wir ihn austauschen müssen. Also ja. Jeder Verbraucher weniger würde dazu führen, dass wir insgesamt länger durchhalten. Aber ich bitte dich, Sophia. Schlag dir das aus dem Kopf! Wir finden eine andere Lösung.«

»Es gibt keine andere Lösung.«

»Sophia ...«

Sie wartete, doch der Alte brachte es nicht über die Lippen. Selbst nach all den Jahren, selbst in dieser Situation war er nicht dazu in der Lage. Sophia erhob sich und ließ ihn im grünen Zwielicht der Küche zurück.

Am nächsten Morgen bestätigte Fr. Dr. Kobe in der Küche, was die

Wissenschaftler bereits befürchtet hatten. Sie tat es in ihrer unverbesserlichen trockenen Art, als würde sie das alles nicht betreffen:

»Das Fouling schwächt die Regeneration. Das Harz des Ionentauschers verliert seine Kraft im vorausberechneten Rahmen. Der Lebenszyklus des Wasserfilters neigt sich dem Ende entgegen. Ich empfehle die Komponente zu deaktivieren.«

Die Stimmung im Keller sank einem neuen, bisher nicht gekannten Tiefpunkt entgegen. Der Hoffnungsschimmer, den alle gesehen hatten, als Mega aufgebrochen war, wurde von Dunkelheit verschluckt.

Sophia war die Mutter des Kellers. Sie kochte, sie flickte und sie wusch, doch sie besaß keinen Doktortitel und auch sonst keine besonderen Fähigkeiten, wie etwa Fr. Kem und Hr. Bernhard, die sich auf die Verteidigung des Kellers spezialisiert hatten. Ihre Adoptivkinder Jonas, Emily und Mia - und wenn man es genau nahm, gehörten auch Mega und Mark dazu - hatte sie mit Liebe und Aufmerksamkeit groß gezogen. Ihre Arbeit war getan. Trotzdem plagten Sophia Gewissensbisse. Sie war schon immer der Kitt gewesen, der die Gruppe zusammengehalten hatte. Sie wollte die Überlebenschancen der Kellerbewohner verbessern. Würde ihre Entscheidung das tun?

»Kinder sind am schwächsten. Die Kinder werden zuerst sterben«,

hatte Fr. Dr. Kobe Sophia erklärt und Sophia glaubte ihr. Auch wenn alles andere falsch sein sollte, das konnte Sophia nicht zulassen.

Mia und Emily wohnten in einem Zimmer, während Jonas seit einem halben Jahr sein eigenes hatte. Prof. Walden und Dr. Hammer hatten aus Pappresten und Styroporplatten eine Zwischenwand in dem Seminarraum gezogen, der ihnen als Lager und Wäschekammer diente. Jonas liebte seine Höhle und hatte die Wände bereits mit Wachsmalstiften verschönert, doch alte Gewohnheiten änderten sich nur langsam und so fand Sophia ihn an seinem alten Platz auf der Turnmatte im Zimmer der Mädchen. Sie lagen friedlich auf dem Bauch und halb auf der Seite mit ausgestreckten Armen und Beinen. Mia zog Mr. Buh näher und öffnete die Augen, als Sophia sich näherte. Sophia war sich sicher, dass Mia sich am nächsten Morgen nicht mehr an die Begegnung erinnern würde, doch in den halb geöffneten Augen des Kindes lag erstaunliche Aufmerksamkeit. Als wüsste das Mädchen genau, viel besser als Sophia selbst, was gerade geschah. Mia schob sich Mr. Buh unter den Kopf und schloss die Augen. Sophia küsste sie, gab Jonas und Emily ebenfalls einen Kuss auf die Stirn, dann ging sie, ohne sich noch einmal umzusehen.

Mehrere Stunden, bevor es hinter der Universität hell wurde, öffneten sich rumpelnd die Sicherheitstore, die kurz vor Ausbruch der Unruhen noch eingebaut worden waren. Wie üblich liefen zuerst Fr. Kem und Hr. Bernhard nach draußen, um die Lage zu sondieren. Schwer gepanzert und bewaffnet, ausgerüstet mit Nachtsicht- und Funkgeräten. Nachdem sie sich umgesehen und bestätigt hatten, dass alles ruhig war, trat Sophia zögernd aus dem Schatten.

Es war kalt. Zum ersten Mal nach zwanzig oder dreißig Jahren betrat sie die Oberfläche. Sie hatte jedes Gefühl dafür verloren, wie lang es wirklich her war. Ihr Atem kondensierte in weißen Wolken. Sie begann zu zittern und zog die Strickjacke enger. Im Osten erhoben sich Silhouetten unbekannter Hügelketten. Vor ihr in der Dunkelheit lag das Tal, durch das früher ein Fluss in einen Stausee geflossen war. Sophia hatte sich bereits entschieden, dass sie nicht in diese Richtung gehen würde. Nicht weil die Dunkelheit des Tals sie ängstigte, nicht weil sie sich mehr davon versprach, in die andere Richtung zu gehen. Sie wollte nur Mega nicht in die Arme laufen. Am Ende würde das Kind sich noch um sie kümmern. Sie hatte genug Nahrung und Trinkwasser mitgenommen, um sich ausreichend weit vom Keller entfernen zu können. Walden stand hinter ihr in der Schwärze. Seine Stimme klang leise, wie in einem Traum:

»Sophia.«

Sie blieb stehen.

»Ja.«

»Ich muss dir noch was sagen.«

»Was musst du mir sagen?«

»Ohne dich wird es nicht funktionieren. Ich brauche dich. Ich liebe dich, Sophia.«

Eine Weile standen sie bewegungslos in der Kälte.

»Nun hast du es doch noch gesagt.«

»Ja.«

»War das so schwer?«

»Ja.«

»Ich liebe dich auch, Professor. Dich und die Kinder. Deshalb muss ich gehen. Ich gehöre nicht mehr in diese Welt.«

Nach einer Weile war die gebeugte Gestalt im Dunst des anbrechenden Morgens verschwunden.

ENDE
des Zweiten Buches

Megas Geschichte wird fortgesetzt im dritten Buch:

Ödland

Drittes Buch
Die Fabrik am Fluss

Wie geht es weiter? Verstehen sich Mark und Mega noch? Können sie da anknüpfen, wo sie im Keller aufgehört haben? Wird es Hagen wie geplant gelingen, die Fabrik am Fluss einzunehmen und sie als Basislager zu nutzen? Werden sich Mega und Hagen erneut begegnen?

Bleiben Sie auf dem Laufenden: www.luciddreams.de

Folgen Sie LUCID DREAMS auf facebook: facebook.com/Luciddreams.de

oder auf Twitter: twitter.com/LucidDreamsREM

Klicken Sie auf LIKE oder FOLGEN und erhalten Sie regelmäßig Neuigkeiten zur Arbeit an den Büchern der ÖDLAND-Reihe und zu anderen Projekten von Christoph Zachariae.

Der Autor

Christoph Zachariae
wird 1972 als Sohn eines Flugzeugingenieurs und einer Lehrerin in Bremen geboren. Vom Vater übernimmt er die Begeisterung für Technik und Raumfahrt, von der Mutter die für Kunst und Museen. Im Alter von 12 Jahren schreibt er seine erste Kurzgeschichte.

Ab 1993 studiert er Filmwissenschaften und Philosophie an der Ruhr-Universität Bochum und realisiert Fotoausstellungen. Aus eigenen Drehbüchern entstehen Kurzfilme, die auf zahlreichen Festivals laufen. 1996 wechselt er an die Filmakademie Ludwigsburg und schließt ein Regiestudium ab. Seine Leidenschaft gehört der Phantastik und der dunklen Seite der menschlichen Seele.

Seit 2002 lebt und arbeitet er in Berlin. Hier entstehen u.a. die mehrfach preisgekrönte Thriller-Serie DARKSIDE PARK und die Endzeit-Thriller-Reihe ÖDLAND. Neben Drehbüchern für Kinofilme schreibt Christoph Zachariae für deutsche TV-Serien und produziert eigene Kurzfilme.

Der Illustrator

Colin M. Winkler
wird 1983 in Oberndorf bei Salzburg geboren. Er stammt aus einer Familie von Bildhauern und Malern. Früh nimmt er an Ausstellungen teil und zeigt Kohle- und Kreidezeichnungen.

Aus Liebe zur klassischen Kunst beginnt er 2001 eine Lehre zum Kirchenmaler und beendet diese nach 3 Jahren mit Auszeichnung. 2005 besucht er die Akademie für Gestaltung und Design und erhält im Jahr darauf sein Bachelor-Diplom.

Gemeinsam mit seiner Lebenspartnerin, der Kommunikationsdesignerin und Autorin Theresa Winkler, gründet er 2007 das Design-Atelier MOMMONO und arbeitet als Designer/Illustrator an Covergestaltungen und Konzeptzeichnungen für Romane, Hörspielreihen, Film- und Game-Projekte.

Die Dramaturgin und Lektorin

Karin Ostertag
2003 schließt Karin Ostertag ein Studium in Kultur- und Theaterwissenschaft ab. Seitdem lektoriert, entwickelt und produziert sie vorrangig Krimi- und Actionserien (u.a. 'Im Namen des Gesetzes', 'MEK8') für den deutschen Fernsehmarkt.

Dieses Buch und weitere Bücher von Christoph Zachariae finden Sie im Amazon Online-Shop auf der Autorenseite von Christoph Zachariae.

Informationen und Neuigkeiten zu aktuellen Projekten und Büchern von Christoph Zachariae finden Sie auf Facebook unter: *facebook.com/Luciddreams.de* oder auf Twitter unter: *twitter.com/LucidDreamsREM*

37620985R00175

Printed in Poland
by Amazon Fulfillment
Poland Sp. z o.o., Wrocław